VM. Compt ghÿ ghebenedÿde mÿns vaders hier.
VM. En ghaet ghÿ vermaledÿde in dat eewighe vier.

LG.

PHILIPP BLOM

DIEBE DES LICHTS

PHILIPP BLOM

DIEBE DES LICHTS

Roman

Blessing Verlag

Penguin Random House Verlagsgruppe FSC® N001967

1. Auflage 2021
Copyright © 2021 by Philipp Blom und Karl Blessing Verlag, München
in der Penguin Random House Verlagsgruppe GmbH,
Neumarkter Str. 28, 81673 München
Satz: Leingärtner, Nabburg
Druck und Einband: GGP Media GmbH, Pößneck
Umschlaggestaltung: Bauer + Möhring, Grafikdesign Berlin
Printed in Germany
ISBN 978-3-89667-689-4

www.blessing-verlag.de

Odi et amo. Quare id faciam, fortasse requiris.
Nescio, sed fieri sentio et excrucior.

Ich hasse und liebe. Warum ich das tue,
fragst du vielleicht.
Ich weiß es nicht; aber ich fühle,
dass es mir widerfährt, und leide Qualen.

CATULLUS, UM 50 V. CHR.

INHALTSVERZEICHNIS

TEIL II 209

TEIL III 367

PROLOG

Die Krähe

Niederlande, 1572

Die Krähe sitzt auf dem höchsten Ast des Baumes. Von hier aus kann sie alles überblicken. Der Wind zerrt an ihrem Gefieder, versetzt die dünneren Zweige in ein irres Schwanken. Es ist kalt, ein fahler Apriltag. Sie sieht hinunter auf die Menschen unter sich, auf ihren Krieg.

Sie kennt den Krieg unter Krähen, zwischen Krähen und anderen Vögeln, schwärmende Luftgefechte mit Krallen und scharfen Schnäbeln, sie kennt die Kämpfe zwischen Krähen und Ratten und Mardern, die Nester plündern, aber die Menschen sind die Schlimmsten, denn sie bekriegen sich mehr als alle anderen.

Wenn die Menschen Krieg haben, haben die Krähen gut zu fressen. Frisches Fleisch, Körper, gerade zu Boden gefallen und noch warm, oder aufgehängt an langen Seilen als langsam sich um die eigene Achse drehendes Festmahl, das mit den weichen Augen und Lippen beginnt.

Die Krähe hat schon viel gesehen. Das, was jetzt da unten passiert, zieht sich länger hin als sonst. Es wird also ein großes

9

Fressen geben. Sie schaut auf die weit aufgerissenen Augen, die Leiber.

Die Krähe hat die Fremden schon eine Weile auf ihrem Weg begleitet, denn wo sie sind, fällt auch meistens etwas ab. Diesmal ist es nur ein kleiner Trupp. Drei von ihnen sitzen auf Pferden, die weiße Wolken in die kalte Morgenluft ausschnauben. Dann kommt eine Gruppe, die zu Fuß hinter ihnen herläuft. Der gefrorene Dreck, den die Pferdehufe rückwärtsschleudern, formt Spritzer auf ihren Helmen und Brustpanzern, ihren gepluderten Kniehosen und den hohen Stiefeln. Sie mussten rennen, um nicht den Anschluss an die Reiter zu verlieren, und sie atmen schwer. Auch ihre Hunde, groß wie Kälber, sind müde von der Jagd. Lange weiße Fäden hängen von ihren Lefzen. Die Peitsche trifft die Nachzügler, ein beißender Blitz lässt sie jaulend aufschließen zu den anderen.

Sie sind noch bei Dunkelheit aufgebrochen. Jetzt kommen schon die ersten Sonnenstrahlen über den Horizont. Die Krähe kann die weiße Scheibe über der flachen Landschaft sehen, aber die Gruppe unter ihr hastet noch durch die Dämmerung, zwanzig Männer mit Harnisch und Helm und der Priester, die vor Kälte starren Finger in die Zügel gekrallt.

»Der Herr selbst hat dieses sonnenlose, flache Land verdammt und mit Dämonen bevölkert!«, ruft ihr Anführer den anderen zu. »Listig und verschlagen und verstockt sind sie, zu allem fähig!«

»Da, da muss es sein!«, ruft ein Soldat, als die Silhouette eines Dorfes in der weißen Morgendämmerung erscheint. Der Anführer stößt seinem Pferd die langen Sporen in die Flanken, und das Tier, den Schaum vorm Maul, bricht dunkel röchelnd in Galopp auf den Weiler zu, der aus dem Nebel auftaucht.

Die Häuser stehen geduckt im Kreis, die regenschwarzen Rieddächer fast bis an den Boden gezogen, dunkelrote Ziegel, verschlossene Fensterläden, der riesige Baum in der Mitte des Dorfplatzes in kahler Totenstarre. Feindesland. Hunde bellen wütend hinter den Hoftoren, und die Bluthunde der Spanier stehen mit zitternden Flanken und hängenden Zungen neben den Pferden, zu erschöpft, um zu antworten.

»Raus!«, befiehlt der Anführer seinen Männern. »Holt sie alle raus und bringt sie zu dem Baum, Frauen und Kinder und Alte, alle!«

Die Soldaten schwärmen aus, drei pro Gehöft, hämmern mit ihren Lanzen und Musketen gegen die Tore. Hundeheulen, Frauengeschrei, weinende Kinderstimmen, gebrüllte Befehle, Schläge mit den Lanzenstangen, Flüche.

Der Anführer, der nicht vom Pferd gestiegen ist, blickt auf die Szene, die sich zu seinen schlammbespritzten Füßen abspielt. Der Priester steht neben ihm, im Dreck. Er spricht die Sprache der Menschen hier, ein barbarisches, kehliges Gestammel in den Ohren aller Spanier.

Wie ihr eigenes Vieh werden die Leute aus ihren Häusern getrieben, die Frauen mit Kopftüchern mit greinenden Kindern um sie herum, die Männer unter den Schlägen der Soldaten mit geduckten Köpfen, einige bluten aus Mund und Nase. Dann stehen sie da, von Lanzen und Musketen bedroht, die Rücken gegen den kahlen Lindenbaum, den drei Männer nicht umspannen könnten.

Das Pferd des Kommandanten tänzelt nervös vor den vielen Leibern herum, und er reißt es so hart am Zügel, dass es den rabenschwarzen Kopf vor Schmerz und verletztem Stolz in die Höhe wirft. Wütendes Wiehern sticht in den

Morgen, dann ist Stille. Nicht einmal die Hunde bellen, nur vereinzelt ein trotziges Kläffen. Die Bauern stehen um den großen Baum zusammengetrieben, Körper an frierendem Körper. Dann beginnt der Kommandant, in seiner fremden Sprache zu sprechen, der Pater übersetzt seine Worte.

»Gestern sind Rebellen durch das Dorf gekommen, drei oder vier Mann. Einer von ihnen ist verletzt. Wir wissen, dass sie hier sein müssen. Wer hat sie gesehen?« Der Kommandant blickt vom Pferd aus über die stumpfen Gesichter, die niedergeschlagenen Augen.

»Ich weiß, dass sie hier waren. Habt ihr sie versteckt? Wo sind sie? Der Herr in seiner Güte gibt euch durch mich Gelegenheit, eure Sünde zu bereuen. Gebt sie heraus, und niemandem soll etwas geschehen!«

Stille.

»Du!« Er zeigt mit seinem Degen auf einen der Männer, dessen aufgeplatzte Lippe blutet. Sofort nehmen ihn zwei Soldaten bei den Schultern und stoßen ihn vorwärts. Er wehrt ihre Hände ab und wird mit einem krachenden Schlag von einem Musketenkolben in den Schlamm gestoßen. Das Pferd macht einen Schritt zurück. Die Hunde stellen ihre Nackenhaare auf und knurren den Gestürzten an.

»Du! Wo habt ihr sie versteckt?«

Der Mann, der auf Händen und Knien kauert, zittert. Es ist kalt. Vielleicht ist es auch die Angst. Die Hunde blecken die Zähne und warten nur auf ihren Befehl. Der Mann im Schlamm fängt an, in seinem dunklen, gutturalen Dialekt zu sprechen.

»Er sagt, er weiß nichts«, übersetzt der Priester. »Er sagt, dass niemand hier jemanden gesehen hat und dass sie gottesfürchtige Leute sind. Sie kennen keine Rebellen und haben nichts mit ihnen zu tun. Sie sind arm hier, der Winter war hart, sie haben genug Sorgen, sagt er.«

»Und ihr anderen? Wer hat etwas gesehen?«

Zu Boden gesenkte Blicke. Ein Säugling weint auf dem Arm einer Frau. Irgendwo zwischen den Menschenleibern murmelt eine Stimme.

»Du! Wer ist das? Packt ihn mir!«

Die Soldaten drängen sich zwischen die stummen Körper und ziehen einen Alten heraus.

»Was hast du gesehen? Antworte! Müssen wir es rausprügeln aus dir?«

Der alte Mann starrt trotzig vor sich hin, und seine Lippen bewegen sich weiter.

»Rede schon! Los!«, ruft der Kommandant, bevor er sich dann an seinen Soldaten richtet: »Hilf ihm, sich zu erinnern!«

Ein Lanzenschaft trifft den Greis in die Kniekehlen, und er sackt in sich zusammen, neben den anderen. Dann kommen die Schläge. Hohl klingen sie, und der Körper des Alten stöhnt. Blut bricht aus seinem murmelnden Mund. Eine in der Gruppe schreit auf.

»Sie sollen aufhören zu schlagen«, übersetzt der Pater sorgfältig. »Der Alte weiß nichts, seit Jahren schon ist er nicht mehr bei Sinnen. Man kann ihn totschlagen, aber schon jetzt ist kein Geist mehr in ihm.«

»Sag ihnen, dass ich ihn totschlagen lasse, wenn sie nicht reden.«

Die Körper um den schwarzen Baum sind still, nur der Alte im Schlamm stöhnt und murmelt weiter. Ein Faden roter Speichel rinnt aus seinem Mund.

»Und wenn sie wirklich nichts wissen?«, fragt der Priester

seinen Kommandanten. Der greift in seine Tasche und zieht einen Beutel Geld heraus.

»Der Winter war hart, ich weiß!«, ruft er. »Aber Spanien ist euer Freund, und der Herr ist gütig und wird euch helfen. Einen Philippstaler für den, der mir sagt, wo ich sie finden kann!«

Stille.

Der Anführer dreht sein Pferd und reitet im Schritt um die Bauern herum, die in ihren dünnen Nachtkleidern in der Kälte zittern. Wie ein böser Hirtenhund kreist er um den Baum und studiert die Gesichter. Ist es möglich, dass die Rebellen weitergeflüchtet sind, trotz der Verwundeten, dass sie irgendwo im Wald sind, der da drüben anfängt, oder längst meilenweit voraus? Vielleicht haben sie hier in der Nacht nur Pferde gestohlen und entkommen ihm jetzt, während er mit den Bauern seine Zeit vertut?

Da hört er es, das triumphale Bellen, das Jaulen. Zwei der Bluthunde haben sich von der Meute weggeschlichen. Sie haben eine Spur gefunden, die zu einem der Höfe führt.

»Wessen Hof ist das?« Die Stimme des Kommandanten hat ihre Härte zurückgefunden.

»Bringt mir den Bauern, schnell!«

Bewegung kommt in die Gruppe, Stöße und Schreie, unterdrückte Wut. Die Soldaten packen einen kräftigen Mann, besser gekleidet als die anderen, mit einem Mantel, den er sich über das lange Hemd geworfen hat. Er sieht dem Kommandanten direkt ins Auge.

»Wo sind sie, Bauer, wo?«

»Bei ihm werdet Ihr nichts finden«, flüstert der Priester ihm zu, und dann noch: »Aber was er auch sagen wird, er lügt!«

»Sag ihm, dass meine Hunde den Feind bald finden werden, dass wir sie durch ein Haus nach dem anderen jagen werden, bis sie frisches Blut lecken, direkt aus den Wunden der Teufel, die sie versteckt halten. Sag ihm, wie hungrig unsere Hunde sind. Und sag ihm auch, dass für jeden Hof, in dem wir nichts finden, ein Mann an diesem Baum aufgeknüpft wird, dass er selbst der Letzte sein wird, der von den Ästen baumelt, und dass er Leben retten kann, wenn er uns jetzt zeigt, wo sie sind.«

Der Priester übersetzt, der Bauer sieht ihn an. Ohne den Blick von ihm zu lassen, spuckt er aus.

»Durchsucht die Häuser. Und holt Seile!«

Vier Soldaten gehen los. Die Hunde sind aufgeregt und rennen kläffend um den Hof, zu dem die Blutspur führt, verschwinden drinnen, suchen in der Umgebung nach einer Fährte. Es scheint, als wage keiner um den Baum herum auch nur zu atmen. Lange dauert diese Stille.

Die Krähe hat sich den höchsten Ast ausgesucht, um das Geschehen zu überblicken. In ihren wachsamen, kohlschwarzen Augen spiegelt sich das Tun der Menschen unter dem Baum. Irgendwo in einem Hof quiekt ein Schwein. Dann kommen die Soldaten zurück.

»Nichts, mein Kapitän!«, ruft einer der Soldaten zum Kommandanten.

»Weiter!«, brüllt er von seinem Pferd. »Nehmt das nächste Haus, irgendwo müssen sie sein!«

Dann dreht er sich um.

»Der erste Hof ist durchsucht. Ich habe dieses Gesindel gewarnt. Sag dem Bauern, dass es an ihm ist, den ersten Mann auszusuchen, der sterben soll.«

Der Bauer hört ruhig zu, antwortet.

»Ihr sollt ihn nehmen.«

»Er wird der Letzte sein. Sag ihm, dass ich jedes Mal, wenn er sich weigert, einen Namen zu nennen, selbst zwei von ihnen aussuchen werde.«

Die Hunde kläffen im Hintergrund. Der Bauer rührt sich noch immer nicht. Der Kommandant richtet seinen Degen gegen zwei junge Burschen.

»Die da, fesselt sie!«

Zwei Frauen versuchen, die Soldaten aufzuhalten, hängen sich kreischend und flehend an ihre Arme und rutschen im Schlamm an ihren Beinen hinterher, schreien und betteln und werden mit einigen kurz geführten Schlägen mundtot gemacht. Kinder flennen, und die Leiber werden zurückgedrängt. Dann stehen die beiden Kerle vor ihm.

»Ihr könnt euer Leben noch retten, wenn ihr mir sagt, wo ihr die Rebellen hingebracht habt. Wo stecken sie?«

Einer der beiden jungen Männer reißt sich plötzlich los und wirft sich vor dem Pferd auf den Boden. Er wird von den Bewachern wieder auf die Füße gezwungen und schreit in seiner Sprache, er heult und bettelt um sein Leben. Der andere steht nur da, sehr bleich, während ihm die Hände hinter dem Rücken gefesselt werden. Eine Leiter wird gebracht und an einen armdicken Ast gelehnt. Von solchen Ästen hat die Krähe schon ein Dutzend Männer hängen sehen.

»Noch immer nichts?«

Zwei Soldaten knoten Seile fest. Einer von ihnen sitzt rittlings auf dem Ast, der andere steht auf der Leiter und reicht ihm die Seile an. Sie prüfen die Knoten und ziehen mit einem Ruck daran, wie Matrosen, die ein Segel festmachen. Schlingen werden geknüpft. Die Burschen werden halb gestoßen, halb geschleift, bis zur Leiter. Der Priester tritt zu ihnen.

»Noch kannst du deine Seele retten, mein Sohn«, sagt er ihnen, er will mit ihnen beten, betet laut, während die beiden nur dastehen. Der eine heult ohne alle Hemmungen, der andere ist zu Stein erstarrt.

»Was habt ihr mir zu sagen?«

Sie sprechen nicht. Der Anführer wendet sich zu der Menschenherde.

»Und ihr?«

Nichts. Verstocktes Schweigen.

»Auf!«

Die Burschen werden die Leiter hinaufgezogen, zuerst der Heulende, damit Ruhe ist. Schlinge um den Hals, ein Stoß in den Rücken. Der Körper schaukelt hin und her wie ein Sack, er röchelt und kämpft und tanzt, wie ein Fuchs in der Falle wirft er sich hin und her, zuckt, zuckt, hängt still, schwingt an dem knarrenden Seil. Einige Augenblicke lang hört niemand etwas anderes als diese Knarren.

Dann der Zweite. Er hat sich in die Hose gepisst. Momente später tanzt er am Seil wie eine hölzerne Gliederpuppe, ein kurzes Rasen. Der Herr möge ihrer Seele gnädig sein, Amen.

Die Hunde haben den zweiten Hof durchsucht.

»Du Bauer«, wendet sich der Kommandant an den Mann, der noch immer vor ihm steht, grau und starr.

»Einen andern, oder ich muss noch zwei wählen.«

Der Bauer schweigt.

»Du da!«

Der Kommandant zeigt auf einen Mann, der fast hinter dem Stamm des großen Baums verschwunden ist. Er sieht ganz deutlich, dass der Mann sehr schöne blaue Augen hat. Plötzlich rennt er los, bricht durch die Bewacher und hastet auf den Wald zu, der etwa hundert Schritt weit anfängt. Der

Kommandant reißt die Zügel herum und gibt seinem Pferd die Sporen, dem Flüchtenden hinterher.

Der Mann rennt, rutscht im Schlamm aus, strauchelt und fällt, rappelt sich wieder auf, stolpert wieder. Der Jäger hinter ihm hält sein Pferd kurz, damit seine Beute Zeit hat, wieder aufzustehen. Da rennt er weiter, humpelnd diesmal, immer dem Wald entgegen, aber er ist zu langsam, viel zu langsam, und der Spanier holt an seiner linken Seite auf, planvoll und ganz ohne Eile, und er hört das rhythmische Atmen des Pferdes, während er sich langsam hinunterbeugt und ausholt mit seinem Degen.

Der erste Hieb verfehlt den Flüchtenden, nur das Ohr trifft er, und der Mann hält sich den Kopf, Blut quillt durch seine Hand, er hastet weiter wie von Sinnen. Ganz nah ist er jetzt. Der Kommandant sieht die blauen Augen vor sich, als der Mann sich umblickt, und er holt noch einmal aus, und diesmal macht er keinen Fehler. Der Hieb durchtrennt den Hals fast ganz, der Körper fällt ins Gestrüpp am Rand des Waldes wie ein Sack Mehl, und der Offizier macht kehrt. Im ersten Moment ist das Blut immer sehr, sehr rot, denkt er.

Gemächlich reitet er zum Baum zurück. Der Bauer steht noch immer da wie angewurzelt. Ein Junge von etwa zehn Jahren klammert sich an ihn.

»Sieh da, das ist Großmut! Der Bauer opfert seinen eigenen Sohn! Wie heißt du, Abraham? Also gut! Der Herr nimmt dein Opfer an. Packt ihn!«

Die Soldaten zögern einen Moment, dann ergreifen sie den kleinen Körper. Sie tragen ihn zwischen sich wie ein mageres Schaf.

»Nein!«, befiehlt der Offizier. »Bringt ihn mir erst!«

Fast zu leicht zum Hängen, denkt er sich, die Kleinen

zappeln am längsten. Die Hände der Soldaten umschließen seine Oberarme ganz. Der Junge zittert und hat seinen Kopf abgewandt. Der Kommandant hebt den noch blutigen Degen und hält die Spitze unter das Kinn des Jungen.

»Sieh mich an!«, fordert er und zwingt den blonden Kopf hoch, aber der Junge will nicht, hält den Kopf störrisch gesenkt, bis das Metall ihm in die Wange schneidet. Steif wie ein Stück Holz hängt er zwischen den Söldnern.

Der Kleine blutet lieber, als ihm frei in die Augen zu sehen, versteht der Anführer. Er weiß etwas und hat Angst, dass sie es aus ihm herausprügeln. Der Kopf ist immer noch abgewandt, einem der niedrigen Gebäude zu. Der Anführer folgt der Blickrichtung des Kindes. Abseits vom ersten Hof, schon weit in einem Feld, steht eine Scheune. Der Kommandant senkt die Klinge.

»Fünf Mann mit mir! Bringt Stroh!«

Die Soldaten lassen den Jungen fallen.

Die Scheune ist umzingelt. Geharnischte stapeln Strohgarben ans Tor. Die Hunde sind kaum zu halten, heulend vor Gier. Einer der Soldaten bringt eine Steingutschüssel mit glühenden Kohlen aus dem Nachbargehöft. Bald flammt das Stroh auf, und dann lodert es hoch gegen das Tor, und die Menschen um den Dorfbaum sehen das Feuer, aber sie können nichts hören als das Knistern der Flammen.

Die Soldaten warten nur. Es dauert nicht lang, bis die ganze Scheune in Brand steht, weißgrauer Rauch quillt aus orangenen Flammen und zieht durch das Tor, und da, plötzlich, bricht es auf, und das Schreien fängt an, und die Hunde kläffen irr vor Wut und werden losgelassen. Eine der Figuren, die aus der Scheune taumeln, brennt hell wie eine Fackel und schreit wie ein böser Geist. Ihn greifen nicht mal die

Hunde an, er rennt und dreht sich um die eigene Achse und fällt schließlich auf den Boden. Eine Lanze trifft ihn in den Bauch, dann in die Brust, mehrmals.

Die Hunde formen zwei wütende Knäuel, aus denen es schreit und fletscht und knurrt. So schreit kein Mensch, das muss ein Teufel sein. Zwei der Rebellen haben sie gefangen genommen und schleifen sie jetzt zum Baum. Sie sind ganz schwarz vor Ruß, als kämen sie eben aus der Hölle. Sie würgen und husten noch, als sie zur Leiter gezerrt werden, sie wehren sich nur wenig, mehr tot als lebendig. Junge Kerle sind es, kaum alt genug, einen Degen zu führen.

»Du, Bauer, das war deine Scheune, nicht?«

Der Priester übersetzt.

»Ja«, antwortet er für den Bauern, »es war seine Scheune. Er sagt, niemand im Dorf hat was davon gewusst, dass er die Rebellen über Nacht versteckt hat. Nur er hat es gewusst. Ihr sollt ihn hängen und die anderen am Leben lassen, er ist der einzige Schuldige.«

Der Kommandant glaubt dem verschlagenen Protestanten kein einziges Wort.

»Gut«, sagt er, »wenn er das will, kann er anstelle seines Sohnes auf die Leiter steigen. Fesselt ihn!«

Es ist eine schrecklich eintönige Arbeit, so viele nacheinander aufzuknüpfen. Die Leiter muss jedes Mal umgestellt werden, und es dauert immer wieder, bis sie sicher steht im Schlamm. Der Priester redet eindringlich auf die Gefangenen ein, aber niemand scheint ihm zuzuhören. Immer kleiner wird die Gruppe, die noch mit den Füßen auf der Erde steht. Immer wieder das Zappeln, das Rasseln, das Herumschwingen wie ein riesiges Spielzeug. Dann endlich ist es vollbracht, achtzehn Puppen hängen mit absonderlich geneigten

Köpfen in den warmen Strahlen der Morgensonne, an leise knarrenden Seilen.

»Du!«

Der Junge mit der blutenden Wange hat die ganze Zeit einfach dagestanden, wie vergessen von der Welt. Ein kleineres Kind, sein Bruder wohl, steht neben ihm, mit weißem Haar wie ein Greis, und starrt zum Reiter hinauf. Sein Mund steht offen.

»Du bist ein gutes, mutiges Kind«, sagt der Offizier zu dem größeren. »Der Herr hat sich deiner Seele erbarmt und hat dich vielen in deinem Dorf das Leben retten lassen.«

Der Junge flüstert etwas, unentwegt. Dann brüllt er es, einen Satz, immer wieder.

»Was will er denn? Was sagt er?«, fragt der Offizier seinen Übersetzer irritiert.

»Ihr sollt auch ihn hängen, Ihr sollt ihn nehmen, neben seinem Vater will er hängen«, flüstert der.

»Ihn? Den Einzigen in diesem Misthaufen, der noch seine unsterbliche Seele retten kann? Sag ihm, dass der König von Spanien ihm dankbar ist.«

Der Offizier nimmt eine Silbermünze aus seinem Geldbeutel und wirft sie dem Jungen hin.

»Ich habe demjenigen, der hilft, die Verbrecher zu ergreifen, eine Belohnung versprochen. Da hast du sie! Der Kopf deines Königs ist darauf! Lerne ihn lieben und rette deine Seele!«

Der Kommandant wendet sich zu seinen Männern: »Den ersten Hof, den, der dem Schuldigen gehörte, steckt ihr in Brand, dann reiten wir zurück!«

Soldaten verschwinden in dem Haus. Sie kommen mit Fackeln wieder raus. Von außen will das regennasse Ried nicht brennen, aber von innen gelingt es rasch. Zuerst dringt Qualm aus Tor und Fenstern, dichter grauer Rauch, dann züngeln die ersten Flammen durch die Öffnungen.

»Mein Kind, mein Kind!«, schreit eine Frauenstimme heiser, und eine Person reißt sich von ihren Bewachern los, stürzt auf das Haus zu und verschwindet im dichten Rauch. In diesem Moment hört man das große Haus tief aufstöhnen wie ein riesiges lebendes Wesen und dann, ganz ohne Warnung, kollabiert das Dach, und eine Flammensäule schießt in die Höhe und verteilt brennendes Stroh überall, es regnet Feuer auf die Menschenherde und ihre Eroberer. Der Widerschein der Flammen auf den gaffenden Gesichtern gibt ihnen Farbe, sogar die Gehenkten sehen im flackernden Licht aus, als blinzelten sie den Lebenden etwas zu.

Die Sonne ist aufgegangen. Der Kommandant befiehlt, seinen Männern aufzusitzen. Es langweilt ihn, den Teufel in Bauernlumpen zu jagen, und nichts ist trauriger, als den satanischen Funken in den blauen Augen zu entdecken, mit denen sie zu ihm aufschauen, die Erwachsenen und besonders die Kinder – aber es war das Werk des Herrn.

Die Soldaten reiten davon, und die Menschen rennen auf den brennenden Hof zu, wild gestikulierend und mit schrecklichen Flüchen auf den Lippen.

Der Junge und sein kleiner Bruder haben sich nicht bewegt. Sie stehen wie angewurzelt da und sehen zur Krähe hinauf und zu den Körpern, die sich leise im Morgenwind wiegen. Der Größere sieht sich um, nimmt den andern bei der Hand, die Augen vor Angst geweitet. Er zieht ihn mit sich, und dann rennen sie auf den Wald zu, vorbei an dem Leichnam des jungen Mannes mit den schönen blauen Augen, der ihr Vetter gewesen war, und verschwinden im Dunkel der Bäume.

Die Krähe hat genug gesehen. Sie fliegt davon.

TEIL I

I

HEILIGE UND FISCHKÖPFE

Rom, 1599

Die Ewige Stadt verschlingt alles, was ihr in den Rachen geworfen wird.

Bei Sonnenaufgang drängen sich durch ihre Tore Karawanen von Händlern und Bauern mit Herden Vieh: Rinder mit breiten Hörnern, müde und heiser von ihrer Reise, höckernasige Schafe mit stoppelig frisch geschorenen Flanken. Selbstgerecht schnatternde Gänse marschieren aufrecht und zuversichtlich in den Tod, Karren und Bütten quellen über von Gemüse und gefährlich duftenden Früchten, die bald auf den Märkten angeboten werden.

Die unersättliche Stadt aber frisst auch die Menschen, die in sie hineinströmen. Sie suchen nach ihrem Glück oder nach einer Schale Suppe, aber die meisten von ihnen werden stetig von knochenbrechender Arbeit aufgerieben, sterben an Wundbrand und Seuchen und Hunger. Oder sie enden im Tiber, geben einfach auf.

Die Stadt tritt hart auf die Kehlen der Gescheiterten. Während fromme Stiftungen den Ärmsten zumindest einen

Teller Innereien, Rinderfett und Bohnen geben, wird jede Bestrafung mit einem großen Spektakel vor aller Augen zelebriert. Ihre Züchtigungen sind Hochämter der Gewalt. Verurteilte werden gebrandmarkt und mit Ochsenziemern ausgepeitscht, aufgehängt und ertränkt, von Gerüsten gestürzt oder, in einen Sack eingenäht, in den Fluss geworfen, vom Henker erwürgt oder auf dem Campo dei Fiori den Flammen überantwortet. Während ihre Körper gemartert werden, murmeln und flüstern und singen tausend Stimmen für die Errettung der verlorenen Seelen, verloren in riesigen Gewölben, bei dem Licht weniger Kerzen und vor Altären, die Leid und Verklärung in riesigen Gesten durch das Dunkel glosen lassen.

Die Stadt atmet Gebet, Bratgeruch und Pestilenz. Sie frisst Vieh und Talente, abtrünnige Mönche und Tagelöhner, professionelle Intriganten, Messerstecher und leichte Mädchen. Überall wird gekocht und gebraten, geschnitten und gehackt, die Gassen sind durchzogen vom Aroma der Garküchen und Tavernen, der Märkte und Feuerstellen. Vom ärmsten Bettler bis zu den Mitgliedern des päpstlichen Hofs müssen sie alle essen, sich vollstopfen, prassen, genießen und schlingen. Hunderttausend Schlünde müssen täglich gestopft werden.

Jeden Morgen, noch vor Sonnenaufgang, wird die Piazza Navona von Waren und Marktweibern, Fischhändlern und Fleischern, Blumenverkäufern, Taschendieben und Gelegenheitshuren überschwemmt. Zwischen dem weißen Marmor und dem in der Morgensonne golden aufglühenden Stein der Fassaden bauen sie ihre Stände auf, eine Orgie für die Augen, ein Angriff auf die Nase, eine wogende See von Rufen und Gesang, Streit und Verführung, die an die Ohren brandet. Bald drängen sich Menschen Körper an

Körper an den provokant aufgehäuften Waren vorbei. Ein Huhn rennt gackernd um sein Leben, verfolgt von einer fluchenden Marktfrau mit einem Beil. Es flüchtet sich unter die Bretterbühne des Straßentheaters, auf dem Schausteller aus Venedig eine stumme Komödie spielen, mit Gesten und absurden Masken, mit Arschtritten und in Röcken, die hoch in die Luft geschleudert werden. Ein paar Dutzend Männer und Frauen stehen da und begleiten das Schauspiel mit Johlen und Pfeifen, ein Mädchen mit großen Augen bettelt um Geld für die Truppe. In diesem Moment taucht ein Metzgerlehrling dem Huhn hinterher unter die Bühnenbretter, das Gerüst wackelt, während er erfolglos versucht, das Tier am Hals zu schnappen, oder wenigstens am Bein. Wütendes Gegacker unter den Füßen der Komödianten lässt das Publikum laut lachen.

Die Stände entlang der Häuserfronten bersten vor Farben, Formen und Gerüchen, quellen über mit dem Reichtum der sonnenbeschienenen Hügel, der Berge und der See: Schwarzblaue Feigen, weich und im Inneren rot wie die Sünde, stachlige Artischocken mit ihrem Panzer aus grünlich violetten Blättern, gefährlich glänzende Auberginen, große, mit blassen Rosen verzierte Haufen Bohnen, hell grün; Haselnüsse und Walnüsse, Kürbisse voller Warzen, Körbe, die mit Früchten überquellen, deren Farben eine ganze Palette füllen würden: Pfirsiche mit weicher, haariger Haut, dramatisch rot und grün getigerte Äpfel, tiefschwarz glühende Trauben in hölzernen Bottichen und Berge von Kohlköpfen und Zwiebeln. Auf dem Tisch eines Schlachters schimmert zwischen Fleisch und Innereien ein roter abgehäuteter Kalbskopf, grimmig umsurrt von Fliegen. Ein halbes Schwein hängt von einem Haken am Gerüst, Würste und Nieren und Lebern und große Brocken Fleisch verströmen ihren blutig-metallenen Geruch.

Sander wird dieser Geruch immer an das erinnern, was er damals gesehen hat, als er ein Kind war. Auch der Fisch erinnert ihn an seine weit entfernte Heimat, aber das Mittelmeer beherbergt andere und seltsamere Geschöpfe als die Nordsee: Tintenfische mit erschlafften Armen, der halbe, tonnengleiche Körper eines tiefrot aufgeschnittenen Thunfisches, Sardellen, die mit vollen Händen genommen und abgewogen werden; silbrig glitschige, glänzende Körper, gleißend metallische Köpfe mit rund starrenden Augen, mit breiten Messern vom Rumpf gehackt; Regenbogen, die sich in den Schuppen der geschmeidigen Leiber widerspiegeln, seltsame Kreaturen, deren Namen er nicht kennt.

Aber nichts, nichts von all diesen wunderbaren und unzüchtig aufgetürmten und umeinander geschlungenen Körpern, kein quecksilberner Fischleib, keine violette Schafsniere und keine prall gelbe Zitrone kann sich mit dem Leuchten der Blumen messen, die hier laut angepriesen werden – zu viele Farben und Formen und Arten, um sie voneinander zu unterscheiden, große Körbe und Tonkrüge voller todgeweihter Schönheit, von kleinen, wilden Veilchen bis hin zu monströs anmutenden Anemonen, Ranunkeln, Rosen zart wie Kinderhaut und dem verwirrend intensiven Blau der Iris –

»Ist das deine Arbeit?«, fragt eine Stimme.

Aufgeschreckt aus seinem Tagtraum, blickt Sander auf. Vor ihm steht ein bärtiger Mann, gut gekleidet, mit einem schwarzen Umhang, einem breiten, glänzenden weißen Kragen und zornigen Augen. Er hält eines der Bilder in der Hand, die Sander auf den Stufen der Treppe zum Kauf anbietet. Es sind keine Kunstwerke. Souvenirs für Pilger und fromme Witwen, nicht mehr als ein paar Kupfermünzen wert.

Der Mann hält eine Jungfrau mit Kind, die Sander mit einer Girlande aus Frühlingsblumen umrahmt hat. Er würde diese Täfelchen besser verkaufen, wenn er Geld für farbige Pigmente hätte. So sind sie nur Ruß und Bleiweiß und etwas rote Erde, mit sparsam gesetzten Tupfern aus leuchtendem Rot und Blau, die er auf der Reise mit sich gebracht hat, fast drei Monate Fußmarsch mit einem Bündel auf dem Rücken, Hugo immer dabei, drei Schritte hinter ihm. Jetzt, nach Monaten ohne Arbeit, gehen auch diese Vorräte zu Ende.

»Natürlich ist das von mir«, antwortet er dem Mann.

»Du kommst aus Flandern?«, fragt der Mann.

»Geht es dich was an?«, sagt Sander, misstrauisch.

»Du hast in Flandern gelernt?«

»Willst du es kaufen oder ein Schwätzchen halten?«

Der Mann ist es nicht gewöhnt, dass man so mit ihm spricht. Er ist sichtlich wütend über diese freche Antwort, beherrscht sich aber. Der da vor ihm hockt, umgeben von seinen Bildern, ist arm, aber unterwürfig ist er nicht. Er kommt offensichtlich aus dem Norden, spricht nur gebrochen Italienisch. Auch seine Kleider sind nicht nach der hiesigen Mode, und sie sind schmutzig und zerrissen, wie die Kleider eines Menschen, der keine feste Unterkunft hat und keine Möglichkeit, seine Hemden zu waschen. Er mag um die dreißig Jahre alt sein, hat struppiges, braunes Haar und einen Bart. Hinter ihm lungert ein Junge herum, blond und mit kreideblasser Haut. Der Alte hält ihm das Bild hin.

»Was willst du dafür?«, erkundigt er sich.

»Zehn Baiocchi.«

»Ich gebe dir fünf!«

»Dann leg es gleich zurück. Das ist der Preis für ein warmes Essen für mich und meinen Bruder.«

Sander sieht dem Mann direkt ins Gesicht. Er hat Hunger. Seit sie in Rom angekommen sind, essen sie das, was nach Markttagen liegen geblieben ist und in großen, stinkenden Haufen zusammengekehrt wird, um die sich die Bettler streiten. Nur wenn Sander eines seiner Bilder verkauft, können sie sich eine anständige Mahlzeit in einem Wirtshaus leisten, manchmal sogar mit Wein. Selten, wenn der Hunger zu groß ist, gehen sie zu einem der Klöster, wo die Ärmsten einen Teller Suppe kriegen. Ab und zu gibt ihnen ein mitleidiger Wirt etwas zu essen, für Gottes Lohn, wie er sagt. Sander weiß, dass Lohn und Strafe nicht vom Himmel kommen, aber er ist dankbar für Bohnen mit etwas Speck oder Fisch mit Reis, dankbar dafür, mit vollem Bauch einschlafen zu können. »Der Deutsche und sein Narr« nennt der Wirt die beiden, obwohl er nicht deutsch ist und Hugo nicht schwachsinnig. Er spricht kein Wort, ist häufig trotzig in sich gekehrt und dabei schön wie ein ernster Engel mit seinem blonden Haar und seinen knabenhaften Schultern. Oft hat Sander ihn gemalt, als Cherub, als Johannes der Täufer, als heiliger Sebastian, als lüstern greinender Amor.

Der Kunde wirkt einen Moment lang unschlüssig. Er ist neugierig auf die Geschichte dieses Fremden, der mit so offensichtlicher Meisterschaft malt und doch hier auf den Kirchenstufen Souvenirs verkauft.

»Suchst du Arbeit?«

»Was für Arbeit?«

»Komm morgen in meine Werkstatt, dann können wir reden.«

»In deine Werkstatt? Wohin denn? Wie heißt du?«

Zum ersten Mal lächelt der Kunde für einen Augenblick.

»Virgilio Nobili, zu Euren Diensten!«, intoniert er mit einer tiefen, ironischen Verbeugung.

Sander hat diesen Namen schon gehört, hat in mehreren Kirchen schon Arbeiten von Nobili gesehen. Vor ihm steht einer der bekannteren Maler Roms; sicherlich kein Genie, aber ein Meister, der sich mit Altären und Darstellungen von grausam gefolterten Märtyrern und halb nackten griechischen Nymphen und Göttern einen Namen gemacht hat. Seine Tochter, sagt man, sei noch begabter als er selbst. Sie arbeitet in seiner Werkstatt.

»Mein Name ist Sander«, entgegnet er, »aber hier nennen sie mich Sandro.«

»Ich erwarte dich morgen, Sandro.«

»Gut, ich werde kommen.«

Ohne ein weiteres Wort zu sagen, dreht der Alte sich um und geht.

»He! Das Bild!«, ruft ihm Sander hinterher.

»Kannst du morgen mitbringen!«, antwortet Nobili über seine Schulter.

»Aber wohin?«

»Gleich bei der Piazza di Popolo! Frag dort einfach. Alle wissen, wo meine Werkstatt ist!«

Irgendwo protestiert schrill ein Schwein, das von einem Schlachter beim Hinterbein gepackt und zu seinem Tod gezerrt wird. Sander sieht sich nach seinem Bruder um, der erwartungsvoll lächelt.

»Geduld!«, sagt er. »Der alte Geizhals hat noch nicht gezahlt. Speck und Bohnen wird es heute Abend wohl nicht geben.«

II

Ein Kranz aus Seetang

Virgilio Nobili hat recht. Als Sander am nächsten Morgen auf der Piazza di Popolo nach seiner Werkstatt fragt, zeigt ihm ein alter Bettler sofort den Weg. »Lass, Bruder«, sagt Sander, »ich kann dir nichts geben.« Der Mann lacht ein zahnloses Lachen und ruft: »Du hast Glück! Ich habe gerade nichts Besseres vor, ich führe dich persönlich vor seine Tür!«

So bringt er sie zu einem Haus in einer Nebenstraße, auf der sich zu dieser frühen Stunde Bauern aus dem Umland mit Eseln und Handkarren drängen. Viele sind schon vor Sonnenaufgang aufgebrochen. Die frühen sind auf dem Nachhauseweg, die späten kommen mit ihren Ladungen gerade erst an. Mitten im Gedränge stehen zwei herrschaftliche Kutschen mit Bewaffneten zu Pferd, die Sänfte eines kirchlichen Würdenträgers und dazwischen die Straßenkinder und die Bettler, die ihre leprösen Gesichter zur Schau stellen und ihre verkrüppelten Hände ausstrecken.

Die Tür des Hauses, das ihnen angewiesen wird, steht offen. Sander klopft, aber niemand antwortet, aus dem Innern kann er Lärmen hören.

»Gehen wir rein?«, fragt er Hugo, der nickt.

Sander stößt die Tür auf, und sie betreten das Haus. Sie stehen im Eingangsraum, vor ihnen führt eine Treppe in den ersten Stock, rechts von ihnen sind zwei große Türen. Sander geht auf eine der Türen zu, und in diesem Moment öffnet sie sich, und eine junge Frau kommt herausgestürzt, sie stößt mit Sander zusammen, prallt zurück.

»... was schaust du mich so an?«, fragt sie aufgebracht. Sie ist um die zwanzig, mit stark gelocktem, braunem Haar, in das sie ein Tuch geflochten hat wie einen Turban. Sie trägt ein safranfarbenes Kleid mit einem einfach bestickten Mieder und einer weißen Bluse. Über den Rock hat sie eine Schürze gebunden, die voller Farbflecken ist.

Sander grinst unwillkürlich und verbeugt sich leicht. »Sandro della Molina«, sagt er, »wir sind hier für Virgilio Nobili.«

»Das ist mein Vater. Was wollt Ihr von ihm? Hat er Euch etwa hierher eingeladen?«

»Das hat er.«

»Dann kommt herein, nur herein!«, ruft sie. »Kein Wunder, dass kein Mensch hier arbeiten kann!«

Sie tritt zur Seite und gibt den Blick in die Werkstatt frei. Es ist ein großer Raum, der von den hohen Fenstern zur Straße hin erhellt wird. Im Morgenlicht wirkt er nüchtern und streng. Sander hat schon viele Werkstätten von innen gesehen. Diese hier ist unordentlich und vollgeräumt mit Requisiten: Waffen, Helme, Brustpanzer, Straußenfedern, ein riesiger roter Vorhang, der dramatisch über ein an der Decke hängendes Seil drapiert ist, ein hölzernes Pferd für ein Reiterbild, dazu überall Kleider und Gewänder, die in Haufen auf dem Boden liegen oder an Haken an der Wand hängen.

»Wenn Ihr denkt, dass es jetzt unordentlich ist, wartet, bis die anderen kommen! Ich habe nur versucht, in Ruhe etwas zu tun, bevor es unmöglich wird, aber jetzt seid Ihr da, und es ist vorbei mit meiner Ruhe.«

Die junge Malerin nimmt die Palette, die sie aus der Hand gelegt hatte, und tritt an eine Leinwand. Sie mustert ein Detail und fragt, ohne sich umzusehen:

»Und wer bist du? Was tust du hier, Sandro della Molina?«

»Ich bin Maler, ein Dieb des Lichts, wie du.«

»Und dein Freund da?«

»Mein Bruder, der gehört dazu. Wir arbeiten gemeinsam.«

»Ist der immer so still?«, fragt sie argwöhnisch.

»Er hat seit beinahe dreißig Jahren kein einziges Wort gesagt.«

»Warum nicht? Hat er keine Zunge?«

»Er hat ihren Gebrauch verlernt. Aber er versteht dich und alle anderen, und er ist ein guter Arbeiter, wenn man ihn in Ruhe seine Arbeit machen lässt.«

»Und was wollt Ihr hier?«

»Euer Vater hat gestern ein Bild von mir gekauft.«

»Ein Bild?«

»Ein kleines nur, eigentlich ein Souvenir.«

»Hast du es da?«, fragt die junge Frau und dreht sich um. Sie sieht ihn neugierig an.

»Ja, natürlich! Er schuldet mir noch was dafür.«

»Das regeln wir, wenn er wiederkommt. Das dauert wahrscheinlich eine Weile.«

»Wo ist er?«

»Wer weiß? Weg mit seinen Freunden, saufen, die ganze Nacht lang, dann irgendwo eingeschlafen oder zusammengebrochen. Irgendwann wird er kommen, grau und erschöpft. Dann wird er erst mal schlafen gehen.«

»Und meine Bezahlung?«

»Zeig mir, was du gebracht hast!«

Sander reicht ihr das kleine Heiligenbild.

»Das meinst du?«

»Ja, das.«

Die junge Frau zuckt mit den Schultern. »Ich wusste gar nicht, dass er fromm geworden ist ...«

»So sah er nicht aus. Er schien eher zu meinen, dass es hier Arbeit geben könnte.«

»Arbeit! Für dich! Als ob wir nicht schon genug Leute hier hätten, die nicht richtig arbeiten! Was kannst du denn?«

»Ich male alles. Blumen und Girlanden sind meine Spezialität, wirklicher als die Natur selbst. Aber ich mache auch Landschaft, Altarbilder.«

»Was denkst du von diesem hier?«

Virgilios Tochter macht einen Schritt zurück und deutet mit ihrer Palette auf eine Leinwand, die mannshoch ist und noch einmal so breit. Vor einem dramatisch bewölkten Himmel sitzt die strahlende Nymphe Galatea auf ihrer Quadriga von Delfinen. Als Gefährt dient ihr die umgekehrte Schale eines riesigen Krebses. Sie ist umgeben von Tritonen und anderen Meeresgestalten, die auf Muscheltrompeten und Flöten spielen. Die Nymphe selbst ist nackt, mit weißer, fast durchscheinender Haut, kastanienbraunem, fließendem Haar und einem schwerelos aufgebauschten, ultramarinblauen Umhang, der ihr von den Schultern geglitten ist und eine Brust entblößt. Der Sitz ihres Bootes besteht aus wunderbar blutroten Korallen, die einen dramatischen Kontrast bilden zum Blau des Tuches und zum blassen Körper.

»Keine schlechte Arbeit«, sagt Sander. Seine Augen streifen über das Bild, analysieren. »Wer auch immer dafür verantwortlich ist, versteht etwas von Farbe und von Drama. Aber nichts von Anatomie. Die Proportionen sind falsch, die Glieder gehören nicht zusammen. Das ist die Arbeit eines begabten Lehrlings.«

»Das ist meine Arbeit!«, protestiert die junge Frau aufgebracht.

»Wie Ihr meint, junge Dame.«

»Diana! Mein Name ist Diana.«

»Wie Ihr meint, Diana«, sagt Sander und verbeugt sich noch einmal.

»Wenn du es so viel besser kannst und dich auf Girlanden spezialisiert, dann mal ihm da doch einen Kranz ins Haar!« Sie deutet auf eine der mythologischen Gestalten auf der Leinwand. »Weißt du überhaupt, wen das darstellen soll?«

Sander beginnt zu rezitieren:

»O Galateia, so weiß wie das Blatt schneehellen Ligusters, blühend und frisch wie die Au, so schlank wie die ragende Erle, glänzend wie heller Kristall, schalkhaft wie das hüpfende Böcklein, glatt wie von ständigem Meer am Strande gewaschene Muscheln …«

»Du liest Ovid?«

»Ich lese alles Mögliche, wenn ich mir Bücher leisten kann.«

»Da, nimm!« Diana hält ihm die Palette hin.

»Wenn du meinst …«, sagt Sander und tritt zu ihr.

»Ich kann es ja wieder übermalen, wenn es nicht gelingt«, stellt Diana lapidar fest.

Sander arbeitet nicht gern aus der Erinnerung, aber er hat Bilder im Kopf, so klar wie andere Menschen Bibelverse. Er sieht die Dinge vor sich und muss sie nur noch in Farben übertragen durch die Alchemie seiner Hände. Im Laufe seiner Wanderschaft ist ihm diese Fähigkeit sehr zustattengekommen. Für den Kopf des Tritonen, einem Fabelwesen mit Seeschlangenbeinen, einem muskulösen Oberkörper und einer Muscheltrompete, wählt Sander einen Kranz aus Seetang und Miesmuscheln, mit einigen Krebsen, die sich in seinem lockigen Haar verfangen haben. Zwei, drei Stunden vergehen so, während die Krone aus olivgrünem Tang, schwarz schimmernden Schalen und gefährlich gezeichneten Scheren immer mehr Gestalt annimmt. Inzwischen sind zwei Arbeiter gekommen, ein Lehrling ist da und wird herumkommandiert, langsam erfüllt sich der Raum mit alltäglicher Geschäftigkeit.

Meister Virgilio betritt die Werkstatt erst kurz vor Mittag, blass und mit tiefen Ringen unter den Augen. Als er Sander und Hugo sieht, richtet er sich zu voller Größe auf.

»Ah, Burschen! Ihr seid da!«, sagt er übermäßig laut.

»Wir haben einander schon kennengelernt«, wirft Diana ein. Offenbar ist sie wütend auf ihren Vater. »Sandro kann mir helfen, ich kann ihn gut gebrauchen.«

»Wer hier arbeitet …«, beginnt Virgilio zu widersprechen.

»Wer hier arbeitet, bin ich!«, unterbricht sie ihn. »Und wer mit mir arbeitet, bestimme ich, und wenn du einmal nüchtern und ebenfalls bei der Arbeit bist, wirst du sehen, dass er nützlich ist!«

Virgilio sieht seine Tochter an, wirft sich den Umhang über die linke Schulter und verlässt wortlos den Raum.

»Redest du immer so mit ihm?«, fragt Sander.

Diana mustert ihn. Der Lehrling, ein Junge von dreizehn oder vierzehn Jahren, verharrt mit leicht offen stehendem Mund neben ihr, die Augen weit aufgerissen, um nichts zu verpassen.

»Pipo! Lauf schnell zur Werkstatt von d'Arpino hinüber«,

sagt Diana zu ihm. »Er hat ein Paar Engelsflügel, gute, aus Gänsefedern. Frag ihn, ob ich sie leihen kann, für drei Tage!«

Der Lehrling macht ein Gesicht, als wäre er halb enttäuscht, dass er hier etwas verpassen wird, halb aufgeregt bei dem Gedanken, für eine halbe Stunde seine Freiheit auf der Straße zu genießen. Er ist schon bei der Tür, als Diana ihm hinterherruft: »Und wenn er wieder Schwierigkeiten macht, so erinnere ihn daran, dass wir die Hälfte bezahlt haben, also gehört zumindest ein Flügel uns!«

»Ein pedantischer und geiziger Kollege«, erklärt sie Sander, »aber wir teilen uns gelegentlich Requisiten. Wenn du hier arbeiten willst, musst du einiges wissen. Mein Vater trinkt zu viel und zieht mit den falschen Leuten durch die Straßen, mit Michelangelo Merisi und seinen Freunden – aber lassen wir das. Du wirst hier genug zu tun haben und uns helfen können, wenn du so gut bist, wie deine Blumen und Algen hoffen lassen.«

»Seetang!«

»Ich verstehe nicht …«

»Es ist Seetang, keine Algen. Das ist ein Unterschied.«

Diana lacht. Die Mittagssonne fängt sich in ihren braunen Haaren und umgibt ihren Kopf mit einem leuchtenden Kranz.

III

Die Imitation der Natur

Das Dachzimmer, das Sander und Hugo bezogen haben, riecht nach Holz, das die römischen Sommer gewöhnt ist, ein trockener, ledrig-harziger Duft. Das einzige kleine Fenster hat keine Scheiben. Aber ihre Erwartungen an eine Unterkunft sind ohnehin nicht hoch. In den letzten Jahren haben sie in Gasthäusern geschlafen und in Scheunen, in Werkstätten und im Freien, im Wald und in Heuhaufen, manchmal in einer Zelle oder im Straßengraben, immer auf der Wanderschaft, immer unterwegs.

Sie sind hier, weil gute Maler hier immer Arbeit finden, weil sie nichts hatten, was sie zu Hause hielt, weil sie müde sind vom Reisen. Langsam sind die Wanderjahre vorbei. Die Niederlande versinken im Krieg, überall droht Gewalt, jede Menschenmenge kann zur Meute werden, Nachbarn zünden einander die Häuser über dem Kopf an, und lebende Menschen werden in ihren Kirchen verbrannt. Nichts ist heilig, wenn es um den wahren Glauben geht. Dieser Krieg tobt nicht nur auf Schlachtfeldern und in den Straßen. Er wird bis in die Köpfe getragen. Die katholische Kirche ist entschlossen, die Schlacht der Bilder gegen ihre protestantischen Feinde zu gewinnen. Rom sucht nach Künstlern, die die Mysterien der Religion schmerzhaft deutlich machen, so, als stünde der Beter selbst im Bild, als würde er selbst das Martyrium erleiden, die Nägel ins eigene Fleisch eindringen sehen, die Flammen auf der bloßen Haut fühlen, die Ekstase der Erlösung mit der eigenen, jauchzenden Seele. Malerei soll Menschen zu Tränen rühren, Staunen und Mitleid erregen und die Gläubigen in ihrer tiefsten Seele bewegen. Die Gesichter der Heiligen und Märtyrer sollen alltäglich sein, ihr Leid im Mittelpunkt: schwielige Hände und dreckige Füße, spritzendes Blut und schmerzverzerrte Züge.

Sander beherrscht die Imitation der Natur. Man glaubt, dass man seine Blumen wachsen sieht, man erwartet, dass ihre welken Blütenblätter aus dem Bilderrahmen herausrieseln könnten, Hände greifen unwillkürlich nach den Früchten, die er malt. Auch menschliche Körper und Gesichter beherrscht er. In ihrer Kindheit haben Sander und Hugo so viel gesehen, so viele Menschen in allen Phasen des Lebens und Sterbens, dass in ihren Köpfen genug Material ist für ein ganzes Heer von Märtyrern, verdammten Seelen, kämpfenden Geharnischten und totenstillen Landschaften. Deswegen zieht Sander die Blumen vor, Pflanzen überhaupt, die er studiert und zeichnet, wo immer er kann, über die er liest und die er am Wegrand sammelt.

Nie hat er das nötige Geld besessen, um einen Platz in einer Innung zu erkaufen und eine eigene Werkstatt zu öffnen. Er hat es auch nie gewollt. Zu viel Verantwortung, zu viel Ballast, festgenagelt zu sein an einem Ort. Die Erfahrung hat ihn gelehrt, dass es am besten ist, immer gleich weiterziehen zu können, ohne zu viele Dinge, die ihn fesseln. Gemeinsam mit seinem Bruder ist er von einer Werkstatt zur

anderen gereist, einen Sommer hier und einige Monate woanders. Dutzende, vielleicht Hunderte von Bildern entlang
einer verschlungenen Route tragen seine diskrete Handschrift.
Madonnen und Heiligenbilder, biblische Szenen und Stillleben sind unter seiner Hand erblüht, von den Niederlanden
über Flandern und Paris und Lyon bis nach Bologna und
Venedig.

Sander schlüpft in den italienischen Stil wie eine Hand in
einen ziegenledernen Handschuh. Er ist immer der Diener
eines anderen gewesen, die anonyme Hand hinter einem
berühmten Namen. Er ist jetzt über dreißig Jahre alt, aber
noch nie, nie hat er ein Bild unter eigenem Namen verkauft.
Und unter welchem Namen? Sander van der Molen, der er
gewesen war, oder Alessandro della Molina, wie er sich hier
nennt?

Es ist wichtig, einen italienischen Namen zu haben, das hat
man ihm schon in Flandern eingeschärft, denn die Italiener
machen sich nicht die Mühe, fremde Namen zu lernen, und
Bilder verkaufen sich besser, wenn sie einen italienischen
Namen tragen. Jan van der Straet war zu Giovanni Stradano
geworden, und Pauwels Franck wurde Paolo Fiammingo.
Meister Hendrick van den Broeck hat es ihm gleichgetan
und nannte sich Arrigo Fiammingo. Die Fiamminghi – das
sind die Leute aus dem Norden, aus Flandern und alles, was
flandrisch scheint aus so vielen Hundert Meilen Entfernung.
Norddeutsche, Dänen, Niederländer, Flamen, sogar Elsässer.

Auch Meister Virgilio ruft Sander so. »He! Fiammingo!
Komm her! Mach dies! Hilf mir! Nicht so, du Kretin! Mach
das! Jetzt sofort!« Er ist ein Tyrann und ein Säufer, der früher
mal ein guter Maler war. Er hat sich einen Namen erarbeitet,
hat große Aufträge bekommen, viel Geld verdient, aber dann

hat ihn ein Schicksalsschlag getroffen, und danach ist er unter den Einfluss eines genialen, aber liederlichen Burschen geraten, Michelangelo Merisi da Caravaggio, dem Apostel der Hässlichkeit und der schmutzigen Füße, der schon mehr als einmal vor Gericht stand und die Reputation hat, ein gefährlicher Messerstecher zu sein.

Der Niedergang hatte innerhalb weniger Monate seinen Lauf genommen. Zuerst war Virgilios Frau gestorben, im Kindbett. Sie hatte ihm sieben Kinder geboren, von denen drei noch lebten. Als sie starb, war Diana vierzehn und in einer Klosterschule untergebracht. Ihr Vater holte sie zu sich nach Hause, und sie begriff rasch, dass er ihre Fürsorge brauchte. So hat Diana zuerst den Haushalt übernommen und dann die Werkstatt. Ihr Vater hat sie unterrichtet, und er war ein strenger Lehrer. Diana, die, seit sie sich erinnern kann, von Farben und Pinseln und dem intensiven Duft von Leinöl umgeben gewesen war, erwies sich als außerordentlich begabt. Bald arbeiteten Vater und Tochter nebeneinander.

Virgilio ist ein stolzer Vater, aber Diana musste bald merken, dass er den Tod seiner Frau nie verwinden würde. Er begann, zu trinken und Aufträge zu verschleppen, in Tavernen zu sitzen und Streit zu suchen. In einer dieser Tavernen, in die Maler und andere Handwerker kommen und auch einige junge Aristokraten, die auf billige Abenteuer aus sind, ist Virgilio diesem jungen Michelangelo begegnet, seinem Temperament, seiner suggestiven Ausdrucksweise verfallen und hat selbst angefangen, anders zu malen: dunkler, dramatischer, rauer. Er arbeitet nicht länger von Zeichnungen, wie er es gelernt hat, sondern lässt sich Modelle kommen, die stundenlang da stehen müssen, denn er will sie direkt auf die Leinwand bannen, ohne Umweg über eine Zeichnung.

Schon seit Monaten ist er kaum noch in der Werkstatt anzutreffen, und wenn er da ist, wird nicht gearbeitet, sondern getrunken und geredet. Seine neuen Freunde kommen vorbei und rezitieren Gedichte, die sie selbst geschrieben haben, spielen Musik, machen schlüpfrige Bemerkungen, streiten miteinander. Modelle stehen da, nackt oder fast nackt, Virgilio macht hier und da einen Pinselstrich, dann aber trinkt und lacht und redet er weiter mit seinen Freunden.

Diese neue Art zu arbeiten und die Gesellschaft, mit der er herumzieht, sind im Begriff, Meister Virgilio in den Ruin zu treiben. Sein Ruf hat schon enorm gelitten. Er war vor Gericht in einem Beleidigungsprozess gegen einen Kollegen, immer wieder wird er irgendwo aufgegriffen, nach einem nächtlichen Streit. Was aber schlimmer ist: Seine neuen Arbeiten haben nicht die Meisterschaft, für die er berühmt gewesen ist. Er ist einfach zu alt, um das Malen neu zu lernen. Seine Entwürfe sind Bastarde, gestrandet zwischen der klassischen und der neuen Malerei, zu anmutig und künstlich für die Verfechter des neuen Stils, zu primitiv für die Liebhaber der hohen Schule. Auch das Malen direkt vom Modell stellt sich als schwieriger heraus, als er erwartet hat. So hat Virgilio seit zwei Jahren kein größeres Werk mehr produziert, nur kleinere Aufträge für Altäre in unbedeutenden Kirchen oder Porträts irgendwelcher Kaufleute. Er hadert mit dem Verlust seiner Ehre und findet Ablenkung nur unter den Kumpanen, mit denen er trinkt und lacht und singt und hurt bis zum Morgengrauen.

Seit Virgilio nachts durch düsterste Schenken gezogen ist, sind die Aufträge noch stärker zurückgegangen, die Kunden bleiben aus und mit ihnen das Geld. Man munkelt, dass es nicht lange gut gehen könne mit ihm, dass man ihn irgendwann entweder am Straßenrand finden wird, mit einem Messer zwischen den Rippen, oder im Kerker, weil er jemand anderen tödlich verletzt im Staub hat liegen lassen. Zwei Arbeiter musste er schon wegschicken, und er kann sich kaum noch Modelle leisten. Immer mehr der Pigmente, die er verwendet, sind billiger Dreck, den er irgendwo zusammengekratzt hat.

Viel zu lange hat Diana das mit angesehen, bis sie sich endlich entschloss, ihren Vater zumindest in der Werkstatt zu entmachten und selbst den Pinsel in die Hand zu nehmen. Sie ist noch jung, sie hat nie in einer anderen Werkstatt gearbeitet als in dieser, und ihr Vater hat seine hübsche Tochter streng gehütet. Sie geht sonntags in die Kirche, sonst darf sie kaum jemals aus dem Haus. Nicht einmal die Sixtinische Kapelle hat Diana von innen gesehen, und auch viele der großen Sammlungen sind ihr bislang verschlossen geblieben. Zu viel Nacktheit für ein junges Mädchen, sagt ihr Vater, das verdirbt den Charakter und die jungfräuliche Seele. Sogar wenn er selbst Aktmodelle in der Werkstatt hat, darf Diana den Raum nicht betreten. Virgilio ist so selten in der Werkstatt, dass diese Stunden kaum ins Gewicht fallen, aber es demütigt sie. Sie fühlte den Stich dieser Demütigung, als Sander ihr sagte, dass der Maler der Galatea – sie selbst – nichts von Anatomie verstünde. Er hat recht, und das macht sie umso wütender. Galatea, das ist sie selbst, aber männliche Körper zu malen fällt ihr viel schwerer.

Sie mag ihn nicht, diesen heruntergekommenen und trotzdem so selbstzufriedenen Flamen mit seinem Bruder, der immer an ihm zu kleben scheint und stumm im Hintergrund die Farben anmischt und alles beobachtet. Beide sind ihr unheimlich, von ihnen geht etwas Unnahbares aus, eine

Verschlossenheit, die sie nicht überwinden kann. Immerhin: Gemeinsam schaffen sie innerhalb kurzer Zeit eine Reihe neuer Leinwände, mit denen sie nach neuer Kundschaft suchen können. Der Stil dieser Bilder ist römisch, aber mit der Detailverliebtheit der Flamen, oft auch mit ihren leuchtenden Farben, die der erdigen Palette der italienischen Maler eine gewagte Brillanz und Tiefe geben können.

Die triumphierende Nymphe Galatea, an der Diana arbeitet, ist kein Auftragswerk. Sie selbst hat sich diese klassische Sage ausgesucht, und die Nymphe trägt ihre Züge. Sogar ihr Körper, ihre Brüste und Schultern und Hüften, ist teils dem nachgebildet, was Diana an sich selbst wahrgenommen und vor dem Spiegel skizziert hat. Die Tritonen aber, diese seltsamen Kreaturen, halb Mann und halb Seeschlange, wirken immer noch ungelenk. Die Seeschlangen stellen sie kaum vor Probleme, da der Fischmarkt alles bietet, was sie zum Malen braucht, aber der Brustkorb, die Schultern, die Arme, der muskulöse Nacken und der Gesichtsausdruck eines kräftigen Mannes, der eine Seeschnecken-Trompete bläst, all das hat sie sich mühsam durch Schlüssellöcher erspähen und aus Drucken zusammensuchen müssen. Der kleine Pipo, der alles tut, was sie ihm sagt, und den sie manchmal bittet, ihr für einen Engel oder einen Amor Modell zu stehen, ist zu schmächtig und zu knabenhaft für ein kraftstrotzendes Seeungeheuer, dessen Schlangenbeine an zwei riesige Phalli erinnern und der jeden Gegner zwischen seinen mächtigen Armen zerdrücken könnte.

»Das kannst du nicht so machen«, hört sie Sanders Stimme hinter sich, als sie an einem Oberarm malt, »das hängt einfach nicht zusammen.«

»Was hängt nicht zusammen?«

47

Diana dreht sich um und sieht ihn wütend an. Sie sind allein in der Werkstatt, nur Hugo sitzt an einem der Mahlsteine und reibt Pigment.

»Hier, sieh«, sagt Sander und zieht sich das Hemd über den Kopf. Mit nacktem Oberkörper steht er vor ihr. Das Licht fällt auf seine Schulter, und er dreht sich in eine Pose, die der auf der Leinwand ähnelt.

»Sieh her«, fordert er sie auf, »wie die Sonne auf den Muskeln spielt, sieh die Arbeit der Gelenke darunter, die alles zusammenhalten. Wenn es auch nur ein wenig im falschen Winkel ansetzt, ist der Effekt unnatürlich.«

Diana studiert die Schulter ihres Angestellten. Es ist nicht die erste männliche, erwachsene Schulter, die sie gesehen hat. Dieses Privileg gehört einem früheren Gesellen, in dessen Armen sie auf dem Dachboden ihre Jungfräulichkeit verloren hat, und einem Pigmenthändler-Lehrling, der sich einmal vor ihr ausgezogen hat, aber es ist die erste männliche Schulter, die sie in Ruhe betrachten und studieren kann. Sie ist gut proportioniert, hager und sehnig, eine Schulter, die Lasten tragen kann, ein Arm, der nicht nur einen Pinsel halten kann, sondern auch ein Schwert.

»Sì dolce è 'l martire che in seno mi sta ch'un tanto gioire Gesù salverà …«, singt Diana gedankenverloren, während sie noch einmal alles überprüft. Es ist süß, das Martyrium in meiner Brust, so viele Freuden! Jesus wird erlösen …

Die Morgensonne scheint schräg in die Fenster der Werkstatt, und die junge Frau bringt Ordnung in Waffen, Kostüme und Requisiten. Heute kommt ein wichtiger Kunde, kein Geringerer als Giulio Mancini, Arzt und Autor mehrerer gelehrter Werke – und einer der wichtigsten Sammler von Rom. Ganz überraschend hat er seinen Besuch angekündigt. Wie zufällig legt Diana Mappen mit Zeichnungen aus, Skizzen für größere Projekte, gruppiert die Leinwände so, dass das Licht günstig auf sie fällt.

Als jemand an der Tür klopft, nimmt sie ihre Schürze ab und geht ins Vorzimmer.

»Warte!«, ruft sie der Magd zu, tritt vor den Spiegel und arrangiert ihr Mieder, ihren Ausschnitt, ihr Haar.

»Wo sind der Meister und Sandro?«

»Ich habe schon nach ihnen gerufen!«, sagt die Magd.

»Gut«, sagt Diana, »du kannst öffnen.«

Mancini ist die Liebenswürdigkeit selbst; ein kleiner, etwas altmodisch gekleideter Herr mit einem schwarzen Schlapphut, unter dem eine Glatze hervorkommt, in der Diana den gesamten Vorraum gespiegelt sehen kann, als er den Hut endlich abnimmt. Sie bittet ihren Gast in die Werkstatt, bietet ihm Wein an, den er dankend ablehnt.

Nach einer Weile kommen Virgilio und Sander dazu. Der Meister begrüßt Mancini mit großer Geste und beginnt, auf ihn einzureden. Er rezitiert seine großen Aufträge, die Kirchen, die Mäzene, die Sammlungen, er spricht über Religion und Licht und Märtyrer und Leiden und zeigt dazu vier Leinwände, die so dunkel sind, dass sie sogar im Morgenlicht aussehen wie vier schwarze Kellerlöcher, in denen jeweils einer der Apostel steht.

»Die Modelle kommen alle aus der Umgebung, vom Markt oder von einer der zahllosen Baustellen in der Stadt«, erzählt Virgilio voller Stolz. »Es sind einfache Leute, wie die Apostel selbst: zahnlose, grobe Gesichter und raue, von Sonne und Wind hart gemachte Haut. Die Schwielen auf ihren Händen sind mit besonderer Genauigkeit gemalt.«

Mancini hört zu, sagt kaum etwas, begutachtet die Leinwände und die Figuren auf ihnen. Sie haben etwas Gezwungenes an sich, die Männer aus dem Volk fühlten sich offensichtlich unwohl in ihren klassischen Posen, die sie über Tage immer wieder einnehmen mussten.

»Hochinteressant«, sagt er schließlich, »ausgezeichnet, Maestro, sehr beeindruckend. Und nun sagt mir, was habt Ihr mir sonst noch zu zeigen?«

»Das sind die wichtigsten Werke, an denen ich momentan Tag und Nacht arbeite, ohne Rücksicht auf Familie oder Gesundheit, ich folge in ihrer Komposition dem Genie ...«

»Natürlich, natürlich!«, schneidet Mancini seinen Redefluss ab. »Was aber ist zum Beispiel mit dieser entzückenden Galatea?«

»Bemüht Euch nicht damit, Euer Gnaden, das ist ein Experiment meiner Tochter, nicht für den Verkauf gedacht. Ich selbst habe nicht einmal Hand angelegt dabei.«

»Und doch hat es erhebliche Qualitäten! Schaut Euch den Faltenwurf ihres Gewandes an, die fliegende Leichtigkeit der Wolken, und dieser Kranz aus Seetang und Muscheln, ganz außerordentlich! So etwas kenne ich eigentlich nicht aus unserem Land, wenn es nicht hier in Eurer Werkstatt wäre, würde ich sagen, es sei eine flandrische Hand.«

»Und Ihr hättet recht, verehrter Doktor! Mein Arbeiter, der erst seit kurzer Zeit hier ist, kommt tatsächlich aus dem Norden. Woher genau, Fiammingo?«

Sander, der sich bis jetzt im Hintergrund gehalten hat, antwortet: »Aus einem kleinen Dorf, das es nicht mehr gibt. In der Gegend von Utrecht in den Niederlanden.«

»Hochinteressant, das ist hochinteressant! Ihr kommt von

dort? Ihr müsst mir mehr darüber erzählen, und Ihr, Signorina«, er wendet sich zu Diana, »... Ihr seid offensichtlich selbst eine Meisterin! Diese Nymphe ist ein Triumph, anmutig und fast transparent wie Alabaster. Die Schulter eines der Tritonen bereitet mir allerdings Sorge. Wenn ich einen Patienten mit einer solchen Schulter bekäme, würde ich sie ihm brechen und neu setzen. Das wird für Euch einfacher sein, verehrte Meisterin. Ich nehme das Bild, eine mehr als geglückte Zusammenarbeit von zwei charakteristischen, aber unbekannten Händen, höchst interessant. Wir stehen am Anfang einer großen Karriere. Aber wo wollt Ihr denn hin?«

Dieser letzte Satz ist an Virgilio gerichtet, der immer stiller geworden war, dann plötzlich seinen Mantel und seinen Hut nimmt und den Raum grußlos verlässt.

Mancini sieht ihm nach.

»Ein dringender Termin sicherlich«, sagt er sarkastisch. »Wie man hört, ist er ja ein gefragter Mann, besonders bei den Kollegen, die mit ihm gemeinsam Bacchus huldigen. Aber zurück zu Euch, zu der Galatea. Bringt sie in mein Haus, in zehn Tagen. Ich habe einige Dinge bei mir zu Hause, die für Euch von Interesse sein könnten, und an diesem Tag wird auch eine kleine naturphilosophische Demonstration stattfinden, von der Ihr profitieren könntet. Ich nehme an, Euer Vater wird nichts dagegen einzuwenden haben, dass Ihr einen alten Mann besucht?«

Diana, die jedes Mal wie eine Löwin kämpfen muss, wenn sie auch nur auf den Markt oder zum Schneider gehen will, dessen Rechnungen noch immer unbezahlt sind, zögert einen Moment.

»Ich kann Euch nicht sagen, wie sehr ich Eure Tugendhaftigkeit bewundere. Zu wenige Menschen heute sind so besonnen.

Aber nehmt doch eine Ehrenwache mit. Maestro Sandro, wäret Ihr bereit, diese Rolle zu übernehmen?«

Sanders Augen lächeln, und er verbeugt sich.

»Es wird mir eine Ehre sein!«, murmelt er.

IV

DIE SCHULTER EINES MANNES

Zehn Tage später gehen Sander und Diana gemeinsam durch die Straßen der Stadt. Zwei Männer folgen ihnen mit der verhüllten Galatea, die sie auf einem Karren vorsichtig durch die Menge bewegen.

Diana trägt wieder das safrangelbe Kleid. Unter dem Mieder ragt der Rand einer feinen, leinenen Bluse hervor. Als sie im Begriff waren zu gehen, hat Virgilio sie angefahren, sie solle gefälligst ihre Bluse geschlossen halten und nicht herumlaufen wie eine Hure. Sie hat ihn nur verächtlich angesehen, und sobald sie allein auf der Straße waren, hat sie sich mit einer raschen Bewegung den Saum der Bluse gelockert. Sander ist erstaunt, wie anders sie ist, außerhalb des Hauses, eine Freiheit, die sie nur selten genießt. Sie wirkt jetzt wie von einer anderen Kraft erfüllt, glühend vor jugendlicher Schönheit und vor Stolz. Sie hat einen tiefblauen Schal in ihr Haar gewebt, und von ihrem linken Ohr hängt ein Ohrring mit einer einzigen tropfenförmigen Perle.

Die Jacke, die Virgilio ihm geliehen hat, schwarz und vorn dicht geknöpft mit einem hohen Kragen, ist Sander ein wenig zu groß, aber zumindest lässt sie ihn nicht aussehen wie einen Bettler. Der Stoff ist frisch aufgebürstet, das weiße Hemd schneidet ihm mit einer dünnen Spitzenbordüre in den Hals. Hugo hat ihn mit ruhiger Präzision rasiert. Im Menschengewühl sehen Sander und Diana aus wie ein Paar auf dem Weg zur Sonntagsmesse oder zu einem Festtag, an dem die Leute in ihren besten Kleidern auf die Straße gehen. Dabei ist es ein ganz normaler Tag in den lärmenden, stinkenden Straßen Roms.

Um ihre Schultern hat Diana eine lange Goldkette gelegt, die fast bis zur Spitze ihres Mieders reicht, das Geschenk eines reichen Gönners an ihren Vater in besseren Tagen. Eine römische Medaille prangt daran, und Dianas rechte Hand spielt nervös mit dem Schmuckstück, dreht es hin und her, lässt es durch die Finger gleiten. Sander sieht sie an. Die Haut auf ihrem Dekolleté und ihrer Stirn glänzt leicht, es ist heiß in der Nachmittagssonne. Die Perle ihres Ohrrings schimmert verführerisch an ihrer blassen Haut und vor dem dunklen Glanz ihrer Locken. Sie ist in Gedanken verloren, tut ihr Bestes, um nicht in Dreck zu treten und den großen, unsicher wankenden Lasten auf den Rücken von Tagelöhnern und Eseln auszuweichen, die jeden hier plötzlich wie ein Hammer auf den Kopf treffen können.

In ihren etwas mehr als zwanzig Jahren hatte Diana noch nie Gelegenheit, die legendären Meisterwerke ihrer Stadt zu sehen, und Mancinis Sammlung ist eine der berühmtesten. Er besitzt große Gemälde alter Meister, antike Statuen von unerhörtem Wert, Vasen aus Griechenland und römische Bronzen, Münzen und andere Wunderwerke aus aller Welt. Endlich wird sie all diese Schönheit sehen und berühren können. Endlich entkommt sie den eifersüchtigen Argusaugen ihres Vaters.

Mancini erweist sich als aufmerksamer und charmanter Gastgeber. Er empfängt seine Gäste in einem Salon, der ganz einfach eingerichtet ist, serviert ihnen einen dunklen Wein aus Montalcino in fein geblasenen Gläsern und spricht über die Bauprojekte in dieser Stadt, in der außer den römischen Ruinen alles abgerissen und wieder neu aufgerichtet wird.

»Fast drei Generationen ist es her, dass unsere ehrwürdige Stadt zerstört wurde. Jetzt ist es an der Zeit, ihr ein würdiges Gesicht zu geben!«, sagt Mancini und fügt hinzu: »Aber wo sind meine Manieren? Ich habe Euch versprochen, einen Blick auf meine bescheidene Sammlung werfen zu lassen, und halte Euch hier mit diesem Geplänkel auf. Gehen wir also gleich gemeinsam hinein!«

Mancini steht auf und führt seine beiden Gäste zu einer Tür, die sich in eine lange Galerie öffnet. An den Wänden hängen Gemälde von lebenden und toten Meistern, alle großen Namen scheinen hier versammelt. Ein Bücherregal säumt bis auf Hüfthöhe die Wände. Es ist gefüllt mit großen und kleinen Bänden, manche als ungebundene Papier-Konvolute, andere mit kostbaren, goldgeprägten Lederrücken, dazwischen Zettel mit Notizen, scheinbar wahllos ins Regal gestopft. In der Mitte der Galerie erhebt sich ein langer Tisch, an dem dreißig Gäste ein Festmahl einnehmen könnten. Hier sind die natürlichen Kostbarkeiten aufgehäuft: Straußeneier und eine Seychellen-Nuss auf einem silbernen Fuß, ausgestopfte, exotische Tiere und andere, die in großen Gläsern in einer gelblichen Flüssigkeit eingelegt sind, ein getrockneter, dramatisch aufgeplusterter Mondfisch und große, irisierende Häuser von Meeresschnecken, seltsam glänzendes Gestein, Walrosszähne mit Schnitzereien darauf und ein

Bezoar, ein Stein, dem nachgesagt wird, er sei das Antidot gegen alle Vergiftungen.

»Das hier ist nur Spielzeug«, murmelt Mancini, der seine Hände unbewusst an seinen Kostbarkeiten entlanggleiten lässt. »Mein Forschungsinteresse geht weiter, tiefer und in andere Dimensionen. Ihr, Maestro Sandro, interessiert Euch für Botanik?«

»Pflanzen sind mein Metier.«

»Nur Euer Metier?«

»Mein alter Meister in den Niederlanden hat immer gesagt, ich stünde den Pflanzen näher als den Menschen. Und vielleicht hatte er recht. Pflanzen geben Hoffnung, Nahrung, Schönheit. Und sie verlangen nichts dafür als ein wenig Wasser.«

»Ich bin vollkommen Eurer Meinung, verehrter Maestro, und hier habe ich etwas, was Euch interessieren wird!«

Mancini geht zum Bücherregal, zieht einen der großen Folianten heraus, legt ihn auf den Tisch und öffnet ihn. Die Seiten sind gefüllt mit sorgfältig eingeklebten getrockneten Blüten und Blättern.

»Dies«, sagt Mancini, »habe ich nur zufällig herausgegriffen. Hier haben wir die Vegetation der Alpen, die ich selbst vor dreißig Jahren dort gesammelt habe. Ich habe sie seitdem mehrmals neu geordnet und klassifiziert, das System der Klassifikation stellt Geist und Auge vor enorme Herausforderungen. In diesem Saal allein aber finden sich Pflanzen aus allen Gebieten Europas, in einem Nebenraum auch aus Asien, Afrika und der Neuen Welt. Kenner aus aller Herren Länder schicken mir Proben – gegen entsprechende Geschenke, versteht sich. Die Jesuiten sind besonders nützlich in dieser Hinsicht, äußerst umtriebig und wissenschaftlich interessiert.

So ist beispielsweise die chinesische Sektion meiner kleinen Sammlung besonders erfreulich bestückt. Ihr habt hier eine umfassende Pflanzenbibliothek, die zwar nie vollständig sein wird, Euch aber von einigem Nutzen sein könnte. Ich wäre interessiert, Eure Eindrücke zu erfahren, wenn Ihr die Sammlung in etwas mehr Ruhe angesehen habt. Das aber wird auf ein anderes Mal warten müssen. Jetzt habe ich noch eine kleine Überraschung für Euch. Es ist zwar vielleicht etwas unkonventionell, eine Dame zu einer solchen Veranstaltung einzuladen, aber Ihr seid hier als eine hervorragende Malerin, und so soll und darf Euch nichts vorenthalten werden. Wir werden einen kurzen Spaziergang machen, gemeinsam, zur Santo Spirito. Wir treffen dort einige Freunde. Bitte, folgt mir!«

Die Chiesa di Santo Spirito verfügt über ein großes Krankenhaus, eines der wenigen, das gegen die Gezeit von Seuchen, Entzündungen, Infekten, Schlagflüssen, mörderischen Fiebern, Unfällen und bösartigen Entzündungen ankämpft. Jeden Tag werden Elende ans Tor gebracht, jeden Tag kommt ein Karren, der verhüllte Leichen einsammelt und zu den Armengräbern fährt. Mit Aderlässen und Blutegeln, kalten Bädern und heißen Abrieben kämpfen die Doctores meist einen aussichtslosen Kampf. Bei Amputationen, beim Setzen von Brüchen oder beim Herausbrechen von Zähnen gelingt ihnen immer wieder etwas, aber auch die Patienten, die ihre Operationen nicht überleben, erlauben faszinierende Einsichten für die Wissenschaft.

Hier lehrt und behandelt Mancini, und hier versenkt er sich in seine Forschungen. Er führt seine Gäste an der Kirche vorbei zu einem hellen Raum, der an der Westseite des Kreuzgangs gelegen ist. Etwa ein Dutzend Männer warten dort schon auf sie. Sie werfen misstrauische Blicke auf Sander und besonders auf Diana, aber ihr Gastgeber stellt sie als eine der begabtesten Malerinnen dieser Stadt vor, und die Mienen der Umstehenden hellen sich auf. Dann treten sie an den zentralen Tisch. Unter einem Tuch, das über den Tisch gebreitet ist, zeichnen sich die Umrisse eines menschlichen Körpers ab.

Mancini beginnt die Sitzung.

»Kein Studium der Anatomie ist möglich ohne das Studium am Körper selbst, ohne ihn nicht nur von außen anzusehen, sondern auch von innen zu verstehen, das ganze Wunder dieses immensen Uhrwerks, das ein Körper ist! Darum habe ich unsere Freunde hierher eingeladen, die diese Schönheit des menschlichen Körpers über den Verfall des Augenblicks hinausheben und für Jahrhunderte bewahren! Nur ein Atemzug in der Ewigkeit, aber ein Äon für uns. Nun aber ans Werk!«

Der Anatom zieht das Tuch von dem Körper, der jetzt gelbgrau im gleißenden Tageslicht liegt, das durch ein großes Dachfenster hereinströmt. Der Hals des Kadavers steht in einem unnatürlichen Winkel vom Rumpf ab. Vor zwei Stunden schwang dieser Mann noch von einem Galgen an der Piazza de Sant'Angelo.

»Wenden wir uns einem der großen Meisterwerke dieses menschlichen Körpers zu«, sagt Mancini und ergreift sein Skalpell, »der Schulter!«

Mit geübtem Schwung setzt er zum Schnitt an.

»Warum hat er das getan?«, fragt Diana, als die beiden auf dem Heimweg sind.

»Was getan?«, fragt Sander zurück.

»Vor uns einen Menschen aufgeschnitten? Die Muskeln herausgelöst wie ein Metzger auf dem Markt?«

»Er hat nur zu dir gesprochen, schönste Meisterin! Eine Lektion ganz für dich allein!«

»Das ist eine Lüge!«, sagt Diana mit glänzenden Augen. »Das wäre unstatthaft! Wenn das mein Vater hören würde!«

»Aber er wird es nicht hören. Mancini, der eine ganze Stunde lang über die Schulter spricht, nach seinem Besuch in der Werkstatt? Vielleicht will er ein unschuldiges junges Ding verführen, vielleicht respektiert er deine Kunst – beides wahrscheinlich. Du hast einen Verehrer gefunden!«

»So einen alten Mann, mit Glatze und Haaren in den Ohren? Einen Mann, der täglich Tote anfasst und zerschneidet und dann mich anfassen will?«

»Dein Vater hätte nichts gegen solch eine Verbindung. Mancini ist reich und berühmt und mit allem bekannt, was Rang und Namen hat. Man sagt, der Papst werde ihn bald zu seinem Leibarzt ernennen. Da wäre doch eine hübsche junge Frau die ideale Draufgabe, ein Jungbrunnen!«

»Halt deinen Mund!«, sagt Diana etwas heftiger, als sie beabsichtigt hatte. »Das ist ja unerträglich! Und schlimmer noch, du hast recht! O heilige Mutter Gottes! Meinst du wirklich?«

»Dass der alte Virgilio den Besuch mit einem Auge darauf arrangiert hat? Wenn ich recht darüber nachdenke, so wurde dir gerade gezeigt, was du erwarten kannst. Sogar ich bin einbezogen in dieses großzügige Arrangement. Ich darf in der Sammlung Pflanzen suchen, während er dich in seinem Bett hat.«

»Sei still!«

»Und der Schwiegervater hat Zugang zu allen Palästen der

Stadt, genug Aufträge und genug Geld, um den Rest seiner Tage in Wein zu baden.«

»Still, sag ich!« Voller Wut in den Augen blickt sie ihm ins Gesicht. Ein Fischkopf, von einer Katze oder einer Möwe fallen gelassen, gibt unter Dianas guten schwarzen Schuhen nach und glitscht weg, sie verliert mitten im Schritt das Gleichgewicht, hält sich instinktiv an Sander fest, er sieht das Erstaunen in ihren Augen, als er sie auffängt und ihre Lippen einander so nahe kommen, dass sie sich einen Atemzug lang fast treffen. Einige Leute um sie herum lachen, ein Lastenträger ruft: »He, ihr Schönen! Nehmt mich mit!«

Diana tritt einen Schritt beiseite, gewinnt ihre Haltung zurück und streicht sich über den Rock. Das blaue Tuch, das sie sich in die Haare geflochten hat, hat sich gelockert, und sie muss es richten. Ihm ist, als hätte sie zwei Herzschläge länger als nötig damit gewartet, sich von ihm loszumachen.

»Es wird spät«, sagt sie. »Er wird schon warten. Wir müssen zurück, sonst fällt er über uns her mit seinen Verdächtigungen und Vorwürfen. Um einen guten Preis zu kriegen, muss er die Ware unbeschädigt wissen.«

Diana beginnt zügig loszugehen, ohne ihn noch einmal anzusehen.

»Zurück in den Käfig«, murmelt Sander und folgt ihr.

Ich bin Galatea, ich bin Esther, ich bin Judith, ich bin Batseba, ich bin Salome, ich bin Potiphars Weib, die Seele eines Cäsaren im Körper einer Frau, ich bin Diana, die Jägerin und die Gejagte.

Diana fixiert sich im Spiegel. Nicht aus Eitelkeit – aus Sparsamkeit. Ein gutes Modell ist teuer, zu teuer für ihre

Ansprüche und ihre begrenzten Möglichkeiten, für den langsamen Prozess, der ihre Bilder entstehen lässt. Sie ist schön, stark und seltsam hoheitsvoll, mit ihrem unbezähmbaren Haar, das unter dem Tuch hervorquillt, das sie zum Arbeiten um ihren Kopf gewickelt hat. Es erscheint in einigen ihrer Bilder, abwechselnd mit einem Diadem, mit dem sie sich selbst krönt. Sie erzählt ihre eigene Geschichte in endlosen Variationen. Susanna im Bade, eine junge Frau, die von widerlichen Alten begafft wird und abwehrend die Hände erhebt; Daphne, die sich ihrer Vergewaltigung durch Apollo nur entziehen kann, indem sie sich in einen Lorbeerbaum verwandelt; Judith, die dem lüsternen Feldherrn Holofernes mit einem breiten Schwert den Kopf abhackt. Nur Elektra, die Vatermörderin, hat sie noch nie porträtiert.

Wie aber soll sie ihre Geschichte jetzt erzählen? Welcher Heldin kann sie ihre Gefühle anvertrauen? Kann es sein, dass sie diesen Fremden liebt, der so unverhofft in ihr Haus gekommen ist?

Und wer ist er? Ist er ein Einziger? Sandro und Hugo arbeiten wie ein Körper. Jeder Pinsel und jede Farbe, die Sandro für seine Arbeit braucht, wird von Hugo vorausgeahnt und angereicht, jeder Handgriff zwischen den beiden beruht auf einer Vertrautheit, die keine Worte braucht. Das erste Mal hatte sie das bemerkt, als Sander den Tritonen bekränzte und dabei arbeitete wie ein langsames, in sich versunkenes Tier mit vier Armen und zwei Köpfen.

Welche Heldin kann sie finden, die eine Liebschaft mit einem Untergebenen hat?

Ovid beschreibt, was die Göttin Diana mit dem Jäger Actaeon tat, der sie zufällig beim Baden beobachtete. Sie verwandelte ihn in einen Hirsch und hetzte ihre Hunde auf ihn, die ihn zerrissen. Vielleicht wird sie diese Szene malen. Aber Sandro spielt seine Rolle nicht. Die Geduld, mit der er arbeitet, im selben Raum wie sie, wortlos und konzentriert, während sein Bruder Pigmente im Mörser fein mahlt, Farben mit Leinöl anmischt und sie in Tiegeln bereitstellt, hat etwas Lauerndes, Provozierendes.

Vielleicht muss sie nach einer ganz anderen Heldin suchen, einer, die sich den tyrannischen Wünschen ihres Vaters nicht beugt, nicht den Mann nehmen will, den er für sie ausersehen hat. Noch hat Mancini nicht offiziell um ihre Hand angehalten, aber er hat ihr schon viermal Konfekt bringen lassen, aus einer der teuersten Zuckerbäckereien der Stadt, und ihr Vater hat sich ausgiebig und mit einem verräterisch leutseligen Lächeln nach ihrem Besuch bei dem alten Sammler erkundigt und dabei immer wieder betont, wie wohlhabend, wie bedeutend, wie energisch dieser Mann doch sei.

In der griechischen Mythologie gibt es keine solchen Figuren, dafür aber gibt es zahllose Märtyrerinnen, die den Tod einer Ehe vorgezogen hatten. Sankt Agnes war auf den Scheiterhaufen gekommen, weil sie sich als Gottes Braut betrachtete und so dem Willen ihres Vater trotzte. Diana hasst das ganze heilige Gemetzel, all diese Jungfrauen und Weiblein, die danach gieren, dass sie jemand foltern und verbrennen oder doch mindestens enthaupten möge, um beim Jüngsten Gericht zur Rechten des Herrn sitzen zu dürfen. Diana hat nicht die Absicht, eine Märtyrerin zu werden.

Ihr Vater hat nichts gemerkt von ihrer inneren Unruhe. Zu sehr ist er von seinem eigenen Ehrgeiz getrieben. Er wäre nicht der erste Maler, der für seine Verdienste in einen Ritterorden aufgenommen wurde. Cavaliere de Nobili wollte er werden, ein Herr unter Herren. Eine prächtige Hochzeit vor aller Augen mit Trauung im Petersdom oder im Pantheon, am Grab Raffaels, würde seinen Aufstieg besiegeln.

V

Der Sieg der Tugend

Kein Haushalt in Rom ist prächtiger als der des Kardinals Della Valle, Kämmerer und Sekretär seiner Heiligkeit, Inhaber zahlloser Sinekuren und Adelstitel, Besitzer der größten Kunstsammlung außerhalb des Vatikans. Natürlich munkelt man, dass er ein Sohn des Papstes sei und selbst ein Anwärter auf den Heiligen Stuhl, aber die Wahrheit ist, dass Seine Eminenz keinerlei Interesse daran hat, die Geschicke der Christenheit zu leiten, die Reinheit des Glaubens zu bewahren und Stadthalter Christi auf Erden zu sein.

Das Erste, was einem ins Auge springt, wenn man dem Kardinal begegnet, sind seine wachen, intelligenten Augen und der Mund, der von einem rötlichen Bart umrahmt wird und fast ständig und unmerklich ein zynisches Lächeln auf den Lippen hat.

Della Valle trägt Purpur, weil es fast alles überstrahlt und weil sich unter den kirchlichen Gewändern vieles verbergen lässt. Es gibt einiges, worüber er Stillschweigen bewahren möchte, und der Vatikan ist voller Brüder in Christo, die ihn um sein luxuriöses Leben beneiden und die liebend gerne seinen Absturz betreiben und auf seinem Grab tanzen würden. Es gibt auch vieles, worüber er seinerseits Stillschweigen bewahrt, solange man sich dankbar zeigt dafür. Diese Diskretion ist Gold wert und mächtige Armeen. Sein Palazzo wurde von dem großen Michelangelo entworfen, eine kleine Stadt lebt in seinen Mauern, und zahllose Hände arbeiten daran, dem Kardinal jede erdenkliche Bequemlichkeit zu gewähren.

Legendär die Feste, die er in seinen privaten Gemächern feiert. Auf dem Markt erzählt man sich aus guter Quelle, dass es Orgien sind, die dort stattfinden, dass nackt getanzt wird, Lautenisten Lobgesänge auf die fleischliche Liebe anstimmen, dass Delikatessen aus aller Herren Länder auf den Tisch kommen, Früchte gekühlt auf Eis, das von den Alpen heruntergebracht wurde, Wein aus Sardinien in dunklen Strömen. Man erzählt sich, dass hübsche, nur von Weinblättern umrankte Knaben auf silbernen Tabletts serviert werden wie gefüllte Kapaune, dass kein Genuss und kein Vergnügen, möge es auch noch so sündig sein, ausgelassen wird.

Der Kardinal ist zu klug, um solchen Gerüchten zu begegnen. Egal, was er sagt, man würde ihm nicht glauben, also schweigt er. Es ist ihm völlig gleichgültig, was Marktweiber und Lastenträger von ihm denken. Insgeheim ist er sogar stolz auf seine Reputation. Sollen die Philister und die dummen Frömmler ihn ruhig verdammen. Ihr Urteil gibt ihm die Freiheit, erst recht seinen Gelüsten zu folgen, denn wenn einmal alles über einen gesagt wird, kann niemand mehr wissen, was wahr ist und was nicht.

Della Valles größte Angst ist die Langeweile. Mit der Sterblichkeit kann er leben, die Ammenmärchen vom Höllenfeuer haben ihn noch nie berührt. Aber die Langeweile ist die Hölle auf Erden. Er umgibt sich mit jungen Priestern, mit Künstlern, Literaten und interessanten Menschen, er liest bis spät in die Nacht beim Schein von Dutzenden von Wachskerzen, er hat sich sogar eine Leselampe konstruieren lassen, die mithilfe eines Spiegels und einer Linse das Kerzenlicht direkt auf eine Buchseite fokussiert.

Der rote Kardinal, wie sie ihn wegen seiner flammenden Haare nennen, ist Privatsekretär seiner Heiligkeit, aber er ist kaum jemals im Vatikan. Dafür hat er seine Leute, denen er vertrauen kann, weil er etwas über sie weiß, weil ihre Familien Schulden bei seiner haben, weil sie ehrgeizig und aufstrebend sind und er ihren Ehrgeiz versteht. Es ist nicht nötig, seine Tage unter Fanatikern und Idioten zu verbringen, und die Zyniker im Vatikan sind regelmäßig seine Gäste. Nein, es ist die Langeweile, die ihn erstarren lässt, aber auch er kann sie nicht immer vermeiden und muss den Schein wahren, eine Fassade so imposant wie die seines Palazzos.

Der Kardinal teilt seine immense Stadtresidenz und gelegentlich auch immer noch sein monumentales, mit geschwungenen Säulen bestücktes Himmelbett mit seinem Privatsekretär und Majordomo Pater Bonifazio, ein offenes Geheimnis im Vatikan und auf den Straßen der Stadt. Bonifazio ist längst nicht mehr der schlanke Junge mit den sinnlichen Lippen, dem Della Valle vor fünfzehn Jahren auf einem Fest des Kardinals Farnese begegnet und verfallen war. Sein Heißhunger nach römischen Süßigkeiten hat ihn verändert; Pistazien, Mandeln und Honig, Rosenwasser und delikater, aus zahllosen knusprigen Lagen gebauter, zart parfümierter Blätterteig sind zu viel für seine Willenskraft, aber auch wenn er nicht mehr der Antinous ist, in den Seine Eminenz sich einst verliebt hatte, so hat der Priester doch andere Fähigkeiten bewiesen. Er kann mit Geld umgehen. Bonifazio versteht, wie man Buch führt und Zinsen für Darlehen ausverhandelt, wie man Geld verleiht und anlegt. Della Valle ist nur gut darin, es mit vollen Händen auszugeben, und er weiß: Seit Bonifazio sich um diese Dinge kümmert, hat er keine Ländereien der Familie mehr verkaufen müssen, um Schulden abzuzahlen, und der Wein, den er seinen Gästen serviert, ist dunkel und schmeckt nach Beeren, Salzfleisch und Herbstlaub; nicht zu gut – auch darauf hat der ehrgeizige Priester ein Auge –, aber er kommt aus den Weingärten seiner Familie, in denen Bonifazio neue Verwalter eingesetzt hat. Jetzt gibt es sogar genug, um einen Teil davon zu verkaufen. Heute bewundert der Kardinal den scharfen Geschäftssinn seines Geliebten und Majordomo so, wie er noch vor einem Jahrzehnt seine schlanken Hüften bewundert hat.

Der Kardinal weiß, dass es an der Zeit ist, wieder von sich reden zu machen. Seine Heiligkeit Klemens VIII. hat es sich zur besonderen Aufgabe gemacht, Ketzerei und Unglauben auszulöschen, und Della Valle darf die Geduld und Toleranz des Heiligen Vaters nicht zu sehr strapazieren. Immer wieder hat Klemens ein Auge zugedrückt, aber er weiß, dass es nicht ewig so gehen kann. Er sollte eine positive, weithin sichtbare Geste machen, die den Sieg der Tugend über das Laster feiert. Also hat er sich entschlossen, seinen gerade neu ausgestatteten Festsaal mit einem Fresko zu ebendiesem Thema zu dekorieren. Der Heilige Vater wird das mit Genugtuung zur Kenntnis nehmen und sich vielleicht weniger dafür interessieren, was sich unterhalb dieser schönen Allegorie abspielen wird. Della Valle braucht also einen Künstler, der diesen Auftrag verlässlich erfüllt und der vor allem nicht zu teuer ist, denn die Renovierung des Saales selbst hat sündhaft große Summen verschlungen, allein die Stuckateure aus Süddeutschland und der Marmor für die Säulen hätten manchen Herren in den Ruin getrieben. Mehr als einmal hatte Bonifazio ihn während der Bauarbeiten zur Sparsamkeit ermahnt.

»Wen sollen wir also nehmen?«, fragt Della Valle seinen Sekretär. »Wer wird uns für hundert Scudi einen ganzen Saal ausmalen? Merisi sicherlich nicht, und Carracci ist schon mitten in einem großen Werk ...«

»Ich hätte eine Lösung«, sagt Bonifazio.

»Nämlich?«

»Wir brauchen jemanden, der sich an unsere Wünsche hält, ein Instrument unseres Willens, jemanden, der nicht gerade auf dem Zenit seiner Laufbahn ist, einen, der für unseren Auftrag dankbar ist.«

»Und wer wäre das?«

»Ich habe sagen hören, dass Doktor Mancini, der große Sammler, der eine gute Nase hat, unlängst in der Werkstatt von Virgilio Nobili gesehen wurde und von dem Meister sogar ein großes Bild gekauft hat, irgendein mythologisches Thema, eine Göttin, ich habe vergessen, was.«

»Nobili? Ist das nicht der Säufer?«

»Er trinkt nicht wenig.«

»Und habe ich seinen Namen nicht in Verbindung mit irgendeinem Gerichtsfall gehört?«

»Exakt!«

»Was soll daran gut sein?«

»Du wirst seine Chance der Erlösung sein. Wenn du ihm einen Auftrag gibst und er auch tatsächlich liefern kann, ist seine Reputation gerettet, und er wird sich vor Aufträgen kaum noch retten können. Das weiß auch er. Gib ihm diese Chance, und du wirst nicht nur den untertänigsten aller Diener haben, du musst ihm auch kaum etwas zahlen, solange er damit prahlen kann.«

Kardinal Della Valle lächelt den Pater an. »Ich sehe, du hast an alles gedacht«, sagt er. »Tu mir den Gefallen und veranlasse das Nötige, meinetwegen empfange ich diesen Menschen auch, er soll mir Entwürfe bringen.«

Es geht aufwärts mit Virgilios Werkstatt, in Kennerkreisen beginnt man, seinen Namen wieder zu erwähnen, wenn auch immer mit dem Zusatz, man werde ja sehen, was von dieser Sache zu halten sei.

Der Grund für den Wandel seines Geschicks liegt in den fein detaillierten Werken, die seit kurzer Zeit von seiner Werkstatt geliefert werden. Die Kundschaft liebt Blumen, die auf der Leinwand blühen und nie verwelken. Sie liebt die Illusion von Wirklichkeit. Bald haben Diana, Sander, zwei Lehrlinge und Hugo alle Hände voll zu tun, um all diese Kommissionen zu erfüllen: Stillleben und blumenbekränzte Madonnen und Heilige und pausbäckige Kleinkinder mit Sträußen in der Hand, ernsthafte Kaufleute mit einer Blume in der Hand als Symbol der Sterblichkeit, Damen der Gesellschaft bei der Toilette, mit Blüten im Haar und einem Granatapfel.

Der zweite Grund für seinen plötzlichen Erfolg ist ein Auftrag, der den Meister in einem ganz neuen, glänzenden Licht erscheinen lässt. Seit Wochen hat sich Virgilio in einem separaten Studio im Erdgeschoss eingeschlossen und skizziert Tag und Nacht. Ausgerechnet der Kardinal Della Valle, einer der mächtigsten Männer der Stadt, hat ihn mit einem Entwurf zu einem großen Fresko beauftragt: den Triumph der Tugend über das Laster.

Virgilio kann sein Glück kaum fassen. Es hat sich bezahlt gemacht! Seine künstlerische Suche, der neue Stil, der Mut zum Bekenntnis, der ständige Kampf, die Streitereien, die Schulden. Er wird mit diesem Fresko die römische Malerei revolutionieren, wie es seit Michelangelo niemand mehr geschafft hat.

In langsamer Prozession kommen die Modelle zu ihm. Er spart nicht an Geld und zahlt ihnen Stunde um Stunde, um den Kampf in Szene zu setzen. Meistens ist nur ein Modell da, während einige Tücher und Möbelstücke den Rest der Komposition darstellen müssen. Der junge Mann, der einen gefallenen Engel spielen soll, liegt mehrere Stunden lang nackt vor einem mit einem Tuch drapierten Tisch, eine Hand in die Luft gestreckt, um einen imaginären Schlag abzuwehren, mit einem Seil, an dem er sich festhalten kann; die alte Gemüsefrau, die das gestürzte Laster verkörpert, weigert sich, ohne Kleider vor einem Mann zu erscheinen, und er kann so nur ihr Gesicht gebrauchen. Für den Rest ihres Körpers nimmt Virgilio eine andere Frau und einige Konturen eines Gepäckträgers, der auch den Racheengel mimt.

Wenn Virgilio nicht in seinem Zimmer eingeschlossen ist, mit oder ohne Modell, dann läuft er exaltiert durchs Haus, brüllt die Dienstboten an, verlangt etwas zu essen, gibt Anweisungen, die er gleich wieder vergisst.

Manchmal findet Diana ihn in seinem Studio, eingeschlafen

über seinem Zeichentisch. Sie berührt ihn an der Schulter, und er zuckt auf und sieht sie erschrocken an.

»Das sollst du nicht sehen!«, sagt er wütend. »Niemand darf es sehen, es ist zu früh. Geh, geh raus! Störe mich nicht und lass mir was zu essen bringen. Früchte! Frische Früchte, verdammt! Und Wein!«

Am Abend, als die Sonne schon hinter den Dächern verschwindet, arbeiten Sander und Diana noch bei Lampenlicht. Die Helligkeit der Kerzen wird durch Spiegel verstärkt und trifft das Modell in einem dramatischen Winkel. Die beiden Lehrlinge sind schon verschwunden. Im Vorzimmer erhebt Virgilio seine Stimme:

»Pass doch auf, wo du hingehst, du flämischer Kretin!«

Diana geht zur Tür und öffnet. Ihr Vater ist gerade dabei, das Haus zu verlassen.

»Sag diesem Narren, dass er sich in Acht nehmen soll, er hätte mich fast umgeworfen! Und wartet nicht auf mich. Ich werde spät zurückkommen!«, ruft er im Weggehen und wirft die Tür ins Schloss.

Hugo steht im Vorzimmer. Diana sieht die Wut in seinem Gesicht.

»Es ist nicht so schlimm«, sagt sie, »so ist er. Bist du auch auf dem Weg nach draußen?«

Hugo richtet sich auf und lächelt sie an. Er hat sich die Farbe abgewaschen, das blonde Haar gebürstet und trägt ein frisches Hemd.

»Na, dann gute Nacht und genieße die Abendluft!«, sagt Diana. Sie zwinkert ihm zu und geht zurück in die Werkstatt.

»Was war los?«, fragt Sander.

»Nichts, mein Vater hat eine fürchterliche Laune, und er

hat Hugo beschimpft, der auch gerade auf dem Weg nach draußen war. Weißt du, wohin er geht, abends?«

»Auf die Jagd!«, antwortet Sander.

Hugo ist schon auf dem Weg, am Tiber entlang, in Richtung Trastevere. Dort gibt es nur wenige Paläste, aber viele enge Straßen, dunkle Winkel, schweigsame Wirte. Ein anderes Rom trifft sich da: junge Männer aus dem gemeinen Volk und Herren aus den Palazzi, diskrete Priester und Mönche in Alltagskleidung, die sie tagsüber so gut verborgen halten wie ihr Begehren, Strichjungen, levantinische Händler, reisende Kaufleute aus dem Norden, afrikanische Jünglinge mit Körpern wie Statuen, Aristokraten auf der Suche nach Ablenkung und Abenteuer, furchtsame Familienväter, die ständig über ihre Schulter blicken.

Diese Gesellschaft kümmert es nicht, dass Hugo kein Wort von sich gibt. Dies ist eine Gemeinschaft, die keine Worte braucht, keine Namen und keine Lügen, nur Begehren und Berührung. Die meisten, die hierherkommen, wollen nicht erkannt werden. Wer von den Agenten ertappt wird, die von der Kirche immer wieder ausgeschickt werden, muss mit dem Schlimmsten rechnen, sofern er keine mächtigen Kontakte hat.

Fast dreißig Jahre ist Hugo jetzt alt und immer noch so zierlich, dass er oft für einen Knaben gehalten wird. In seinem schlanken Körper aber brennt eine erwachsene Lust, die ihn immer wieder hierhertreibt. Manche seiner nächtlichen Liebhaber brauchen nicht mehr als einen Hauseingang oder einen dunklen Winkel für einige Augenblicke der verbotenen Ekstase, andere laden ihn zum Essen ein und geben ihm Wein, bevor sie ihn auf ihr Zimmer nehmen. Die meisten sind zärtlich, einige brutal, die wenigsten sind sauber. Er weiß nie, was für eine Nacht er erleben wird. Er sucht diese Unsicherheit. Sie macht die Körper der anderen noch begehrenswerter, nur in der Gefahr fühlt er, dass er wirklich lebt.

Auch Sander und Diana haben ihr Tagwerk beendet. Sander selbst wäscht die Pinsel aus, während sie Pigmente und Farben in Gefäße füllt, die Mahlsteine sauber macht. Er beobachtet sie, während sie die Steinplatte schrubbt, die Konzentration in ihren Augen, die dunkle, gelockte Haarsträhne, die ihr ins Gesicht hängt, die sanfte Verheißung ihrer Brüste, die vom Mieder zusammengedrückt werden. Wie schön sie ist!, denkt er.

In diesem Moment rutscht sie mit ihrem Putzlappen aus und stößt gegen ein Glas mit Krapplack, und das Gefäß torkelt und scheint einen Moment lang still zu stehen, bevor es sich über die Tischkante neigt und mit dumpfem Krachen auf dem Ziegelboden zersplittert.

Eine rote Wolke stiebt auf und färbt Dianas Schürze, ihren Oberkörper und ihren weißen Hals. Für einen Augenblick sieht die Gestalt Sander an, einfarbig bis auf zwei schreckgeweitete Augen, dann öffnet sich ein Mund mit weißen Zähnen, und sie beginnt fast lautlos zu lachen. Ihr Körper schüttelt sich mit jedem Atemzug.

Sander macht einige Schritte auf sie zu. Er nimmt ein Tuch, taucht es in einen Wasserkrug und steht vor ihr. Mit langsamen, behutsamen Bewegungen beginnt er, ihr Gesicht sauber zu machen, Strich für Strich das Pigment auf ihrem Gesicht verreibend. Sie lässt ihn machen. Dann nimmt sie ihren rechten Zeigefinger und malt ihm eine rote Linie auf die Backe. Zuerst weicht er instinktiv zurück, dann aber lässt er sie auch seine andere Wange bemalen, seine Stirn. Sander nimmt sie am Handgelenk und führt ihren Zeigefinger an seinen Mund. Dann küsst er sie, Rot auf Rot. Gemeinsam sinken sie in die Knie, ohne dass ihre Lippen sich voneinander trennen, Finger nesteln an Knöpfen und Knoten, Haut trifft auf warme, nackte Haut.

Erst in den frühen Morgenstunden kommt Hugo wieder nach Hause geschlichen, vorbei an den beiden zotteligen Hirtenhunden, die im Vorraum schlafen und ihn eigentlich bewachen sollen. Er geht kurz in die Werkstatt, um zu sehen, ob alles für den Tag bereit ist. An seinem Arbeitstisch sieht er die Explosion von Rot, sieht den Abdruck, den zwei Körper am Boden hinterlassen haben. Zuerst steigt die Wut in ihm auf. Er hasst es, wenn man seine Utensilien durcheinanderbringt, wenn jemand anders sie auch nur anfasst. Alles hat seinen Platz, wenigstens hier muss es eine Ordnung geben, auf die er sich verlassen kann. Aber dieser Abdruck von einem Arsch und zwei Knien spricht seine eigene Sprache und sagt ihm etwas, worüber er nicht wirklich wütend sein kann: Er hat schon darauf gewartet. Er kennt seinen Bruder und Beschützer. Er hat die Blicke gesehen, die die beiden ausgetauscht haben, ihre Schüchternheit, ja ihre Angst, wenn sie einander nahe kamen. Ohne zu zögern, beginnt er aufzuräumen. Morgen früh muss die Werkstatt wieder bereit sein, sauber und ordentlich. Er zündet zwei Öllampen an und beginnt zu fegen und zu wischen. Zwei Stunden später schlüpft er fast unmerklich in das Bett, das er mit seinem Bruder teilt. Sander hat sich noch gewaschen, aber Hugo erkennt Reste von rotem Pigment unter seinen Fingernägeln, auf dem Kopfkissen, dem Laken. Bruder!, denkt er sich, ich wünsche dir Glück!

Sander liegt abgewendet von ihm. Er hat die Augen geschlossen, aber er ist noch wach. Er wartet auf ihn, wie jedes Mal nach Hugos nächtlichen Jagdausflügen. Erst als er seinen Körper neben sich spürt, schläft er ein. Noch ist es dunkel, und kaum ein Geräusch dringt von draußen herein. Bald, aus einem Innenhof, einer Markthalle oder einem Gemüsegarten, wird der erste Hahn krähen.

VI

DER FALL DER TUGEND

Virgilio zuckt zusammen, blinzelt ins gleißende Licht. Ein Sonnenstrahl ist auf sein Gesicht gefallen. Schneidendes Weiß zwingt ihn, die Augen wieder zu schließen. Das Fensterkreuz tanzt rot auf seinen geschlossenen Lidern. Ein stechender Schmerz fährt ihm durch den Kopf. Er erhebt den Arm, um sich vor der Sonne zu schützen. Langsam erinnert er sich an den vergangenen Abend oder zumindest an dessen Anfang. Er öffnet die Augen wieder. Seine Backe ruht auf dem Zeichentisch, direkt neben einer lebensgroßen Skizze zum Kopf der siegreichen Tugend. Ein Speichelfaden hat an einer Stelle das Haar der Tugend verwischt.

Mühsam setzt Virgilio sich auf, hält sich die Handflächen an die Schläfen. Er wird zu alt für solche Nächte. Aber gestern hat er es nicht mehr ertragen, dieses verdammte Eingesperrtsein in seinem Atelier, die ständige Wut über die Unfähigkeit seiner eigenen Hände. Also ist er zur Taverne gegangen. Da waren Michelangelo Merisi und die anderen. Es ist hoch hergegangen.

Die Bilder in seinem Kopf beginnen, Form anzunehmen. Er sieht an sich hinunter und bemerkt, dass er keine Hosen trägt. Nur sein langes Hemd verbirgt seine Nacktheit. Da bewegt sich etwas an seinen Füßen unter dem Tisch. Einer der Hunde, denkt Virgilio, aber da kommt ein Kopf aus der Dunkelheit, ein menschlicher Kopf, zwischen seinen Knien.

Virgilio ist zu müde, um sich zu erschrecken, der Schädel schmerzt ihn zu sehr. Einen Augenblick lang starrt er diesen Kopf blöd an. Dann fragt er nur: »Und wer bist du?«

»Das weißt du nicht mehr?«, fragt der Kopf.

»Nein.«

»Maria-Immacolata! Wir haben gemeinsam getrunken und gesungen, und dann hast du mich mitgenommen. Du wolltest mich zeichnen, hast du gesagt, so, wie der Herr mich erschaffen hat. Du wolltest mich als siegreiche Tugend, hast du gesagt.«

»Als siegreiche …?«

»Ja, und du hast mir deinen Mantel über die Schultern gelegt und mich hierherbegleitet, aber als wir dann einmal hier waren und ich vor dir stand …«

»Was dann?«

»Du kannst dich nicht erinnern?«

»Letzte Nacht ist ein dunkles Loch.«

»Du hast nicht nur den Zeichenstift genommen.« Virgilio fühlt eine sanfte Hand an seinem Geschlecht.

»Lass das!«, sagt er und schiebt ihre Hand weg.

»Bei Dunkelheit warst du nicht so auf deine Tugend versessen.«

»Ich habe keine Ahnung, wovon du sprichst.«

»Gestern, mein Liebling! Du hast bekommen, was du wolltest, und du kannst es noch mal bekommen, aber du hast mich noch nicht bezahlt.«

»Bezahlt!«

»Ich bin vielleicht keine Heilige, aber meine Liebe verfehlt selten ihre Wirkung. Alles hat seinen Preis, mein Held!«

»Ich zahle, was du willst.«

An seinem Zeichentisch sitzend und von der Morgensonne so stark getroffen, dass er kaum mehr als blinzeln kann, fühlt Virgilio die Hände des Mädchens, fühlt, dass seine Männlichkeit unter ihren Berührungen beginnt zu wachsen.

»Lass das!«, herrscht er sie an, aber sie ignoriert ihn, ihr Kopf verschwindet unter seinem Hemd, er fühlt ihre Zunge und ihre Zähne –

Die Tür springt auf. Eins der Dienstmädchen steht auf der Schwelle. Sie sieht ihren Herrn auf dem Stuhl zurückgelehnt, sieht das wogende Hemd. Einen Atemzug lang steht sie ganz starr da, das Gesicht bleich vor Schreck. Dann fällt ihr der Wasserkrug aus der Hand und zerschellt mit einem lauten Knacken auf den Terrakotta-Platten des Bodens, Wasser und Scherben überall.

Die drei Gestalten im Raum sind fast regungslos. Das Dienstmädchen ist die erste, die wieder zu Sinnen kommt. »Madonna!«, murmelt sie, zieht die Tür hinter sich zu und verschwindet.

Maria-Immacolata kommt unter Virgilios Hemd hervor.

»Zeit, dass ich gehe!«, sagt sie und steht auf. Sie ist nackt, bis auf Virgilios schweren Mantel, den sie sich um die Schultern gelegt hat. »Zeit zu zahlen, Liebster!«

Virgilio weiß, dass er nur wenige Momente hat, bis das Haus voller neugieriger Augenpaare ist. Er muss das Mädchen loswerden. Mühsam steht er auf, sucht seine Geldbörse.

»Da hast du!«

»Das? Das reicht nicht. Was soll das sein?«

»Alles, was ich habe.«

»Wie denn, alles, was du hast? Gestern hast du mir erzählt, wie reich du bist! Uns allen hast du es erzählt! Dein Leben am Hof mit den großen Herren, die fabelhaften Aufträge, das viele Gold!«

»Ich weiß nicht mehr, was ich geredet habe.«

»Aber ich weiß es, Cavaliere! Einen Ritter würde man aus dir machen, hast du gesagt, die vermögendsten Familien würden um deine Aufträge wetteifern!«

Die junge Frau hat sich ihr Hemd angezogen und ist dabei, sich den Rock überzustreifen. Ihre Haare sind lockig und ungebürstet, stehen in alle Richtungen ab.

»Ich war betrunken.«

»Und ich bin nüchtern! Ich bin ganz nüchtern, und wenn du mich nicht bezahlst, werde ich das ganze Haus zusammenschreien, die ganze Nachbarschaft werde ich anziehen mit meinen Klagen!«

»Das wirst du nicht tun!«

Virgilios erster, jähzorniger Impuls ist, sie mit dem Handrücken ins Gesicht zu schlagen, und er hat den Arm schon halb erhoben, lässt ihn aber wieder sinken.

»Wie viel?«, fragt er müde.

»Drei Scudi.«

So viel trägt er nicht bei sich. Diana verwaltet das Geld, sie hat den Schlüssel für die Kassette aus Eisen, in der die Einnahmen verwahrt werden. Die Zeit drängt.

»Ich werde dir das Geld bringen. Gleich morgen.«

»Wenn ich nur eine Kupfermünze hätte für jedes Mal, an dem ein Kerl so was sagt! Aber du hast ein ehrliches Gesicht, Liebling, und ich weiß, wo du wohnst, und ich will es mir doch mit einem so hohen Herrn nicht verscherzen!«

Die junge Frau lacht ihn an. Sie schlüpft in ihr Mieder und beginnt, es über ihrer Brust zu schnüren. Virgilio sieht ihr stumm zu.

»Weißt du, was?«, sagt sie. »Es ist kalt draußen. Ich nehme deinen Mantel, den du mir gestern so großzügig geborgt hast. Du kannst ihn wiederhaben, sobald du mir das Geld bringst.«

Mit diesen Worten greift die junge Frau den schwarzen Mantel und wirft ihn sich um die Schultern. Sie geht zur Tür des Studios und öffnet sie. Virgilio kann das Knacken der Treppen hören, als sich einige neugierige Beobachter hastig zurückziehen. Maria-Immacolata schreitet an den beiden Hunden vorbei, die faul auf den Fliesen liegen, öffnet die Eingangstür und verschwindet in den Morgen. Das Schwarz des Mantels lässt ihr rotes Haar in der Morgensonne noch heller leuchten.

Es klopft an der Tür. Unwillig steht er auf.

»Was ist denn?«, fragt er gereizt. Das Dienstmädchen kommt hinein, mit einem neuen Krug Wasser. Sie vermeidet es, ihrem Herrn in die Augen zu sehen.

»Was soll das? Ich hatte nicht nach Wasser geschickt!«

»Es ist Signorina Diana, Herr. Sie hat mir gesagt, ich soll es Euch bringen.«

»Aber warum denn?«

»Damit Ihr Euch fertig machen könnt, soll ich Euch ausrichten. Für den Kardinal.«

»Den Kardinal?«

»Die Signorina sagt, Ihr hättet dort heute eine Audienz. In einer halben Stunde, sagt sie. Ihr wisst schon, worum es geht, sagt sie.«

Die Dienstmagd ist rot geworden. Sie stottert ihre Antworten und starrt auf den Boden.

»Der Kardinal!« Virgilio scheint einen Moment erstarrt, dann reißt er sich das Hemd vom Leib, nimmt der Magd den Krug aus der Hand und beginnt, sich in einer Schale zu waschen.

»Ich muss jetzt gehen …«, murmelt die Magd, die ihren Brotgeber noch nie nackt gesehen hat und die Augen von seinem Rücken abwendet.

»Du gehst nirgendwo hin! Ich brauche dich!«, ruft Virgilio, während er Gesicht und Oberkörper wäscht. »Hol mir meine seidenen Strümpfe und die schwarzen Hosen und ein Hemd mit großem Kragen. Sieh, dass er gestärkt ist! Na, mach schon!«, herrscht er sie an, als sie noch immer unschlüssig dasteht. Sie flüchtet augenblicklich. Virgilio trocknet sich mit einem Tuch ab, windet es um seine Hüften und glättet mit den Fingern hastig sein Haar. Einen Kardinal lässt man nicht warten. »Das Hemd!«, brüllt er in den Eingangsraum. »Wann kommt das verdammte Hemd?«

»Dieser Maler, Maestro Nobili, ist zu spät.«

Della Valle ist ein viel beschäftigter Mann, er achtet auf solche Dinge. Er lässt sich nicht einfach von irgendeinem Handwerker hinhalten. Beinahe bereut er es schon, dass er sich von Bonifazio hat überzeugen lassen, ausgerechnet Nobili zu nehmen, diesen öden, eitlen Pinselpedanten, nur weil er gerade von sich reden macht. Bonifazio ist ein kluger Verwalter, aber es scheint ihm schade ums Geld.

Endlich meldet der Diener Virgilio Nobili an.

»Er soll warten!«, sagt der Kardinal. »Ich habe zu tun.«

Della Valle wendet sich seiner Korrespondenz zu. Eine Stunde vergeht, bevor er nach einem Diener läutet und ihn anweist, den Maler hereinzulassen.

Nobili tritt ein, die Haare zu lang, der Bart zu schwarz, der Kragen zu groß, der Umhang zu weit und mit einem zu aggressiven Rot gefüttert. Della Valle mag Kunst, aber er hasst Künstler.

»Ah, Maestro!«, sagt er mit einem dünnlippigen Lächeln.

»Ihr erweist mir die Ehre!«

»Die Tugend triumphiert über das Laster!«, intoniert der Maler und wirft sich in die Brust, bevor er sich verbeugt. Della Valle fühlt noch stärker, dass er diesen Mann nicht leiden kann. Der Maestro fängt an zu reden. Er spürt die kalte Ironie des Kardinals nicht, oder er ist zu stumpf, um sie zu begreifen.

Virgilio unterbreitet dem Kardinal seine Entwürfe. Dies wird die Krönung seiner Karriere sein, das Meisterwerk, das ihn über alle anderen Künstler Roms setzen wird. Das Gewölbe, das sich noch ganz ohne Dekoration über ihren Köpfen spannt, soll von einem großartigen Panorama ausgefüllt werden, erklärt Nobili und zeigt seinem Mäzen den Gesamtplan, die Entwürfe einzelner Details und wo sie ihren Ort finden werden.

Die Tugend ist eine engelsgleiche Frauengestalt, die auf die Laster herniederfährt und sie unter ihren Füßen zertritt und mit dem flammenden Schwert des Glaubens besiegt. Die Spielsucht, die Fleischeslust, die Habgier, die Missgunst, die Völlerei müssen in allegorischer Gestalt dem mächtigen Arm der Tugend weichen. Eine Schar von Engeln, die hinter der Protagonistin vom Himmel über die Erde herabkommt, kündet von ewiger Seligkeit. Einige von ihnen halten ein Füllhorn, aus dem sich eine Kaskade von Blumen über die vom Laster verödete Landschaft ergießt. Der Kardinal geht um den Tisch, auf dem Virgilio seine Skizzen ausgebreitet hat.

»Das ist hervorragend gearbeitet, ganz hervorragend«, sagt Della Valle, ohne jeden Enthusiasmus.

»Ihr seid zu gütig!«, erwidert der Maler, schnurrend wie ein riesiger Kater. Er hat noch schnell drei Becher Wein hinuntergestürzt, bevor er hierhergeeilt ist. Ein gewisser Überschwang ist in seiner Stimme:

»Es soll ein Monument Eurer Weisheit werden, die ganze Majestät der Kirche und der besten Philosophie in einem Bild vereinen, soweit das in meinen bescheidenen Kräften steht.«

»Eure bescheidenen Kräfte, lieber Meister, haben die größten Kirchen des Landes dekoriert und die Herrlichkeit unserer Mutter Kirche proklamiert!« Der Kardinal kann aus allem ein Kompliment spinnen. Gleichzeitig denkt er sich, dass dieser Narr vor ihm zumindest recht behält, wenn er seine Kräfte so einschätzt.

Der Maler verneigt sich stumm und tief.

»Dieses Füllhorn ist interessant«, beobachtet Della Valle. »Eine Herausforderung, auch für einen Meister wie Euch, zumal ich eine solche Blumenpracht aus Eurem Werk bislang nicht kenne.«

»Das ist eine Besonderheit dieses Werks, es feiert nicht nur die göttliche Tugend, sondern auch die Schönheit der Schöpfung selbst!« Virgilio hat die Blumen, die aus dem Füllhorn strömen, von Sander kopiert, heimlich, während der nicht in der Werkstatt war.

»Interessant«, murmelt Seine Eminenz, »höchst interessant.« Er studiert die Details der personifizierten Laster und der himmlischen Heerscharen. Es sind Gesichter, wie er sie vom Fischmarkt kennt, schmutzige Füße, grobe Mienen, Matrosenhände. Der Kardinal legt die Blätter zurück auf den Tisch.

Wie er diese Besessenheit mit dem gemeinen Leben hasst! Wo bleibt die Schönheit, wo die Anmut, die Drehung einer schönen Schulter, die Symmetrie eines Engelsgesichts, dem er auch auf Erden begegnen wollte? Er verachtet diese verzweifelten Versuche, sich beim einfachen Volk anzubiedern, aber dieses Fresko hat einen Zweck zu erfüllen. Wenn dies der einzige Weg ist, wird der Kardinal sich fügen und auch ein Bild von einer solchen ordinären Unbeholfenheit in seinem Palast dulden.

Della Valle nimmt das Blatt mit der zentralen Frauengestalt in die Hand. Sie schwebt in einer anatomisch unmöglichen Pose und ist von unten, in perspektivischer Verkürzung dargestellt. Es ist schwer, einen nackten Körper aus diesem Blickwinkel keusch und würdevoll darzustellen. Virgilios Tugend ist so verdreht, dass sie nichts preisgibt. Ihre Gliedmaßen sind überdehnt, die Gelenke wie aus den Sockeln gesprungen. Der Kardinal hat solche verdrehten Glieder bei den Verhören der Inquisition gesehen. Er verabscheut die Inquisition.

»Das hier werdet Ihr noch mal überarbeiten müssen!«, sagt er. »Diese Frau fällt gleich vornüber, und wir wollen doch nicht, dass die Tugend vor aller Augen eine Bauchlandung macht!« Das Lächeln des Kardinals wird breiter, seine haselnussbraunen Augen sehen Virgilio belustigt an.

Dem Meister schießt das Blut ins Gesicht, er beginnt zu stammeln.

»Wenn Ihr, wenn Eure Eminenz, selbstverständlich, ich kann, natürlich werde ich …«

»Dann ist es gut. Bringt mir den neuen Entwurf, sobald er fertig ist!«, sagt der Kardinal und hält Virgilio seine behandschuhte Hand hin.

Der Maler küsst seinen Ring und bleibt allein zurück,

nachdem Della Valle wortlos den Raum verlassen hat. Er klaubt seine Zeichnungen in einer ledernen Mappe zusammen, aber seine Hände zittern, die Mappe fällt laut platschend auf den dunklen Steinboden, der Triumph der Tugend quillt aus ihr hervor wie verschüttete Milch, in einzelnen Blättern und Figuren; verzerrte Gesichter, geflügelte Putten, taumelnde Blumen und Teile einer Landschaft, wie ein verrückter Traum. Die nächsten Tage über wallt Virgilios Zorn immer wieder auf. Niemals zuvor ist er als Maler so gedemütigt worden. Aber er braucht Della Valle, also arbeitet er vom Morgen bis zum letzten Abendlicht, um die Komposition zu verändern, der Tugend eine andere Haltung zu geben, majestätisch und überwältigend, aber realistischer als beim ersten Mal. Die restliche Arbeit seiner Werkstatt hat er an seine Tochter delegiert, damit er sich ganz auf diese Aufgabe konzentrieren kann.

Per aspera ad astra.

VII

Pietà

»Wirst du mir erlauben, dich zu malen?«, fragt Sander, vier Monate nachdem er angefangen hat, in der Werkstatt zu arbeiten. Er steht vor einer Leinwand.

Die Gemälde aus dieser Werkstatt, von denen die meisten ganz selbstverständlich als *Virgilius Nobili fecit* signiert werden, sind längst Dokumente der engen Zusammenarbeit zwischen ihm und Diana geworden. Ihre ausdrucksstarken Figuren und seine sie subtil umrankenden Weinblätter und Feldblumen, seine fast überreifen Früchte und Bäume mit knorrigharter Borke oder Muscheln und Seetang spielen miteinander: Frage und Antwort, Spannung und Loslassen, Licht und Schatten, Mensch und Natur.

Diana zögert. Sie hat gelernt, seinem Urteil zu vertrauen, aber seit sie ein Kind war, hat immer nur sie selbst ihr eigenes Gesicht gemalt, ihren eigenen Körper. Sie hat Angst, ihre Seele zu verlieren, wenn ein anderer sie malt, einer, der die Brüste und Schenkel, die er da formt, so offenbar begehrt.

»Unter einer Bedingung«, antwortet sie.

»Und die wäre?«

»Ich wähle das Motiv selbst.«

Sander lächelt unwillkürlich.

»Wie du willst«, sagt er.

»Und ich male dich auch!«

»Auf *einer* Leinwand?«

»Auf *einer* Leinwand.«

»Ein Doppelporträt?«

»Nein, viel mehr«, stellt sie fest. »Wir malen eine Pietà.«

»Mit dir als Heilige Jungfrau?«

»Und mit dir als totem Erlöser.«

»Warum ausgerechnet das? Weder bin ich tot, noch kann ich jemanden erlösen. Warum nicht Bacchus und Ariadne, im gemeinsamen Triumph?«

»Weil ich es so will. Weil du eingewilligt hast.«

»Das ist Grund genug«, sagt Sander bedächtig. »Du machst den Entwurf. Ah, Bruder! Komm herein!«

Fast lautlos hat Hugo die Werkstatt betreten, um sich wieder an die Arbeit zu machen. Er ignoriert die beiden Verliebten, die sich leise miteinander unterhalten, schüttet aus einem Glasgefäß Stücke von verkohlten Knochen auf die Marmorplatte und beginnt, sie mit seinem Mahlstein fein zu reiben. Er ist ein Künstler, dessen Werk nur von wenigen Kennern Anerkennung findet.

Kein Maler kann ohne Farben malen, und diese Farben werden nach geheimen Rezepten hergestellt. Jede Werkstatt und jeder Meister hat seine eigenen Zutaten und Prozesse. Die Bestandteile kommen von überallher: aus exotischen Ländern und von den Hügeln vor der Stadt, aus dem Innern der Erde und von winzigen Insekten, aus Mineralien, die Tausende von Meilen transportiert wurden, und aus einfachem Feuerholz. Sie werden gemahlen und gerieben, in Steingut gekocht und geröstet, mit Essig und Urin versetzt und zum Glühen gebracht, bis sie endlich die richtige Konsistenz erreichen, die ideale Verbindung. Dann werden sie in Mörsern zerstoßen, langsam zwischen schweren, glatten Steinen zu einem feinen Puder zerrieben: Karminrot aus Indien, Ultramarin aus persischem Lapislazuli, Indigo, Kohlenschwarz und Bleiweiß, Zinnober, giftiges Königsgelb, Ocker in allen Schattierungen, braune und grüne Erden, Beinschwarz aus verkohlten Knochen und Elfenbeinschwarz aus Elefantenzähnen, Bleigelb, Malachit, Grünspan, Neapolitanisches Gelb, Indischgelb, leuchtendes und tödliches Auripigment. Dazu kommen fein gemahlener Sand, pulverisiertes Glas für brillante Lichtreflexe, Kreide für Volumen, Gold und Silber als feines Puder, alles mit Leinöl gemischt, das exakt die richtige Festigkeit benötigt, gepresst und gekocht und gereinigt wird, bis es so glatt ist, dass alles darin verschmilzt und sich auf der Leinwand zu einer neuen Wirklichkeit verbindet: der Imitation der Natur mit Mitteln, die das Auge so kunstvoll betrügen, dass es glaubt, die Welt selbst zu erblicken.

Das ist die Kunst, die Hugo seit über zwanzig Jahren ausübt. Er kennt Sanders Art zu malen: Wie stark er den Pinsel auf die Leinwand drückt, welche Beschaffenheit der Farben er braucht, welche Töne, wie sie miteinander sprechen und wirken sollen.

In dieser unentwegten und verbissenen Suche nach Vollkommenheit findet Hugo so etwas wie Glück. Er liebt die Zurückgezogenheit, die Wiederholung, das behutsame Ritual. Von seinen nächtlichen Jagdzügen abgesehen, sucht er keine Gesellschaft. Die Menschen nehmen an, dass einer, der nicht spricht, ein Idiot ist. Sie verstehen ihn nicht, und er versteht nur selten, was sie bewegt. Pigmente sind unbestechlich, Farben immer gleich. Die Menschen hingegen sind grausame, schnatternde Narren. Nur sein Begehren bringt Hugo ihnen körperlich nahe, sonst setzt er sich ihren unerklärlichen Launen nur gegen ängstlichen Widerstand aus, und er zieht es vor, eine Nacht hindurch an der exakten Zusammensetzung eines bestimmten Blautons für den Himmel in einer Himmelfahrt zu arbeiten, mit den Pigmenten, die nun mal in dieser Lieferung so sind, wie sie sind, und die am nächsten Morgen die Mutter Gottes umrahmen sollen.

Auf dem Markt auf der Piazza Navona, wo Sander und er zuerst seine Bilder verkauften, stand ein Theater – einige Bretter auf einem wackligen Gerüst. Jeden Tag hat diese Truppe dieselben vier, fünf Stücke gespielt, mit denselben Kostümen und Masken und Gesten. Hugo kann sich nicht vorstellen, wie es ist, vor so vielen Menschen zu sprechen, selbstbewusst und sicher dessen, was man sagt. Sie alle sind wie nackt dort auf der Bühne, den Augen aller ausgesetzt, aber sie scheinen es nicht zu merken, sie spielen darüber hinweg.

Vorsichtig fegt Hugo das pulverisierte Knochenschwarz in eine Schale, wäscht seine Utensilien sorgfältig ab und schüttet kostbares Karmesinrot auf die Oberfläche, um die Farbe anzurühren. Es ist das Rot von Lungenblut. Es ist das Rot von Mohnblumen, die sich in der Sommersonne wiegen, der Geruch von Heu. Es ist das Rot der Kardinäle. Sein ganzes Leben ist von dieser Farbe durchzogen.

Sanders Pflichten als Modell für den Christus der Pietà sind so einfach und offensichtlich, dass sogar Virgilio nichts dagegen einzuwenden hat. Er hat sich Hemd und Kniestrümpfe ausgezogen und liegt in Hugos Schoß, ein Bein angewinkelt und den Oberkörper zum Betrachter gewendet. So hat Diana es skizziert, und sie besteht darauf, dass er sich nicht um einen Fingerbreit bewegt. Der Kopf fällt leicht nach hinten. So sieht er nicht die Blicke, mit denen die Malerin ihn immer wieder streift.

Als einige Tage danach die Reihe an ihr ist, sitzt sie da und hält Hugo auf ihrem Schoß mit einem Ausdruck der unendlichen Trauer im Gesicht. Hugo muss sich überwinden, diese Position einzunehmen, in den Armen einer Fremden. Er weiß, wie nahe sie Sander gekommen ist, dass ihre Pinselstriche und Konturen auf der Leinwand ineinander verschlungen sind wie von einer einzigen Hand gemalt.

»Warum bist du ausgerechnet nach Rom gekommen?«, fragt sie Sander, als sie allein sind.

»Weil es die Stadt der Maler ist. Die Stadt von Raffael, von Michelangelo.«

»Das ist nicht der Grund«, entgegnet Diana entschlossen, »nicht der wirkliche.«

»Weil es die Stadt des Papstes ist, voller Kirchen, voller Kardinäle und Diplomaten und Sammler, eine Stadt mit Geld. Und weil Rom weit weg ist.«

»Weit weg wovon?«

»Von da, wo ich herkomme.«

»Aus dem kalten Norden?«

»Aus dem kalten Norden. Aus dem Krieg. Es ist zu viel passiert dort, zu viele schreckliche Dinge. Hier können wir einen neuen Anfang machen, Hugo und ich.«

»Einen neuen Anfang?« Sie lacht und legt ihren nackten Arm um seine Schultern. »In Rom gibt es keine neuen Anfänge. Alles hier ist alt, die Stadt kann nicht aus dem Schatten ihrer ehemaligen Pracht treten.«

»Du hast recht«, gibt er zu. »Es ist ein seltsamer Ort. Viel weniger prächtig, als ich ihn mir vorgestellt hatte. Nichts hier ist so beeindruckend wie die Ruinen, die die Römer zurückgelassen haben. Der Vatikan, von dem ich so viel gehört habe? Eine Baustelle. Vor lauter Baugerüsten und Werkshütten kann man Sankt Peter kaum sehen.«

Eine Weile lang schweigen die beiden, eng ineinander verschlungen auf dem Bett, zwei Körper, die zu einem werden wollen.

»Wo ist dein Bruder?«, fragt sie plötzlich.

»Ich habe ihn jagen geschickt«, sagt er. Es ist erstaunlich, wie sehr sich sein ganzes Gesicht verändert, sobald er lächelt. Er lächelt selten. Meistens ist sein Blick skeptisch und etwas kummervoll wie der eines alten Mannes. Jetzt aber sieht er um viele Jahre jünger aus.

»Hat er nie gesprochen?«, fragt sie.

»Doch. Früher mal, als kleines Kind. Dann kam der Krieg.«

»Wie erträgst du das, immer mit so einem stummen Schatten zu leben? Fast jeden Augenblick mit ihm zu teilen?«

»Er ist mein Bruder. Ich habe ihn schon immer beschützt, aber nicht immer beschützen können.«

Sander fährt Diana mit der Hand durchs Haar, das ihr Gesicht in kräftigen Wellen umrahmt. Sie sind allein in einem Zimmer im ersten Stock in einem Haus in Trastevere, das einer Witwe Scampanella gehört.

Er hat dieses Zimmer für den Nachmittag gemietet und der Alten ein paar Münzen in die Hand gedrückt und ihr gesagt, sie solle in der Kirche der Mutter Gottes eine Kerze für ihn anzünden. Die Witwe ist's zufrieden. Ihr Mann war Maurer und ist von einem Gerüst gefallen, ganz oben im

Dom von Sankt Peter. Seitdem verbringt sie täglich Stunden in dieser Kirche und beschimpft ihre Mieter als gottlose Ketzer, nicht weil sie es ohne das heilige Sakrament der Ehe unter ihrem Dach miteinander treiben, sondern weil sie nur am Sonntag mit Virgilio zur Messe gehen. Fast in einem fort schimpft sie, aber Sander weiß ihre Beleidigungen zu ignorieren. Sie ist geizig und redet viel, aber sie stellt keine Fragen, und für ein Trinkgeld ist sie bereit, nichts zu sehen und nichts zu hören. Hier sind sie sicher. Weit weg von der Werkstatt, von geschwätzigen Dienern und neugierigen Nachbarn. Sander fühlt den weichen Körper, der sich an seinen schmiegt, und hängt seinen Gedanken nach. So etwas wie Hoffnung ist in ihm entstanden, ein Gefühl, das er mit Argwohn zur Kenntnis nimmt. Seit er ein Junge war, hat er nie eine Zukunft gehabt, immer nur Vergangenheit. Jetzt ist er hier und hat bislang nicht ein Bild gemalt, das seinen Namen trägt, sichtbar für alle. Virgilio hat mehr Erfolg denn je mit seinen Heiligenbildern, die jetzt mit Blumengirlanden und raffiniert arrangierten Früchten bereichert sind: Die ganze Stadt spricht von seiner Meisterschaft. Sander fühlt, dass es an der Zeit ist, nicht länger im Schatten zu stehen. Es ist sicherer, unsichtbar zu bleiben, nicht zu fassen vom Schicksal – aber das Glück kann man nicht im Verborgenen ergreifen.

Diana sieht ihn an, fast berührt ihr Gesicht seines. »Woran denkst du?«, fragt sie.

»Ich?«

»Du warst einen Moment lang ganz weit weg.«

»Entschuldige, mein Schatz«, antwortet er und küsst sie. Noch immer kann er nicht verstehen, warum er das Privileg genießt, von dieser Frau geliebt zu werden. Sie liebt ihn mit derselben ungestümen Macht, mit der sie lebt und malt. Es kann beängstigend sein, dieses Gefühl der Heimkunft, der Wahrheit. Das Schicksal gibt, und das Schicksal nimmt.

VIII

Eine grosse Nähe

Sie sind sich immer schon nahe gewesen, die beiden Brüder, seit sie, als Kinder, allein im Wald hausten wie wilde Tiere, monatelang, hungrig und immer in Angst, mit nichts als einer Krähe als Gesellschaft. Sie waren weggelaufen von zu Hause oder dem, was davon übrig geblieben war. Menschen hatten sie gemieden; zu viele erstarrte Gesichter, leere Augen, tief geschnittene Wunden. Die einen waren so schlimm wie die anderen, sie durften niemandem vertrauen.

Im Wald waren sie sicher. Als Bauernkinder kamen sie hier zurecht. Sie wussten, welche Pflanzen essbar waren, wussten, an welchen Bäumen die Blätter für eine gute Suppe wuchsen. Sander konnte Fische mit einem Haselspeer im Wasser aufspießen und Fallen für Vögel bauen.

Nachts wagten sie sich manchmal aus dem sicheren Dunkel der Bäume hervor. Einige von den Bauernhöfen in der Nähe waren während der Kämpfe in Flammen aufgegangen. Die Plünderer hatten in ihrem Siegesrausch manches unbeachtet liegen lassen. Bei Vollmond konnten Sander und Hugo genug sehen, um einen der nicht vollständig ausgeraubten Höfe zu erreichen. Unter verkohlten Balken und den Resten des eingestürzten Daches hatten sie nichts Brauchbares mehr gefunden, aber im Stall lag im Mondlicht ein Messer auf dem Fenstersims, als wäre es gestern dort hingelegt worden, und mehrere brauchbare Hanfseile und eine halb verkohlte Decke fanden sie auch. Als sie gerade in den Wald zurückwollten, sah Sander in einem der Ställe etwas, was aussah wie ein Ziegelstein. Es war eine holländische Bibel, die jemand hier versteckt haben musste, bevor die Besatzer kamen. Sander nahm sie mit.

Diese Bibel wurde Sanders kostbarster Besitz. Er konnte noch nicht lesen, aber er konnte die unbedruckten Seiten und die Marginalien mit Zeichnungen bedecken. Sander zeichnete, wann immer es ging, wann immer es genug Licht gab und sie etwas gegessen hatten und sie nur warteten und sich die Zeit vertrieben und Hugo schlafend neben ihm lag. Er zeichnete Blüten und Blätter in verschiedensten Formen, mit einem Stück verkohltem Ast, den er zugespitzt hatte, mit dem er vorsichtig sein musste, denn er brach immer wieder ab. Er bewahrte diese Kohlestifte und das Buch hinter einem Stein in einem Hohlraum unter dem Felsüberhang, unter dem sie schliefen, Körper an Körper, um nicht zu erfrieren über Nacht, um nicht vor Angst so zu erstarren wie die Körper, die entlang der Straßen lagen.

Sander vertraute den Pflanzen, die er im Wald fand. Sein Bruder war zwar noch zu jung, um viel zu wissen, aber auch er war schon immer fasziniert gewesen von der Schönheit und der Macht der lebenden Dinge um sich herum.

Angefangen hatte es schon früher, mit dem Geruch von frisch geschnittenen oder zerstoßenen Kräutern, mit den Farben der Blätter und der Blüten, die alte Frauen aus dem Wald mitbrachten, Frauen, nach denen man schickte, wenn sich jemand mit einer Hacke eine klaffende Wunde ins Bein geschlagen hatte, wenn eine Magd ungewollt schwanger war, wenn ein Fieber ausgebrochen war oder auch, um jemanden verrückt danach zu machen, den Acker der Liebe zu pflügen, um einen Zauber auszusprechen oder aufzuheben, wenn ein Kind kam oder wenn eine Kuh nicht fressen wollte.

Sander hatte ihnen immer zugehört bei diesen halb gemurmelten Frauengesprächen, aber mehr noch als von den geheimen Eigenschaften der getrockneten Kräuter war er gebannt von dem Leuchten der violetten Blüten, von den gelben und mehr als schneeweißen Blütenblättern und den tief orangenfarbenen Herzen, von dem Fließen und Verfließen von so viel verschwenderischer Schönheit.

Diese Faszination hatte ihnen das Leben gerettet, damals, als sie nicht in ihr Dorf zurückkehren konnten. Sander vertraute der Natur, den kleinen, unscheinbaren Trieben, die zwischen den toten Blättern schimmerten, den Forellen, die sein Speer aufspießte, den Vögeln, die ihm auf den Leim gingen und die sie am Stock braten konnten, gegen Hunger und Dunkelheit.

Die Flammen ihres Lagerfeuers leuchteten wie das Feuer in einem echten Haus, in einem großen Kamin mit steinernem Sims, mit einem glühheißen Kessel darüber und einem Spieß mit brutzelndem, triefendem Geflügel, das mit jedem Tropfen eine kleine Flamme gierig aufflackern sah. Während sie die notdürftig gerupften Vogelkörper an Stöcken über die Glut hielten, erinnerten sie sich an das Feuer in ihrem Haus und erzählten sich Geschichten von damals, von ihren Eltern und ihren Geschwistern, um sich abzulenken vom Hunger, bevor sie den kleinen, halb verkohlten Körper aufbrechen und halbgar runterschlingen konnten. Der Wald verbarg sie und gab ihnen alles, was sie brauchten.

Tagsüber hatten sie wenig geredet damals, nur das Nötigste, wie Handzeichen beim Jagen. Manchmal fühlten sie sich plötzlich wie taub und leer, als wären sie ausgeweidete Tiere auf dem Schlachtgestell. Dann gingen sie stumm und wie zwei Schlafwandler durch den Wald. Sie sprachen nicht über das, was sie gesehen hatten. Sie dachten nicht daran. Sie waren vollauf beschäftigt damit, etwas zu essen zu finden, und wenn es dunkel wurde, schliefen sie wie Steine. Dies war der Sommer ohne Erinnerung. Sie hatten still dagelegen, der Kopf zu voll und zu leer, um irgendwas zu sagen.

Hugo hatte nach diesem Sommer ganz aufgehört zu sprechen, so, als ob es nichts mehr zu sagen gäbe. Seitdem hatte Sander kaum jemals den Ton seiner Stimme gehört. Auch als sie längst nicht mehr im Wald, sondern zwischen den anderen Lehrlingen und Gesellen auf großen Strohsäcken schliefen, war Hugo störrisch stumm geblieben. In dem Alter, in dem die anderen in die Höhe schossen und zu Männern wurden, blieb er fast einen Kopf kleiner, schlank und von einer schwer zu beschreibenden Schönheit, mit einem Gesicht, das weder einem jungen Burschen gehörte noch einem Mädchen.

Immer wieder hatte Sander sich damals gefragt, ob sein Bruder ein ewiges Kind bleiben würde, ohne Verständnis und ohne Begehren. Hugo blieb in sich gekehrt, der Wall seines Schweigens war undurchdringlich. Sander aber wusste, dass sein Bruder trotz seiner zarten Gestalt genau beobachtete und verstand, was um ihn herum vor sich ging, dass er schneller und akkurater als andere Lehrlinge seine Aufgaben meisterte. Hugo war längst kein Kind mehr. Die verstohlenen Blicke, die er einem der anderen Lehrlinge zuwarf, und das gelegentliche Stöhnen, das auf ihrem Nachtlager manchmal seiner Kehle entfuhr, zeugten davon, dass seine stumme Stimme die eines Mannes geworden war.

Es ist Diana gewesen, die darauf bestanden hat, die Pietà vor Publikum feierlich zu enthüllen. Virgilio hat eingewilligt und nicht nur die Künstler eingeladen, die ihm Saufkumpane und Vorbild sind, sondern auch einige seiner besten Kunden. Sogar Mancini hat sein Kommen zugesagt. Jetzt steht er zwischen anderen Gästen in der festlich geschmückten Werkstatt und scheint sich prächtig zu unterhalten. Süßigkeiten und Früchte stehen in großen Pyramiden auf dem Arbeitstisch, und Pipo, der Lehrling, trägt vorsichtig und mit ängstlich geweiteten Augen einen Krug Wein zwischen den bedrohlich beweglichen Ellenbogen der Gäste zum Tisch.

Als das große weiße Tuch endlich fällt und das Gemälde freigibt, wird es still im Raum. Die Szene ist auf das Wesentlichste reduziert.

Vor einem tiefdunklen Hintergrund kniet Maria, trotz ihrer Jugend eine gebrochene Frau. Mit immenser Zärtlichkeit und Kummer sieht sie auf den Körper ihres Sohnes, der in ihren Armen liegt, ein schöner, nackter Leib, eher ein griechischer Held als ein toter Erlöser, den sie bei den Schultern fasst. Mit der linken Hand hält sie die tote Hand ihres geliebten Sohnes. Sie ist weit nach vorne gebeugt; ihre Lippen berühren fast seinen blassen Mund. Nur diese zwei Menschen sind da, zwei Körper, fahles Fleisch und blühende Haut und blaues Tuch, rote Wunden und wundrote Lippen und abgrundtiefe Schwärze.

»Ein Meisterwerk!«, ruft eine Stimme aus dem Hintergrund. Es ist Mancini, der sich gemeldet hat. »Ich kann die

Virtuosität der Ausführung nur bewundern. Allerdings stellt sich bei dieser hervorragenden Darstellung eine theologische Frage: Dieser Christus sieht so aus, als habe er gerade nicht den größten aller Tode erlitten, sondern nur den kleinen Tod, wenn Ihr wisst, was ich meine.«

Die Gäste murmeln, Sander sieht Augenpaare, die erst auf das Gesicht des Erlösers blicken und dann auf seines, Augen, die Diana mit der Jungfrau vergleichen. Nur Virgilio merkt nichts oder gibt vor, nichts zu merken. Er ist ganz der stolze Vater, der reüssierte Künstler, der dieses revolutionäre Werk in vornehmer Gesellschaft zu deuten weiß. Dies ist ein neuer Stil, erzählt er jedem, der die Geduld hat, ihm zuzuhören, der Stil einer neuen Generation. Nicht sein Stil, wohlgemerkt, nicht die edle *Maniera*, aber doch eine revolutionäre Art, die wirklichen Gefühle, das wirkliche Leiden einer Mutter, die tatsächliche Agonie eines am Kreuze einen qualvollen Tod gestorbenen Menschen darzustellen. Die Zuschauer widersprechen ihm nicht, fragen kaum etwas, beobachten aus dem Augenwinkel seinen lang gezwirbelten Schnurrbart, der mit jedem Wort seiner langwierigen Erklärung wippt. Sie sagen nichts über das, was sie da sehen, über die junge Malerin, die sich mit unendlicher Zärtlichkeit über einen Mann beugt, der trotz der perspektivischen Verkürzung unfehlbar zu identifizieren ist. Mancini ist unter den Ersten, die sich verabschieden. Das Hospital ruft, die Arbeit, die Verpflichtungen. Er küsst Dianas Hand mit einer tiefen, ernsthaften Verbeugung.

»Ich bin Euch dankbar, junge Dame«, sagt er ihr zum Abschied. »Ihr habt einen alten Mann vor einem fürchterlichen Fehler bewahrt, auf eine immens taktvollen Weise. Ich bin Euch sehr verbunden. So viel Klugheit und Grazie! Wenn ich es nicht besser wüsste, hätte ich fast Lust, Euch um Eure schöne Hand zu bitten!« Dann geht er, seinen schwarzen Schlapphut in der Hand, bis er auf die Straße tritt. Als die Tür sich hinter ihm schließt, schwillt das Gemurmel im Raum an, Grüppchen bilden sich, Diana schickt den kleinen Pipo nach einem weiteren Krug Wein.

»In meinem Studio! Jetzt!«
Virgilio steht in der Tür der Werkstatt. Er zeigt auf Sander. Dann dreht er sich um und wirft die Tür hinter sich zu.

Sander legt Pinsel und Malstab weg und folgt seinem Brotgeber, geht langsam, bedächtig, wie jemand, der in den Kampf zieht. Er öffnet die Tür, durchquert den Vorraum, klopft an die offene Tür des Studios, tritt ein und schließt die Tür hinter sich. Er glaubt zu wissen, was ihn erwartet.

»Du!«, sagt Virgilio mit einem gefährlichen Ton in der Stimme. »Du bist verflucht, du bist gekommen, um mich zu vernichten!«

»Ich verstehe nicht …«

»Maul halten! Jetzt rede ich! Du hast also geglaubt, dass du mich hintergehen kannst, mit deiner unbändigen Lüsternheit?«

»Ich muss …«

»Gar nichts musst du! Wie hast du geglaubt, dass es mir entgehen wird?«

»Ich muss Euch sprechen …«

»*Ich* spreche jetzt! Wie konntest du glauben, dass ich dich und meine Tochter nicht erkennen würde in dieser Pietà, in der du nackt erscheinst, dass ganz Rom euch nicht erkennen würde?«

»Das halte ich für äußerst …«

»Aber siehst du denn nicht? Die ganze Stadt redet darüber,

und wenn die ganze Stadt über etwas redet, hört auch Mancini davon! Und wenn Mancini davon hört, dass seine zukünftige Braut in einem ehrlosen Haus lebt, in dem sie wie eine Hure erscheint …«

»… als Gottesmutter!«

»… in dem sie in einer so kompromittierenden Situation erscheint, dann sind all meine Pläne durchkreuzt!«

»Es sei denn …« Sanders Stimme ist sehr ruhig.

»Es sei denn was?«

»Es sei denn, Ihr gebt sie mir zur Frau. Ich werde meine eigene Werkstatt eröffnen. Wir werden ein respektables Haus führen und Eure Erben dort erziehen.«

Virgilio starrt Sander an, entgeistert. Dann, wie Wachs, das von einer Kerze tropft, kommen die Worte aus ihm heraus:

»Wie wagst du es? Wie wagst du es, du kleiner, mieser, dahergelaufener, dreckiger, ketzerischer Arschficker, du Hurensohn, du Teufel in Menschengestalt! Wie kannst du daran denken, dass meine Tochter mit einem wie dir? Wie kommt es dir in den Schädel? Haben sie dich fallen lassen bei deiner Geburt?«

Sander bewegt sich keinen Fingerbreit.

»Mein Angebot steht«, sagt er, »es ist das, was Eure Tochter will.«

Dann dreht er sich um und verlässt den Raum.

IX

DIE VERTREIBUNG

Zuerst hat Diana sich geweigert hinauszugehen, aber Virgilio hat darauf bestanden. So ist sie denn widerwillig mitgekommen, um sich das Spektakel anzusehen. In ganz Rom hat man schon wochenlang von kaum etwas anderem geredet: die Hinrichtung der Beatrice Cenci, der Vatermörderin, einer Adligen, einer schönen jungen Frau. Gemeinsam mit ihrem Geliebten hat sie ihren Vater im Schlaf erschlagen, und auch ihre Behauptung, dass er sie und ihre Geschwister oft misshandelt, ja sogar vergewaltigt habe, konnte die Richter nicht milde stimmen. Der Papst selbst hatte die vielen Gnadengesuche, die ihn in diesem Fall erreichten, missachtet. Es gibt zu viele Verbrechen in seinem Staat, zu viel Unzucht und zu viel Ungehorsam. Der Tod der jungen Frau und ihrer Mitschuldigen soll allen eine Warnung sein.

Die Sonne brennt auf die Köpfe der Menge, die sich auf dem Platz vor dem Kastell Sant'Angelo um das Gerüst herum versammelt hat, auf dem die Exekution stattfinden soll, es ist, als würde der Himmel ihre Neugier mit unbarmherziger Hitze bestrafen wollen. Virgilio und seine Tochter können aus der Entfernung kaum sehen, was vor sich geht. Sie stehen Seite an Seite, es wird geschoben und geschubst. Das Gedränge ist so groß, dass einige Menschen am Rande des Schwarmes der Schaulustigen in den Tiber stürzen. Als der Karren mit den Verurteilten eintrifft, hört man von ganz vorne Rufe und Geschrei. Irgendwo beginnt eine laute Schlägerei zwischen den Anhängern der schönen Mörderin und denen, die aus Neugier gekommen sind oder um ihren Blutdurst zu stillen. Es riecht nach Schweiß und ranzigem Öl, nach Urin und Brackwasser. Eine einzige Möwe erhebt in der lähmenden Hitze höhnisch ihre Stimme.

Als Beatrice und die anderen Verurteilten die Plattform betreten, wird es plötzlich still. Ein Priester ist bei ihnen und hört das letzte Mal ihre Beichte, segnet sie mit einem Kruzifix in der Hand. Ihre Stimme ist leise, und obwohl die Menschen einige Augenblicke lang sehr still sind, kann Diana nicht verstehen, was sie gesagt. Sie scheint zu weinen und zu klagen, bekreuzigt sich immer wieder, und niemand spricht mehr. Irgendwo in der Menge greint ein kleines Kind.

Zuerst ist ihre Schwester an der Reihe. Diana sieht den Scharfrichter, sie sieht das lange Richtschwert in der Sonne aufblitzen, hört ein dumpfes Krachen. Ein Raunen geht durch die Menge. Der Scharfrichter ergreift den Kopf der jungen Frau beim Haar und hält ihn in die Höhe.

Dann tritt Beatrice selbst an den Richtblock. Sie hat einen langen, blassen Hals, legt ihren Kopf auf das Holz, das noch vom Blut ihrer Schwester gesättigt ist, und wartet. Bis in die letzten Reihen kann man ihr Schluchzen hören und ihre flehende Stimme, ihr lautes Gebet will kein Ende nehmen, der Scharfrichter steht hinter ihr, wie unschlüssig, was zu tun. Dann, endlich, kommt das Zeichen des vorsitzenden

Richters, das Schwert blitzt wieder auf, und plötzlich fühlt Diana, wie die Dunkelheit von ihr Besitz ergreift. Ihre Augenlider schließen sich krampfhaft, das Blut sackt ihr aus dem Kopf, sie verliert das Bewusstsein. Die Menschenleiber um sie herum verhindern, dass sie zu Boden fällt, fangen ihren schlaffen Körper auf.

Virgilio ergreift sie bei der Hüfte, ruft um Hilfe, befiehlt den Menschen, dass sie ihm Platz machen, zieht, trägt und zerrt seine Tochter durch das Gewitter von Armen, Oberkörpern und Beinen, durch Gestank und Flüche und Tritte aus der kochenden Menge heraus. Der Auflauf ist so groß, dass es eine Unendlichkeit zu dauern scheint, bis er sie auf den Boden betten kann. Auf dem fernen Podium hat ein fürchterliches Gebrüll begonnen.

Einer der Verurteilten, der Liebhaber der armen Beatrice, wird mit glühenden Zangen gefoltert. Virgilio ignoriert das Geschehen, hat nur noch Augen für Diana. Von einem Wasserverkäufer holt er einen Becher Wasser für sie, die immer noch bewusstlos ist, er benetzt ihre Lippen, streichelt ihr Haar, redet sanft auf sie ein, sein kleines Mädchen, sein Wunderkind, das Licht seines Lebens und die Hoffnung seiner Zukunft. Unendlich zärtlich und besorgt bringt er sie nach Hause, sobald sie wieder gehen kann. Er wird nicht mehr Zeuge davon, wie der Scharfrichter den Schädel des Verurteilten mit einem Hammer zertrümmert, ihm mit einem Messer die Kehle durchschneidet und auf seinen Brustkorb steigt, sodass das rote Blut in einer Fontäne aus seiner Gurgel sprudelt. Er hätte nie dort hingehen sollen. Er hätte Diana nie mitnehmen dürfen, aber gleichzeitig ist er überrascht. Sie selbst malt doch Bilder voller Grausamkeit, Judith in dem Moment, in dem sie Holofernes den Kopf abschneidet und das Blut unter ihrem Messer spritzt, Salome mit dem Haupt von Johannes dem Täufer, in allen grausamen Einzelheiten dargestellt. Es wundert ihn, dass sie dem Anblick der Frau auf dem Schafott nicht standgehalten hat. Es war nicht die erste Hinrichtung, der sie beiwohnte. Gerechtigkeit kann schrecklich sein, aber gerade eine Malerin muss dieser Wirklichkeit ins Gesicht sehen können.

Zu Hause angekommen, schickt Diana, die noch immer unsicher auf den Beinen und ganz blass ist, den kleinen Pipo um einen Becher Wein. Dann macht sie sich gleich wieder an die Arbeit. Sie hat ihre Haare in einen Turban gebunden und einen Kittel angezogen. Die dunkel grundierte Leinwand, die sie vor sich hat, ist noch leer.

»Ist das Spektakel dir nicht bekommen?«, fragt Sander, dessen Staffelei nicht weit von ihrer steht.

»Nein«, sagt sie, »ist es nicht.«

»Es fällt dir schwer, so einen Anblick zu ertragen«, stellt Sander fest.

»Normalerweise nicht«, sagt sie. »Ich habe schon andere Enthauptungen gesehen.«

»Aber wenn es eine junge Frau ist, deren Kopf auf dem Block liegt, ist es etwas anderes?«

»Ja, vielleicht. Für eine Frau wie sie. Und außerdem ist dies nicht der Augenblick, so etwas anzusehen.«

Sander, der in seinem Leben zu oft Zeuge ähnlicher Szenen geworden ist, fragt, ob es einen richtigen Augenblick dafür geben könne.

»Ich weiß es nicht«, antwortet sie. »Ich bin nicht so stark, wie ich das sonst bin.«

»Bist du krank?«

»Nein«, sagt sie. Sie kommt ganz nahe zu ihm und flüstert

ihm etwas ins Ohr, sodass niemand sonst es hören kann. »Ich bin mit Kind. Deinem Kind.«

Er legt seine Pinsel zur Seite.

»Meinem?«

»Ja, deinem.«

Von der anderen Ecke des Raumes sieht Hugo zu den beiden hinüber, beobachtet sie. Mehrere Atemzüge lang sagt Sander kein Wort. Dann, so leise, dass niemand es hört:

»Mein Kind.«

Es ist ganz still in der Werkstatt. Die Geräusche von der Straße dringen kaum durchs Fenster, prallen an seinen Ohren ab und lassen nur ein Gefühl der Leere übrig. Er sieht Diana ins Gesicht. Ihre Wangen sind von dem Glas Wein gerötet, ihre Augen haben etwas Flehendes. Jetzt wird alles anders werden, schießt es ihm plötzlich durch den Kopf, jetzt muss ich an die Zukunft denken. Er fühlt die bodenlose Leere in seiner Magengrube. Kann er einem Kind ein Vater sein?

Er nimmt Diana bei der Hand.

»Komm«, sagt er so laut, dass die anderen ihn hören können, »lass uns einen Moment an die frische Luft gehen. Du bist noch ganz blass von deinem Schwächeanfall. Das wird dir guttun.«

»Mein Kind!«, sagt Sander noch einmal, als sie auf der Piazza del Popolo auf und ab gehen, in gebührlichem Abstand, denn die Marktleute hier kennen sie.

»Wir werden heiraten, du und ich«, sagt Sander.

Diana wendet ihren Blick ab.

»Mein Vater hat seine Pläne. Eine gute Partie, eine große Familie, Prestige. Eines Tages werde ich in einem Palazzo wohnen, hat er mir schon erzählt, als ich noch ein Mädchen war. Er ist schon in einer schrecklichen Laune, weil Mancini sich nach seinem letzten Besuch nicht wieder gemeldet hat. Er wird mich an den Höchstbietenden verkaufen.«

»Ich werde um deine Hand anhalten! Ich werde eine Werkstatt gründen, werde dir alles bieten, was du zum Arbeiten brauchst – und zum Glücklichsein.«

»Du kennst ihn nicht. Es ist sein Traum, und er wird nicht davon lassen. Seine Tochter wird einen Edelmann heiraten, nicht einen Gesellen aus der Fremde, der morgen wieder verschwinden kann. Keinen Dahergelaufenen, der weder Reputation noch Vermögen hat.«

»Ich werde das alles erreichen, wenn es sein muss! Wenn ihm das so wichtig ist, werde ich arbeiten, bis er mich für würdig erachtet. Ich werde das schaffen.«

»Innerhalb von wenigen Monaten?«

»Notfalls schneller!«

Erst jetzt sieht Diana ihm wieder ins Gesicht.

»Mein Lieber!«, sagt sie. »Das würde mich glücklich machen, aber es wird nicht so sein. Er wird mir irgendeinen Mann finden, der mich auch so nimmt. Oder er wird mich zu einer Frau schicken, um das Kind loszuwerden, oder einige Monate aufs Land, und den Bastard weggeben, in ein Waisenhaus oder zu einem Bauern.«

»Das wird nie passieren!«, braust Sander auf. »Ich werde mit ihm reden.«

»Das ist aussichtslos. Ich sage doch, du kennst ihn nicht.«

»Und du? Du willst alles so hinnehmen, wie er es will?«

»Ich habe keine Wahl. Meine Familie ist hier, meine Brüder. Ich kann mich nicht gegen ihn stellen.«

Sander schweigt.

»Vertrau mir«, sagt er, »lass mich machen.«

Nach einer kurzen Runde über den Platz gehen sie zur Werkstatt zurück, damit ihre Abwesenheit nicht zu viel Aufmerksamkeit erregt. Sander macht sich an die Arbeit, starrt auf die Leinwand, legt dann seinen Pinsel aus der Hand und wischt seine Hände ab.

»Wohin gehst du?«, fragt Diana ihn.

»Mit deinem Vater sprechen.«

»Nicht jetzt! Du weißt, in welcher Stimmung er ist!«

»Das ist mir gleich.«

»Warte! Nein!«, ruft sie. Sie macht einen Schritt auf die Tür zu, aber er hat die Werkstatt schon verlassen, ohne auf sie zu hören.

Virgilio ist umgeben von Skizzenblättern, als Sander sein privates Studio betritt. Er hat mehrmals geklopft, aber keine Antwort erhalten.

»Siehst du nicht, dass ich mitten in der Arbeit bin?«, herrscht der Meister ihn an.

»Ich sehe es. Trotzdem muss ich mit Euch sprechen.«

»Nicht jetzt!«

»Doch, jetzt«, sagt Sander bedächtig, aber entschlossen.

Der Maler legt seinen Rötel aus der Hand und sieht ihn an. Sander lässt einen Moment verstreichen, bevor er sagt:

»Es geht um deine Tochter.«

»Der wird es bald wieder besser gehen«, antwortet Virgilio und will sich wieder seiner Arbeit zuwenden.

»Sie ist schwanger«, sagt Sander einfach.

Virgilio dreht sich voll zu ihm.

»Was sagst du?« Er spricht sehr langsam.

»Ihr habt mich genau verstanden.«

Der Lärm der Karren und der Straßenhändler stürzt von

draußen herein. Sanders Sinne wachen aus ihrer Erstarrung auf und beginnen wieder, die Welt wahrzunehmen.

»Und der Vater?«

»Das bin ich.«

Einen Moment lang starrt Virgilio seinen Gesellen an, mit offenem Mund, so, als würde er erst jetzt etwas Immenses verstehen, den Betrug, der in seinem Haus geschehen war, das Ende seiner Pläne, den Verrat. Dann beginnt er zu sprechen, leise zuerst, dann immer heftiger:

»Du undankbarer Dieb, du Landstreicher. Habe ich dich nicht aufgenommen in meinem Haus, als Bettler? Habe ich dir nicht ein Dach über dem Kopf gegeben und Arbeit, du Bastard? Dir und deinem missgeborenen Bruder? Habe ich dir nicht vertraut und dich wie einen Sohn behandelt, während du mich betrogen hast?«

Er hält inne, seine Hand sucht nach irgendetwas auf dem Tisch, er findet ein scharf geschliffenes Papiermesser. Er greift es und geht einen Schritt auf Sander zu. Seine Stimme wächst in den Raum hinein und schwimmt auf den Straßengeräuschen.

»Du mieser kleiner Betrüger! Du elender Vagabund, der glaubt, so einfach eine römische Familie entehren zu können! Alles, wofür ich gearbeitet habe!«

»Ihr könnt es alles retten«, sagt Sander.

»Oh, ich kann es retten, sagt der Vagabund! Er weiß, wie das geht! Er kennt sich aus! Wie soll das gehen?«

»Ich werde sie heiraten. Ihr ein ehrbares Haus bieten.«

Virgilios Gesicht ist zerrissen zwischen mörderischer Wut und sarkastischem Lachen.

»Du!«, brüllt er. »Ein ehrbares Haus! Du hast nicht einmal ein eigenes Bett, in dem du liegen kannst! Du wärst nichts ohne mich! Gar nichts! Du würdest noch auf dem Markt Heiligenbildchen verkaufen, umgeben von Fischköpfen und verfaultem Kohl! Du hast gar nichts, du bist nichts!«

»Mit Eurer Hilfe …«

»Helfen soll ich dir? Ich soll dir helfen?«

»Ich werde eine Werkstatt aufmachen. Sie selbst wird weiter malen.«

»Du willst sie arbeiten lassen wie die Marktweiber? Das ist das gute Haus, das du ihr bieten willst? Bist du denn nicht bei Verstand?«

»Es ist, wie es ist.«

»Nichts ist, wie es ist! Gar nichts! Ich sage dir, was so ist! Du wirst noch sehen!«

Virgilio stürzt mit dem erhobenen Messer auf Sander zu, der packt sein Handgelenk mit eisernem Griff und schmettert seinen Handrücken gegen die Tischplatte, sodass das Messer klirrend auf den Boden fällt.

»Fass mich nicht an, alter Mann!«, sagt er, ganz ruhig.

Virgilio hält sich die schmerzende Hand. Er ist bleich geworden.

»Raus!«, sagt er. »Ich will dich hier nicht mehr sehen. Du hast bis zum Sonnenuntergang Zeit, um deine dreckigen Sachen zusammenzuschnüren und von hier zu verschwinden, aus meiner Werkstatt, aus dieser Stadt. Ich werde dich zerstören! Du wirst nirgendwo Arbeit finden, in keiner Werkstatt wird man dich nehmen, niemand wird etwas von dir kaufen! Ich habe Beziehungen! Du bist nicht mehr sicher in Rom! Du wirst niemals durch die Straßen gehen, ohne ängstlich über deine Schulter zu sehen. Die römische Justiz wird dich verfolgen, du wirst auf dem Schafott enden wie alle Verbrecher! Du bist ein toter Mann!«

Sander begreift, dass es sinnlos ist weiterzureden. Diana hatte ihn gewarnt.

»Du wirst sie nie wiedersehen!«, sagt Virgilio monoton und plötzlich in sich zusammengefallen. »Nie wirst du meine Tochter wiedersehen, die du entehrt hast.«

Mit raschen Schritten verlässt Sander das Studio, überquert den Eingangsraum und öffnet die Tür zur Werkstatt. Diana steht da, sie hat alles mit angehört. Sie tritt ihm entgegen in die Tür, mitten in seinen Weg, die Augen voller verzweifelter Wut. Er geht auf sie zu, da trifft ihre flache Hand ihn hart auf die Wange. Sie prallt zurück, erschreckt über sich selbst, starrt ihn an.

»Siehst du nicht, was du angerichtet hast?«, stößt sie mit mühsam beherrschter Stimme vor. »Wenn mein Vater wütend ist, wird er unberechenbar.«

Sie macht einen Schritt auf ihn zu, tastet mit ihrer Hand nach der seinen, zieht aber die Hand zurück, als ein Geräusch aus Virgilios Studio dringt. Diana muss schnell entscheiden. »Geh!«, sagt sie. »Komm nicht rein. Er darf uns nicht gemeinsam sehen, sonst machst du alles nur noch schlimmer! Vielleicht kann ich mit ihm reden, wenn er sich beruhigt hat. Geh jetzt lieber und nimm Hugo mit. Schlaft heute Nacht woanders. Geh jetzt!«

Sander will sie umarmen, aber sie drückt ihn mit dem Arm weg.

»Geh weg!«, sagt sie und dann, kaum hörbar: »Komm morgen wieder!«

In der Nacht, die Hugo und Sander im Zimmer der Witwe Scampanella verbringen, geht ihm dieser Abschied nicht aus dem Kopf. Geh weg!, schallt es durch seine Träume, die ihn direkt in seine Kindheit führen. Von wie vielen Orten sie schon weggegangen waren!

Früher hatte er geglaubt, dass er Bauer werden würde wie sein Vater, seine ganze Welt in konzentrischen Kreisen um einen Hof, um holländischen Schlamm. Dann war der Krieg hereingebrochen, und nichts war mehr so wie davor.

Fast ein Jahr hatten die beiden Brüder im Wald gehaust, bevor die eisigen Winternächte sie zwangen, ihren kalten Unterschlupf zu verlassen und in einer Stadt einen Strohsack zum Schlafen und Arbeit zu finden.

Sie zogen einfach los, die nächste Straße entlang, bis sie zu einer Stadt kamen, die nach Monaten der Belagerung und nach einer schrecklichen Erstürmung halb in Ruinen lag. Die Häuser in dem Viertel, das den Kanonen der Spanier zugewendet war, waren zerschossen, die Bewohner geflüchtet oder umgebracht worden.

Zuerst hatten Sander und Hugo in einem verlassenen Haus geschlafen und Möbel und anderes Holz im Kamin verbrannt, um sich aufzuwärmen. Eine zweite Stadt war entstanden, bewohnt von Leuten, die von überallher auf dem Land geflüchtet waren und jetzt in den Ruinen übernachteten. Tagsüber, auf dem Marktplatz, lungerten elende Gestalten herum, auf der Suche nach Arbeit, nach etwas Essbarem, nach etwas zum Stehlen und zum Verschlingen oder Verkaufen, nach einem Soldaten, der sie in einem Hauseingang oder einer Ruine von hinten nehmen konnte, für ein paar Münzen oder einen Teller Suppe.

Nach einem elenden Winter hatten Sander und Hugo es in ein richtiges Haus geschafft, zu einem Drucker, der zwei hungrige Jungen brauchen konnte, denn es gab immer was zu schleppen, zu besorgen, zu schrubben, zu fegen, zu ertragen, von Sonnenaufgang, bis es zu dunkel war, um noch was zu tun, und die Gesellen schon auf ihrem Zimmer schnarchten, oder am Tisch.

Sander hatte damals viel Prügel eingesteckt, weil ihn der Meister immer wieder mit Papier erwischt hatte, Papier, das er gestohlen hatte, um darauf zu zeichnen; politische Pamphlete und heilige Lieder, Drucke mit Schiffsuntergängen und Bilder von Belagerungen, von der Hinrichtung von Graf Egmont oder vögelnden Nonnen und Mönchen mit riesigen Prügeln. Für den Meister war es alles Papier, verlorener Profit, einen Wutanfall und harte Schläge wert.

Der Junge hatte die Prügel ertragen, vielleicht hatte er sie sogar gewollt; gerechte Strafe für seine Sünden. Er war nicht besonders vorsichtig beim Verstecken seiner Zeichnungen.

Der Meister, der dem Kind seine Zeichnungen um die Ohren schlug und ihn dabei einen Bastard schimpfte, dem er niemals so viel Barmherzigkeit hätte zeigen dürfen, wenn nicht sein christlicher Glaube es ihm befohlen hätte, aber er werde gestraft für seine guten Taten und versucht von seinem Gott, jeden Tag werde er versucht von solchen kleinen Bastarden und nutzlosen Essern; dieser Meister, der ihn mit einem dicken Bündel Druckfahnen prügelte, während er seinen Monolog hielt, hatte sich nie die Zeit genommen, die Zeichnungen auch nur einen Moment lang anzusehen. Er sah bekritzeltes Papier, das reichte ihm. Ein zartbesaiteter Beobachter hätte die ersten Blumenstudien eines begabten Kindes gesehen, frühe Versuche, die unendlich feinen Strukturen und die lebendige Form von Pflanzen zu verstehen, seien es Blumen in einer Vase oder eine winzige Blüte zwischen zwei Steinplatten, deren Blätter in den prügelnden Händen des Druckers zerfetzt wurden.

Schon in seinem Heimatdorf hatte Sander alle möglichen Dinge in den Sand oder auf seine Schiefertafel gekritzelt, in dem Jahr ohne Erinnerung hatte er seine verkohlte Bibel in den Marginalien mit winzigen Formen und Figuren gefüllt, er hatte das immer getan. Maler aber hatte er nie werden wollen und wäre es wohl auch nie geworden, hätte sein prügelnder Meister Sander und Hugo nicht während einer langen Nacht beim Kartenspiel als letzten Einsatz an einen Kollegen verloren. Der neue Meister, Gillis mit Namen, erwies sich als ein Glücksfall. Er war Blumenmaler und nahm die beiden Jungen als Lehrlinge auf. Sieben Jahre sollten sie in seinem Haus verbringen.

X

Ein Vagabund

W irst du mir helfen?« Sander sieht seinen Bruder an.
»Nur du kannst mir noch helfen.«

Hugo lächelt. Es gibt nichts, was er nicht für ihn tun
würde.

»Ich brauche dich, Bruder«, sagt Sander noch einmal.

Drei Wochen sind jetzt schon vergangen, seit er Virgilios
Werkstatt verlassen hat, seit er Diana zum letzten Mal gesehen hat. Der Meister hat seine Drohungen wahr gemacht.
Keine der anderen Malerwerkstätten will etwas zu tun haben
mit Sander, die Innung weigert sich, seinen Antrag auf Auf-
nahme anzunehmen, keiner von Virgilios Kunden will etwas
von ihm kaufen. Er hat keine Werkstatt, keine Materialien,
kein Geld.

Am Tag nach seinem Streit und Rauswurf kehrte Sander zu
Virgilios Haus zurück, aber diesmal fand er die sonst so
gefährlich offen stehende Haustür abgeschlossen und sogar
den Kücheneingang verriegelt. Er klopfte, bis er endlich
innen den Riegel aufgehen hörte. Der Hausdiener streckte
den Kopf zur Tür heraus.

»Was willst du?«

»Lass mich rein!«

»Geht nicht. Der Alte will dich hier nicht sehen.«

»Aber du wirst mich doch …«

»Er hat uns allen gedroht, dass es uns so gehen wird wie dir, wenn wir auch nur ein Wort mit dir wechseln, und er hat auch gesagt, er würde uns wegen Diebstahls verklagen, wenn einer von uns dir hilft. Ich habe jetzt schon zu viel gesagt.«

»Das ist lächerlich! Du kannst mich hier nicht draußen halten. Diana!« Sander ruft durch die offene Tür so laut er kann ins Haus hinein.

»Da kannst du lange rufen«, sagt der Hausknecht lakonisch, »die ist nicht da.«

»Nicht hier? Wo ist sie?«

»Weggefahren. Mit der Kutsche, gestern Abend, aufs Land.«

»Wohin?«

»Weiß ich nicht.« Der Hausknecht zögert, fängt an, seine Zähne mit einem kleinen Zweig zu säubern, der von einem Reisigbesen abgebrochen ist.

Sander verliert die Geduld.

»Rede, Mann! Wo ist sie hin? Wo finde ich sie?«

»Niemand weiß es! Er selbst ist mit ihr gefahren, und am nächsten Morgen war er wieder da. Mehr weiß ich nicht.«

»Ich kann zahlen!«

»Kannst du mir auch eine neue Stelle finden?«

»Ich habe Geld!«, lügt Sander weiter. Irgendwo wird er schon welches herbekommen, wenn er es wirklich braucht.

»Und ich habe schon zu viel gesagt! Die junge Dame ist aufs Land gefahren. Sie wird wiederkommen. So ist es immer. Aber genug geredet.«

Die Tür fällt ins Schloss. Er steht auf der Straße.

»He, Bruder!«

Sander fährt herum. Vor ihm steht der Bettler, der ihn zum ersten Mal zu dieser Tür gebracht hat.

»Ich höre, du hast Geld?«

»Ein paar Münzen vielleicht.«

»Genug für einen Becher Wein?«

»Wofür?«

Der Alte sieht ihn an. »Man erzählt sich so dies und das auf dem Markt«, sagt er mit einem listigen Lächeln, »aber meine Zunge ist zu trocken, um zu reden.«

Kurze Zeit später sitzen sie in einer billigen Taverne in einer Seitenstraße. Auf dem Tisch stehen zwei Zinnbecher mit Rotwein, der Essigfliegen anzieht.

»Deine Patronin? Eine schöne, stolze Frau. Ich sehe sie immer gerne, besonders … Aber ich träume. Ihre Schönheit ist ihr zum Verhängnis geworden, sagen die Leute. Hochmut kommt vor dem Fall.« Der alte Bettler grinst. Er sagt, dass er Giulio Cesare heißt.

»Ihr Vater lässt herumerzählen, dass sie eine Tante besuchen fährt, auf dem Land, aber die Köchin …«

»Antonella? Was ist mit ihr?«

»Sie sagt nichts, aber ich habe gehört, dass sie Andeutungen macht. Von einem Streit. Von einer plötzlichen Reise. Man sagt, dass irgendein Kerl dahintersteckt. Und dann denken die Leute auf dem Markt an deinen Rauswurf und zählen eins und eins zusammen.«

»Gerüchte eben!«, entgegnet Sander abrupt.

»Wenn du das meinst!«

Giulio Cesare sieht ihn belustigt an. Und dann: »Mein Wein ist schon aus!«

»Du kannst mehr haben.«

»Du bist ein wahrer Freund!«

»Beim nächsten Mal! Wir sehen uns wieder.«

Der Alte ist unzufrieden. »Man muss großzügig sein zu seinen Freunden! Man weiß nie, wann man Freunde braucht!«

»Ich habe nicht viele Freunde.«

»Bruder! Jeder braucht Freunde! Ich bin nicht gierig. Deswegen sage ich dir Folgendes für Gottes Lohn: Wenn ein Mädchen schwanger wird, hier auf dem Markt, ohne verheiratet zu sein, dann passiert gar nichts. Wenn das Kind überlebt, ist es halt eines von den Marktkindern. Du wärst überrascht, wie viele es davon gibt. Wenn aber einer jungen Dame hier so etwas passiert, dann wird sie weggeschickt. Aufs Land. Da fragt man nicht nach. Alle wissen es, aber wenn sie dann irgendwann wieder auftaucht, fragt niemand, wo sie gewesen ist.«

»Das mag so sein«, antwortet Sander, »aber ich will trotzdem wissen, wo sie ist. Ein Becher Wein für alles, was du sonst noch hörst.«

Sander steht auf und geht. Es wird schon Abend. Er weiß, in welcher Taverne sich Virgilio mit seinen Freunden trifft. Er muss ihn zur Vernunft bringen.

Er lässt sich Zeit auf seinem Weg. In Trastevere erzählt er Hugo von seinem Gespräch mit dem Bettler. Hugo scheint sich nur wenig für Dianas Verschwinden zu interessieren. Ohne seinen Bruder anzusehen, zerstößt er Eichengallen in einem kleinen Mörser, für Tinte. Als Sander geht, um Virgilio zu konfrontieren, umarmt Hugo ihn plötzlich fest und drückt seine Wange gegen die Schulter seines Bruders. Dann lässt er ihn ziehen.

Zum großen Türken heißt die Absteige nahe beim Mausoleum des Augustus am Tiber, gleich beim Ortaccio, dem Bösen Garten, wo die Huren wohnen, in der sich Michelangelo Merisi und seine Kumpane abends versammeln. Meist ziehen sie als Gruppe durch die Gegend. Auf der Straße geht man ihnen aus dem Weg. Sander tritt ein und muss sich erst an das dämmrige Licht der Öllampen gewöhnen. Der Raum ist weit ausgedehnt, mit etwa einem Dutzend dicht besetzter Tische. Die einzigen Frauen im Raum sind die Serviererinnen. Die Männer reden und lachen laut, es ist schon spät geworden, die Krüge auf den Tischen sind fast leer. An der Rückwand sitzt eine Gesellschaft und singt aus voller Kehle, einer von ihnen trommelt mit flachen Händen auf den Tisch, ein anderer begleitet auf der Gitarre.

Sander tritt zu der Gesellschaft. Er sieht Virgilio zwischen seinen Freunden, mit dem Rücken zu ihm, aus voller Kehle mitsingend. Ihm gegenüber sitzt der Rädelsführer, Ende zwanzig, groß gewachsen und mit einem dünnen, schwarzen Bart, der gegen seine blasse Haut absticht. Im flackernden Lampenlicht sieht er aus wie ein gescheiterter Erlöser. Dunkle Augen blitzen unter seinen Locken hervor, die ihm lang und wirr über die Stirn fallen. Michelangelo Merisi, den sie Caravaggio nennen.

Der junge Mann hat Sander längst bemerkt und sieht ihn an. Sander erwidert seinen Blick über die Rotte der Trinker hinweg. Einer nach dem anderen bemerkt Michelangelos stille Konzentration und folgt seinem Blick, einer nach dem anderen hören sie auf, zu singen und zu trommeln, bis auch die letzte Stimme mitten im Vers erstirbt und die ganze Tischgesellschaft auf Sander starrt. Virgilio ist der Letzte, der sich umdreht. Das ganze Lokal wird still.

»Ach, sieh an«, sagt Virgilio trocken.

»Ich muss dich sprechen«, sagt Sander. »Dringend.«

»Wer ist das, Virgilio?«, fragt der Anführer, der Sander noch immer mustert.

»Dies ist der Bastard, der mich entehrt hat, der Landstreicher, der glaubt, dass er meine Tochter anfassen und sogar heiraten kann! Der undankbare Hund, der die Hand beißt, die ihn ernährt«, stellt Virgilio fest, gerade laut genug, dass die ganze Tischgesellschaft es hört.

»Ich will keinen Streit«, wehrt Sander ab. »Sag mir nur, wo Diana ist, ob es ihr gut geht.«

»Du miese Ratte, du willst es nicht begreifen! Du kannst froh sein, wenn ich und meine Freunde hier dir nicht die Eier abschneiden! Du kannst von Glück sagen, dass du lebend rauskommst hier, also verschwinde, solang du kannst!«

Sander denkt einen Moment nach, dann lehnt er sich mit der Hand auf Virgilios Schulter und spricht direkt in Virgilios Ohr. »Du brauchst Hilfe für dein Fresko. Ohne Diana und ohne mich bist du geliefert. Du kannst es nicht alleine schaffen. Niemals! Nicht in der kurzen Zeit! Du findest so schnell niemand anderen. Della Valle will meine Blumen und Ornamente, mein Auge und mein Können, nicht deine klobigen Fischweiber. Ich kann dir helfen. Ich helfe dir, ich komme zurück, wenn du mir sagst, wo sie ist. Ich muss sie sehen!«

Virgilio sieht ihn an, ihre Köpfe berühren sich fast, und einen Augenblick lang bewegt sich niemand. Dann wendet er sich ab und ruft laut ins Lokal: »He, Wirt! Da ist ein Stück Dreck an unserem Tisch. Wirf es vor die Tür!«

Die Männer am Tisch lachen. Der Wirt blickt sie verdutzt an, macht einen halben Schritt auf Sander zu, der dreht sich zu ihm um, ein Messer in der Hand. Der Wirt weicht zurück, stolpert und fällt, aber Sander hat sich schon wieder zu

Virgilio gewendet. Er packt ihn mit der linken Hand beim Haar, das Messer in seiner Rechten.

»Du Trottel, du Narr!«, zischt Sander. »Du willst es nicht verstehen! Du bist zu stolz oder zu dumm oder zu versoffen oder zu eitel, um zu sehen, wer du wirklich bist. Du bist der Vater von Diana Nobili. Dazu hat dich das Schicksal ausersehen! Das ist alles! Du bist nichts als ein mittelmäßiger Schmierer mit Größenwahn, der zufällig eine glückliche Nacht erwischt hat, als er seine Tochter zeugte. Es grenzt an ein Wunder, dass so eine Frau die Tochter so eines Vaters sein kann! Ich biete dir meine Hilfe an! Ich biete dir an, deinen armseligen Arsch zu retten und alles Geld und alle Achtung dafür zu bekommen!«

Virgilio macht sich los. Er steht auf. Seine Kumpane sehen ihn erwartungsvoll an. Sander steckt langsam sein Messer zurück in die Scheide, die er in seinen Gürtel gesteckt hat. Er hebt beschwichtigend die Hände. »Denk dran«, sagt er, »du brauchst mich!«

In diesem Moment bricht das Chaos los. Virgilio schlägt Sander ins Gesicht, der rammt seine Faust in dessen Magen, da springen schon die anderen auf, ein wuchtiger Hieb trifft Sander in der Niere, andere am Kopf, er versucht, sich zu verteidigen, sich zu schützen, er kann sein Messer nicht mehr finden, sinkt in die Knie, ein Fuß trifft ihn an der Kehle, er fällt um, hustet, ringt nach Luft.

Virgilio tritt an ihn heran, setzt seinen Fuß auf seinen Hals.

»Das also ist er, der Wurm, der glaubt, Manns genug zu sein, um meine Tochter zu heiraten. Ein Vagabund.«

Michelangelo Merisi sitzt immer noch am Tisch. Er ist der Einzige, der nicht aufgesprungen ist. In aller Ruhe schält er einen Apfel. Er zerteilt ihn in saubere Stücke und führt sie mit dem Messer an den Mund.

»Lass ihn gehen«, sagt er, »dieses Gehabe ödet mich an.« Sander fühlt, dass Virgilio seinen Fuß von seinem Hals nimmt. Er kann kaum sehen. Blut verklebt seine Augen. Er muss eine Wunde am Kopf haben, dass es so stark blutet. Er versucht aufzustehen, aber er strauchelt, fällt fast wieder hin, hält sich an einem Tisch fest und stolpert in die Nacht hinaus.

Zehn Tage dauert es, bis Sander wieder einen Rötelstift halten kann. Die Witwe Scampanella kennt sich aus mit Verbänden und Hausmitteln. Ihr Mann war Bauarbeiter und war, bevor er auf der Baustelle von Sankt Peter in seinen Tod stürzte, schon mehrmals von Gerüsten gefallen oder hatte sich sonst wie verletzt. Sie ist eine ausgezeichnete Pflegerin. Das merkt auch Hugo, der kaum von dem Bett seines Bruders weicht.

Kaum dass es ihm wieder etwas besser geht, beginnt Sander mit der Arbeit.

»Jesus-Maria-und-Josef-steh-uns-bei!«, ruft die Witwe entsetzt, als sie ins Zimmer der Brüder kommt und Hugo völlig nackt vor sich sieht, einen Arm ausgestreckt, den Blick zur Decke gerichtet.

»Es ist alles in Ordnung, Signora.« Sander sitzt auf dem Bett mit einem Zeichenbrett in der Hand. Skizzen in Rötel und Kohle liegen um ihn herum verstreut. »Ich zeichne ihn nur«, erklärt er.

»Aber nicht in meinem Haus!«

»In Eurem Haus, Signora.«

»Und was ist mit meiner Miete?«

»Die kommt, werte Signora, ich bin Euch unendlich dankbar. Ich brauche nur noch etwas Geduld von Euch, etwas
Mitgefühl. Bald habe ich wieder Geld.«

»Das sagt Ihr seit Wochen!«

»Ich war verletzt, ich hatte Schmerzen. Fast hätte man
mich umgebracht!«

»Ich habe für Euch gebetet. Der Herr hat anders entschieden. Die Jungfrau hat Euch geschützt. Nächste Woche ist die
Miete fällig, sonst seid Ihr beide draußen, Mitgefühl hin oder
her, da hilft auch die Heilige Jungfrau nicht mehr!«

»Ich danke Euch, Signora! Und nun schließt die Tür hinter
Euch. Meinem Bruder hier wird sonst kalt!«

Das zusammengekniffene Gesicht der Witwe verschwindet hinter dem sich schließenden Türspalt.

»Gut!«, bemerkt Sander befriedigt. »Den rechten Arm
noch etwas höher. So, genau!« Er vertieft sich wieder in seine
Skizze, dann setzt er ab. »Es geht nicht mehr!« sagt er. »Das
gute Licht ist weg, wir machen morgen weiter, Bruder! Du
kannst dich anziehen.«

Hugo streckt sich und streift sein Hemd über.

»Ich muss noch mal weg!« Sander steht mühsam auf und
zieht seine Jacke an. Es ist offensichtlich, dass diese Bewegungen ihm noch immer Schmerzen bereiten. Mindestens eine seiner Rippen ist gebrochen, hat die Witwe gesagt.
Hugo hilft ihm in die Jacke, Sander sieht ihn an, umarmt ihn
kurz. »Ich bin nicht lange fort«, sagt er, »nur ein oder zwei
Stunden.«

»Bruder Bettler!«, ruft Sander fast eine Stunde später, als er
auf der Piazza del Popolo angekommen ist. Das Gehen fällt
ihm schwerer als gedacht, und der Weg schien länger zu sein.

Giulio Cesare dreht sich um.

»Ich glaube, ich schulde dir noch einen Becher Wein«, sagt Sander.

»Oh, mein Herr!«, ruft Cesare und reißt seine rot unterlaufenen Augen weit auf. »Bist du in eine Schlägerei geraten? Da haben sie dir aber übel zugesetzt!«

»Sagen wir: Ich bin unglücklich gefallen.«

»So unglücklich bin ich auch schon oft gefallen! Wein ist die beste Medizin dagegen, vertrau mir!«

»Ich werde mit dir darauf anstoßen. Aber erst mal habe ich einen kleinen Auftrag für dich.«

»Wie viel springt dabei raus?«

»Mehr als ein Becher Wein. Ein ganzer Krug, und vielleicht noch mehr.«

Giulio Cesare sieht Sander skeptisch an. Er hat eine schorfige Platzwunde auf der Stirn und ein blaues Auge, das noch geschwollen ist.

»Vertrau mir«, fügt Sander an, »es soll dein Schaden nicht sein. Du sollst nur deine Augen offen halten.«

»Das trifft sich gut, mein Freund«, kommentiert der Bettler, »denn du selbst kannst ja nur eins öffnen.«

»Halt doch die Augen offen!«, herrscht ihn der Meister an. Sander erinnert sich auf seinem Heimweg an diesen Moment, ein Satz aus einer anderen Zeit, noch bevor sie Italien erreicht haben. Das erste Mal, dass er an einem Fresko gearbeitet hat. Das war ein Totentanz, nicht weit von Basel, auf der langen Reise hierher.

»Du bist zu langsam, der Putz trocknet dir unter den Fingern! Haben sie dir denn in Flandern nichts beigebracht als diese Schmierereien in Öl?«

»Doch, haben sie«, antwortet Sander ruhig.

»Aber nichts Nützliches«, brummt der Meister, ein alter Italiener, den das Schicksal nördlich der Alpen verschlagen hat. »Ich habe mein Handwerk in Bologna gelernt, bei den Größten ihrer Zunft! In diesem rohen Land wissen sie nicht, was Kunst ist!«

Damals hat Sander den Mund gehalten und Gerippe gemalt, in ihrem endlosen Reigen hin zum Grab, monatelang, im italienischen Stil. Die Auftraggeber zahlten besser für italienische Kunst. So hatte Sander schnell lernen müssen, seine Farben zu modulieren und mit einem umbrischen Ton glühen zu lassen, obwohl er noch nie in Umbrien gewesen war. Die Farben waren das Schwierigste. Der Rest – die Linien, die Komposition, die Körper, die voller Sinnlichkeit waren und direkt aus der Antike herkamen – bereitete ihm weniger Probleme. In der Druckerei, in der Hugo und er gearbeitet hatten, hatte er genug Stiche nach italienischen Zeichnungen gesehen. Langsam hatte er die unterschiedlichen Arten von Schönheit begriffen, die ein menschlicher Körper haben kann, oder eine Landschaft, ein liebender Blick oder sogar die Gewalt.

Es fiel Sander damals nicht schwer, sich anzupassen und zumindest mit den Pinseln in der Hand als Italiener durchzugehen, aber der alte Meister war unleidlich und rechthaberisch. Als Sander genug gelernt hatte von ihm und einige Silbermünzen in seiner Tasche wusste, machten er und Hugo sich wieder auf den Weg, nach Frankreich und von dort die Küste entlang; noch eine Station auf ihrer Reise.

XI

PIAZZA DI SANTA MARIA IN TRASTEVERE

Auf diesen Abend hat Sander gewartet. Er breitet seine verbleibenden Pigmente und Malwerkzeuge aus, Hugo sitzt auf einem Schemel vor ihm. Langsam beginnt er, seinen Bruder zu schminken. Kreideweiß für den Teint, rote Wangen und Lippen, schwarze Kohlestriche um die Augen. Im flackernden Licht der Öllampe könnte er fast für ein junges Mädchen durchgehen. Hugo trägt ein weißes Hemd und hellblaue, eng anliegende seidene Hosen, die Sander von einem Markt gestohlen hat.

»Wie schön du bist!«, sagt Sander grinsend und kneift seinen Bruder in die geschminkte Backe. »Sogar ich würde mit dir schlafen wollen.«

Hugo sieht ihn an, ohne das geringste Lächeln. Er weiß, was er zu tun hat. Dann gehen sie los. Sie haben es nicht weit von ihrer Unterkunft. Es wird schon dunkel, als sie ihr Ziel erreichen. Die Piazza di Santa Maria in Trastevere, auf der bei Tag Marktstände stehen und Bettler und ein wirrer Prediger vor der Kirche das Ende der Tage verkündet, ist ruhig geworden. Der alte Brunnen in der Mitte des Platzes plätschert, die ziegelrote Fassade des Palazzos gegenüber reflektiert das

Licht der Fackeln, die in eisernen Ringen an der Mauer befestigt sind. Die Kirche selbst, mit ihren Torbögen und römischen Marmorplatten, liegt fast völlig im Dunkeln. Die Kutsche wird erst nach der Abenddämmerung eintreffen. Das herauszufinden hat Giulio Cesare etwas Geduld und Sander mehrere Krüge Wein gekostet. Dreimal ist Sander jetzt schon gekommen und hat das Treiben hier beobachtet, an den Brunnen gelehnt, in der Schwüle eines müden Tages. Jetzt postiert er sich wieder auf den von tausend Schuhen glatt polierten, noch immer Sonnenwärme atmenden Stufen des Brunnens. Er wartet.

Auf der anderen Seite der Piazza lungern sie herum und warten auf Kundschaft. Die jungen Burschen bemerken ihn, schenken ihm aber keine Aufmerksamkeit. Nur einer von ihnen, in Frauenkleidern und Perücke, mit roten Backen, geschwärzten Wimpern und einem großen Granatapfelmund, leuchtend wie eine Wunde, grinst Sander provozierend an, wobei man sieht, dass ihm zwei Vorderzähne fehlen, und hebt seinen Rock. Er ist nackt darunter und rasiert. Ein anderer steht da und spielt mit einem langen Messer. Er nimmt einen Pfirsich und beginnt langsam, die triefende Frucht direkt an seinem Mund in Stücke zu schneiden, während im Schatten einige Männer zu ihm hersehen. Er schlürft und fixiert Hugo, der ebenfalls dort steht, mit vorsichtigem Abstand zu den Hurenjungen. Zu seinen Füßen sitzen drei von ihnen, nicht älter als zwölf, und spielen Karten. Im letzten Sonnenlicht sieht alles hier schmutzig aus, noch schmutziger als gewöhnlich. Einer von den Jungen steht auf und pisst gegen den Brunnen, zwei Schritte von Sander entfernt. Die anderen beiden lachen und zeigen ihm mit Gesten, was sie zu bieten haben.

Dann hört Sander Pferdehufe und das Knirschen von Rädern, und die rote Kutsche kommt langsam um die Ecke gefahren, auf die Piazza, und hält vor der Gruppe. Die jungen Männer und die Kinder drängen sich um die Tür. Einer der Jungen hat sein Hemd ausgezogen und bläst Küsse ins dunkle Innere. Sander bleibt beim Brunnen stehen.

»Du!«, ruft eine Stimme aus der Kutsche, der Vorhang innen öffnet sich einen Spalt, und eine beringte Hand zeigt auf den blonden Hugo. Die Jungen drehen sich um, Hass in den Gesichtern. Einer versucht, die Tür der Kutsche zu öffnen und hineinzusteigen, wird aber mit einem Fußtritt in den Staub geschleudert.

»Du!«, sagt die Stimme wieder. Langsam tritt Hugo näher. Die Jungen versperren ihm den Weg, aber er drängt sie zur Seite, schiebt sich an ihnen vorbei. Der Junge mit dem Pfirsich hat das Messer gesenkt, es halb im Ärmel verschwinden lassen. Das falsche Mädchen springt zwischen Sander und die Kutschentür. Er hat muskulöse Arme. Unter seinen Nägeln zeigen schwarze Ränder, dass er nicht immer so fein hergerichtet ist.

»Verpiss dich, Hurensohn!«, zischt er Hugo an. Da nimmt Hugo das Gesicht seines Rivalen zwischen beide Hände und küsst ihn auf den Blutmund, hart und lang, beißt ihm in die Lippe, sodass er aufschreit, und stößt ihn in den Haufen seiner Kameraden. Dann gleitet er geschmeidig ins Innere der Kutsche. Noch bevor er sich gesetzt hat, spürt er den Ruck des Anfahrens. Aus dem Fenster sieht er die Gesichter verschwinden, hinter ihnen Sander, der noch immer beim Brunnen ist.

»Wein?«

Die schwarze Körpermasse ihm gegenüber im Schatten der Brokatgardinen hält ihm einen Zinnbecher entgegen.

Eine fette Hand, polierte Fingernägel, goldener Ring. Parfüm hängt in der Luft. Hugo nimmt den Becher und trinkt. Ein Aroma von Beeren, Muskat und Zedernholz füllt seinen Mund.

Sie sitzen sich wortlos gegenüber, während die Kutsche durch die Straßen rattert, Hugo mit dem Becher in der Hand, der andere, dessen Augen er auf sich brennend fühlt, noch immer im Dunkeln.

»Du siehst nicht aus wie die meisten«, sagt der andere schließlich. »Komm, damit ich dich besser sehen kann.«

Die Hand ragt ihm entgegen, und er nimmt sie und wechselt den Platz, setzt sich auf die Bank neben dem Passagier. Er fühlt den samtenen Stoff der langen Robe. Die fette Hand hält die seine immer noch fest und bewegt sich dann auf seinem Oberschenkel. Mit jedem Ruck der Kutsche rutscht sie höher.

»Trink den Wein«, sagt die Stimme, »trink nur!«

Wenn sie an einer Fackel oder einem Feuer vorbeifahren, glänzt das Gold an den rosigen Fingern, die an seinem Hosenlatz nesteln.

Noch nicht.

Die Hand ist wie ein Tier, das sich in seiner Kleidung verfangen hat. Sie betastet ihn, befühlt seine Hose, grapscht gierig nach seinem Geschlecht. Dann zieht sich die Hand zurück, und die Masse neben Hugo beginnt, sich stöhnend aus ihren langen Gewändern zu befreien, fahle Fleischfalten in Brokat, hängende Backen, der Mund halb offen, der ganze entblößte Menschberg keuchend nach so viel Anstrengung, geschüttelt von Schlaglöchern.

»Dreh dich um!«, sagt die Stimme.

Noch nicht. Warte.

Hugo tut, was der Mann von ihm verlangt.

»Die Hosen! Mach schnell, schnell!«

Er fühlt die weiche Hand an sich wie warmen Brotteig, diesmal von hinten, an seiner Hüfte, wie sie an seiner Hose zerrt, an seinem Schwanz. Jetzt.

Er greift die Hand, den Mittelfinger mit dem großen Ring, greift nach ihm und gibt ihm einen harten Ruck und fühlt, wie er knacksend nachgibt, und er hört die Stimme hinter sich, die aufschreit, und er fühlt das Metall in seiner Hand, noch warm. Sein Ellenbogen rammt hart in den Wanst, der sich an ihn drängt, und der ganze Körper sackt zusammen, die ganze Masse krümmt sich sprachlos vor Schmerz, stumm vor Überraschung.

Mit einer einzigen Bewegung stößt Hugo die Tür auf und springt auf die Straße hinaus, rollt im Staub ab, zieht seine Hose hoch und beginnt zu rennen, während die Kutsche weiterrasselt, denn der Kutscher hat den Auftrag, auf nichts achtzugeben, keine Augen zu haben und keine Ohren, dafür wird er gut bezahlt. Es wird einige Momente dauern, bis sie hinter ihm her sein werden, wenn sie es überhaupt versuchen, denn in den Seitenstraßen wird man nach wenigen Schritten von schützender Dunkelheit verschluckt. Schon ist Hugo in einer der Gassen verschwunden, die zu eng sind für eine Kutsche.

Als das Rattern der Räder ganz verklungen ist, pfeift er seinen Vogelpfiff, scharf und durchdringend, horcht in die Dunkelheit, und pfeift wieder. Endlich hört er die Erwiderung, und kurz darauf sieht er seinen Bruder, der ihm in einigem Abstand gefolgt war.

»Hast du ihn?«, fragt Sander.

Hugo hält ihm den Ring entgegen. »Gut gemacht!«, sagt er und umarmt seinen kostümierten Bruder, auf dessen Gesicht ein stummes Lachen erscheint.

Dies ist das Ende der Welt. Unter dem Schwefelhimmel ist die Erde aufgebrochen in unzähligen brennenden Geschwüren. Flüsse und Seen sieden, und die Fische verenden in ihnen, der Boden verbrennt, und das Gras ist längst verdorrt, verkohlt wie die Baumstämme überall, die wie die Arme unbegrabener Leichen schwarz und mit leise züngelnden Flammen in den zornigen Himmel ragen. Häuser und Kirchen explodieren in diesem Infernal, sie schwelen langsam, und dann, plötzlich, wird das Dach wie von einer riesigen, bösen Faust durchbrochen, und die langen Hände des Feuers greifen zornig gegen Gott. Kirchturmglocken stöhnen und bersten mit peitschendem Krachen, bevor sie mit dem Steinwerk und dem Gebälk und den stummen Heiligen zu Boden stürzen und im wütenden Erdreich versinken. Der Wind ist so heiß, dass er den armen Sündern die lebendige Haut auf dem Rücken in Fetzen herunterreißt. Der glühende Atem Gottes.

Die Sünder sündigen noch auf dem Weg ins Inferno weiter, gefangen im Laster. Gerichtet und verdammt auf alle Ewigkeit, reißen sie einander die letzten Fetzen vom Leib. Einer, dessen Arme schon bis auf die Knochen verkohlt sind, hält noch seinen Geldbeutel an die Brust, überall bespringen sie sich, Männer und Frauen, Frauen miteinander, Männer und Kinder, Männer und Männer, ihre Phalli in glühende Stäbe verwandelt, mit denen sie einander versengen, und doch kopulieren sie weiter in wilden Haufen und mit verzweifelten Schreien und versuchen, die Dämonen abzuwehren, die sie ihrerseits bespringen und auseinanderreißen wollen, während sie sie langsam, aber unaufhaltsam in den Abgrund ziehen, in den monströsen, flammenden Rachen, der sich aufgetan hat, das Maul der Hölle, das lodernd Pech und Schwefel spuckt auf die stöhnenden Gestalten, die sich am Boden wälzen, siedende Hitze unter ihnen und Feuerregen aus schwarzfahlen Wolken, die Luft, deren schneidender Gestank Lungen und Seelen mit jedem Atemzug verglühen lässt.

XII

Herr, wenn es dich gibt

Das Kloster der Barmherzigen Schwestern der Letzten Agonien des Allerheiligsten Herzens Jesu, wie der offizielle Name des Ordens lautet, liegt umgeben von Pinien und Weinbergen in idyllischen Hügeln vor den Toren von Rom – weniger als eine Tagesreise entfernt. Hier findet sich Diana nach dem schrecklichen Streit mit ihrem Vater wieder, allein und aus der Hauptstadt verbannt.

Ihr ist ein vergleichsweise bequemer Raum zugewiesen worden, mehr als eine Zelle, wie die Nonnen sie bewohnen. Der Orden ist auf die diskrete Unterbringung junger Frauen aus gutem Hause eingestellt, und Virgilio zahlt gut für dieses Privileg. Die Schwester Oberin hat ihm auch in taktvollen Andeutungen zu verstehen gegeben, dass man für den kleinen Bastard sorgen wird, wenn die Zeit einmal gekommen ist.

Von ihrem Fenster aus kann Diana die sanfte Landschaft sehen. Ihr Leben im Kloster selbst ist streng geregelt. Es steht ihr frei, sich innerhalb des Gebäudes und der Gärten zu bewegen, aber es ist ihr streng verboten, den Komplex zu verlassen. Die Mauer, die ihn umgibt, ist hoch, und das schwere Tor wird rund um die Uhr bewacht. Die Glocken der Kirche regulieren den Tag, und sie ist angehalten, an den religiösen Exerzitien der Nonnen teilzunehmen. Matutin bei Sonnenaufgang, die heilige Messe später am Morgen und so weiter bis zum gemeinsamen Abendgebet.

Von körperlicher Arbeit ist Diana aufgrund ihrer Schwangerschaft freigestellt. Auch sonst hat sie wenig zu tun. Ihre Malutensilien sind in Rom geblieben, als ihr Vater sie in die Kutsche geschubst hat, um sie hierherzubringen, sie hat auch kein Papier zum Zeichnen. Nur einige wenige persönliche Sachen hat sie unter seiner Aufsicht zusammensuchen dürfen. Erbauliche Bücher aus der Klosterbibliothek liegen auf dem Tisch, unter einem gewaltigen Kreuz aus Holz, an dem ein ausgemergelter, schmerzverzerrter Christus mit unheimlich langen Armen die Agonie darstellt, von der die Nonnen ihren Namen herleiten.

Sie hat keine Gelegenheit mehr gehabt, sich von Sandro zu verabschieden. Nachdem er gegangen war, kam ihr Vater ins Studio gestürzt.

»Ist es wahr?«, fragte er einfach.

»Es ist wahr.«

Sie wusste, dass alles davon abhing, in welche Richtung dieser Moment kippte, auf welche Bahn ihr Leben gesetzt wurde. Er kippte in die schlimmste Richtung.

»Du – du – du – «

Virgilio hatte seine Tochter nie geschlagen. Ihre Brüder hatten in dauernder Furcht vor seinen Künstlerhänden gelebt, aber sie hatte er nie angerührt. Jetzt ohrfeigte er sie mit jedem Wort, dem kleinen Pipo fiel der Krug mit Leinöl hin, den er gerade in der Hand gehalten hatte.

»Lass das! Lass mich!«, kreischte sie und begann, die Schläge abzuwehren. Da packte er sie bei den braunen Locken und zerrte sie mit sich zur Tür. Unter Schreien, Schlägen und Tritten zog er sie über die hölzerne Treppe in den ersten Stock. Die Diener und die Arbeiter, die sich am Fuß der Treppe versammelt hatten, hörten, wie die beiden sich anbrüllten, hörten das Klatschen von Schlägen und das wütende Aufheulen, das ihnen folgte, dann wurde es still, eine Tür fiel ins Schloss, ein Schlüssel wurde umgedreht.

Virgilio ging langsam die Treppe herunter. Er war rot angelaufen, seine Haare waren wirr.

»Niemand geht zu ihr, niemand!«, herrschte er Pipo und die Köchin an, die am Fuß der Treppe standen. »Niemand!« Dann verschwindet er in seinem Studio.

Im Kloster ist sie den Umständen wehrlos ausgeliefert. Sie war einfach zu überrascht gewesen, um ihrem Vater Widerstand zu leisten, als er sie mit Gewalt und mit blankem Hass in seinen Augen überrumpelte. Schon als Mädchen hatte sie ihrem Vater gegenüber ihren Willen durchgesetzt, und die männermordenden Heldinnen ihrer Gemälde sprechen eine deutliche Sprache, aber vielleicht konnte sie deswegen einfach nicht glauben, dass er nicht mit sich reden lassen, nicht zur Vernunft kommen und ihr nicht verzeihen, sondern sie einfach einsperren würde.

Sie hat Angst davor, was jetzt folgen wird. Ihr Vater wird so schnell wie möglich einen Mann für sie finden – einen, der sie noch nimmt; beschädigte Ware. Wer wird es sein? Ein Alter? Einer, der sie prügelt und ihr verbietet zu malen? Wird sie Sandro wiedersehen? Wird man ihr das Kind wegnehmen?

Manchmal aber fühlt sie ein Vertrauen in die Zukunft, das sie selbst überrascht. Das Kind, das in ihr wächst, scheint unter einem guten Stern zu stehen. Sie fühlt sich gut, fast wie vorher. Sie hat keinen Spiegel hier, nur wenn sie Wasser in ihr Waschbecken gießt und wartet, bis die Oberfläche sich beruhigt hat, kann sie ihre Reflexion sehen. Ihr Gesicht wirkt voller, ihre Haut blüht wie eine der Rosen, die Sandro so täuschend echt nachzuahmen versteht. Trotzdem fürchtet sie das Kind und was es für sie bedeuten wird. Hätte sie Sandro bei sich, eine Zukunft mit ihm – alles wäre anders. Sie weiß: Niemals wird ihr Vater diese Verbindung zulassen. Was also bleibt ihr? Zum ersten Mal in ihrem Leben versteht sie wirklich, warum so viele Mädchen in den Tiber gehen, wenn sie schwanger sind.

Wenn sie nicht an den Messen teilnehmen muss, bleibt sie auf ihrem Zimmer. Die Nonnen bringen ihr Essen. Sie soll nicht mit den Novizinnen in Kontakt kommen. Sie gibt ein schlechtes Beispiel, denn sie ist weder arm noch eine Hure, sondern eine junge Frau, die mehr kann und mehr weiß als die meisten Männer um sie herum. Vor so einer wie ihr muss man die jungen Mädchen schützen, die den Schleier genommen haben.

Diana blickt auf das Kruzifix. Instinktiv misst sie seine Dimensionen, den Winkel der Sonne, das Spiel von Licht und Schatten. Herr, betet sie innerlich, wenn du da oben bist, zerstöre mich nicht, denn ich kann dir noch nützlich sein. Gib mir meine Freiheit, und ich werde deine Barmherzigkeit preisen und die Schönheit deiner Schöpfung.

Ein Klopfen an der Tür, das Abendessen. Schwester Laetitia kommt herein mit einem Tablett: Brot, Bohnensuppe, Wein, Wasser.

»Danke«, sagt Diana.

Die Nonne sagt nichts, stellt nur das Tablett ab. Es ist

nicht leicht, ihr Alter zu raten. Ihr Gesicht ist streng abgezirkelt durch den harten Stoff ihres Nonnenschleiers.

»Ehrwürdige Schwester! Redet mit mir! Ein paar Worte nur!«

Schwester Laetitias dünnlippiger Mund zeigt keine Reaktion. Sie blickt starr vor sich und geht zur Tür.

»He! Hörst du mich? Bist du denn taub? Sag endlich was, verdammt! Irgendwas!«

Die Tür fällt hinter der stummen Schwester ins Schloss. Manchmal vergehen Tage, bevor Diana eine menschliche Stimme hört, die nicht gerade betet.

Diana ist nicht hungrig, aber sie schenkt sich einen Becher Wein ein. Die untergehende Sonne scheint direkt ins Fenster, lässt die dunkle Flüssigkeit aufleuchten, wirft dunkel schimmernde Rubine auf die Wand. Unwillkürlich sieht sie das Schafott vor sich, die letzten Momente der Beatrice Cenci, hört ihr Klagen und Beten, erlebt noch einmal den endlosen Moment des Zögerns, bevor das Schwert fällt. Sie klagt nicht, sie beweint nicht ihre Sünden.

Herr, wenn es dich gibt, dann lass mich frei.

»Hast du gehört, was gestern Nacht in Trastevere passiert ist?«

»Nein, was?«

»Sie haben die Hurenjungen zusammengetrieben und Jagd auf sie gemacht, heißt es.«

»Zusammengetrieben?«

»Du weißt schon, da stehen sie immer, diese kleinen Bastarde. Du kannst sie da jeden Abend finden und einen aussuchen von ihnen. Die Herrschaften kommen in Kutschen und lassen sich hinter den Vorhängen nicht sehen. Auch aus dem Vatikan kommen sie, die ganz großen Herren. Vor einigen Tagen, sagt man, haben sie einen von ihnen ausgeraubt und halb totgeschlagen, aber er hat sich wohl den Falschen ausgesucht. Gestern kam sie wieder, die Kutsche, aber als sie ihre geschminkten Gesichter zum Fenster reckten und sich so richtig ins Zeug warfen, um ausgesucht zu werden, da sprangen Maskierte aus der Kutsche, und aus allen Gassen kamen plötzlich Berittene. Sie haben eine Treibjagd auf die Hurer gemacht, haben sie abgestochen wie Vieh. Hierhin und dahin sind sie gerannt, in ihrer Todesangst, aber überall, wo sie sich hinwandten, war einer der Reiter und knüppelte auf sie ein wie leibhaftige Teufel. Alles ist sehr schnell gegangen, sagen sie, überall Staub, Pferdehufe, Geschrei und Blut. Kaum einer ist entkommen. Einer ist gleich liegen geblieben. Der tritt jetzt mit weißer Schminke und rot gemalten Lippen vor seinen Schöpfer. Von hinten in den Hals gestochen, heißt es. Ein paar andere wurden mit Knüppeln und Degen schlimm zugerichtet. Drei von ihnen aber haben sie in der Kutsche mitgenommen. Man sagt, man hätte ihre Schreie noch gehört.«

»Und?«

»Nichts und. Die findet niemand mehr! Werden schon im Tiber sein oder vergraben, irgendwo vor der Stadt.«

»Und der Beraubte, wer war das?«

»Niemand weiß es! Niemand weiß irgendwas in dieser Stadt, nur die Schatten. Es muss aber ein wichtiger Mann gewesen sein, denn so etwas tun nicht viele ungestraft.«

»Haben sie den Dieb?«

»Woher soll ich das wissen? Frag den Henker, der wird's mit Sicherheit bald wissen, wenn er einen der kleinen Hurenjungen brandmarkt oder ihn gleich aufknüpft, aber es ist genauso möglich, dass sie ihn nie finden werden.«

Sander hat still zugehört, was am Tisch hinter ihm besprochen wird. Er vermeidet es, seine Augen von dem Teller Fisch zu erheben, den er vor sich hat. Wie jeden Tag isst er im Wirtshaus. In der Tasche, die er am Gürtel trägt, hat er die letzten Münzen, die ihm geblieben sind, ein Klappmesser, und ein kleines Tuch, in das er den Ring eingewickelt hat. Hugo sitzt neben ihm und starrt auf sein Essen. Es fliegen immer und überall Gerüchte rum. Schwer zu sagen, was an ihnen dran ist. Hugos Handflächen sind feucht von kaltem Schweiß.

Flammen lecken aus dem Boden, da, wo die Verdammten laufen müssen, und Teufel stoßen auf sie herab wie auf Tiere, die Furien in die Falle gegangen sind. Von allen Seiten kommen sie und fügen ihren Opfern unsägliche Qualen zu. Jeder Atemzug verbrennt die Lunge in der lebendigen Brust. Die Schreie der Verurteilten hallen durch alle Zeiten, und wenn wir Ohren hätten zu hören, würden wir es niemals wagen, unrecht zu tun. Schwarz und schwefelgelb leuchtet der Widerschein des ewigen Feuers auf den Gesichtern der verlorenen Seelen.

An jedem Montag nach der Messe empfängt Pater Bonifazio Bittsteller im Palazzo Della Valle: Witwen und Waisen, Krüppel und Arme, Alte und Kranke.

Sander hat diesen Weg gewählt, weil ihm seine Kleider kaum erlauben, einem so hohen Herrn auf andere Weise zu begegnen. So wartet er im Vorraum mit den Elenden, Bedürftigen und Gerüchtekolporteuren der Stadt, die von Türstehern mit Befehlen und gelegentlichen Fußtritten in Schach gehalten werden. Man muss sie bestechen, wenn man tatsächlich vorgelassen werden will. Sander hat einem von ihnen eine Silbermünze in die Hand gedrückt. Es ist weniger als der gängige Preis, aber es ist alles, was er noch hat. Wenn er es nicht geschafft hätte, die Witwe Scampanella zu vertrösten, die immer wieder unter Anrufung aller Heiligen ihre Miete verlangt, wären sie längst auf der Straße. Er wartet. Hugo ist in Trastevere geblieben.

Sogar beim ständigen Scharren ungeduldiger Füße, beim Flüstern und Knarren der Holzdielen schläft Sander in dieser dumpfen Wärme beinahe im Stehen ein. Er stößt sich von der Wand ab, an die er sich gelehnt hat. Er hat kaum ein Auge zugetan in den Nächten, seit Diana verschwunden ist. Eine lange Zeit steht er so da, der Vormittag zerdehnt sich in Getuschel und Geraschel zwischen den mächtigen Portalen.

»Du!«, ruft der Türsteher, dem er das Silberstück in die Hand gedrückt hat. »Du bist dran!«

Sander tritt durch die hohe Eingangstür in einen Raum, dessen dunkle, hölzerne Decke sicherlich zehn Schritt hoch ist, mit großen Fenstern zur Piazza hinaus. Die Wände sind mit einem Band von Fresken ausgemalt, die vom großen Domenico Ghirlandaio stammen. Darunter, an einem enormen Arbeitstisch, sitzt Pater Bonifazio, dessen stattliche Figur in dieser für Titanen geschaffenen Umgebung fast verschwindet. Er muss einmal ein schöner Mann gewesen sein, bevor er dem Mandelgebäck und den getrüffelten Kapaunen verfallen ist. Trotz seiner Leibesfülle wird ihm nachgesagt, dass er noch immer das Bett des Kardinals teilt und dass auch er dem Kardinal treu ergeben ist. Offiziell ist er sein *maestro di palazzo* und Schatzmeister in einer Person, und es ist an ihm, Almosen zu verteilen, Stipendien zu vergeben und Schulden zu erlassen.

»Was willst du?«, fragt der Kleriker jetzt, ohne von seinem Rechnungsbuch aufzusehen. Schweißperlen stehen ihm auf der Stirn. Seine schwarze Soutane ist erdrückend heiß. Er hat einen Federkiel in der rechten Hand, kann aber nur mühsam schreiben, denn sein Mittelfinger steckt in einem dicken Verband.

»Wie viel brauchst du und wofür?«

»Ich brauche nichts«, sagt Sander schlicht.

Der Priester sieht auf. Überraschung steht auf seinem Gesicht.

»Was machst du dann hier? Wofür bist du gekommen?«

»Um Euch etwas zu zeigen«, entgegnet Sander. Aus der Ledertasche, die er bei sich hat, zieht er einige Blätter Papier und legt sie auf den Schreibtisch.

»Was ist das?« Der Priester beäugt die Blätter mit einer Mischung aus Misstrauen und Desinteresse.

»Das sind Entwürfe«, sagt Sander, »für ein Deckenfresko.«

»Ein Fresko?«

»Ja, für den Festsaal hier im Palazzo.«

»Da hast du dir umsonst die Beine in den Bauch gestanden«, sagt Bonifazio gelangweilt, »die Kommission ist längst vergeben. Kein Geringerer als Maestro Virgilio Nobili hat sie übernommen.«

»Seht sie Euch trotzdem an!«

Das Selbstvertrauen in der Stimme dieses Bittstellers lässt Bonifazio hellhörig werden. Sein Auftreten ist selbstsicher, fast frech. Der schwitzende Majordomus nimmt die Blätter in die Hand und sieht sie kursorisch durch. Eine Schweißperle rollt seine Stirn hinab, rinnt die Nase hinunter und fällt auf eins der Blätter. Jetzt muss er doch etwas sagen.

»Schön gemacht«, murmelt er gönnerhaft, »mit sicherem

Strich, einem guten Auge, aber sinnlos. Geh jetzt. Hier ist keine Arbeit für dich.«

»Seht sie Euch noch mal an. Genauer.«

Einen Moment lang überlegt der Priester, ob er die Wachen rufen oder den unverschämten Kerl vor sich wenigstens anbrüllen soll, aber etwas in der Haltung dieses Mannes hält ihn davon ab, und die Anstrengung scheint ihm auch unverhältnismäßig bei dieser Hitze. Also blättert er die Zeichnungen noch mal durch. Einen Entwurf für ein großes Fresko, das die Liebe in der Antike zum Thema hat. Zeus und Ganymed sind da, Amor und Eros, Antinous und Hadrian, umgeben von Faunen, einem Priapus, von schönen Jünglingen. Die zentrale Kartusche ist der Triumph des Dionysos mit seinem Gefolge. Bonifazio sieht diese Hymnen an die Liebe zwischen Männern und ist einen Moment lang ratlos. Dann fällt sein Blick auf ein weiteres Blatt, kleiner als die anderen. Er wird bleich.

»Was ist das?«, fragt er.

»Ein Ring«, antwortet Sander. »Gefällt er Euch?«

»Was willst du?« Der große Leib des Priesters erhebt sich hinter seinem Schreibtisch.

»Das habe ich Euch schon gesagt«, entgegnet Sander schlicht. »Ich werde das Deckenfresko malen.«

Bonifazio starrt auf die Zeichnung des Ringes, der ihm vor einigen Wochen geraubt wurde, so frech und so brutal, dass sein Finger noch immer nicht brauchbar ist. Es ist ein goldener Ring mit einer antiken Gemme, die Amor zeigt, ein Stein, der den Jahreslohn mehrerer Handwerker gekostet hat. Offiziell zelebriert er die Liebe einer reinen Seele zu ihrem Schöpfer; inoffiziell war er ein Geschenk des Kardinals, der auch nach Jahren noch immer nichts von Bonifazios nächtlichen Ausflügen nach Trastevere zu wissen scheint und der schon immer ein eifersüchtiger und besitzergreifender Liebhaber gewesen ist. Der Ring ist in großem Detail gezeichnet, es kann keinen Zweifel geben, dass es derselbe ist. Bonifazio läuft ein kalter Schauer den Rücken runter, als er sich unwillkürlich an die mörderische Rage erinnert, die vom Kardinal Besitz ergreifen kann. Er tupft seine Stirn mit einem Taschentuch ab.

»Was ist das für ein Ring?«, fragt er vorsichtig.

»Ein schönes Stück, nicht wahr?«

»Wo hast du ihn her?«

»Sagen wir: Ich habe ihn gefunden. Eigentlich gehört er mir aber nicht. Ich suche seinen rechtmäßigen Besitzer.«

»Und wenn du ihn findest?«

»Dann werde ich sehen, ob wir nicht eine Lösung finden, die für uns beide vorteilhaft ist.«

Bonifazio sinkt vorsichtig in seinen Sessel zurück.

»Und wie stellst du dir das vor?«

»Sagen wir, der Besitzer ist ein Mann, der nicht nur einen erlesenen Geschmack hat und ein erhebliches Vermögen, sondern auch einen kühlen Kopf. Sagen wir, er will das schöne Stück zurückhaben. Vielleicht, weil er es immer trägt und weil man es bemerken würde, wenn er plötzlich fehlt. Vielleicht, weil er den kaschierenden Verband an seinem Finger loswerden will, der ihn am Schreiben hindert. Sagen wir, dieser kluge Mann wäre bereit, sich für mich einzusetzen, diese Zeichnungen Seiner Eminenz zu zeigen und ihn davon zu überzeugen, dass dieser Entwurf viel kühner ist, nicht so, drücken wir es höflich aus, so ungelenk und unentschlossen wie der andere.«

Sander schweigt einen Moment. Sein Blick schweift über

die monumentalen Fresken hinter dem schwarzen Bündel Mann, der sich die Stirn abwischt. Sander spricht weiter: »Virgilio ist ein ausgezeichneter Maler. Ich weiß das. Ganz Rom singt sein Loblied, und ich selbst habe in seiner Werkstatt gearbeitet. Aber er ist ein Mann eines bestimmten Alters, einer bestimmten Generation. Seit einiger Zeit versucht er, es den jüngeren Meistern nachzutun. Unfreundliche Stimmen sagen, er verbindet jetzt die Steifheit der Alten mit der Grobheit der Jungen. Hier und da lacht man über ihn. Aber das ist nur Geschwätz. Für Euch aber stellt sich eine ganz andere Frage.«

»Was für eine?«

»Maestro Virgilio ist weit gegangen in seinen Studien gemeinsam mit seinen jungen Kollegen, auch das ist in Rom bekannt. Unter uns gesagt, ist er meistens betrunken und nur selten fähig zu arbeiten, und auch dann ist er sprunghaft. Die Werkstatt wurde von seiner Tochter geleitet, die seit einiger Zeit verreist ist, niemand weiß, wohin, und von mir. Er selbst ist immer unterwegs, bis spät in die Nacht, und mehrmals schon war er in Schlägereien verwickelt. Auch Messer sollen gezogen worden sein. Ihr müsst all das nicht glauben, aber fragt Euch: Wollt Ihr ein so großes und so wichtiges Projekt wirklich in die Hände eines Säufers geben, dessen Werkstatt gerade Herz und Hände verloren hat? Lauft Ihr nicht Gefahr, selbst zum Gespött der Stadt zu werden?«

Bonifazio erhebt sich mühsam. Er ist noch immer bleich, und die verbundene Hand, mit der er die Zeichnung hält, zittert ihm etwas.

Sander setzt nach: »Hat Seine Eminenz nicht von den Blumengirlanden gesprochen, die er an Virgilios Entwurf so besonders brillant fand?«

»Das weißt du?«

»Wie gesagt, ich habe in seiner Werkstatt gearbeitet. Unsere Wege haben sich getrennt. Unsere künstlerischen Vorstellungen liegen zu weit auseinander, und ich kann nicht unter einem betrunkenen Tyrannen arbeiten. Aber ich war sein Blumenmaler. Die Girlanden stammen von mir, und der Kardinal wird noch reicheren Blumenschmuck bekommen. Ein ganzes geheimes Programm von Allegorien und Bedeutungen kann mit Blumen ausgedrückt werden.«

Bonifazio sieht ihn an.

»Es ist nicht nötig, jetzt weiter darüber zu sprechen. Ich werde Euch die Zeichnungen überlassen, als Geste des Respekts und der Wertschätzung für zwei Männer von großer Kultur und einen Mäzen der Künste. Die Zeichnung des Rings schenke ich Euch persönlich, als Memento unserer Begegnung. Ich werde nächste Woche wieder vorsprechen, wenn Ihr die Güte haben wollt, mich noch einmal zu empfangen. Bis dahin empfehle ich mein Projekt Eurer wohlwollenden Beurteilung und meine Seele dem Herrn. Ich bin Euer untertänigster Diener.«

Mit diesen Worten dreht Sandro sich um und verlässt das Arbeitszimmer des Maestro di Palazzo, der unwillkürlich aufgesprungen ist und an seinem Schreibtisch steht, blass und regungslos.

Sander geht durch die Menschenmenge auf der Piazza. Hugo wartet in Trastevere auf ihn. Den Ring hat er vorsichtshalber in seiner Obhut gelassen. Er wird und muss diese Kommission bekommen, koste es, was es wolle. Es ist der größte und prestigeträchtigste Auftrag Roms, und wenn er dieses Werk vollendet, wird Virgilio sich nicht mehr einer Hochzeit widersetzen können. Er wird sehen, was die Stunde geschlagen hat, und wird einen berühmten Schwiegersohn dankbar willkommen heißen. Er hängt seinen Mantel nach dem Wind; also wird Sander den Wind machen. Sogar wenn er sich dennoch weigern sollte, wird Sander gewinnen, denn diesem Auftrag werden andere folgen, Kunstkenner aus ganz Italien werden seine Arbeiten besitzen wollen, und er wird sie gemeinsam mit Diana ausführen und die altmodische Hofmalerei mit seinen Darstellungen der Natur und ihren starken und subtilen Figuren auf den Kopf stellen. Dann wird es unwichtig sein, was der Alte will oder nicht will. Sander hat schon so viel verloren.

Diesmal wird er siegen.

Wenn Sander versucht, sich an die Landschaft seiner Kindheit zu erinnern, hat er große Mühe, sich den Hof und das Dorf bei Utrecht wieder zu vergegenwärtigen. Nur wenn er Hugo ansieht, beginnt er wieder, die vertrauten Bilder seiner niederländischen Heimat zu erleben. An Hugo erinnert er sich noch genau, damals, vierundzwanzig Stunden vor jenem Tag, an dem alles geendet hatte und alles angefangen. Es war Abend gewesen, Dämmerung. Herbst.

Über Sander und um ihn herum türmten sich die Blätter der Linde auf dem Dorfplatz auf und leuchteten in der Sonne wie golden zitternde Schmetterlinge. Es roch nach Honig, süß und ein wenig bitter. Obwohl die Fensterläden der Gehöfte schon für die Nacht geschlossen waren, hörte man doch das Muhen der Kühe drinnen, die hungrig waren und um diese Zeit gefüttert wurden.

Die anderen Kinder waren schon in ihren Häusern, aber Sander war in die Baumkrone geklettert. Hier war er sicher und allein. Nur Hugo jammerte unten am Fuß des Baumes. Er wollte auch heraufklettern.

»Du bist noch zu klein!«, sagte Sander zu ihm. »Als ich fünf war, konnte ich auch noch nicht hier oben sitzen, aber wenn du noch mehr flennst, finden alle das Geheimnis raus, und dann sägen sie den Baum ab, und du kannst nie, nie hier raufkommen!«

»Ich will aber raufkommen!«, heulte Hugo, und seine Augen funkelten böse unter seinem strohweißen Haar.

»Es geht nicht. Erst wenn du größer bist.«

»Will aber!«

»Sei still jetzt! Sonst komme ich sofort zurück, und dann gibt's Hiebe! – Lauf lieber zur Mutter, sie wird dir bestimmt einen Apfel geben«, fügte er beschwichtigend hinzu.

Diese Aussicht heiterte den Kleinen auf, und sein blonder Kopf verschwand, so schnell ihn seine kleinen Beine trugen.

Sander war zehn. Er liebte diesen Baum und kam oft hierher, um aus dem Schutz der Blätter heraus unbemerkt zu beobachten, was vor sich ging. Endlich war er allein. Ein Paar Hühner, die wohl einem Nachbarn ausgerissen waren, scharrten noch bedächtig gackernd um die Wurzeln des Baumes herum, und Sander war gespannt darauf, wie lange es dauern würde, bis jemand aus einem der Höfe kommen würde, um sie wieder einzufangen. Auf einmal wurde das Gackern laut und panisch, und die Hühner stoben durcheinander wie Funken im Feuer. Federn flogen auf, und wie ein roter Blitz war ein Fuchs unter ihnen und biss und rannte, schrecklich stumm und schnell wie der Tod, und dann verschwand er auch schon wieder, ein noch immer zappelndes, weißes Huhn im Maul. Jetzt kam ein Nachbar, der den Lärm gehört hatte. Er sah die Federn, die überall verstreut lagen, und fluchte laut, und seine Hunde, die mit ihm herausgerannt waren, nahmen die Fährte auf und verschwanden blaffend in die Dämmerung. Der Bauer ging zurück, und es war still. Irgendwo krähte ein Vogel.

Von hier aus konnte Sander nach Norden hin weit über das Land sehen, über die niederen Gehöfte mit ihren Rieddächern hinweg, die um den Baum herumstanden, wie eine Versammlung alter Bauern, über die Felder mit den Wassergräben, die zwischen ihnen gezogen waren, die Bäume und den kleinen Wald, den Himmel und die Wolken, die oft ganz tief über den Wiesen hingen und die sich manchmal hoch und drohend vor ihm auftürmten, wie um ihm zu zeigen, dass er auch hoch oben im Baum noch ein kleiner Wicht war, ein Nichts im Angesicht des Schöpfers und der himmlischen Heerscharen, ein winziger Fliegendreck auf seiner Robe, die die ganze Welt bedeckte.

Manchmal nahm Sander seine Schiefertafel mit nach draußen und versuchte, die Wolken mit weißen Strichen festzuhalten, aber wenn er sie einmal aufgezeichnet hatte, hatten sie ihre Form schon längst verändert und aus riesigen Köpfen mit monströsen Nasen wurden Fabeltiere und Drachen, die gegeneinander um die Herrschaft kämpfen, Herrschaft über all die kleinen Kreaturen unter ihnen, und manchmal ließ die Abendsonne diese hell aufleuchten in blutigem Rot oder Orange speiendem Feuer. Das Jüngste Gericht musste so aussehen, und der Pfarrer hatte gesagt, dass alle ihre Seelen darauf vorbereiten mussten, denn der Herr würde bald keine Geduld mehr haben mit dem Sündenpfuhl hier unten und würde Feuer und Elend über alle schicken, so wie er schon die Spanier geschickt hatte, die ihre Höllenkirche hier verbreiten wollten und Tod und Zerstörung brachten.

Sander saß im Lindenbaum und sah und staunte. Fledermäuse flogen lautlos ihre Runden um den Baum, und irgendwo fing eine Nachtigall zu singen an. Er war gar nicht mehr in seinem Dorf. Er war auf einem Schiff, das seine goldenen Segel blähte, ein Kapitän, der den spanischen Besatzern ewige Feindschaft geschworen hatte, ein treuer Mann von Wilhelm von Oranien, dessen Farbe seine Segel trugen. Er bekämpfte die spanischen Schiffe, die am Horizont drohten, und lieferte sich Schlachten mit ihnen auf hoher See, bis es so dunkel wurde, dass er die Segel seiner Feinde nicht mehr sehen konnte und zu frieren begann auf seinem Krähennest.

»Mach das Tor auf! Lass mich gehen!«

»Das kann ich nicht, Signora.«

»Mach mir sofort auf!«

Diana steht am Tor des Klosters, einen schrecklichen Zorn in den Augen. Sie hat ein Tuch um die Schultern, es ist Herbst, und die Abende werden kühl.

»Aufmachen! Wenn dir irgendetwas heilig ist, dann öffne dieses Tor!«

Ihre Stimme überschlägt sich vor Wut. Sie stemmt sich gegen die eisenbeschlagenen Eichenbalken, die schon seit Generationen die eine Seite der Welt von der anderen trennen. Das Tor bleibt verschlossen. Zwei Nonnen eilen mit fliegenden Habiten vom Hauptgebäude her auf das Torhaus zu.

»Da seht, was Ihr angerichtet habt!«, sagt der Torwächter, die Hand um seinen Schlüsselbund gekrallt.

Die Nonnen treten näher.

»Wer hat Euch erlaubt, das Hauptgebäude zu verlassen?«,

fragt die ältere von ihnen, von deren Gesicht nur ein kleines Dreieck zwischen Augenbrauen und Kinnspitze zu sehen ist. Ihre Haut hat die Farbe von gekochtem Schweinefleisch, und um ihren Mund hat sich tiefe Missbilligung eingegraben. »Das geht Euch gar nichts an! Kümmert Euch um Eure eigenen Angelegenheiten.«

»Seit Euer Herr Vater uns die Sorge für Euch übertragen hat, ist dies meine Angelegenheit. Kommt jetzt. Sofort.«

»Öffnet dieses Tor, verdammt!«

»Ich warte«, sagt die Nonne.

»Aufmachen! He! Hört mich niemand! Ich bin eine Gefangene wider meinen Willen! Ruft Hilfe!« Diana schreit aus voller Lunge in die Abendluft hinein.

»Niemand hört Euch hier. Hier ist niemand außer uns. Ihr ermüdet Euch nur. In Eurem Zustand! Kommt jetzt!«

»Aufmachen! Auf...« Sie beginnt zu schluchzen. Wütend, dass sie sich vor diesen Menschen so eine Blöße gibt, versucht sie, sich zu beherrschen, aber ihre Schultern beben mit jedem krampfhaften Atemzug. Sie ist eine Gefangene.

XIII

Die Lieben der Götter

Pater Bonifazio erweist sich als wirkungsvoller Fürsprecher. Als Sander eine Woche später wiederkommt, wird er von dem bulligen Türsteher sogleich in ein separates Zimmer geführt.

»Wartet hier!«, befiehlt der Zerberus und schließt die Tür hinter sich. Sander ist allein. An der Wand hängt ein großes Bildnis des heiligen Sebastian im süßen Todeskampf. Blumen sind auf dem Tisch in der Mitte des Raumes arrangiert, in einer chinesischen Vase mit blauen, sich um die gewölbte Oberfläche schlängelnden, fremdartigen Drachen.

Plötzlich öffnet sich die Tür. Der rote Kardinal persönlich kommt herein, gefolgt von Pater Bonifazio.

»Maestro!«, begrüßt er Sander mit großer Herzlichkeit. »Ich bin so froh, Euch endlich persönlich kennenzulernen. Ich habe viel von Euch gehört, und Pater Bonifazio hier war so zuvorkommend, mir Eure Entwürfe zu zeigen. Außergewöhnlich! Ganz außergewöhnlich! Ich bin hocherfreut!«

Die warmen, intelligenten Augen des Kardinals leuchten vor Vergnügen. Sander ist sich nicht sicher, ob er dieser herzlichen Begrüßung vertrauen kann.

»Eure Eminenz, ich bin geehrt«, sagt er, und dann: »Ich weiß, es war gewagt von mir, ein völlig anderes Thema vorzuschlagen.«

»Ich bin froh darüber! Der Sieg der Tugend – eine abgeschmackte Idee. Unerträglich langweilig, etwas für Provinzprälaten und aufstrebende Kaufleute. Rom aber baut auf alten Fundamenten, auf einer Größe, einer Gelassenheit, die wir verloren haben! Was kann es Wichtigeres geben in diesen traurigen Zeiten, als die Liebe zu feiern?«

»Ich habe Sorge getragen, dass mein Werk auch vor frommen Augen bestehen kann.«

»Ach?«, fragt der Kardinal belustigt und hebt die Augenbrauen. »Ihr macht mich neugierig!«

»Dionysos, der Gott des Weins, der mit seinen Jüngern durch die Lande zieht, wird oft als Vorahnung auf das Kommen des Erlösers gedeutet, und seine Liebe zu Ampelos, der in eine Rebe verwandelt und dessen Blut zu Wein wird, führt direkt zum wahren Weinstock aus dem Evangelium und dem Blutopfer des Heilands selbst. Ich will Euch nicht zur Last fallen mit weiteren Interpretationen, aber jedes individuelle Bild ist von Weinranken umschlungen und zeigt ein neues Gesicht der göttlichen Liebe zur Schöpfung.«

»Verehrter Maestro, wie ich sehe, habe ich Euch unterschätzt! Das ist hervorragend, ganz hervorragend!«

»Ihr seid zu freundlich.«

»Nein, nein, im Gegenteil! Dies wird ein großes Kunstwerk werden, das fühle ich jetzt schon. Und Ihr seid herzlich eingeladen, einer meiner kleinen Abendunterhaltungen beizuwohnen. Auf diese Weise könnt Ihr selbst sehen, wie die Schönheit atmender Körper mit den schönsten Kunstwerken wetteifert. Haut und Marmor verschmelzen vor dem liebenden Auge miteinander, und die wahre Erlösung liegt darin, uns durch die Schönheit der göttlichen Schöpfung überwältigen zu lassen, sie zu schaffen und uns an ihr zu erfreuen, wie es der Schöpfer befiehlt. Nun aber genug der Theologie! Ich habe zu tun. Aber es wäre mir ein Vergnügen, Euch und Euren Bruder heute gegen zehn zu einem meiner kleinen Abende willkommen zu heißen. Ein besonderes Vergnügen! Pater Bonifazio wird Euch die Einzelheiten wissen lassen. Und er wird dafür sorgen, dass Ihr mit der Arbeit beginnen könnt. Pater«, fährt er fort, »setzt einen Vertrag auf mit unserem Freund und seid so gut und zahlt dem Maestro zweihundert Scudi aus der Hauskasse, damit er Materialien kaufen und Assistenten suchen kann. Oder ist das nicht genug?«

»Das ist sehr großzügig.« Sander deutet eine Verbeugung an.

»Aber nicht doch! Keinen Dank! Ihr seid der Maestro, es ist an uns, Eurem Genie zur vollen Entfaltung zu verhelfen, damit Ihr Gott durch Seine Werke preisen könnt! Bis heute Abend also, Maestro!«

Ohne ein weiteres Wort verlässt Della Valle den Raum. Bonifazio bleibt zurück, groß, weich und schwitzend.

»Der Ring«, sagt er, als sie alleine sind.

»Das hat noch etwas Zeit.« Sander sieht ihn an. »Erst regeln wir das Geschäftliche, dann können wir uns persönlichen Dingen widmen.«

»Wenn Ihr unbedingt heute Abend kommen müsst, dann haltet Euch gefälligst zurück!«

»Wobei?«

»In allem! Dies sind private Anlässe. Nichts für Außenseiter!«

»Wir sehen uns heute Abend!«, sagt Sander lächelnd, nickt dem schwitzenden Priester zu und geht.

Die Abendunterhaltung entpuppt sich als Gesellschaft von etwa dreißig Gästen, die an einem langen Tisch sitzen. Sander erkennt unter den Eingeladenen Michelangelo Merisi da Caravaggio, der ihn keines Blickes würdigt. Als er und Hugo ankommen, ist das Fest schon in vollem Gange. Der Festsaal wird von Kerzen warm beleuchtet, und Diener tragen verschiedene Gänge auf. In sechs Nischen, die symmetrisch in den Längsseiten des Saals angeordnet sind, steht jeweils eine antike Statue, die im Kerzenlicht plastische Schatten wirft. Sander kennt nur zwei dieser Skulpturen, die auch sonst hier stehen. Er sieht zu einer der anderen hinüber und sieht, dass es ein lebender junger Mann in antiker Pose ist, so nackt, wie die griechischen Bildhauer ihre Athleten dargestellt hatten, mit Marmorstaub und Kreide bemalt. Vier Statuen aus atmendem Fleisch, zwei aus Marmor, die sich im Kerzenlicht fast zu bewegen scheinen.

»Maestro!«, ruft Kardinal Della Valle mit ausgestreckten Armen. »Wie gut von Euch, dass Ihr die Zeit gefunden habt! Hier, meine Herren, ist Maestro Sandro della Molina, der diesem Saal mit einem neuen Fresko zu Glorie verhelfen wird!«

Sander deutet eine Verbeugung an. Pater Bonifazio, der hinter dem Kardinal steht, lässt ihn nicht aus den Augen. Della Valle spricht weiter mit Sander.

»Setzt Euch, esst und trinkt! Ihr auch, Maestro Ugo! Ich habe schon so einiges von Euch gehört, beiläufig. Willkommen! Es ist ein zwangloser Kreis. Keine Formalitäten. Freunde der schönen Künste, Dichter, Maler, Sammler von künstlerischer –

und natürlicher – Schönheit. Ihr werdet Euch gut unterhalten! Viele meiner ehrwürdigen Amtskollegen beneiden mich um meinen Koch!«

Das Essen ist tatsächlich ausgezeichnet. Es gibt Pasteten mit Gänseleber und Granatapfel, mit Hase und getrockneten Aprikosen, dann kommt ein ganzes geröstetes Lamm, das von zwei Dienern auf einer Platte herangetragen wird, gefolgt von kleinen Kapaunen. Pater Bonifazio ist völlig auf das zarte Fleisch der Schenkel konzentriert und scheint Sander für einen Moment vergessen zu haben.

Bevor das Dessert aufgetragen wird, spielt ein Lautenist, der berühmte Riccardo Allessandrini, einige elegante Fantasien. Die ganze Tischgesellschaft verfällt in Stille, als der Virtuose ein Band von perlenden Tönen nach dem anderen auswirft und aus Akkorden schwebende Strukturen schafft.

»Vor etwa tausend Jahren feierten kultivierte Männer in dieser Stadt auch schon die Schönheit dieser Welt, an Abenden wie diesem, mit Musik und Poesie, Wein und dionysischen Riten. Natürlich hatten diese armen Menschen noch nicht die Gnade der Erlösung durch unseren Herrn – aber manchmal kann Unwissenheit auch gewisse Vorteile haben.« Er lächelt Sander wissend an. Hugo erhebt sein Glas und sieht zu seinem Gastgeber hinüber.

Nachdem die letzten Lautentöne zu der Decke aufgestiegen sind, die noch ganz weiß und schmucklos über ihren Köpfen gespannt ist, beginnen die Gäste wieder zu reden und zu lachen. Das Dessert wird hereingetragen: eine riesige Platte mit kandierten Früchten und Kompotts, leuchtend gelber Milchreis mit Safran, frischen Trauben, Granatäpfel, weiche Pfirsiche und fast überreife Birnen. In der Mitte dieser Komposition liegt ein schlafender Amor. Das Einzige, was ihn etwas verhüllt, sind Weinblätter, die sich lose um seine Schenkel und Arme winden.

»Ein kleiner Tribut an Euren Entwurf, Maestro«, sagt Della Valle. Die Idee amüsiert ihn offensichtlich. Er klatscht in die Hände, und da steht der kleine Amor auf, streift die Weinblätter ab, nimmt seinen Bogen und einen Köcher Pfeile, die neben ihm liegen, legt einen Pfeil ein, spannt ihn und schießt durch die Halle. Die Gäste raunen. Plötzlich erwachen die vier Statuen zum Leben und versammeln sich an der Stirnseite des Tisches. In verschiedenen Konstellationen stellen sie berühmte Werke der Antike nach: Laokoon und seine Söhne, die von der Schlange erwürgt werden, Achilles beweint Patroklos, Dionysos und seine Satyrn. Die Gäste raunen und applaudieren, rufen laut Bravo, und dann lösen sich die Konstellationen schöner Körper auf, und die Jünglinge mischen sich zwanglos unter die Gäste.

Bald danach nehmen Sander und Hugo ihren Abschied. Das Fest wird noch lange dauern, aber Sander ist nicht zum Feiern aufgelegt. Er ist müde. Seine Rippen schmerzen ihn noch immer, gleich morgen will er seine Arbeit beginnen.

Die Brüder verlassen die Witwe Scampanella in Trastevere und ziehen in zwei Zimmer im Palazzo Della Valle, im obersten Stockwerk, beim Personal. Sander will nahe bei seiner Arbeit sein, will zu jeder Stunde in den Saal gehen und das Licht prüfen können, Details ausprobieren, sein Werk vor neugierigen Augen und Rivalen schützen. Er ist argwöhnisch seinem neuen Leben gegenüber. Wenn er versagt, wenn das Fresko seinem neuen Mäzen nicht gefällt, wird er alles verlieren und wieder auf der Straße stehen, tiefer gefallen denn je zuvor.

Der fette Bonifazio, der seinen Ring wieder am Finger trägt, ist ständig im Hintergrund, während Arbeiter das Gerüst im Festsaal aufbauen. Auch er hat viel gewagt. Er hat hart geschluckt, als er Hugo wieder begegnet ist. Trotz der Schminke hat er ihn gleich erkannt. Hugo aber ist scheinbar völlig gleichgültig. Auch für Sander ist es manchmal fast unmöglich zu wissen, was sein Bruder wirklich denkt.

Hugo ist Sanders einziger Assistent für diese große Unternehmung, abgesehen von den Bauarbeitern für das Gerüst und einem Stuckateur für den Verputz, der da, wo Sander malt, immer frisch sein muss. In ganz Rom hat Sander keinen Gesellen gefunden, der willens war, für ihn zu arbeiten. Virgilio Nobili ist immer noch ein einflussreicher Mann. So sind die beiden Brüder wieder auf sich gestellt mit dieser Aufgabe, die Monate in Anspruch nehmen wird.

Seit dem Totentanz damals hat Sander an keinem Fresko gearbeitet. Alles ist anders als bei Ölbildern. Es gibt keinen dunklen Untergrund, kein allmähliches Aufbauen von Farbschichten, um Tiefe zu erreichen, kein langsames Trocknen der Farben, kein Gesamtbild, das er vor sich hat. Er malt Feld für Feld direkt auf den noch frischen Verputz. Änderungen sind nicht möglich, es sei denn, er hackt den Gips wieder ab und beginnt von vorn. Ganz dicht unter der Decke stehend oder liegend, muss er beim Licht einer Öllampe schnell auf die noch frische Schicht malen, eine Oberfläche, die einem Tagwerk entspricht. Es ist heiß und stickig dort oben, die Flamme frisst die Luft auf, und oft glaubt er, das Bewusstsein zu verlieren, und muss abbrechen und sich zu ebener Erde erholen.

Auf diese Weise, das Gesicht fast gegen die Decke gepresst, malt er Figuren und Motive, die später nur aus der Entfernung gesehen werden können, vom Boden aus. Der Kopf des Dionysos ist so groß wie ein Fass, sein Körper wie ein ganzer Baumstamm, aber Sander kann sich nur Feld für Feld vorarbeiten, Tag für Tag, Elle für Elle. Bevor das Gerüst wieder abgebaut ist, wird er die ganze Komposition nicht beurteilen können. Dann ist es zu spät, um sich noch anders zu entschließen.

Auch Hugo steht vor der Herausforderung, Farben anzumischen, die ganz anders sind als die, deren geheimes Rezept er zur Vollkommenheit gebracht hat. Pigmente binden sich anders, trocknen unterschiedlich schnell, halten dem Licht mehr oder weniger gut stand, und Sander braucht die Farben frisch und augenblicklich, sodass Hugo ständig mit Tiegeln und Töpfen über das Gerüst klettern muss.

Stunde um Stunde, Tag um Tag verbringen Sander und Hugo auf dem Gerüst. Nach mehreren Stunden angestrengten Starrens auf die Wand direkt vor seiner Nase will Sander nur noch schlafen. Auch wenn Hugo sich abends noch davonstiehlt, denkt Sander gar nicht daran, noch hinauszugehen. Nur manchmal geht er für eine halbe Stunde durch die Dunkelheit, in der Kühle der Nacht, die ihm die Lungen füllt und den Ruß seiner Öllampe vergessen macht. Dann hört er auch, worüber die Leute reden, die Männer in den Tavernen und die Frauen, die sich nachts nicht am Brunnen treffen können, von Fenster zu Fenster.

Ein Name kommt dabei immer wieder in den Unterhaltungen vor, die er auf seinen Gängen aufschnappt.

»... nein, nicht Bruni! Bruno! Fra Giordano Bruno!«

Eine andere Stimme antwortet aus der Dunkelheit über Sanders Kopf.

»Was wirft man ihm vor?«

»Ja, kriegst du denn gar nichts mit, was die Leute sagen? Er ist ein gefährlicher Ketzer, ein Feind des Glaubens!«

»Madonna!«

»Du sagst es, Giovanna! Heilige Jungfrau, steh uns bei!«

»Ich habe gehört, er soll gut aussehen …«

»Also weißt du doch von ihm? Warum lässt du mich dann erklären?«

»Weil ich dich nicht unterbrechen wollte! Und Bruni oder Bruno – wer soll sich das merken?«

Sander kennt diesen Namen nicht, aber auch im Palazzo Della Valle sprechen die Dienstboten aufgeregt über den Fall.

»Fra Giordano Bruno«, erklärt ihm der verhärmte Kopist, der tagein, tagaus die Briefe Seiner Eminenz und andere Dokumente abschreibt, »ist ein gefährlicher, brillanter, unbeugsam stolzer Mann, ein abtrünniger Mönch, dessen Ideen am Fundament der Welt rütteln, ein Meister der Gedächtniskunst und verschiedener okkulter Wissenschaften, der flammende Spuren quer durch Europa hinterlassen hat. Nach Jahren der Kerkerhaft wird ihm jetzt endlich der Prozess gemacht. Ihm droht der Tod auf dem Scheiterhaufen. Er ist schon so gut wie tot.«

Für den Palast hat dieses spektakuläre Verfahren eine besondere Bedeutung, denn der Prozess kommt zu ihnen, in Gestalt des Kardinals Don Pedro Maria de los Angeles de Guzmán y Pimentel, Mitglied des hohen Tribunals der päpstlichen Inquisition, Bischof von Toledo, Fürstbischof von Erazuiz, Vorsitzer des Heiligen Tribunals von Neapel und Beichtvater des Vizekönigs der beiden Sizilien, Graf von Vilar und Baixas, einer der einflussreichsten Kardinäle, auf dem Weg von seinem spanischen Bischofssitz zum Antritt seines Amtes im Süden Italiens.

Solange der Prozess dauert, wird Kardinal Guzmán im Palazzo wohnen. Kardinal Della Valle hat ihm seine persönlichen Gemächer zur Verfügung gestellt, und drei Tage lang ist der Palazzo in Aufruhr. Möbelstücke, Bücher und Akten werden hin- und hergetragen, Nachttöpfe, kostbare Zeremonialgewänder und blendend rote Soutanen, drei Marmorskulpturen jugendlicher griechischer Götter, die der Kardinal als zu freizügig für den strengen Spanier einschätzt, Stapel von Hemden, Dosen mit Dingen des persönlichen Bedarfs und griechische Vasen – alles strömt aus den Prunkräumen Seiner Eminenz heraus und in eine kleinere Zimmerflucht, die ihm sein Privatsekretär Pater Bonifazio überlassen hat.

Während Della Valle in diesen Räumen erfahren muss, wie beengt die Verhältnisse zwischen all den Büchern und Dokumenten und Kunstwerken sein können, die sich auf dem Boden stapeln oder dicht gedrängt auf reich beschnitzten Tischen stehen, zelebriert sein spanischer Gast in den immensen Prunkräumen klösterliche Leere und Einfachheit.

Nur das Nötigste haben seine Diener hineingetragen, kaum mehr als drei Reisetruhen und einige Stapel Dokumente und Bücher über Kirchenrecht und theologische Fragen. Guzmán führt ein Leben, das der Meditation und der Enthaltsamkeit gewidmet ist. Sein Betschemel steht wie ein Eroberer mitten in Della Valles fürstlichem Studierzimmer und direkt davor, auf einer Säule aus schwarzem Marmor, das Reisereliquiar mit der knöchernen linken Hand des heiligen Dominik de Guzmán. Im Stillen ist Don Pedro stolz darauf, aus derselben Familie zu kommen wie der Begründer des großen Dominikanerordens. Der heilige Dominik wacht über ihn und seine geheimen Gebrechen.

Am Tag der Ankunft ist die gesamte Dienerschaft zum

Willkommen angetreten: Lakaien mit polierten Schuhen mit silbernen Schnallen, Köchinnen in ihren frisch gewaschenen Sonntagsschürzen, Wächter mit Hellebarden und in bunten Uniformen, drei zerzauste Küchenjungen, die versuchen, mit so großem Abstand vom Küchenchef zu stehen, dass seine Hand sie nicht erreichen kann, die Zugehfrauen und die Zimmermädchen, die Kutscher mit ihren imposanten Hüten, die Gärtner.

Als die Kutsche der Kardinals in den Innenhof fährt, springen die Diener von ihren Plätzen hinter der Kabine auf und reißen den Schlag auf. Dann aber passiert erst einmal nichts. Della Valle, der vor der großen Freitreppe steht, um seinen Gast zu begrüßen, sieht sich einen Moment lang ratlos um und schreitet auf die Kutsche zu. Langsam und mit offensichtlicher Anstrengung kommt endlich Kardinal Guzmán aus dem dunklen Inneren hervor. Della Valle tritt auf ihn zu und gibt ihm den Willkommensgruß.

Don Pedro ignoriert die angetretenen Diener völlig. Er bedankt sich in trockenen Worten bei seinem Gastgeber, dann geht er wortlos an den Versammelten vorbei und steigt mühsam die Stufen zu seinen Räumen hinauf, eine einsame rote Figur auf der immensen Freitreppe.

Die Dienerschaft beäugt diesen neuen Herrn misstrauisch. Von solchen wie ihm sind kaum Trinkgelder zu erwarten, und wo ihr eigener Meister im Tausch für ihre Diskretion ein Auge zudrückt, wenn Wein aus dem Keller und Schinken aus der Küche verschwinden, eilt diesem Inquisitor der Ruf voraus, pedantisch und kompromisslos zu sein. Die Stimmung nach seiner Ankunft ist angespannt. Der Küchenchef gibt seinem jüngsten Lehrling eins hinter die Ohren, damit er begreift, was die Stunde geschlagen hat.

Auch Sander und Hugo müssen eines ihrer beiden Zimmer, die ihnen im obersten Stockwerk des Palastes zugewiesen wurden, für die persönlichen Diener des Gastes aufgeben. Jetzt schlafen sie gemeinsam in einem Zimmer, das kaum groß genug für ihr Bett ist. Durch eine Luke können sie auf die Piazza weit unter ihnen blicken. Sander ist es gleichgültig, wo er schläft. Es kümmert ihn nicht, was die Diener über einen neuen Herrn sagen. Er denkt an nichts als an seine Arbeit, an Perspektiven und Blickwinkel, Details und Zusammenhänge, an graziöse Schultern und schöne Füße, mächtige Arme und weiche Haut und dramatische Schatten, und durch sie alle hindurch an Diana, die irgendwo gefangen gehalten wird, Diana, die sein Kind trägt und seine Zukunft, für die er alles auf einmal aufs Spiel setzt, deren majestätisch raumgreifende Präsenz und entschlossen-schönes Gesicht mehr als eine der Figuren beseelen, deren dunkle Augen und innere Kraft aus vielen Gesichtern sprechen.

Mehr als ein Porträt von sich und ihr gemeinsam hat Sander in das Gesamtwerk eingeschmuggelt. Sie sind Galatea und Acis, eng umarmt, seine Antwort auf ihr Bild für Mancini. Sie sind zwei der entfesselten Bacchanten im Gefolge des rasenden, alles zerstörenden, ekstatischen Gottes Dionysos; Blättergirlanden und Blüten verdichten sich kaum sichtbar zu ihren Gesichtern; sie sind zwei Waldgeister in der Vignette, in der Sander die Jagdgöttin Diana mit Actaeon dargestellt hat, einem wunderschönen jungen Mann in kurzer Toga, der im Begriff ist, in einen Hirsch verwandelt zu werden, und mit Entsetzen merkt, dass seine Glieder sich verformen und ihm Fell zu wachsen scheint, eine Anspielung an einen Marmor-Zentauren in der Sammlung des Kardinals.

Rechts oben im selben Bild sieht man die Hunde, wie sie den Hirsch anfallen und zerfleischen. Die Liebe ist eine gefährliche Jagd, bei der auch der Jäger zum Gejagten werden kann. Das Gesicht der Göttin und ihre Geste, ihre gesamte Haltung sind Sanders inneres Gebet um Erlösung und Befreiung. Auch hier gibt es keine zweiten Chancen. Bevor er das Gesicht der Jagdgöttin in Angriff nimmt, übt er, ein Dutzend Mal, auf Teilen der Wand, um jeden Strich schnell und selbstsicher setzen zu können. Über Tage hinweg malt oder zeichnet er jeden Abend eine dieser überlebensgroßen Diana-Skizzen, um seiner Hand Sicherheit zu geben. Dann klettert er das Gerüst hinauf, positioniert sich ganz dicht unter der gewölbten Decke und malt das Gesicht, ohne zu zögern. Er wird sie nicht betrachten können, seine Wirkung nicht sehen können, solange das Gerüst noch steht: seine allzu nahe ferne Geliebte.

Don Pedro de Guzmán hat diesen Posten in Rom nicht gewollt. Rom widert ihn an. Seine Diözese in Toledo erlaubte es ihm, ein kontemplatives Leben der Buße und der spirituellen Übungen zu führen. Jetzt aber verlangen Rang und Familienpflicht, dass er Verantwortung übernimmt und zeitweise ins aktive Leben zurückkehrt. An sich ist ihm das keine Belastung; an Macht und Verantwortung sind die großen Familien Spaniens gewöhnt. Aber seine Gesundheit ist fragil. Er hat ein chronisches Leiden, Schmerzen und Krämpfe schütteln ihn, unter den roten Falten seines Habits verbergen sich offene Geschwüre, seit Jahren schon. Ein leicht fauliger Geruch umgibt ihn, übertüncht von Weihrauch und Rosenwasser.

Die Reise hat ihn fürchterlich ermüdet. Seine Wangen sind

noch tiefer eingefallen als sonst und stechen gelblich bleich ab gegen seinen dunklen Bart. Er ist noch nicht alt, fünfundfünfzig Jahre zählt er. Aber sein Körper ist durch viele Entbehrungen abgezehrt und hager, und er bewegt sich wie jemand, der schon lange krank ist. Sein Geist aber brennt mit Klarheit und politischer Schärfe. Seine Mission ist es, das Haus der Kirche vor Brandstiftern zu schützen, Rebellen auszumerzen, Korruption zu bestrafen, besonders die des Geistes, denn die bedeutet nicht nur den Verlust der eigenen ewigen Seele an ungeahnte Höllenqualen, sondern auch die Infektion zahlloser anderer, eine Seuche, die leicht außer Kontrolle geraten kann.

Ewiges Feuer! Wie lang ist eine Sekunde der Ewigkeit?, hatte sein Lehrer ihn gefragt, als er noch ein Kind war und Fragen stellte über Himmel und Hölle, Strafe und Sühne. Stell dir einen eisernen Ball vor, eine Kugel so groß wie die Sonne. Stell dir vor, dass einmal in einer Million Jahren ein Spatz an diesem Ball vorbeifliegt und mit seinem leichten Flügel an seiner Oberfläche entlangstreift. Wenn die Spatzenfedern den Ball so weit abgenutzt haben, dass er nur noch so groß ist wie eine Erbse, dann ist noch keine Sekunde der Ewigkeit vergangen, während der die verdammten Seelen Höllenqualen erleiden.

Don Pedro ist nicht immer ein Asket gewesen. Früher, als junger Mann, stand er mitten im Leben und ließ kein Vergnügen und kein Laster aus, und sogar das Kirchenamt übernahm er eigentlich nur, weil es an der Zeit war für ihn, weil er der Nächste war in der Erbfolge. Aber das fortschreitende Alter und seine Krankheit haben ihn geläutert und ihm ein neues Verständnis von der Welt vermittelt. Der Herr in seiner Gnade hat ihn erleuchtet. Wie der heilige

Augustinus hat er erst spät seine eigentliche Berufung gefunden, und wie dieser versteht er aus eigener, leidvoller Erfahrung, welch tödliche Gefahren dem Fleisch innewohnen und dem Irrtum.

XIV

IN EINEM TROPFEN BLUT

K ommt herein, lieber Freund, kommt herein!«
Giulio Mancini, der große Sammler, empfängt Sander
mit unerwarteter Liebenswürdigkeit.

»Was kann ich für Euch tun?«

Sander sieht sich kurz um und fühlt sich erdrückt von dem
mit patrizischer Selbstverständlichkeit ausgestellten Reichtum.

»Ihr wart so freundlich, mir Eure Sammlung zu zeigen
und mir die Hoffnung zu geben, dass ich noch einmal ein
Auge drauf werfen dürfte!«

»Mit Vergnügen! Interessiert Euch die Botanik wirklich so
sehr?«

»Wenn es dem Herrn gefallen hätte, mich weniger auf die
Wanderschaft gehen zu lassen, sondern an einem Fleck zu
leben, hätte ich längst eine Sammlung begonnen, aber leider
sind solche Schätze sehr schwer mitzunehmen. Den Pflanzen
haben schon immer meine Neugier und meine Leidenschaft
gehört. Die Idee, dass es eine lesbare Ordnung der Dinge
geben könnte, unter all diesem Chaos und verständlich aus
sich selbst heraus, ein System, ein Sinn ... oft habe ich mich
gewundert.«

Sander hält einen Moment inne, als wolle er sich selbst nicht bloßstellen mit einem törichten Gedanken, einer nachlässigen Formulierung. Mancini sieht ihn fragend an.

»Oft habe ich mich gewundert«, fährt er fort, »ob es nicht möglich sein könnte, die Farben von Blüten und Blättern und Früchten so zu fixieren, wie sie sind, in ihrer leuchtenden Reinheit. Aber es scheint unmöglich. Sobald man versucht, ihre Schönheit zu konservieren, zerstört und verändert man sie unweigerlich. Ob man sie trocknet oder in Harz gießt, ob man sie zermahlt oder kocht oder Eis einschließt: Das Ergebnis ist immer eine Enttäuschung.«

»Sie sind ein heimlicher Alchemist!«, stellt Mancini fest.

»In gewisser Weise schon«, räumt Sander ein. »Aber mein Laboratorium ist eine einfache Werkstatt, und ich brauche keine großen Feuer und rauchenden Kessel. Meine Alchemie besteht darin, dass ich zerstoßene Steine und zerriebene Käfer und gekochte Wurzeln und verbrannte Knochen und Klumpen Erde nehme und daraus Blüten werden lasse und Blätter, fein gewundene Stiele, aber auch ganze Landschaften und Städte, Gesichter und Gestalten, das Leiden der Mutter Gottes und die Freuden einer Liebesnacht. Sie alle verdanken ihr Leben dieser seltsamen Alchemie, die dem Auge weismacht, es würde etwas sehen, was gar nicht da ist, aus einem Material, das auch nicht da ist. Ja, Ihr habt recht, es ist eine Form von Alchemie.«

Mancini lächelt. Ihm gefällt dieser Gedanke. Gleichzeitig ist er irritiert.

»Und welche Alchemie habt Ihr in Eurer berühmten Pietà benutzt?«, fragt er.

»Die Pietà, natürlich. Es tut mir leid, wenn ich Euch beleidigt haben sollte.«

»Aber im Gegenteil, mein Lieber! Ich sage Euch, welche Magie dieses Bild auf mich ausgeübt hat. Zuerst einmal: Kompliment. Eine ausgezeichnete Arbeit, ein Dialog zweier gleich wichtiger Handschriften, eine seltene Leistung. Aber als ich die Nähe zwischen den beiden Gesichtern sah, den Ausdruck von ehrlicher, verzweifelter Liebe in ihren Augen, da wusste ich, dass ich diese Frau nicht glücklich machen werde und sie nicht mich.«

»Wenn Ihr in der Werkstatt gewesen wäret! Während ich sie gemalt habe, hat Diana auf Hugo hinabgeschaut, der in ihren Armen lag. Ihr Blick galt nicht mir!«

»Und doch hat er auch mir die Augen geöffnet! Nein, mein Lieber, ich sehe, was ich sehe. Da ist Amor im Spiel, eine Liebe, die wenig zu tun hat mit den Gefühlen einer jungfräulichen Mutter zu ihrem ermordeten Sohn. Aber wie auch immer. Ich bin Euch dankbar, denn mit dieser charmanten Braut hätte ich auch einen Schwiegervater bekommen, der eine echte Strafe Gottes wäre. Solche Männer haben schon ganze Familien ruiniert und früh ins Grab gebracht. Es ist richtig: Der Charme der Signorina Diana hat mir einen Moment lang den Kopf verdreht, aber durch Euer schönes Bild habe ich begriffen, wie verkehrt ich die Sache gesehen habe, und mich an den Wert meiner Freiheit erinnert. Die Sache mit dem Erben ist auch nicht so tragisch. Ich habe bereits vier Kinder, allerdings alles Bastarde, vielleicht werde ich eines von ihnen anerkennen und ihm alles vererben.«

»Da gibt es noch etwas«, unterbricht Sander den Fluss von Mancinis Gedanken.

»Ja?«

»Diana. Man hat sie entführt, weggeschafft. Sie wird irgendwo festgehalten.«

»Ja, das wurde mir auch schon zugetragen.« Mancini stößt
einen bedauernden Seufzer aus. Seine Hand spielt mit einer
antiken Statue des Götterboten Hermes.

»Von wem habt Ihr es gehört?«, fragt Sander.

»Man hört das hier und da. Die Leute reden. Man sagt,
sie sei in ein Kloster gebracht worden und einem Orden beigetreten und habe der Welt abgeschworen. Andere
sagen, sie sei schwanger und werde zurückkehren, sobald
das Kind geboren sei und irgendeiner Bauernfamilie zur
Aufzucht übergeben worden sei. Noch andere meinen, ihr
Vater habe sie in einem Zornesanfall erschlagen oder
erdolcht und in den Tiber geworfen und sie habe Rom nie
lebend verlassen.«

»Und was glaubt Ihr?«

»Ich halte es mit William von Ockham, mein Lieber«,
wehrt der Gelehrte ab. »Die einfachste Erklärung ist meistens die beste.«

»Und die wäre?«

»Nun, wenn die junge Dame Nonne geworden wäre – woher die plötzliche Frömmigkeit? Welches Damaskus-Erleb-
nis hat sie gehabt, und warum hat es niemand mitbekom-
men? Und wenn sie tot ist – nun ja, das ist eine interessantere
Idee. Ihr verzeiht, dass ich so leidenschaftslos spreche. Mehrere Leute wollen gesehen oder gehört haben, dass die Werkstatt voller Blut gewesen ist und rein gewaschen wurde, dass
aber das Blut noch immer in den Ritzen zwischen den
Bodenplanken klebt. Wie dem auch sei: Warum sollte Virgilio seine goldene Gans schlachten? So impulsiv ist sogar er
nicht. Das lässt die zweite Möglichkeit und damit die Frage
nach dem Vater zu. Ihr könnt mir da nicht zufällig weiterhelfen?«

Sander schweigt und sieht auf den Boden. Ein kurzes Lächeln flammt auf Mancinis Lippen auf, dann spricht er weiter.

»Das ist auch nicht wichtig. Wichtig ist nur, wo sich die junge Dame momentan aufhält, und da, mein Lieber, kann ich Euch leider in keiner Weise weiterhelfen.«

»Habt Ihr denn gar nichts gehört?«

»Ich habe sogar einige meiner Informanten eigens daraufhin befragt, denn die Sache war auch für mich von einem gewissen Interesse, aber auch sie schnappten nur die Gerüchte auf, die ich Euch gerade wiedergegeben habe. Einmal in seinem Leben scheint Virgilio so diskret wie konsequent zu sein, und weil er selbst niemals dorthin reitet, kann er auch von niemandem verfolgt werden.«

»Ich zahle jeden Preis, um etwas zu erfahren!«

»Das freut mich, verehrter Maestro, aber da seid Ihr bei mir bei der falschen Person. Meine Interessen sind nicht, bei allem Respekt, komplizierte Familiengeschichten, und was Ihr braucht, ist ein Spion, kein Wissenschaftler. Aber genug über diese traurigen Dinge. Kommt mit mir, ich zeige Euch etwas!«

»Ihr habt also keine Hoffnung?«

»Ich bin ein Gelehrter, ein Arzt, meine Liebe gilt der Kunst und der Erkenntnis. Verlangt nicht von mir, dass ich mich in anderer Leute Angelegenheit einmische, in einer Stadt wie Rom muss man dafür büßen. Aber kommt! Wir teilen zu viele Interessen, und ich bewundere Eure feine Beobachtungsgabe zu sehr, um mich mit solchen Dingen aufhalten zu lassen. Dieser Kranz aus allem, was das Meer zu bieten hat! Ganz außerordentlich. Ich konnte die Arten sofort erkennen, als würde ich sie in einem meiner Folianten sehen.

Was ich Euch jetzt zeigen werde, hat aber noch kaum ein sterbliches Auge gesehen!«

Giulio Mancini führt seinen Gast in den Saal, in dem Sander schon das letzte Mal gewesen war, und geht zu dem Arbeitstisch. Der Sammler ordnet die Utensilien, die vor ihm liegen und deren Funktion Sander nicht erraten kann. Sie sind fein gefertigt aus Stahl und Bronze und Glas, mit Linsen und Gewinden, ziseliert mit Blumenmotiven, was darauf hinweist, dass muslimische Handwerker an der Fertigung beteiligt waren, beleuchtet von Kerzen mit Spiegelreflektoren.

»Erlaubt mir!«, sagt Mancini, nimmt Sanders linke Hand, hält seinen kleinen Finger und ritzt ihn mit einer Federklinge. Sander zuckt nicht einmal zusammen, sondern sieht seinen Gastgeber ruhig an. Ein Blutstropfen kommt hervor, und Mancini nimmt ein kleines Plättchen aus Glas. Er schmiert etwas von dem Blut darauf und legt es auf eine Halterung. Der Schein der Reflektorlampen ist so eingestellt, dass das Licht von unten durch den Blutfleck scheint. Über der Halterung ist eine Linse montiert.

»Ihr zuerst!«, sagt Mancini.

»Ich zuerst was?«

»Seht durch diese Linse! Seht auf Euer eigenes Blut, aber viel, viel größer, als Ihr es sonst sehen könnt!«

Sander blickt durch die Linse. Er sieht nur Rot.

»Da«, sagt Mancini, »an diesem Rädchen könnt Ihr den Fokus einstellen.«

Sander dreht und zuckt plötzlich zurück, denn das Bild vor seinem Auge zeigt plötzlich winzige, schwimmende Teller oder Blätter, nicht eine Flüssigkeit, sondern ein langsam schwebendes Chaos winziger Körper.

»Das ist außerordentlich!«, ruft Sander.

»Ich selbst habe es entworfen und nach meinen Anweisungen bauen lassen. Ihr könnt Euch nicht vorstellen, wie schwierig es ist, Handwerker zu finden, die mit so großer Feinheit arbeiten. In Rom ist es ganz unmöglich! Ich habe von der Schweiz bis nach Istanbul suchen müssen, bis ich fündig geworden bin. Ich nenne es das Mikroskop.«

»Und was zeigt es Euch?«

»Welten! Ganz unbekannte Welten. Winzige Tiere, so groß wie Meeresungeheuer, die in einem einzigen Tropfen Wasser schwimmen, ganze Flottillen perfekt geformter Homunculi im Samen eines Mannes, wirbelnde Tierchen in frischem Urin und ganze Wälder von Schimmelpilzen auf verdorbenen Früchten! Und die Struktur der Pflanzen! Die Details eines einzigen Blattes, einer Blüte! Ihr könnt hier Welten entdecken, die fast mit Sicherheit kein menschliches Auge jemals erblickt hat. Die Welt, in der wir leben, mein Lieber, ist voller Geheimnisse. Ihr wollt eine Ordnung erkennen? Die Sprache Gottes in seiner Schöpfung? Mit dieser Maschine könnt Ihr die einzelnen Worte erkennen. Die Alten haben gesagt, dass die Welt aus Atomen besteht, und vielleicht kann mein Mikroskop nicht bis zu den Buchstaben der Schöpfung vordringen, aber vielleicht wird Euer Traum von der lesbaren Ordnung der Dinge eines Tages wahr!«

Mit dem gestrengen und allgemein gefürchteten Hausgast ist ein anderer Ton in den Palazzo Della Valle eingezogen, und er scheint den Winter mitgebracht zu haben. Ganz plötzlich ist die Kälte der ganzen Stadt in die Knochen gefahren, und auch im Palazzo scheint das Leben fast eingefroren zu sein.

Der Hausherr streicht zusehends missmutig durch seine ihm verbliebenen Räumlichkeiten. An zivilisierte Unterhaltung ist kaum zu denken, jede Andeutung an rauschende Feste mit auf Silbertabletten servierten Lustknaben verbietet sich. Der Kardinal bittet um Ruhe. Der Kardinal ist nicht zu sprechen, der Kardinal betet den Rosenkranz.

Sander geht dem grimmigen Spanier, so gut es geht, aus dem Weg, der aber verfolgt seine Arbeit aus der Distanz. Insgeheim ist er schockiert über das frivole, unsittliche Sujet des Freskos im Palast eines Kirchenfürsten, aber der führt nur einen Auftrag aus, und Don Pedro entnimmt schon den Entwurfszeichnungen (jedes von ihnen ein Kunstwerk für sich), dass dieser Nordländer einen Sinn fürs Dramatische hat, eine klare Sprache und eine blühende, sprießende und reiche und bisweilen bizarre Früchte hervorbringende Fantasie. Der Kampf der Kirche gegen den Unglauben und um die Seelen der Gläubigen braucht solche Talente und muss sie vor den Versuchungen einer bloß weltlichen Belangen gewidmeten Laufbahn bewahren, indem man sie für einen guten Zweck verwendet: die Gläubigen zu bewegen, im Innersten zu treffen, in ihnen die Begeisterung und Liebe zum Herrn wecken, indem alle Bühnenkünste gemeinsam eingespannt werden.

Ebenso wie ehrliche Reue und Buße können auch Sinnestäuschung und Kunst die Gläubigen zur göttlichen Wahrheit führen. Die gläubige Seele soll den Schmerz des Herrn am Kreuz spüren wie ein Messer im eigenen Herzen, die namenlose Trauer der Mutter, die den Leichnam ihres einzigen Sohnes im Schoß hält, muss geblendet werden von der Herrlichkeit der Auferstehung. Bilder sollen wirklichkeitstreu sein und doch subtil, sollen das Auge so verwirren, dass nur der Glaube die tiefere Wahrheit noch erkennen kann. Dieser Fremde hat eine solche Fähigkeit, und Don Pedro denkt gelegentlich darüber nach, wie es möglich wäre, eine solche Begabung in den Dienst der Kirche zu stellen und Ikonen des Leids und der Liebe zu schaffen, täuschend echt.

Einstweilen allerdings hält auch der Kardinal Abstand zum zweiköpfigen Drachen, wie er den Maler und seinen stummen Gehilfen für sich selbst nennt. Er hat keine Zeit für solche Pläne. Er muss seine ganze Kraft und seine angeschlagene Gesundheit einsetzen, einen gefährlichen Ketzer seinem gerechten Urteil zuzuführen. Giordano Bruno behauptet, dass es unendlich viele Welten gebe und nicht nur diese, dass unendlich viele Planeten da draußen belebt seien, dass diese Welt nur eine von zahllosen Welten sei, was keinen Raum für ein Jenseits lässt. Zudem leugnet er die Jungfernschaft Mariens und die Unsterblichkeit der Seele. Und er ist ein brillanter Autor, ein charismatischer Prediger. Die Leute hören ihm zu und glauben ihm.

Auch nach Verhören und hochnotpeinlichen Befragungen, nach den widerwärtig gewaltsamen Szenen, den unnatürlichen Geräuschen von Sehnen und Gelenken, die dem Zug der Gewichte nachgeben, nach den Schreien und den Stunden des unterdrückten Stöhnens des Beschuldigten, nach der fürchterlichen, unbarmherzigen Monotonie dieser Prozedur, die bei Don Pedro trotz jahrelanger Routine noch immer jedes Mal aufs Neue Übelkeit hervorruft, weigert sich dieser Narr Giordano noch immer, endlich zu widerrufen. Er ist ein kluger Kopf, ein Priester, ein entflohener Mönch, er weiß, was er mit seinen Lehren anrichtet. Er weiß, dass er selbst sich verurteilt durch seine Verstocktheit. Er besteht darauf, als Märtyrer für seine Irrtümer zu sterben, aber er ist kein Märtyrer, er ist eine verlorene Seele, ein Gotteslästerer und eine Gefahr. Als Gelehrten respektiert Don Pedro den Angeklagten sehr wohl. Er hat einige seiner Bücher gelesen und dabei viel gelernt. Aber die Kirche ist bis nach Österreich hinein von Protestanten angegriffen und überwältigt worden, der Glaube ist mitten in einem Rückzugsgefecht gegen die ketzerischen Irrlehren der Protestanten und kann es sich nicht leisten, solche Nattern an seinem Busen zu nähren. Die Wahrheit darf kein Spielzeug werden. Jeder muss Buße tun und sein Knie beugen vor der Herrlichkeit des Herrn.

Jetzt friert Don Pedro in seinem monumentalen Arbeitszimmer. Er ruft nach einem Diener, der das Kohlenbecken nachfüllen soll, an dem er seine Hände wärmt. Sein Leiden hält ihn mit eiserner Faust gepackt. Der Palazzo mit seiner prächtigen, bemalten Holzdecke irgendwo da oben, wo das Licht nicht hinreicht, ist trotz des großen Kaminfeuers eisig, und die Zugluft schneidet wie unsichtbare Dolche. Er zieht die Felldecke, die er über seine Beine gelegt hat, fast bis an die Schultern hoch. Dies ist ein kaltes Land, und doch sind die Menschen hier nur einen falschen Tritt entfernt von dem alles versengenden, aber nichts verzehrenden Höllenfeuer.

Im selben Gebäude entwirft Sander eine Welt von sommerlicher Reife und Fülle, auch wenn das Wasser, das ihm das Dienstmädchen aufs Zimmer bringt, morgens im Krug gefroren ist und er das Eis durchstoßen muss, um sich zu waschen. Die Götter leben im immerwährenden Sommer. Das verlangen sie.

Es ist schwer, einen Auftrag dieser Größe ohne Atelier und Arbeiter zu bewältigen. Der Festsaal ist eingerüstet und eiskalt. Immer wieder muss Sander, der all seine Zeichnungen gemacht hat, ohne jemals im Saal zu stehen, seinen Entwurf anpassen, Posen und Perspektiven ändern und neue Skizzen anfertigen.

Mit bloßem Oberkörper zittert der alte Giulio Cesare in der Kälte, auch wenn ein Kohlenbecken neben ihm steht. Es ist gefährlich, zwischen dem Stroh, das auf den Boden gestreut ist, und dem hölzernen Gerüst mit glühenden Kohlen zu hantieren, aber ohne ihre Wärme kriecht nicht nur Sander während seiner beinahe regungslosen Arbeitsweise die Kälte in die Glieder, der frische Verputz trocknet auch mit einem Feuer gefährlich langsam, und die Modelle holen sich den Tod. In nur einem Monat soll die Decke enthüllt werden.

»Maestro!«, jammert Cesare, »es ist eisig in diesem Saal! Wie lange wollt Ihr mich noch leiden lassen? Habt Ihr mir nicht gesagt, dass Euer Fresko den Sommer zeigen soll?«

»Die Macht der Fantasie!«

»Wenn sie mich nicht umbringt, Eure Fantasie! Und überhaupt, ich bin zu alt, die Kämpfe des Lebens haben zu viele Spuren hinterlassen auf meinem Körper, ich bin nicht der, den Ihr braucht!«

»Du wirst ein wunderbarer Satyr! Gierig und lüstern und bocksfüßig.«

»Ihr wollt mir Bocksfüße geben?«

»Die Ziege ist schon bereit, unten im Hof. Wenn ich mit dir fertig bin, kommt sie dran.«

»Ich sehe schon, Ihr wollt dem Schöpfer Konkurrenz machen mit all diesen Kreaturen!«

»Nie und nimmer! Ich male nur das, wovon die alten Legenden berichten, und das, was ich vor Augen habe. Jeder Traum, und sei er noch so wahnsinnig, nimmt nur den Körper von hier und die Bocksfüße von da und vielleicht noch ein Paar Flügel oder Federn oder wuchernde Blätter oder die riesigen Augen eines Fisches. So ein Wahnsinn wird auf dem Markt geboren.«

Sander ist Blumenmaler. Blätter und Blüten, Ranken, Bäume, Früchte – dafür wird er bezahlt. Hier aber ist eine ganze Landschaft zu bevölkern, mit Göttern und Halbgöttern, Männern und Knaben und einigen weiblichen Figuren zur Erzielung eines gewissen Gleichgewichts, die göttliche Diana in der Mitte der Komposition, die Schutzpatronin von Fruchtbarkeit und Geburten, die große Jägerin. Er braucht die Modelle, will jedes Detail nach der Natur malen, die schamlose, hingebungsvolle und todgeweihte Schönheit des reifen Sommers: Schönheit und Verwesung. Jede Blüte zeugt davon, von dem Moment, in dem man sie in Händen halten kann, einen Augenblick lang nur, dann ist schon nichts mehr so, wie es gewesen ist. Der Blumenschmuck des Freskos ist fast ausschweifender als die dargestellten Figuren. Menschen sind noch nie Sanders Verbündete gewesen. Er hat schon früh gelernt, dass alles dem Rhythmus von Wachsen und Absterben, von Blühen und Reifen und Verrotten unterworfen ist, dass kein Heiland die Natur aus diesem Zyklus erlöst. Stauden und Dolden wuchern durcheinander, Weinsprossen mit geometrisch geformten Blättern schlängeln sich entlang der Umrahmungen, Wildblumen sprechen ihre eigene, stille Sprache, überall kommentieren diese Zeugen die notdürftig verbrämten Liebesszenen zwischen Göttern und Menschen.

Die meisten Dinge kommen vom Markt, wo Sander jeden Morgen früh die schönsten und seltsamsten Funde macht. Aber auch die Skulpturensammlung, auf die Kardinal Della Valle so stolz ist, wird Teil der Götterwelt. Die Marmorkörper von schönen, jungen Athleten werden in das Gewimmel an der Decke übertragen, und Sander gibt ihnen sogar zurück, was die Jahrhunderte ihnen abgebrochen und geraubt haben.

Aus seiner eigenen Vergangenheit kann Sander für dieses Werk kaum schöpfen. Sein altes Skizzenbuch, das er seit Lehrlingszeiten überallhin mitgenommen hat, enthält zwar eine riesige Sammlung von Bildern und Momenten, die er bewahren wollte: Ideen für Gemälde oder Drucke, hingeworfene Gedächtnisstützen, aber auch ausgearbeitete Szenen. Doch keinen dieser Entwürfe kann er gebrauchen, keiner spricht von einer hellen, warmen Welt voller nackter und schöner Leiber.

Die meisten der Figurenstudien führen zurück in seine Zeit als Lehrling in der Werkstatt von Bart Gillis, einem Blumenmaler, dessen Großvater ein berühmter Meister gewesen war. Der Gründer der Dynastie hatte sich mit apokalyptischen Landschaften einen Namen gemacht. In der Zeit der frühen Bauernkriege, in denen Matthias Grünewald seinen Isenheimer Altar malte und Meister Hieronymus Bosch ganze Albträume auf hölzerne Paneele bannte, waren solche Landschaften weit über die Grenzen Flanderns hinaus begehrt.

Als Kind hatte Sander die Kreaturen aus diesen Höllenvisionen abgemalt, immer wieder, bis sie sich ihm eingeprägt hatten: Geschöpfe, die halb Frosch und halb Fisch, halb Hund und halb Schwein sind, menschliche Gestalten mit seltsamen Fratzen, die übereinander herfallen und einander ermorden, die vögeln, prügeln, füttern, würgen, mit den Zwitterwesen tanzen oder kämpfen oder sie anstarren, auslachen, abstechen – lange Dürre, bucklige Zwerge, Krüppel aller Art, Blinde und Versehrte, Skelette und Engel und unerklärliche Insektenmenschen, Kreaturen, die nur aus Arsch bestehen, und andere, die in einem Fass leben, amorphe Eierwesen und Schmetterlingsengel, Fischköpfe und Mondfische, geflügelte Hunde, wahnsinnig gewordene Missgeburten, Märchendrachen, Salamander und Artischocken in Menschengestalt. Damals zeichnete er, wann immer er seiner Arbeit für den Meister einige freie Momente stehlen konnte, wann immer er einen Druck oder sogar ein Original sah, denn Gillis hatte noch immer einige Werke seines Großvaters in seinem Haus.

Das also, Wahnsinnswesen, sind seine letzten Studien menschlicher Figuren gewesen. Seitdem hat er ein erstaunliches Repertoire von Blumen, Blüten, blühenden Bäumen und anderen Pflanzenmotiven erarbeitet. Jetzt aber braucht er Körper, schöne Körper. Wenn er es nicht schafft, wird er die Frau, die sein Kind trägt und die eine bessere Malerin ist als er selbst, verlieren. So muss er Pinselstrich für Pinselstrich den alten Sander zurücklassen und endgültig Sandro werden, ein Meister, der den italienischen Geschmack versteht, der malt wie ein Italiener.

Die Italiener sind nicht wie die Spanier, die von einem Maler verlangen, die Qualen der Märtyrer grell und schmerzhaft zur Schau zu stellen, als wären sie der höchste Genuss, nicht wie die grotesken flämischen Meister oder die Niederländer, die sich gegen ihren ewig grauen, endlosen Himmel wehren. Der hiesige Glaube verneigt sich immer auch vor der Schönheit des Lebens. Sander ergibt sich der Größe seiner Aufgabe. In jeder Umarmung, in jedem taumelnden Kuss und jedem Lächeln sieht er die Augen der schönen Göttin der Jagd und der Fruchtbarkeit.

Im Januar ist es Zeit, letzte Hand anzulegen. In wenigen Tagen wird der abtrünnige Mönch Giordano Bruno auf dem Campo de' Fiori den Flammen überantwortet. Della Valle hat die Eröffnung der Galerie zwei Wochen später geplant, ein taktvolles Intervall, lang genug, um Kardinal Guzmán zu erlauben, das Feld zu räumen, bevor der Hausherr wieder sein gewohntes Leben aufnehmen kann. Niemandem trauen die Leute so viel moralische Verderbtheit zu wie einem leibhaftigen Kirchenfürsten. Die Eröffnung des neu geschmückten Festsaals signalisiert den Höhepunkt des Karnevals und den Anfang der Fastenzeit, den Triumph des Dionysos, den schönsten aller Pyrrhussiege. Wie jeden Tag ist Sander ganz oben im Gerüst, legt letzte Hand an bei einer Blumengirlande.

»Sandro, du Schurke! Wo steckst du?«

Sander kennt diese Stimme, er kann sich nicht irren. Obwohl er diese Leiter schon so oft benutzt hat, fällt ihm der Abstieg heute schwer, denn seine Glieder sind kalt und steif von der langen Unbeweglichkeit. Er hat sieben Stunden an einem Stück gearbeitet und kann kaum sehen, was er vor sich hat, ihn schwindelt einen Moment, als er aufrecht steht. Auf dem zweifarbigen Steinboden liegt eine dicke Schicht Stroh zum Schutz vor fallenden Balken oder Werkzeugen.

Mitten in dem Stroh steht Virgilio und schimpft, droht, befiehlt, beschuldigt. Einige der Arbeiter und Diener im Palast haben sich an der Tür versammelt. Sander bahnt sich einen Weg durch die Menge und steht Virgilio gegenüber. Es ist das erste Mal seit Monaten, dass Sander ihn zu Gesicht bekommt. Er sieht elend aus, wie ein Mann, der den Teufel täglich herausfordert, ihn endlich mitzunehmen.

»Was willst du?«, fragt Sander.

Virgilio schwankt leicht auf seinen Füßen. Dann hebt er langsam und theatralisch seinen Arm und zeigt mit dem Zeigefinger auf Sander.

»Du!«, sagt er nur. »Du! Du!«

»Wo ist Diana?«, fragt Sander in die Stille hinein, sodass alle es hören können. »Wo hast du sie hingebracht? Geht es ihr gut?«

»Du!«, sagt Virgilio, immer noch mit erhobenem Arm, als würde er aus einem Traum aufwachen. »Du! Du hast mich ruiniert! Alles hast du mir genommen!«

»Wo ist sie? Warum sagst du es mir nicht?«

»Es ist alles deine Schuld!«

»Wann hast du sie das letzte Mal gesehen?«

»Deine Schuld!«

»Wo kann ich sie finden? Ich muss sie sehen!«

»Nicht genug damit, dass du mich entehrst, du musst mir auch noch den Auftrag stehlen, meine Zukunft!«

»Ich hatte dich gewarnt. Ist sie nahebei? Kann ich zu ihr?«

»Hört ihr nicht, was er faselt? Ich habe keine Tochter mehr, sicherlich nicht, soweit es dich betrifft! Meine Tochter ist tot für dich, und das, das alles hier, ist längst vorbei, es ist schon verrottet und zerstört, bevor noch menschliche Augen es gesehen haben! Die Höllenflammen werden dich verschlingen!«

Sander fühlt die Wut in sich aufsteigen, er will diesen

Mann schlagen, erniedrigen, aber er weiß, dass er Diana dadurch in Gefahr bringt. Er macht einen Schritt auf Virgilio zu, ganz nah an ihn heran. Der Alte weicht zurück, stolpert, bleibt stehen, hebt seinen schweren Stock drohend über seinen Kopf.

»Die Flammen der Hölle erwarten dich für deinen Verrat und deine Lüsternheit! Und ich, ich werde dafür sorgen, dass du bald dort landest! Sieh dich vor, wenn du nachts durch die Straßen gehst, denn ich werde auf dich warten, und meine Freunde werden bei mir sein! Du stehst schon mit einem Fuß im Grab!«

Virgilio holt weiter aus. Mit einem kehligen Knurren stürzt Hugo zwischen die beiden. Er hat ein Messer in der Hand und richtet es direkt auf Virgilios Kehle.

»Lass das, du dummer Narr!«, fährt der alte Maler Hugo an und greift mit seiner Linken nach dem Messer. Statt das Handgelenk zu packen, fasst er aber in die Klinge und zieht seine Hand mit erschrecktem Gesicht zurück. Sein Stock fällt klackend zu Boden.

Virgilio steht da und hält seine linke Hand in der rechten. Blut tropft ins Stroh.

»Ein Mordkomplott!«, brüllt der Verletzte außer sich. »Ein Komplott von Halsabschneidern und Verbrechern, auf nichts weniger als meine völlige Zerstörung gerichtet! Der Teufel selbst ist hier am Werk, im Haus eines Kirchenmannes!« Er sieht sich um, versichert sich, dass die Diener, die noch immer hinter der Tür stehen, ihn auch gehört haben.

In diesem Moment geht Hugo auf ihn los. Mit seinem Messer schneidet er durch die Luft direkt vor Virgilios Gesicht, der taumelt der Tür entgegen, halb rennend und auf dem Stroh ausrutschend. Er fällt und rafft sich wieder auf, er flucht und droht und schüttelt die blutende Faust in ihre Richtung. Kreidebleich verschwindet er durch die Tür.

»Ich komme wieder«, ruft er, »ich komme wieder!«

Das Blut auf dem Boden hebt sich leuchtend gegen die schwarz-weißen Marmorplatten ab.

XV

Giovanni oder Giovanna

Niemand von den Hausangestellten des Palazzo Della Valle hat Zeit, sich anzusehen, wie Giordano Brunos ketzerischer Geist gemeinsam mit seinem Körper auf dem Scheiterhaufen in Flammen aufgeht. Nur zwei Stallburschen verschwinden für eine Stunde während des Nachmittags und müssen mit Schlägen für ihre Neugier bezahlen, als sie verstohlen wieder an ihre Plätze gehen wollen.

Die Hinrichtung ist ein wahres Fest. Schon am Morgen drängen sich die Leute, um gute Plätze zu ergattern, mehrmals müssen Schlägereien aufgelöst werden, Händler bieten Säfte an, kandierte Früchte und schweren sizilianischen Wein. Gefahr liegt in der Luft, denn Giordano Bruno ist ein stolzer Mann, der sich durch nichts einschüchtern lässt, und er imponiert den Römern so sehr, dass viele ihn insgeheim bewundern. Die Stadt hat eine große bewaffnete Wache aufgeboten, um mögliche Unruhen zu ersticken, aber der Polizeichef weiß genau, dass seine Römer eine gute Hinrichtung mehr lieben als einen verurteilten Verbrecher, auch wenn die Händler jetzt schon illustrierte Pamphlete mit sentimentalen Gedichten und Liedern über seinen Tod verkaufen.

Giordano Bruno wird auf einem Esel reitend auf den Platz gebracht, im Büßerhemd. Ein lederner Knebel, der seine Zunge fixiert, soll verhindern, dass er noch vom Scheiterhaufen aus seine ketzerischen Meinungen in die Menge rufen und ihre unsterblichen Seelen mit sich in den Abgrund der ewigen Verdammnis reißen kann. Das schmälert das Ereignis, es scheint unnötig und unwürdig für einen solchen Gelehrten. Auch als der Henker ihm das Hemd vom Leib reißt und ihn nackt, ausgemergelt und noch immer geknebelt auf den Scheiterhaufen steigen lässt, regt sich Unmut in der Menge. Das Murren verstummt erst, als die ersten Flammen prasselnd gen Himmel lodern und die Bruderschaft der Enthauptung des heiligen Johannes gregorianische Litaneien singt, während vier verschiedene Priester einander überschreien, um den lichterloh brennenden Verurteilten aufzufordern, seine Sünden zu bekennen und zurückzukehren zu dem allbarmherzigen Gott.

Im Palazzo selbst hat das Personal alle Hände voll zu tun, denn Kardinal Guzmán hat zu verstehen gegeben, dass er nach Beendigung des Prozesses so rasch wie möglich aus diesem Hause ausziehen möchte. Wie es scheint, kann der eigentliche Hausherr diesen Tag kaum noch erwarten, denn sobald das Wort gesprochen ist, beginnen zahllose Arme und Beine, Wagenladungen von Pflanzen aus Gewächshäusern herbeizuschaffen, klassische Statuen von einem Raum in den anderen zu transportieren, Teppiche und Tapisserien auf- und abzuhängen, Möbel über die Gänge zu tragen und rund um die Tür von Guzmáns Suite zu stellen, eine stumme Belagerungsarmee.

Auch der noch immer eingerüstete Festsaal wird von dieser

Welle der Geschäftigkeit mitgerissen. Bei seiner Ankunft will Della Valle zumindest Teile des fertigen Freskos sehen, und in zwei Wochen muss das Gerüst ganz abgebaut sein, also beginnen Arbeiter jetzt, die Balken und Bretter dicht beim Eingang abzubrechen, sodass ein Teil der prächtigen Decke sichtbar wird.

Dieser Winkel des gewaltigen Ensembles erzählt die Geschichte des Ampelos, des Liebhabers von Dionysos, der bei der Jagd von einem Stier totgetrampelt und von seinem trauernden Liebhaber in einen Rebstock verwandelt wird, mit Saft so rot wie Blut und einer Wirkung so betörend, wie der Anblick und der Genuss seines Körpers es gewesen waren.

Sander hat diese Geschichte raffiniert erzählt, und aus den Weinstöcken, die aus seinen Beinen zu wachsen beginnen, während sein Oberkörper noch in den Armen seines Liebhabers ruht, aus diesen sprossenden, wachsenden Trieben wird der sich windende Wein, der alle Teile dieses Gemäldezyklus umrahmt und durchwächst. Ampelos ist ein schlanker, nackter Jüngling, der von seinen knorrig-hölzernen Knien aufwärts aufreizend schön ist. Hugo hat ihm dafür Modell gestanden. Der Gast, der in diesen Saal eintritt, sieht direkt auf sein Geschlecht und seinen schönen Körper in den Armen des Gottes der Ekstase.

Mit Erleichterung sieht Sander, der sein Werk bislang nur aus einem Fuß Entfernung kennt, dass er die perspektivische Verkürzung richtig berechnet hat, dass die goldenen Akzente, die er gesetzt hat, schon jetzt im Sonnenlicht schimmern und bei Kerzenlicht noch wirkungsvoller glühen werden, dass die Weinblätter so natürlich gezeichnet sind und die Trauben so prall, dass man glaubt, sie pflücken zu können. Nur Diana, die mächtige Göttin, ist noch verhüllt, verdeckt durch das Gerüst, von dem der größte Teil noch steht.

»Wie ich sehe, liebt Ihr die Schönheit«, sagt eine sanfte Stimme hinter Sander. Es ist die Stimme von Kardinal Guzmán.

»Eminenz!«, ruft Sander und dreht sich um, mit einer angedeuteten Verbeugung, gerade tief genug, dass die Geste nicht unverschämt wirkt. »Ich bin geehrt.«

»Es ist die Neugier, die mich hierhergetrieben hat. Nach so vielen Wochen unter einem Dach. Bald werde ich nicht mehr hier sein, denn meine Aufgabe ist getan. Jetzt habe ich Zeit, Euer Werk zu betrachten.«

Sander antwortet nicht. Er hat den Rauch des Scheiterhaufens von seinem Zimmer unterm Dach aus über die Stadt aufsteigen sehen und auf der Straße die Menschen, die alle in dieselbe Richtung geeilt waren und einige Stunden später zurückströmten, aufgeregt redend und angetrunken, froh, endlich wieder in Bewegung zu sein, denn es ist Januar, und die Luft ist bitterkalt, wenn man drei, vier Stunden auf einem Platz steht und wartet, und auch die Glut des Feuers wärmt nur die, die direkt in seiner Nähe stehen. Er weiß, warum der Kardinal Inquisitor jetzt Zeit hat, sich ihm zuzuwenden, und er fürchtet diese Aufmerksamkeit. Ein seltsamer Geruch hängt in der Luft, ein Duft aus Verwesung und Sakrament.

»Es ist sehr schön, was Ihr da gemalt habt, Maestro Sandro«, setzt der Kardinal hinzu und starrt an die Decke, direkt auf die einladenden Lenden des sterbenden Jünglings. »Eure Arbeit zeugt von einer sorgfältigen Schule, in Nordeuropa, würde ich sagen?«

»Eure Eminenz ist ein Kenner.«

»Ich suche immer nach Begabungen, die Gottes Botschaft den schwachen Gläubigen noch lebendiger, noch eindringlicher nahebringen können, so wie es unsere heilige Kirche befiehlt. Die Kunst ist die schönste Waffe in der Hand der Kirche und vielleicht auch die wirkungsvollste, meint Ihr nicht?«

»Ich bin kein Theologe, Eure Eminenz.«

»Aber Ihr habt in Eurem Handwerk einen hohen Grad von Vollkommenheit erreicht!«

»Ihr seid zu freundlich.«

»Nein, im Gegenteil, ich spreche die Wahrheit, denn Ihr verschwendet Euer gottgegebenes Talent an unsittliche Schmierereien für den Abschaum dieser Welt, eine Pestbeule auf dem Antlitz der heiligen Kirche, eine Frucht der äußeren und inneren Korruption.«

Sander schweigt. Jetzt nur schweigen.

»Aber was sollt Ihr auch anderes tun?«, spricht der Kardinal weiter, sanft und etwas spanisch näselnd. »Was bleibt Euch schon? Wie ich höre, habt Ihr Euch mit Eurem Meister zerstritten, dem ausgezeichneten Virgilio Nobili? Und wie ich höre, hatte er einen Entwurf, der weniger, sagen wir, sittenlos gewesen wäre? Aber der Herr dieses Hauses liebt es, die geistlosen Eiferer im Vatikan zur Weißglut zu treiben, und ich bin wahrscheinlich so ein Eiferer. Ihr aber habt andere Sorgen. Was für eine Gelegenheit, sich mit einem Schlag Reputation zu verschaffen! Ich kann Euch dazu nur gratulieren, es wird ein großer Erfolg werden. Ich werde dann schon nicht mehr in Rom sein, sondern auf dem Weg nach Neapel.«

»Mit Gottes Hilfe!«, wirft Sander ein, um nicht nur stumm dazustehen.

»Mit Gottes Hilfe, gepriesen sei Er, wie Ihr sagt. Möge Er auch Euch beistehen und Euch bald zu einer Arbeit führen, die Euren erheblichen Talenten würdiger ist als diese Geschichten über bocksfüßige Flötenspieler und unzüchtige Buben, die sich lasziv in den Schatten rekeln. Ihr habt das Zeug zu Größerem, Maestro Sandro!«

Mit diesen Worten dreht der Kardinal sich um und lässt Sander stehen. Mit seinen vier Gefolgsleuten bewegt er sich mühsam durch den mit Fackeln beleuchteten Arkadenhof und vorbei an den mit Tüchern bedeckten Möbelstücken, die schon darauf warten, dass er sich endlich auf den Weg gen Süden macht. Guzmán weiß, dass dies ein Affront ist, er fügt ihn zu seinen mentalen Akten vergangener Demütigungen hinzu. Je weniger Kontakt er hat mit solchen Menschen, desto weniger wird er beschmutzt durch ihre bloße Anwesenheit, die unerträgliche Dekadenz ihrer Worte, Taten, Gedanken und Gefühle.

Neapel ist spanisches Territorium. Dort herrschen andere Sitten. Dort wird er es ertragen können, einige Jahre seine Pflicht zu tun, wenn es der Wille des Herrn und das Interesse der Familie so verlangen. Er kann es kaum erwarten, Rom hinter sich zu lassen.

Als die Zeit für Diana kommt, schickt das Kloster nach Lavinia, der alten Frau aus dem Dorf, die in solchen Fällen immer gerufen wird.

»Na, mein Engel«, sagt sie, »dann wollen wir gemeinsam schauen, dass das Kleine gut in die Welt kommt.«

Diana schießen Tränen in die Augen, denn es sind die ersten warmen Worte, die sie seit ihrer Verbannung gehört hat.

Sechs Monate ist sie jetzt schon in dieser Vorhölle eingesperrt. Keine Menschenseele hat sie besucht. Immer ist sie allein gewesen mit ihrer Angst und ihrem Zorn.

»Ich danke dir«, sagt sie zu der Alten. »Hast du selbst Kinder?«

»O ja, mein Engel. Vierzehn Kinder hat der Herr mir geschenkt! Neun hat er gleich wieder zu sich genommen, aber fünf von ihnen leben noch, gottlob!«

Diana stöhnt auf. Die Wehen werden stärker. Lavinia hält ihre Hand.

»Das wird schon, mein Engel«, sagt sie. »Nur ruhig.«

Als die Abstände zwischen den Wehen kürzer werden, bereitet Lavinia einen Tee, für dessen Zubereitung sie Kräuter und Pilze im Wald gesammelt hat. Bleich und hilflos liegt Diana da, während eine Welle von Schmerzen nach der anderen über sie rollt und die Alte ihr mit einem Leintuch den Schweiß von Gesicht und Hals wischt. Die starken, dunklen Locken ringeln sich ungebändigt über die Kissen, die hinter Diana aufgetürmt sind. In einem Winkel des Zimmers sitzt eine Schwester und betet den Rosenkranz, ohne die Augen zu erheben. Auch sie ist eine junge Frau. Immer wieder schneiden Dianas Schmerzensschreie scharf in ihre stille Andacht hinein, und sie reflektiert darüber, wie schrecklich die gerechte Strafe des Herrn sich anfühlen muss, und sie denkt an die Hure Babylon und an Maria Magdalena und verdoppelt ihren Eifer beim Rezitieren: »Gegrüßet seist du, Maria voll der Gnade, der Herr ist mit dir, du bist gebenedeit unter den Weibern.« Ihre Lippen stolpern hastig über die Silben, ihr Geist verbeißt sich in ihre beruhigenden Kadenzen.

Drei Stunden dauern diese Wehen jetzt schon an. Diana ist ermüdet, ihre Augen eingefallen. Lavinia ist an ihrer Seite,

hält ihre Hand, redet beruhigend auf sie ein. Endlich scheinen die Schmerzen kurz nachzulassen, Diana dämmert weg.
»Schwester, psst! Schwester!«, flüstert Lavinia.
Die betende Nonne schreckt auf.
»Geh zur Mutter Oberin und sage ihr, dass ich Hilfe gebrauchen könnte. Ruft den Arzt aus der Stadt, dass er kommt. Schnell!«
Aufgescheucht und bleich verlässt die Schwester das Zimmer. Lavinia hat schon vielen Frauen bei der Geburt geholfen, aber diesmal scheint es besonders lang zu dauern. Sie betastet den Bauch der Schlafenden. Sie kann keine Bewegung fühlen, und auch der Kopf scheint nicht da zu sein, wo sie ihn erwarten würde. Sie wird auf Hilfe warten müssen.
Eine halbe Stunde später wacht Diana mit einem tiefen Schmerzensschrei wieder auf. Die Wehen setzen wieder ein, sie presst und atmet und schreit und beißt auf ein Tuch, während Lavinia versucht, das Kind zu befreien, aber es liegt falsch, und es bewegt sich nicht. Als Lavinia begreift, dass dieses arme kleine Wesen nicht mehr lebt, wird sie nervös. Nur wenige Totgeburten hat sie mitgemacht, und die gingen alle ganz schnell. Aber jetzt? Was soll sie jetzt tun?
Die junge Schwester winkt ihr von der Tür. Lavinia geht zu ihr.
»Gute Neuigkeiten!«, sagt die Nonne.
»Gütige Jungfrau! Wann kommt der Arzt?«
»Die Mutter Oberin hat gesagt, dass diese arme Sünderin keiner weltlichen, sondern geistiger Heilung bedarf. Zehn von unseren Schwestern beten in der Kapelle inbrünstig für ihre Seele!«
»Und der Arzt?«, fragt Lavinia misstrauisch.

»Nach dem haben wir nicht mehr gerufen. Die Mutter Oberin sagt, dass die Dame bei Euch in besten Händen ist!« Ein Aufschrei lässt Lavinia zum Bett zurückeilen. Diana sitzt aufrecht im Bett und sieht an sich herunter, auf ihren Bauch, ihre Schenkel, auf das rosa durchnässte Leinen um sich herum.

»Ist es …« Sie blickt Lavinia an.

»Alles ist gut, mein Engel, ich muss jetzt nur alleine etwas tun. Du!«, befiehlt die Alte der jungen Schwester, die immer noch unschlüssig und ängstlich an der Tür steht. »Hol mir zwei Schwestern! Stark sollen sie sein!«

Mit blanker Angst im Gesicht verschwindet die Angesprochene, ihre Holzsandalen klappern panisch den langen Gang hinab.

Dann beginnen die schrecklichen Stunden im grauen Licht des Abends, das Schneiden und Zerren beim flackernden Licht der Kerzen. Das Kind liegt falsch, und sie kann es nicht drehen, die Alte hat so etwas noch nie getan und hat auch keine Werkzeuge dafür, aber aus der Küche werden mehrere scharfe Messer geschickt. Verzweifelt versucht sie, wenigstens die Mutter zu retten, auch wenn sie das Kleine in Stücken herausholen muss, aber sie kann kaum sehen vor Blut, immer mehr Blut, das aus der Mutter quillt und sickert, während die zwei Nonnen sie halten und zwei weitere dumm wie Drehleiern Rosenkränze runterbeten und den Kampf begaffen.

Diana weiß, dass diese Augenblicke ihre letzten sind. Sie sieht die Trauer und das Chaos um sich herum, sie hört sich selbst stöhnen und wimmern, sie wünscht sich mehr als alles andere, dass sie jetzt Sanders Hand in ihrer spüren könnte. Dann wäre es gut, dann wäre alles so, wie das Schicksal es wollte, aber so sind es nur Fremde um sie herum, und es ist leicht, von ihnen Abschied zu nehmen, es ist sogar nicht einmal nötig. Ihrem Vater kann sie nicht verzeihen, sie lässt ihn wegtreiben wie einen Körper, der vom Tiber geschluckt wird.

Sie kämpft nicht mehr. Während ihr Leben aus ihr herausströmt, ist sie völlig gelassen. Wenn ich nur nicht so allein wäre, denkt sie sich, dann wäre alles gut.

Es dauert nur wenige Tage, bis die Nachricht über geheime Wege nach Rom gelangt, dass die schöne Diana Nobili plötzlich an einem Fieber verstorben ist, unter geheimnisvollen Umständen. Sie war auf Besuch bei einer Tante, in deren Haus sie einige Zeit verbracht hatte, heißt es, wenn auch kaum jemand dieser Geschichte Glauben schenkt.

Tatsache ist, dass die junge Malerin tot und begraben ist. Dem Vater sei das Haar über Nacht weiß geworden, sagt man, er sei halb wahnsinnig vor Trauer und vor Schuld, denn in den letzten Monaten hatte sich das früher so enge Band zwischen den beiden fast zerschnitten, sagt man. Deswegen sei Diana auch aufs Land gefahren, weg von ihrem tyrannischen Vater, um ihm eine Lehre zu erteilen, sagt man. Wieder andere wollen wissen, dass sie schwanger gewesen war, und sie spekulieren über den Namen des Kindesvaters und nennen die Namen verschiedener mächtiger Männer und sogar Virgilio selbst, eine inzestuöse Tragödie, die der griechischen Antike angemessen wäre. Niemand aber hat sichere Kunde, und so blühen und entfalten sich die Geschichten von einer Erzählung zur nächsten immer weiter.

Sander hat nichts von alledem gehört. Er verbringt seine Tage auf seinem Gerüst und spricht nur selten, und die, die etwas gehört haben, gehen ihm aus dem Weg. Wäre er weniger beschäftigt und weniger von Sorgen bedrückt, hätte er wohl wahrgenommen, wie sie ihn von der Seite heimlich taxieren, aber nach stundenlangem, angestrengtem Blinzeln und Starren bei Lampenlicht ist er fast blind für die Welt um sich herum.

Jetzt sitzt er in einer Taverne in der Nähe des Palastes und wartet, einen Zinnbecher mit Wein in der Hand, nicht der erste, den er an diesem Tag trinkt. Die Zimmerleute, die das Gerüst im Festsaal abbauen sollen, werden anderswo gebraucht oder kommen aus anderen Gründen nicht, und er kann nichts anderes tun, als zu warten. In dieser Gegend befinden sich mehrere Malwerkstätten und Druckerpressen, und viele der Arbeiter kommen hierher. Einige von ihnen sitzen an dem Tisch direkt hinter ihm. Zwei oder drei von ihnen haben sich umgedreht, als er eingetreten ist, aber er hat sich nichts weiter dabei gedacht. Es wundert ihn, dass sie weniger laut reden als sonst, aber er kann nicht sehen, was für ein Gesicht sie dabei machen.

»Salve, Sandro«, sagt eine Stimme neben ihm.

Es ist der neue Werkstattchef von Virgilio, der Sander anspricht. Er ist später gekommen als die anderen und tritt direkt an seinen Tisch. Seit Monaten haben sie kein Wort miteinander gewechselt und einander kaum angesehen, auch wenn sie beide hierhergekommen waren, um zu essen und zu trinken

»Sandro«, sagt er nur, »sie ist tot.«

»Wer?«, fragt Sandro und sieht auf, aus dem trägen Fluss seiner Gedanken gerissen.

»Diana. Im Kindbett. Sie und das Kind. Es tut mir leid.«
Sander sitzt da, die Unterarme auf den Tisch gelehnt. Er
sagt kein Wort. Lange sitzt er so. Dann richtet er sich auf und
sieht sein Gegenüber an. Er ist weiß geworden, und seine
Züge scheinen klarer gezeichnet als noch vor einem Moment, um Jahre gealtert.

»Du bist sicher?«

»Ganz sicher. Mit eigenen Augen habe ich sie gesehen, als
wir sie abgeholt haben.«

»Sie ist hier? Kann ich sie sehen?«

»Heute Morgen, bei Sonnenaufgang, da ist sie begraben
worden.«

»Und ich war nicht da!«, sagt Sander laut in den Raum, an
niemanden gerichtet.

»Es tut mir leid. Friede ihrer Seele.«

»Wo?«

»Wo sie ist?«

»Der Friedhof!«

»Die Familiengruft, in einer Kapelle auf dem Land.«

»Wo?«

»Kann ich dir nicht sagen.«

Sander sammelt sich einen Moment lang.

»Hat sie Schmerzen gelitten?«

»Ich war nicht dabei, mein Freund ... Ich muss jetzt
gehen.«

»Danke«, sagt Sander. »Ich danke dir.« Dann fällt er zurück
auf seine Bank.

Der Wirt, der natürlich längst im Bilde war und der begriffen hat, dass es schlechte Nachrichten gibt, stellt einen Krug
Wein auf den Tisch.

Sander sieht das kaum. Er ist wie taub, tief in Überlegungen versunken. Giovanni, denkt er, oder Giovanna für ein Mädchen, so hätte es heißen sollen. Mein Vater hieß Jan, und er konnte nie seine Enkel sehen, und so zumindest tragen sie etwas mit sich herum von ihm und aus der Heimat ihres Vaters, etwas aus der schrecklichen Heimat, wie eine Erinnerung oder ein Schatten, der unter der Sonne des Südens das Licht nur noch verstärkt.

Vielleicht aber wollte seine Liebste dem Kleinen einen ganz anderen Namen geben, mit Sicherheit sogar, sie haben ja nie darüber sprechen können, welche Namen sie ihren Kindern geben würden, und jetzt weiß er es nicht, und er ist verloren zwischen all den Möglichkeiten, die in einem Atemzug zunichtewerden auf der Welt. Hätte sie darauf bestanden, einen Jungen Virgilio zu nennen und ein Mädchen Maria, wie seine verstorbene Frau? Erst jetzt bemerkt Sander die vielen kleinen Dinge ihrer gemeinsamen Zukunft, die er schon als Tatsache annimmt oder angenommen hat; in diesem Moment, in dem sich seine Aufmerksamkeit darauf festigt, zerbröckeln die Sicherheiten. Die Dinge lösen sich auf, sie zerfallen einfach, Farben und Geräusche, blitzende Lichtreflexe und Kloakengeruch, weindunkel und taghell; alles zerrinnt zwischen seinen Fingern.

Als Hugo zur Taverne kommt, findet er seinen Bruder in einem seltsamen Zustand. Er ist nicht betrunken. Der Krug Wein steht noch fast unberührt vor ihm. Aber etwas in ihm drinnen scheint eingestürzt zu sein wie ein Turm, der in die Zukunft ragte. Er sitzt da, in sich zusammengefallen und erstarrt. Hugo setzt sich neben ihn auf die Bank, legt ihm die Hand auf die Schulter.

»Du hast es schon gehört«, stellt Sander fest, ohne aufzusehen. Hugo nickt, drückt seine Hand anteilnehmend auf den gekrümmten Rücken.

Sander nimmt seine Kraft zusammen und steht auf.

»Lass uns gehen«, sagt er, »ich bin todmüde.«

Das Nächste, woran Sander sich später erinnern kann, ist Dianas verzerrtes Gesicht. Er fährt auf, es ist dunkel, er ist in seiner Kammer unter dem Dach, Hugo liegt neben ihm, aber er bemerkt ihn kaum. Er hat Diana gesehen, aber ihr Gesicht war nicht von Schmerzen zerrissen, nicht in den Agonien eines qualvollen Todes; es war verächtlich; es war entstellt, ihre Schönheit zerstört von einem Stümper. Dieser Stümper ist Sander selbst, der versucht hat, ihr Gesicht direkt in der Mitte des Freskos zu verewigen, aber jetzt sieht er, dass dieses Gesicht ein Hohn ist, dass niemand sich daran erinnern wird, wie schön sie war. Es ist seine Schwäche, die sie ihres Andenkens beraubt. Er hat versucht, sie zu malen, und er ist daran gescheitert.

Es ist noch nicht zu spät. Bis morgen früh steht das Gerüst. Noch kann er seinen Irrtum wiedergutmachen.

Er steht auf, vorsichtig, um seinen Bruder nicht zu wecken, nimmt eine Öllampe und steigt hinab zum Festsaal und dort das Gerüst hinauf bis zur Figur der Göttin, der Herrscherin über Leben und Tod, der Schutzpatronin aller Gebärenden, nur nicht dieser einen, die ihren Namen teilt aber die elend im Kindbett zugrunde gegangen ist, ohne dass er sie auch nur wiedergesehen hat.

Das Gesicht der Göttin blickt verächtlich herab, und Sander ist verwirrt und steigt mit der Lampe in der Hand das Gerüst hinunter. Er tritt an den Tisch, an dem Hugo seine Farben verwahrt. Er muss die richtigen Töne anrühren, jetzt gleich, und seinen Irrtum beheben, die Göttin triumphierend lächeln lassen, denn im Gegensatz zu den Menschen, denen noch immer die Widerhaken der Liebe im Fleisch stecken, ist sie erhaben über solche Schmerzen.

Er ist ungeschickt und verschüttet einen Tiegel mit Farbe im Halbdunkel, das Anmischen ist nicht seine Arbeit, und Hugo ist nicht hier. Er klettert wieder das Gerüst hinauf und beginnt seine Korrekturen vorzubereiten, damit er sie gleich beim ersten Morgenlicht ausführen kann, bevor die Zimmerleute kommen. Er macht leichte Linien auf den Verputz, ritzt sie mit seinem Messer ein, korrigiert sich, zittert vor Anstrengung und Müdigkeit.

Es muss beim Abstieg passiert sein, er muss eine Stufe verpasst oder das Gleichgewicht verloren haben, jedenfalls fällt er und verliert für einen Moment das Bewusstsein, so muss es gewesen sein, und die Lampe muss aus seiner Hand ins Stroh gefallen sein, denn als er wieder die Augen aufmacht, ist Hugo ganz dicht über ihn gebeugt. Einen Moment lang fühlt er die Hand seines einsamen Bruders auf seiner Schulter und sieht die Freude in seinem Gesicht, dann muss er husten, krampft sich zusammen, sein ganzer Brustkorb scheint von innen her verbrannt zu sein, und erst jetzt bemerkt er die Feuersbrunst um sich herum und die Schreie und sieht die Flammen aus dem Festsaal schlagen und merkt, dass er selbst auf dem Gang davor liegt, dass Hugo ihn herausgezogen haben muss aus diesem züngelnden und knisternden Inferno, und er sieht Flammen aus der Tür des Saals schlagen und erkennt, dass die Beine neben ihm Teil einer Menschenkette sind, die Eimer um Eimer Wasser dorthin befördert; aber der Kampf ist verloren, der Saal steht lichterloh in Flammen, Stroh und Bretter und Lumpen brennen im

Nu, und eine Stunde später bricht das Dach des Saals mit fürchterlichem Ächzen in sich zusammen und schickt einen Flammenschauer in die regnerische Januarnacht, den zweiten nach der Verbrennung von Fra Giordano Bruno nur wenige Tage zuvor.

XVI

EIN ANGEBOT

Der Maler Sandro della Molina ist von seinem Bruder heldenhaft aus den Flammen geborgen worden, als er versuchte, mit letzten Kräften das Meisterwerk zu retten, an dem er monatelang gearbeitet hatte, aber der Rauch hat ihn überwältigt und hätte ihn um ein Haar umgebracht, so hört man es auf der Straße, auf dem Markt und in den Kirchenbänken. Brandstifter sollen am Werk gewesen sein, sagt man. Der Schaden am Gebäude hält sich wie durch ein Wunder in Grenzen, nur das Dach des Festsaals und das Fresko sind zerstört, andere Teile sind kaum angetastet. Das mit großer Neugier erwartete, spektakuläre Deckengemälde der göttlich-menschlichen Liebe aber existiert nicht mehr.

Schon bald fällt der Verdacht auf Virgilio Nobili. Durch den Verlust seiner Tochter zeitweise in den Wahnsinn getrieben, wollte er an seinem früheren Assistenten Rache nehmen, da er ihn für sein gesamtes Unglück verantwortlich macht. Zeugen haben mit angesehen, wie er in dem Saal selbst die schrecklichsten Drohungen gegen Maestro Sandro ausgestoßen hat, mit Zerstörung und Höllenfeuer drohte, haben gehört, wie er von Mordkomplotten und Rache sprach, als er blutend und blind vor Zorn den Palazzo verließ.

Nobili wird festgenommen und verhört, weigert sich aber, seinen Angriff gegen Kunst und Kirche zuzugeben. Endlich werden ihm die Daumenschrauben angelegt, aber auch das fruchtet nichts. Das Gericht hat sich ernsthaft bemüht, die Wahrheit in diesem Falle herauszufinden. Kardinal Guzmán selbst hat die Leitung der Ermittlung übernommen, aus Respekt vor seinem distinguierten Gastgeber. Der sieht keine andere Möglichkeit, als das Angebot anzunehmen. So muss er sich den Palazzo zwar noch länger mit dem Spanier teilen, obwohl das Gebäude schon bald einer Baustelle gleicht, in der ständig etwas abgerissen und wieder aufgebaut zu werden scheint und zusätzlich zu den Möbeln und Kunstwerken bald auch noch Balken, Bottiche mit Mörtel und Körbe mit Backsteinen den Säulengang im Hof vollstellen.

So bleibt Guzmán in den herrschaftlichen Zimmern und lenkt die Geschicke des Prozesses. Auch Sander hat er im Zuge seiner Pflichten verhört.

»Habt Ihr Maestro Virgilio gesehen, als er in den Saal schlich?«

»Ich habe niemanden gesehen«, sagt Sandro. »Ich erinnere mich nicht genau, was ich gesehen habe. Ich bin gefallen. Ich war nicht nüchtern.«

»Als Ihr in den brennenden Saal ranntet, um das Feuer zu löschen?«

»Ich sage es doch: Ich erinnere mich nicht.«

Sander ist es völlig gleichgültig, was das Ergebnis dieser Unterhaltung sein wird. Es macht keinen Unterschied mehr. Seine Erinnerung ist tatsächlich in verschiedene Teile zerbrochen, die nicht zusammenpassen. Er erinnert sich an das Gesicht, an die Verächtlichkeit, an seine Verzweiflung, aber all das kann er hier nicht erzählen, diese Phantasmen muss er für sich behalten, er muss sich auf die Tatsachen beschränken, und die sagen: Ich weiß es nicht.

Kardinal Guzmán sitzt ihm gegenüber hinter seinem riesigen Schreibtisch, auf dem sich noch immer die Akten verschiedener anhängiger Prozesse türmen. Er hat sich eine Decke aus Marderpelz über die Schultern gelegt und streut eine Prise Weihrauch in das Kohlenbecken, das neben ihm steht. Der Harz zischt und produziert hellen Rauch, der bald den leicht fauligen Geruch vertreibt, den er verströmt.

»Was würdet Ihr sagen, wenn ich Euch erzählen würde, dass ich gesehen habe, wer in den Festsaal gegangen ist, bevor es angefangen hat zu brennen?«, fragt Seine Eminenz.

»Was soll's?«, entgegnet Sander. »Was geschehen ist, ist geschehen. Niemand bringt es zurück, ganz gleich, wer die Kerze ans Stroh gehalten hat.«

»Ich habe dich gesehen!«, sagt der Kardinal, plötzlich seine Anrede wechselnd. »Du bist in den Saal gegangen, du warst unsicher auf den Beinen, offensichtlich betrunken. Ich bin nur zufällig vorbeigekommen, aber ich habe das Licht gesehen und bin ihm gefolgt. Maestro Virgilio habe ich nicht gesehen.«

Sandro schweigt. Er hat nicht den Willen, für sein Leben zu kämpfen, zu lügen, jemanden zu überzeugen, der längst beschlossen hat, was geschehen wird, der ihn nur laufen lässt wie eine Katze eine Maus. Die Illusion der Freiheit, die Illusion, dass es etwas ausmacht, was man sagt und tut.

»Dich habe ich gesehen«, wiederholt Seine Eminenz.

»Dann schlagt mich in Eisen«, sagt Sander müde. »Euer Zeugnis wird eine Verurteilung sicherstellen.«

»Auch ich bin nur ein fehlbarer Mensch, voller Schwächen, voller Laster«, wendet Guzmán zu seiner Überraschung ein. »Niemand sollte sich auf etwas verlassen, was er sich vielleicht eingebildet hat. Was habe ich wirklich gesehen? Deinen Bruder habe ich erst später gesehen, zuerst warst du ganz allein. Ein tragischer Unfall? Ein gigantischer Betrug? Dein Bruder übrigens hat nicht ein einziges Wort gesagt, wie du vorausgesagt hattest. Man hat ihn gehen lassen. Was wird er wohl tun, wenn du den Rest deines Lebens ein Galeerensklave bist?«

»Was wollt Ihr von mir?«

»Ich will, dass der Gerechtigkeit Genüge getan wird, dass alle Welt sieht, dass die Gerechtigkeit geschieht.«

»Ich werde alles bekennen, wenn Ihr meinen Bruder von der Anklage ausnehmt und ihn freilasst.«

»Und was wird er machen, ohne dich? Sich neben seinen Bruder auf die Galeerenbank setzen, so zart gebaut, wie er ist?«

»Das liegt nicht in meiner Hand.«

»Und doch!«, ruft Seine Eminenz. »Vielleicht liegt es gerade da. Vielleicht ist dies der göttliche Gnadenbeweis, der es dir erlaubt, deiner lasterhaften Propaganda für die Sünde zu entsagen und Buße zu tun!«

»Ich verstehe nicht.«

»Der guten Sache ist nicht damit gedient, dass ein vielversprechender Diener des Herrn auf die Galeere geschickt wird. Hier in Rom wirst du ebenfalls keine Arbeit mehr finden, denn du bist jetzt nicht der brillante Künstler, der aus dem Schatten seines Meisters tritt, um die Welt in Erstaunen zu versetzen. Du bist der weggelaufene Geselle, der seinen Meister für dreißig Silberlinge dem Wahnsinn hat anheimfallen lassen und seine Tochter – aber lassen wir das. Eine glückliche Fügung aber will, dass mein Hof in Neapel noch keinen Hofmaler bestellt hat und ich Verwendung habe für einen Mann deines Talents. Nur kommt diese Ernennung unter einer Bedingung.«

Sander versteht nur halb, was der Kirchenfürst ihm suggeriert. Er fragt:

»Eine Bedingung?«

»Du wirst verschiedene Aufträge haben: Porträts, Altäre, Heiligenbilder, Landschaften und mehr. Der Markt in Neapel braucht einen neuen Namen, den er groß machen kann. Du aber wirst mir ein sehr persönliches Kunstwerk schaffen, einen Altar.«

»Einen Altar soll ich malen?«

»Es soll der Moment deiner Buße sein, ich will, dass der Betrachter die Zerknirschung des Sünders fühlt, wenn er diesen Altar ansieht, und die Hoffnung auf seine Erlösung. Dieser Altar soll dein erster und wichtigster Auftrag sein.«

»Das ist die Bedingung?«

»Ein Altar. Rechenschaft vor dem Herrn.«

»Und im Gegenzug?«

Der Kardinal steht auf und geht langsam durch den Raum, sieht gelangweilt zum Fenster hinaus.

»Was habe ich wirklich gesehen?«, fragt er sich laut. »Vielleicht war es ein Traum? Oder war es tatsächlich der betrunkene Nobili, der auf Rache aus war? Es ist so schwer, bei dem flackernden Licht im Gang jemanden zu erkennen, ein Schattenspiel, eine Katze vielleicht, die einen Atemzug lang als monströse Silhouette gegen die Wand erscheint. Ich werde meine Zweifel diesbezüglich wohl für mich behalten. Wenn mehrere andere Zeugen einen anderen dort gesehen haben, kann ich mich nicht gegen sie stellen, besonders da es dem Herrn gefallen hat, mich kurzsichtig sein zu lassen.«

»Maestro Nobili?«

»War er es? Ja, richtig. Der Mann, der dir mit dem Tod gedroht hat und dem Haus mit Höllenfeuer, der Mann, der dich hasst und der fast wahnsinnig geworden ist vor Rachsucht.«

Sander schweigt. Dies ist seine Rache an dem Mann, der seine Diana eingesperrt hat, elend und einsam, und dann hat krepieren lassen unter den schwieligen Händen irgendeiner Bäuerin oder einer Nonne. Sie und ihr Kind – sein Kind. Das Schicksal schenkt ihm eine Möglichkeit, diesen Mörder zu bestrafen.

Don Pedros Augen werden zu kleinen Schlitzen, wenn er lächelt, ein seltsamer, fast schmerzhafter Anblick.

»Der Gerechtigkeit muss sichtbar für alle Genüge getan werden, und Nobili hat nichts anderes zu sagen, als dass er dich für sein Elend verantwortlich macht und dass er glücklich ist über diesen Brand und allen Brandstiftern Glück und ein langes Leben wünscht. Er ist wie geschaffen für die Galeere.«

»Ein Mann, der höchstens ein schlechter Vater ist und ein Säufer?«

»Was macht es aus? Ich höre übrigens, dass seine Tochter vor Kurzem vom Herrn zu sich gerufen wurde, ein Kummer, der einen Mann geistig erschüttern kann. Das wird ihn vor dem Galgen schützen, denn die Anklage lautet auf versuchten Mord. Ich höre auch, dass du am Schicksal der Tochter einigen Anteil nahmst? Ein großer Verlust, ohne Zweifel.

Aber ich schweife ab. Der Vater wird nicht hängen für sein Verbrechen, aber die Ruderbank erwartet ihn sicherlich.«

»Und mein Bruder?«

»Euer Assistent, Maestro? Ihr werdet ihn brauchen! Ihr werdet eine ganze Werkstatt beschäftigen müssen, um die Nachfrage zu bedienen!«

»Ich nehme an«, sagt Sander mit kaum hörbarer Stimme.

»Ausgezeichnet! Wir reisen in einer Woche, am Tag nach der Verhandlung.«

Die Verurteilung des Virgilio Nobili wegen versuchten Mordes wird allgemein als Formsache angesehen, und man ist sich einig, dass es richtig war, mildernde Umstände geltend zu machen und den rachsüchtigen Künstler nicht vor versammelter Menge zu hängen, sondern lediglich zu acht Jahren Galeerenhaft zu verurteilen. Nur wenige kommen zurück von einem solchen Sklavendienst, die meisten erwischt vorher eine der vielen Krankheiten, die unter den dicht nebeneinandergepferchten Männern kursieren, oder die Unterernährung oder die Blutvergiftung, nachdem eine Kette die Knöchel wund gescheuert hat.

Der zweite Teil des Urteils bestimmt, dass gleichzeitig mit der Verbannung des Schuldigen sein gesamter Besitz per öffentlicher Auktion zu verkaufen ist und der Profit daraus dem Kardinal Della Valle als Schadensersatz gezahlt werden soll.

An seinem letzten Tag in der Stadt des Papstes geht Sander zu der Auktion. Der ganze Inhalt der Werkstatt wird versteigert: Malutensilien und Requisiten, rote Vorhänge, die sich in der Werkstatt dramatisch über den Köpfen der Engel mit den Gänsefedern bauschen, exotische Waffen, verschiedene ausgestopfte Tiere, Töpfe und Tiegel aller Art, Brustpanzer und Helme mit Straußenfedern, die Reste von Kostümen, die längst von irgendwelchen Arbeitern und Lehrlingen zerfleddert und geplündert wurden, Pinsel und Pigmente, ganze Rollen Leinwand, Mörser und Möbel aller Größen. Sander lässt all diese Dinge an sich vorbeiziehen. Die Materialien sind das Billigste, was man finden kann, nichts davon interessiert ihn, in Neapel wird er genug verdienen, um sich eine eigene Werkstatt einzurichten. Er bietet für ein einziges Stück: die Pietà, die er gemeinsam mit Diana gemalt hatte. Er bekommt sie für vier Scudi. Dann ist er bereit, die Ewige Stadt für immer zu verlassen.

TEIL II

XVII

DIE SCHWARZE HEXE

Neapel, im Frühjahr 1601

Und Ihr seid Euch sicher, dass es hier ist, Don Alfonso?«
Kardinal Guzmán sieht seinen Sekretär zweifelnd an.
»Passt doch auf!«, ruft er, so laut er kann, als die Sänfte mit
einem plötzlichen Ruck zum Stillstand kommt. Wütend
schlägt er den Vorhang zur Seite und sieht auf die Straße
hinaus.

»Was ist denn? Weiter, weiter!«

»Es geht nicht, Herr! Die Straße ist zu eng. Es ist Markt.
Da ist kein Durchkommen.«

Don Pedro lässt sich auf die Kissen zurückfallen. Diese
Stadt ist ein Inferno. Es ist erst April, aber schon jetzt stehen
die Hitze und Gestank in den engen Straßen, und der Lärm
der Marktschreier gellt in seinen Ohren.

Die beiden Träger setzen die Sänfte ab. Es ist leichte
Arbeit; der neue Inquisitor von Neapel ist ein hagerer Mann
mit eingefallenem Gesicht. Unter seiner schweren Soutane
muss er sehr dünn sein. Sie hatten den hohen Herrn gewarnt, dass es nicht einfach würde, zur kleinen Kirche Santa

Maria della Resurrezione vorzudringen, denn sie liegt in einer Seitenstraße. Kaum jemand kennt dieses Gotteshaus. Er aber wollte unbedingt an genau diesen Ort, um am Tag nach seiner Ankunft aus Rom vor den Reliquien des heiligen Vitalis von Assisi zu beten.

Von hinten kommt ein Esel, hoch mit Mehlsäcken beladen.

»He da! Aus dem Weg!«, ruft der Eseltreiber, aber die Träger sehen ihn nur apathisch an.

Der Eseltreiber, ein kleiner, kahlköpfiger Mann mit dünnem Zopf und Kugelbauch, fängt an, die Träger auf Neapolitanisch zu beschimpfen. Einer von ihnen antwortet, Hände gestikulieren, Stimmen verbeißen sich ineinander, der Esel steht mitten in dem einzigen Sonnenstrahl, der in die enge Straße dringt, und schreit dazwischen, unbeachtet, aber immer lauter, dann knickt er ein und fällt in einer weißen Wolke aus einem geborstenen Mehlsack einfach um.

Jetzt reden alle durcheinander.

»Wir müssen zu Fuß weiter, Eminenz«, sagt Don Alfonso seinem Herrn, der konsterniert und ungläubig hinter dem Vorhang seiner Sänfte geblieben ist. »Hier geht es weder vor noch zurück. Es ist nicht weit, nur ein paar Hundert Schritte, sagt man mir.«

Don Alfonso und Don Pedro werden fast nicht bemerkt, als sie die turbulente Szene verlassen, angestaubt von dem Mehl, das noch immer in der Luft schwebt.

»Hier entlang!«, sagt der Sekretär. »In dieser Straße ist es.«

Die beiden Männer biegen um die Ecke, und der Lärm der Streitenden auf der Straße ist plötzlich wie verschluckt. Es ist still um sie, es riecht nach Urin und verdorbenem Gemüse.

Nur eine Abzweigung, drei Schritte in die falsche Richtung, und sie finden sich in den Gedärmen Neapels wieder,

in kleinen, lichtlosen, schnurgeraden Gassen, in denen die
Wäsche zwischen den Häusern aufgespannt wird wie Banner
von Elend und Armut. Der Boden unter den Füßen ist weich
von Abfällen aller Art, die in der Hitze rotten: Kohlblätter
und Fischköpfe und Hühnerdärme und Scheiße, mittendrin
kleine Kinder, die Gesichter dreckverschmiert, die Haare
matt von Staub. Sie starren die beiden Männer mit offenen
Mündern an: einer in einer schwarzen Soutane, der andere
im vollen, karminroten Ornat.

»Bringt mich hier raus, sofort!«, befiehlt Don Pedro.

Die beiden machen kehrt. Drei Männer stehen am Ende
der Straße, stumm und reglos. Sie haben die Arme verschränkt.
Einer von ihnen trägt einen schweren Stock.

»Nicht da hin! In die andere Richtung!«

Sie bleiben stehen, zögern, kehren um. Endlich hat Don
Alfonso eine Idee.

»He du!«, sagt er zum ältesten der Kinder, die noch immer
im Dreck sitzen und spielen. »Eine Kupfermünze, wenn du
uns den Weg nach draußen zeigst!«

Der Kleine springt auf. Sein Hemd hängt in Fetzen an ihm
hinunter, eine Hose trägt er nicht. Er läuft voran, auf dürren
Beinen. Er mag fünf oder sechs Jahre alt sein und läuft ziel-
strebig, ohne sich auch nur umzusehen. Die Priester müssen
ihre Soutanen raffen und ihm hinterherrennen, um ihm folgen zu können. Es sind kaum mehr als ein paar Hundert
Schritte, da finden sie sich schon wieder auf der großen Piazza
vor der Kirche Gesù Nuovo. Don Alfonso bezahlt ihren
Retter, der sofort im Dunkel der Straßen verschwindet.

»Was für ein Ort!«, keucht Don Pedro, noch immer außer
Atem. »Gott hat sich abgewendet von dieser Stadt! Sie ist
durch und durch verderbt!«

Seit er seinen Degen an den Nagel gehängt und eine kirchliche Laufbahn einschlug – auf Wunsch seiner Familie und auch, um für gewisse persönliche Sünden zu büßen –, hat Don Pedro de Guzmán sich strikt an seine Gelübde gehalten. Er hasst die Feinde des Glaubens und die Seelenverderber, deren Pamphlete und gotteslästerliche Bücher von überall auftauchen, die falschen Prediger und protestantischen Bilderstürmer, er verabscheut Mönche, die Irrlehren verbreiten, und Priester, die der Sodomie schuldig sind, er fürchtet die schwarzen Künste der Hexen.

Mehr als all das aber hasst er diejenigen seiner Brüder in Christo, die sich an der Unwissenheit und Leichtgläubigkeit des einfachen Volkes bereichern und das Evangelium längst vergessen haben, die ihre Schäflein in Armut und Sünde fallen lassen, ohne sich darum zu kümmern. Sie sind das wahre Geschwür am Leibe Christi, nirgendwo mehr als in dieser Stadt, die ein noch tieferer Sündenpfuhl ist, als er jemals für möglich gehalten hätte.

Neapel ist eine Art Fiebertraum im Schatten eines Vulkans, dessen schwarzes Gestein die Straßen pflastert. Don Pedro fürchtet diesen Vulkan. Man sagt, dass er ganze Städte unter sich begraben hat, Plinius der Jüngere hat darüber geschrieben, vor anderthalb Jahrtausenden schon, wie der Kardinal sich erinnert, auch wenn er seit seiner Schulzeit keine Gelegenheit mehr gehabt hat, lateinische Autoren zu lesen, die nichts mit Belagerungswesen oder Kirchenrecht zu tun haben.

Die Menschen, die mit dieser Drohung leben, scheinen seinem strikten Auge unbeherrscht, fremd und bedrohlich. Afrika ist nahe, der Orient beginnt hier, sagt er sich, das fühlt man überdeutlich. Afrikanische Sklaven arbeiten am Hafen, in den Werften und auf den Bauernhöfen, andere, die sich freigekauft haben, sind Handwerker oder Türsteher, Bettler oder Ladenbesitzer geworden.

Man muss nur auf die Straße gehen, um zu begreifen, dass seit Jahrtausenden alle möglichen Eroberer ihre Spuren in den Gesichtern der Bewohner hinterlassen haben. Sie sind dunkel und olivenhäutig, manche sind blond, und andere sehen aus wie Araber. Die Neapolitaner sind immer die Eroberten und die Beherrschten gewesen, und sie haben tausend Listen erfunden, um der Kontrolle ihrer Besatzer zu entgehen. Der Vesuv ist ihnen eine Warnung, niemals auf lange Zeit hinaus zu planen und von Tag zu Tag zu leben, die Seuchen, die immer wieder vom Hafen eingeschleppt werden, verstärken diese Botschaft noch.

Dies ist eine Stadt, die im Augenblick lebt. Don Pedro misstraut ihr und ihrem scheinbar so fröhlichen Leben in den Straßen, in denen immer irgendjemand zu singen scheint. Ihre Armut widert ihn an. Sein eigener Geschmack ist an spanischen Prachtbauten gewachsen, und er hat ehrgeizige Pläne für die Renovierung der großen Kirchen und die Errichtung neuer, prächtiger Gebäude, ein Vorhaben, für das auch Maestro Sandro ihm nützlich sein wird.

Hier aber ist sogar die Monumentalität der Adelspaläste pervertiert: Ihre riesigen Fassaden sind so tief in enge Gassen hineingebaut, als würden sie beanspruchen, dass alle Gebäude gegenüber mit Kanonen niedergeschossen werden, um Adelspalästen die beabsichtigte Wirkung zu verleihen.

Hinter den eichenen Toren herrscht verkommener Überfluss: Palazzi hoch wie Felsmassive mit prunkvollen symmetrisch angeordneten Treppen und mit Sälen, in denen ganze Generationen von Kavalieren mit ihren Damen getanzt und sie in Hinterzimmern verführt haben. In diesen Hallen und säulenverzierten Innenhöfen, die allesamt für Giganten gebaut zu sein scheinen, wird die Stadt regiert, werden Entscheidungen getroffen, über Reichtum und Armut, Freundschaft und Feindschaft, Leben und Tod.

Trotz der Sommerhitze fröstelt es Don Pedro. Seine Krankheit macht sich wieder bemerkbar. Sie wird ihn noch ins Grab bringen. Die Reliquie von Sankt Vitalis ist seine letzte Hoffnung auf Heilung. Ein Gebet vor dem Reliquiar hat schon viele Menschen in ähnlich verzweifelten Fällen geheilt, sagt man, und Don Pedro ist überzeugt, dass es wahr ist. Er wird noch einmal versuchen, die Kirche zu erreichen, diesmal zu Fuß und mit Leibgarde.

Zuerst aber muss er seine Arbeit machen, ein Verhör, ein trivialer Fall von Hexerei, dann kann er sich einer würdigeren Aufgabe widmen: Maestro Sandro soll ein Fresko entwerfen, das den heiligen Vitalis ehrt, direkt in der Kirche, die seine Reliquien beherbergt. Das soll Don Pedros erstes Vermächtnis an diesen Ort sein, bevor er sich zurückzieht nach Spanien, nach Toledo, um zu beten und zu büßen und zu sterben. Für Sandro aber hat er noch andere Pläne. Er will nichts Geringeres von ihm als ein Jüngstes Gericht.

Mit einer ungeduldigen Geste greift Don Pedro nach der Glocke, die vor ihm auf seinem Arbeitstisch steht, und läutet. Die Tür, die so hoch ist wie zwei Männer, springt auf, und ein Diener tritt ein.

»Hol mir Maestro Sandro«, sagt der Kardinal, »sofort! Und keine Entschuldigungen! Ich will ihn jetzt gleich sehen!«

Der Diener verbeugt sich, murmelt eine Bestätigung und schließt die Tür hinter sich.

»Soll er warten, bis die Anhörung vorbei ist. Er wird sich an das Warten gewöhnen müssen, wenn er für mich arbeitet«, sagt Don Pedro in den leeren Raum hinein und zieht sich fröstelnd den Pelz über die Knie, den er von einer seiner Reisen in den Norden mitgebracht und der ihm in den letzten Monaten gute Dienste geleistet hat.

Als der Diener wenig später den Auftrag seines Herrn überbringt, legt Sander seufzend seinen Pinsel weg. »Einen Augenblick nur!« sagt er. »Ich muss mir nur die Hände waschen und meine Jacke anziehen.«

Auf dem Gang zum Palast hat Sander einen Moment zum Nachdenken. Der Diener, der vor ihm hergeht, würdigt ihn kaum eines Blickes und ist offensichtlich nicht an einem Gespräch interessiert. Die große Ledermappe mit den Zeichnungen will Sander nicht aus der Hand geben, er trägt sie lieber selbst.

Das ist es also, mein neues Leben, denkt sich Sander. Wenn es dem hohen Herren gefällt, muss ich alles stehen und liegen lassen und sofort zu ihm rennen, durch die Straßen dieser immensen, wimmelnden Stadt, die gleichzeitig nach Fisch riecht und nach Jasmin duftet.

Im Vorraum vor dem Audienzzimmer wartet Sander zwischen den anderen Bittstellern, bis er an die Reihe kommt. Es ist die übliche Versammlung von Zahnlosen und Alten, Anklägern mit dicken Papierbündeln auf dem Schoß, die sie ängstlich festhalten, Männer, die nach der spanischen Mode gekleidet sind und sich gedämpft in ihrer Muttersprache unterhalten. Einige von ihnen sehen wie Advokaten aus, eine junge Frau in einem sorgfältig gebürsteten, fadenscheinigen

Wollkleid ist wahrscheinlich auf der Suche nach einer Mitgift, ein junger Geck mit einem riesigen Spitzenkragen wippt beständig von den Hacken auf die Fußballen und fixiert nervös die Decke.

Die Tür springt auf. Die Klinken sind auf Kopfhöhe angebracht, und die Flügel gebären eine Prozession von Zwergen. Drei Männer umgeben eine Frau, der die Hände vor dem Körper zusammengebunden sind. Sie hält sich sehr gerade. Sie trägt ein einfaches weißes Kleid mit einem dunkelgrünen Mieder. Sander bewundert sie einen Moment und bemerkt, wie kontrastreich das Grün des Samtstoffes gegen ihre tiefdunkle Haut leuchtet, denn die Frau ist Afrikanerin. Sie hat sich einen schwarzen, dreieckigen Schal um die Schultern gelegt und über ihrem Ausschnitt mit einer Brosche verschlossen, wie man sie für einige Kupfermünzen auf der Straße kaufen kann.

Diese trotz der Schäbigkeit ihrer Kleider fast hoheitsvolle Gestalt wird von ihren drei Bewachern an Sander vorbei und aus dem Warteraum eskortiert. Sander bewundert, wie gefasst sie ist, obwohl sie Angst haben muss. Sogar die Wachen behandeln sie mit einem gewissen Respekt. Im Vorbeigehen dreht sie sich zu Sander um und spricht direkt zu ihm:

»Helft mir! Ihr seid meine letzte Hoffnung, denn ich habe nichts getan von dem, was sie mir vorwerfen. Helft mir!«

Sander ist so verblüfft, dass es ihm nicht gelingt, etwas zu erwidern. Noch bevor er antworten kann, wird sie hinausgestoßen und er ins Audienzzimmer gewiesen.

»Ich danke Eurer Eminenz, dass ...«

»Ja, ja, ist schon gut«, sagt Guzman, offensichtlich gelangweilt, und winkt ab.

»Darf ich eine Frage stellen?«

»Was wollt Ihr wissen?«

»Wer war die Frau, die gerade an mir vorbeiging?«

»Die? Eine Hexe, sagt man. Eine lästige Geschichte.«

»Und ist sie es?«

»Ist sie was?«

»Ist sie eine Hexe?«

»Was für eine Frage! Wie soll man das jemals wissen? Die Leute reden viel, es gibt überall Neid. Eine Frau aus den Quartieri Spagnoli wird beschuldigt, eine Hexe zu sein. Noch dazu ist sie schwarz wie die Nacht. Was soll man sagen?«

»Was wirft man ihr vor?«

»Sie soll Liebeszauber aussprechen ...«

Sander ist einen Moment lang still, blickt auf den Boden.

»Was ist?«, fragt der Kardinal. »Das scheint Euch nicht zu gefallen!«

»Ich weiß nicht«, antwortet Sander. »Nicht einmal im Traum würde ich widersprechen, aber jedes zweite Marktweib und jede Ägypterin auf der Straße tut das.«

»Sie fabriziert magische Elixiere.«

»Tees, Tinkturen, die meist besser wirken als das, was jeder Doktor von der Fakultät verschreibt.«

»Und sie soll eine Abtreiberin sein.« Der Kardinal nimmt seine Feder und beginnt zu schreiben. Die Sache ist beendet.

»Überleben die Frauen?«, fragt Sander plötzlich in das Kratzen des Gänsekiels hinein.

»Mir wurde nichts von Todesfällen unter ihrer Hand berichtet. Warum?«

»Es ist nicht wichtig.«

Sander weicht dem Blick Don Pedros aus.

»Na, was ist? Heraus damit! Seid Ihr nicht einverstanden?«

»Ich bin nur ein Maler, Eminenz, und noch dazu von weit her.«

»Dann lasst mich von Eurer Erfahrung profitieren.«

Sander schweigt unsicher.

»Raus damit, Mann! Es wird Euch nichts passieren!«

»Die Leute hier sind arm.«

Don Pedro hat sich selbst davon überzeugen können. Er denkt zurück an die dürren Beine des Kleinen, der sie durch das Gewirr der Gassen geführt hat.

»Wenn der Kindersegen zu groß ist, kommt der Hunger ins Haus. Die Frauen werden immer solche Dienste in Anspruch nehmen. Eine gute Abtreiberin ist eine, die zumindest aus den Müttern keine Engel macht. Ist das nicht besser, wenn es eine Nachbarin für sie tut, bei der sie verbluten? Was passiert mit ihren Kindern? Verbrennt eine Unschuldige, und noch mehr der Frauen werden sterben. Arbeiterinnen, Mütter und Ehefrauen.«

»Diese Frau hat offensichtlich nicht nur Freunde unter ihren Nachbarn.«

»Wie meint Ihr?«

»Oh, es ist kein Geld im Spiel bei diesem Fall. Kein Richter wurde bestochen, sie zu verurteilen oder sie freizulassen. So wurde sie angeklagt, von meinem Vorgänger oder irgendeinem übereifrigen Beamten, denn wie ich höre, hat mein geschätzter Amtsbruder seine Urteile sehr von seinem Geldbeutel abhängig gemacht, und in einem solchen Fall ist nicht viel drin. Wenn die Familie kein Geld hat, lohnt es sich für einen Richter nicht. Der gegenwärtige Fall ist also so etwas wie ein Verwaltungsirrtum, aber trotzdem muss er jetzt bis zur letzten Konsequenz verfolgt werden, denn die Inquisition gerät in Vergessenheit, und sie muss sich mit dem neuen Inquisitor auch der Bevölkerung wieder neu in Erinnerung rufen ...«

»... lasst sie gehen! ...«, wirft Sander ein und erschrickt selbst über seine Direktheit.

»... wie beliebt?«, fragt der Kardinal, verblüfft.

»Lasst sie frei, diese Frau!«

»Sie hat Euch den Kopf verdreht, wie ich sehe. Offensichtlich hat sie Euch im Vorbeigehen verhext!«

»Sie ist ohne Zweifel eine schöne Frau, aber nein, das hat sie nicht. Es ist vielmehr eine andere Überlegung, wenn ich so frei sein darf ...«

»Eine Überlegung?« Der Kardinal sieht seinen Brotnehmer misstrauisch an. Don Alfonso, der Schreiber, der still auf der rechten Seite sitzt, hört auf, ihr Gespräch aufzuzeichnen, und lehnt sich in seinem Stuhl zurück.

»Neapel ist sein eigener Abgrund, Eure Eminenz. Das werdet Ihr nicht ändern, das steht außerhalb jeglicher Macht. Seit Jahrtausenden ist diese Stadt, was sie ist. Aber das größte Problem, so habt Ihr es letzten Sonntag in der Predigt selbst formuliert, ist nicht das unwissende Volk, sondern die korrupten Priester, die nichts sind als ignorante Räuber. Aber die Kirche bedeutet diesem unwissenden Volk alles ...«

»... dem Herrn sei Dank!«, wirft der Kardinal ein.

»Dank und Preis!«

»Worauf wollt Ihr hinaus?«

»Es ist nichts, es ist nur ...«

»Nun?«

»Ich bin nur ein Maler, wie gesagt, aber es scheint mir, dass Ihr auf mehr Widerstand unter der Bevölkerung stoßen werdet, wenn Ihr diejenigen verfolgt, die helfen können und keinen großen Schaden anrichten.«

»Dieser Frau wird vorgeworfen, eine Hexe zu sein!«

»Da habt Ihr recht, Eminenz. Aber ich erinnere mich immer

noch an etwas, was Ihr mir auf der Reise hierher gesagt habt.«

»Was habe ich gesagt?«

»Ihr sagtet, dass die Kirche hier korrupt sei und mit eisernem Besen ausgefegt werden müsse. Ihr sagtet, dass Ihr Euch dieser Aufgabe widmen wolltet.«

»Ja und?«

»Ich habe keinen Kopf für die hohe Politik und schon gar nicht für das heilige Tribunal, aber es scheint mir ...«

»Was?«

»Die Leute hier sind fromm. Überall stehen Altäre, überall brennen Opferkerzen. Wenn die heilige Inquisition aber gleichzeitig gegen die Priester und gegen die weisen Frauen vorgeht, was bleibt ihnen dann?«

»Ihr wollt sagen, ich kann dem Volk nicht gleichzeitig seine Priester und seine Hexen wegnehmen?« Der Kardinal klingt überrascht von dieser Sicht.

»Man würde Euch nicht lieben.«

»Ich bin nicht hier, um geliebt zu werden, sondern um Gottes Willen zu tun!«

»Die Gefahr ist, dass alles schwieriger wird, wenn die Bevölkerung einmal gegen Euch aufgestachelt ist. Sie werden Euren Feinden helfen, einen Wall des Schweigens bilden.«

Don Pedro lehnt sich zurück. Er muss gestehen, dass er die Sache noch nicht von dieser Warte aus betrachtet hat.

»Sprecht weiter«, sagt er langsam.

»Es gibt nichts dabei zu gewinnen, wenn Ihr diese Frau verbrennt. Frauen wie sie sind populär in ihrem Quartier. Die Leute wenden sich an sie, wenn sie Not haben, in der Liebe, mit der Gesundheit, in anderen Fragen. Wenn sie auf dem Scheiterhaufen steht, werden die Leute die Kirche verfluchen und den Inquisitor, der so gnadenlos ist. Wenn Ihr sie aber gehen lasst, gewinnt Ihr deren Unterstützung, und es wird einfacher sein, die fauligen Äpfel innerhalb der Kirche auszumerzen, damit nicht auch noch die anderen verdorben werden.«

Der Kardinal sieht ihn an, der Schreiber taucht seinen Federkiel in das Tintenfass und hält seine Hand über das Protokollbuch.

»Interessant!«, sagt Seine Eminenz. »Ein interessanter Blickwinkel; und ein richtiger, wie ich meine. Gute Politik. Ich danke Euch.«

»Es ist mir eine Ehre.«

»Nein, ich danke Euch, mein Freund. Ich kann kluge Leute gebrauchen. Schreiber!«

Don Alfonso zuckt zusammen.

»Schick einen Befehl der letzten Gefangenen hinterher. Sie ist sofort zurückzubringen.«

»Ihr wollt sie freilassen, einfach so?«, fragt Don Alfonso, der Don Pedro seit Jahren begleitet und längst unentbehrlich geworden ist.

»War es nicht das, was Ihr wolltet?«, fragt der Kardinal, an Sander gerichtet.

»Das könnt nur Ihr entscheiden, Eminenz.«

»Dann lebt damit und bürgt dafür, dass ich Eure Schöne hier nie wieder sehen werde, denn das nächste Mal wird die Anklage nicht fallen gelassen. Niemand, der ein zweites Mal hier steht, kommt so leicht davon. Für dieses Mal aber, mein Lieber, nimmt die Kommission in meiner Person Euer Angebot über eine Bürgschaft an.«

»Eine Bürgschaft! Und das heißt?«

»Wer weiß? Vielleicht wird sich die Kommission in meiner

Person entschließen, Euch auch vor das Gericht zu stellen, wenn sie noch einmal hier erscheint!«

»Mich? Warum?«

»Es findet sich immer was. Eine Geschichte, etwas, was man sich erzählt, ein Zeuge, der sich plötzlich an etwas erinnert, ein Fischweib, das etwas genau gesehen hat. Ihr kommt aus dem Norden? Irgendjemand wird bezeugen, Ihr wärt ein heimlicher Protestant.«

»Und Ihr?«

»Ich bin vom Herren bestellt worden, um solchem Missbrauch einen Riegel vorzuschieben und die echten Ketzer, die wirklichen Hexen und Besessenen und andere Rebellen und Diener des Leibhaftigen auszusieben und mit aller Härte des Gesetzes und aller Klarheit zu bekämpfen und ihre Seelen womöglich durch das Feuer zu reinigen.«

Sander schweigt. Der Kardinal denkt weiter. Er hasst diese Stadt; sie macht ihm Angst. Er könnte gut jemanden gebrauchen, der sich geschickt durch sie bewegt, ohne an alte Loyalitäten hier gebunden zu sein.

»Mir will scheinen, Ihr versteht Neapel gut, obwohl Ihr nicht von hier seid. Ihr versteht das Leben hier besser als jemand, der nur das Leben an adeligen Höfen kennt.«

»Ich komme aus einem Dorf, vom Land, meine Eltern waren Bauern.«

»Seht Ihr, das ist es, was ich meine. Ein Verständnis für das, was die Menschen wirklich bewegt, auf der Straße und in den tiefen Eingeweiden und den dunkelsten Winkeln. Mir scheint, dass Ihr recht habt: Es ist ein politisches Unterfangen, die Kirche von der Korruption zu reinigen, und es kann nicht gelingen, wenn ich nicht die richtigen Leute auf meine Seite bringe, und ohne die Gläubigen, ohne die Straße wird mir gar nichts gelingen. Die Frau soll frei nach Hause gehen!«

»Man wird Euch diese Großzügigkeit anrechnen.«

»Das hoffe ich. Ich verlasse mich sogar darauf. Auch Ihr solltet es mit ganzer Seele hoffen«, sagt der Kardinal und sieht seinen Maler prüfend an.

XVIII

WIR SEHEN UNS WIEDER

Don Pedro kann sein privates Martyrium nur als gerechte Strafe für die Sünden seiner Jugend empfinden. Er fühlt sogar so etwas wie grimmige Befriedigung, solange ihn die Krämpfe nicht zu heftig schütteln und er seine Pflichten nicht mehr erfüllen kann. Immer wieder schickt ihm der Herr zur Erinnerung an seine jugendlichen Laster einen Blitz aus Schmerzen, die in seine Glieder schießen wie das geschmolzene Blei, das einem Königsmörder in die offenen Wunden gegossen wird. Dann erinnert er sich, dass er, Don Pedro Maria de los Angeles de Guzmán y Pimentel, Mitglied des hohen Tribunals der päpstlichen Inquisition, Bischof von Toledo, Fürstbischof von Erazuiz, Vorsitzer des heiligen Tribunals von Neapel und Beichtvater des Vizekönigs der beiden Sizilien, nicht immer ein Asket gewesen ist.

Die Krankheit, an der er immer häufiger und immer intensiver in Schüben leidet, hat er sich schon vor einem Vierteljahrhundert zugezogen, bei einer Hure in Barcelona oder bei irgendeiner Bäuerin, aber wahrscheinlich doch bei einer Hure, denn die Bäuerinnen, in die er manchmal, die Pistole an der

Kehle, eingedrungen war, um seine Feinde zu strafen, waren keine liederlichen Frauen, während einige der Mädchen im Hafen von Barcelona wahrscheinlich alle Krankheiten in sich trugen, mit denen der Herr die Sünder straft. Als junger Mann, der sehnig und stolz umherstolzierte, den Degen an der Seite, war er von seiner eigenen Unsterblichkeit überzeugt gewesen. Solche teuflischen Täuschungen machen Menschen zu armen Toren. Nur wer weiß, dass er sterblich ist, und in Erwartung des Urteils lebt, kann wirklich ein Mensch sein, im ganzen schrecklichen Sinn des Wortes, und nicht ein schwitzendes, grunzendes, stinkendes Tier.

Das ist es, was Guzmán an Sandro della Molina schätzt: Er ist sich seiner Sterblichkeit bewusst. Er überschätzt sich nicht, hält sich nicht für unverwundbar. Er schuldet ihm seine Freiheit. Sein Bruder, ein armer Idiot, wird von ihm versorgt und hindert ihn durch seine Abhängigkeit daran, überstürzt oder parteiisch zu handeln. Auf ihn kann er sich verlassen.

Sogar das heilige Tribunal ist degeneriert in der überreifen Hitze dieser Stadt. Seit Jahren ist hier nichts Wesentliches mehr geschehen. Der Ketzer und Aufrührer Fra Tommaso Campanella, die einzig gefährliche Figur südlich von Rom, verrottet, nachdem ihn die Folter geschwächt und seinen Geist verwirrt hat, langsam im Kerker des Castel dell'Ovo, und sonst hat der Kardinal von niemandem etwas zu fürchten.

Giordano Bruno und andere Bedrohungen des wahren Glaubens mögen zwar aus Neapel und Umgebung kommen, aber die restlichen Bücherschreiber und Schmierfinken hier sind zu feige, zu behutsam, zu sehr dem guten Leben zugetan, um sich mit der Inquisition anzulegen. Auch sonst gibt es kaum etwas zu tun: Einige Kräuterweiber und Hexen, die ihr Unwesen treiben; einige Mönche, die anfangen, an den

Evangelien zu zweifeln, dazu junge Männer aus gutem Hause, die sich mit gewagten Gedichten und blasphemischen Spekulationen einen Namen machen wollen – aber bei all diesen reichten ein Monat im Kerker und die bloße Androhung der peinlichen Befragung. Wenn man ihnen einmal die Folterinstrumente zeigt, werden die meisten von ihnen als besonnenere, schweigsamere Männer wieder entlassen.

Ein Autodafé wie in seiner Kindheit hat es schon seit Jahren nicht mehr gegeben, und er vermisst das erhabene Ritual der Prozession und der Kapuzen, die Tribünen und die Ränge der Kleriker, das bange Gefühl tief im Magen, wenn die Ketzer mit ihren hohen Papierhüten zum Scheiterhaufen gebracht werden, die Gesänge und die Schreie der sündigen Körper, deren Seelen gereinigt und gerettet werden, die bauchigen, dunklen Rauchwolken, die sogar die Sonne verfinstern können.

Prozessionen gibt es hier nur für San Gennaro, den Märtyrer und Bischof von Neapel, und die anderen Heiligen, schmutzige Tumulte, in deren Kielwasser die Betrunkenen bewusstlos in den Straßen liegen. Von der Erhabenheit der Religion, von ihrer schrecklichen Schönheit hat man hier nicht die geringste Ahnung.

Don Pedros Anwesenheit soll abschrecken, aber die meisten justiziablen, kirchenfeindlichen Publikationen fallen unter die säkulare Zensur und Gerichtsbarkeit, oft in Form von einigen entschlossenen Männern mit Stöcken, die Knochen brechen und Druckerpressen zertrümmern und in die Nacht verschwinden.

Guzmán weiß, dass seine eigentliche Mission hier nach innen zielt, ins Herz der Kirche und in alle ihre Gliedmaßen. Sosehr es ihn schmerzt, das zuzugeben von einem Gebiet unter spanischer Kontrolle: Nirgendwo in der Welt sind die Priester so korrupt und die Mönche so verdorben wie in Neapel, wo jedes Viertel seine eigene Art von Verwaltung hat, denn die fremden Herren kommen und gehen, und sie wollen Steuern lieber einstreichen als ausgeben, und es lässt sich immer etwas verdienen mit Schmuggelware vom Hafen, mit billigem Wein, mit Huren und etwas Schutzgeld und ein bisschen nächtlicher Räuberei, aber nie zu viel und alles ins Werk gesetzt unter dem Schutz einer der Familien, ohne deren Segen hier kein Straßenhändler, kein Maultiertreiber, kein Dieb und keine Hure ihrem Handwerk nachgeht. Die Familien verteilen sich die Stadt nach Gemeinden. Die Gemeindepriester sind ihr Sprachrohr und ihre Brieftauben, ihre Beichtväter und Hehler.

Es gibt hier immer noch Priester, die kaum die Messe hersagen können, dafür aber die allerletzten Preise für persisches Opium oder Haschisch aus Marokko, Mädchen aus Ägypten und aus dem tiefsten Afrika, Kinder aller Art, Jungen aus dem armen Hinterland, bereit zu praktisch allem.

Eingefriedet vom Meer, dem Vesuv und den Hügeln im Landesinneren, ist diese Stadt nicht größer als Rom, aber es leben dreimal, viermal, wer weiß wie viel mehr Menschen darin, ganze Familien in lichtlosen Räumen voller Ungeziefer und Gestank und dunkelstem Aberglauben. Nachts ziehen sich die Bewohner in diese Höhlen zurück wie kleine Fische in die Winkel eines Felsenriffs, und die Stadt atmet die Geräusche der Nacht: ohnmächtiges Schnarchen, das rasselnde Husten der Schwindsüchtigen, ungetröstetes Weinen von Kleinkindern und ein allgemeines Seufzen und Stöhnen, das von der Furcht vor dem Letzten Gericht herstammen mag oder aus den Kehlen ineinander verkrallter Liebhaber.

Die Priester hier kennen ihre Leute, denn sie kennen nichts als diese Stadt und ihre schwülen Nächte. Sie tolerieren, dass die Gläubigen seltsame und unerklärliche Rituale vollziehen und auf ihren Straßenaltären allen möglichen Göttern Opfer darbringen, nicht nur den Heiligen der Kirche. Sie verbreiten nicht die Lehre des Herren; viele kennen sie nicht einmal. Sie propagieren jeden noch so törichten Wunderkult in der Hoffnung, dass etwas für sie abfällt dabei.

Diese Kleriker sind exakt das, wogegen die Protestanten im Norden ihre Rebellion begonnen haben, eine schwärende Beule auf dem Leibe des Herrn. Nur die niedrigsten Novizen fahren selbst auf den Schmugglerboten und entladen die Ware am Hafen oder in einer Bucht nahebei, aber die Kirche hat unendlich viele willige Helfer, die um ihrer Seligkeit willen für ein paar Münzen oder frisch gefangene Fische das erledigen, was es zu erledigen gibt, und sei es noch so schmutzig.

Guzmán ahnt, dass er Verbündete brauchen wird, und della Molina wird ihm nützlich sein. Er ist weder Spanier noch Italiener geschweige denn Neapolitaner, seine Heimat ist weit entfernt, und obwohl die Flamen gegen die Herrschaft der spanischen Habsburger kämpfen, werden sie doch auch von italienischen Truppen geplündert und vergewaltigt und erpresst und gedemütigt. Nein, der Maler gehört keiner der Parteien am Königshof an, die ihre langen Fangarme auch bis in den Kardinalspalast hinein ausstrecken, in dem auf Korridoren, in Beichtstühlen, in den Küchen und in den Stiegenhäusern Politik gemacht wird, eine Partei gegen die andere, blindlings loyal oder taktisch abwägend oder offen käuflich. Jeder Gefallen hat seinen Preis.

Don Pedro selbst hasst diese Intrigen und will sich nur heraushalten aus ihnen, will beten und seinen Herrn fragen, warum er ihn auf diese Weise peinigt, nicht nur durch körperliche Leiden, sondern durch den fruchtlosen Kampf gegen eine dümmliche, gierige, gottlose Herde.

Er hat Erkundigungen eingezogen während der letzten Wochen, denn er lässt sich ungern überraschen. Er weiß nicht nur, dass Sandro della Molina aus Flandern stammt, sondern auch dass er mit seinem Bruder und einer Haushälterin und einem Dienstmädchen allein wohnt, über der Werkstatt, in einer Wohnung, deren einziger Komfort der Platz ist, den die großen Zimmer einnehmen, Platz genug für ganze Familien. Er weiß, dass Sandro kein Verhältnis mit der Haushälterin hat, aber nachts manchmal allein in die Stadt zieht, zu den Huren an der Via Toledo. Er weiß, dass der Maler dem Wein sehr zugetan ist, weiß, dass er nur unregelmäßig zur Messe geht und dass niemand ihn je über Dinge des Glaubens hat sprechen hören.

Menschen wie er laufen immer Gefahr, Freidenker zu werden und ihre ewige Seele zu verlieren, aber in ihrer Skepsis liegt eine neue Art von Stärke, die der göttlichen Wahrheit innewohnt. Das ist die Tragödie von Männern wie ihm: Sie kämpfen allein und für eine große Sache, die sie nicht mit Händen greifen können, und ihre Kraft läuft sich tot am Gestade ihrer eigenen Eitelkeiten und Unzulänglichkeiten, bis nichts übrig bleibt von der göttlichen Welle als eine schwappende Kloake oder ein ausgetrocknetes Flussbett. Sie machen so viel Lärm um nichts, denn nur als Teil einer einzigen, größeren Wahrheit kann man bleibende Veränderung schaffen.

Don Pedro blickt auf. Er muss einen Moment eingeschlafen sein. Sandro della Molina steht ihm noch immer gegenüber. Der Maestro sollte ihm seine Ideen für die Neugestaltung der Fresken vom Leben des heiligen Vitalis unterbreiten.

Don Pedro aber ist zu müde. Della Molina hat Skizzen in der Hand, er spricht über die Komposition seiner Bilder, über Licht und Architektur, aber seine Worte dringen kaum durch zum Kardinal. Vielleicht ist es der flämische Akzent, der ihn so schwer verständlich macht, vielleicht ist es auch seine Erschöpfung.

Don Pedro ist erleichtert, als der Hauptmann der Stadtpolizei eintritt und meldet, dass die gefangene Hexe wieder überstellt worden sei und auf eine Audienz warte.

»Bringt sie herein!«, ruft der Kardinal. Die Gefangene kommt, begleitet von zwei Wachleuten.

»Macht sie los!«, befiehlt Don Pedro, und dann heißt er sie wegtreten. Die beiden Wachen sehen einander an. Dann deuten sie einen Gruß an und verlassen den Raum. Don Pedro, Sandro und der Schreiber sind allein mit der Angeklagten.

»Man sagt, dass du eine Hexe bist?«, fragt sie der Kardinal.

»Man sagt viele Dinge über viele Leute. Auch über Euch, Eminenz.« Die Angeklagte hält sich wie eine griechische Göttin und spricht ohne jede Angst.

»Auch über mich?«, fragt Don Pedro.

»Auch über Euch.«

»Was sagt man?«

»Das Übliche. Unwahre Dinge. Üble Nachrede. Wirres Zeug.«

»Was zum Beispiel?«

»Dass Ihr Unzucht mit dem Teufel treibt, dass Ihr die Ministranten verführt, dass Ihr schwarze Messen feiert und reihenweise Nonnen schwängert und dass Ihr selbst mehr gesündigt habt als alle Sünder von Neapel. Und das sind eine Menge Sünden.«

»Und du bist keine Hexe?«

»Ich helfe Menschen, die Hilfe brauchen, gelegentlich,

aber ganz ohne die Schwarze Kunst. Ich mache Tees und Salben aus Kräutern, die ich in den Bergen und an der Küste finde oder am Hafen kaufe. Ich bin nicht auf Eure Fakultät gegangen, aber ich habe weniger Menschen unter die Erde gebracht als viele berühmte Ärzte.«

»Und wo hast du deine Kunst gelernt?«

»Überall, wo mich das Schicksal hinverschlagen hat. In Afrika, in Algerien und in Ägypten, in den Bergen Siziliens, überall, wo eine Sklavin etwas lernen konnte.«

»Und du bist keine Sklavin mehr?«

»Mehr als zehn Jahre sind es jetzt, seit ich mich freigekauft habe und Menschen helfe.«

»Und was nimmst du dafür?«

»Was auch immer kommt. Manchmal ist es ein Huhn, manchmal ein Krug Wein und manchmal sogar Geld. Es kommt immer genug.«

»Du hilfst auch schwangeren Mädchen? Auch unverheirateten?«

»Viele Leute kommen zu mir.«

»Und du gibst ihnen Tees und Tinkturen?«

»Unter anderem.«

»Und Frauen, die deine Tinkturen nehmen, verlieren ihr Kind?«

»Manche haben ihre Nierensteine verloren, haben sie mir erzählt.«

Der Kardinal hält inne. Er zeigt auf Sander.

»Mein Freund hier«, sagt er, »hat mich überredet, dass ich in den Quartieri Spagnoli populärer sein werde, wenn ich dich freilasse, als wenn ich noch eine Hexe verbrenne. Er ist bereit, für deinen guten Charakter und für dein Handeln zu bürgen. Wenn du lügst und wieder hierhergebracht wirst, dann hat keiner von euch beiden etwas Gutes zu erwarten, fürchte ich.«

Die Frau zögert einen Moment, sie sieht Sander an.

»Du bist frei«, sagt der Kardinal und setzt seine Unterschrift unter den vorgeschriebenen Befehl. »Du kannst gehen.«

Die Frau wendet sich zur Tür, Sander geht zur Tür und verbeugt sich.

»Wir sehen uns wieder!«, flüstert sie, ohne anzuhalten.

XIX

MADDALENA

Reisende werden davor gewarnt, ins Spanische Viertel zu gehen. Verborgene Gefahren lauern an jeder Ecke der kleinen Gassen und Treppen, in jedem Innenhof und von jedem Dach herunter. Bestohlen, ausgeraubt oder zusammengeschlagen zu werden sind noch die geringsten der Gefahren. Hier können Menschen verschwinden, ohne die kleinste Spur zu hinterlassen.

Dieses Stadtviertel ist gebaut wie ein Schachbrett – aber trotzdem ist dies ein Labyrinth, denn die wohlgeordneten Häuser stehen auf Katakomben, die seit der Zeit der Griechen hier angelegt und immer weiter ausgebaut wurden, und nur eine Tür, eine verborgene Luke hinter der Fassade der planenden Vernunft beginnt die Tiefe der Unterwelt, der verlorenen Seelen und der Schmugglerdepots, der toten und der lebenden Götter.

Die spanischen Soldaten leben in diesem Viertel, die Besatzer dieser Stadt, aber mit ihnen kommen ihre Geliebten und ihre Familien, deren Cousins vom Land und die Untermieter, die für einige Stunden in einem Bett bezahlen. Mit ihnen kommen das Chaos und die Wäsche, die über die Straße hängt, der Geruch nach Pisse, überreifen Früchten und langsam kochendem Reis mit Hammelfleisch, mit ihnen kommen die Kinderbanden, die durch die Straßen rennen, die fliegenden Händler und die Waschfrauen und die Botenjungen. Sander geht manchmal in diese Gassen, um in Ruhe einen Krug Wein zu trinken, um nachzudenken, um zu vergessen, um sich zu erinnern, um sich fallen zu lassen. Seine Kollegen holen sich immer wieder Modelle von hier: hungrige Knaben und Mädchen, Männer und Frauen, die für einige Kupfermünzen bereit sind, sich geduldig zur Schau zu stellen und fast jede Pose über Stunden zu ertragen, nackt oder mit einem Stück Stoff über ihrem Geschlecht, niedergedrückt von einem Paar von Gänseflügeln auf einem Holzgestell, das sie auf dem Rücken tragen, alles im Dienste der Kunst. Aus dem Spanischen Viertel kommen die stärksten Gesichter, kommen die dunklen Augen, die braunen, sehnigen Körper, die Schamlosigkeit und die arglose Schönheit der Heiligen und der Engel, die den Altären der Stadt bei aller überbordenden Fülle eine unverhoffte Intimität verleihen.

Rom liegt weit, weit weg von hier, die ferne Erinnerung an ein anderes Leben, auf der Landkarte seiner Erinnerung, irgendwo neben den kriegszerrissenen Niederlanden seiner Kindheit angesiedelt. Nur ein Name, eine Erinnerung, sticht noch immer in eine unverheilte Wunde in Sanders Innerem. Die Pietà, die er noch vor seiner Abreise ersteigert hat, steht an der Wand des Zimmers, in dem Sander schläft.

Er hatte sich erlaubt, zu viel zu hoffen während dieser kurzen Monate in Rom. Es war ein Traum gewesen, er hatte sich in das Leben eines anderen hineingeträumt wie in eine andere Welt aus dem Universum von Giordano Bruno, in ein Leben, in dem jemand wie er heiraten und eine Frau und

Kinder haben und ein sesshaftes Leben führen kann. Aber in dieser Welt, in der er wirklich wohnt, ist ihm das nicht gegeben. Irgendein kapriziöses Schicksal – ein Bannspruch, die Furien, den Göttern der Antike näher als dem Herrn der Christenheit – steht zwischen ihm und diesem Leben. Sander weiß nicht, an welchem Altar er Opfer bringen müsste, um diesen Zauber von sich zu nehmen, aber er hält am liebsten seinen Abstand zu Altären aller Art und zu ihren Ritualen. Wenn er die Zeit und die Mittel hätte, würde er sich der Gelehrsamkeit widmen, Pflanzen und ihr Wachstum verstehen lernen, Bücher und Astrolabien und andere Wunderwerke zusammentragen, wie er es bei Mancini gesehen hat.

Nichts ist so, wie es scheint, raunt seine Erfahrung ihm ins Ohr, eine Weisheit, die von den Naturphilosophen bestätigt wird. Ein Blutstropfen, der zahllose schwebende Plättchen enthält, die Welt aus Atomen. Was zwischen ihm und Diana passiert ist, war keine Tragödie – es war das zufällige Zusammentreffen zweier Atome, die von den Kräften der Natur bald wieder in verschiedene Richtungen geschleudert wurden. Der Schmerz, den er jedes Mal fühlt, wenn er an sie denken muss, ist ein sinnloser Schmerz. Nichts von alledem wäre geschehen, wenn er sich keine Hoffnungen auf etwas gemacht hätte, was das Schicksal ihm verweigert. Er muss lernen, in den Bahnen zu leben, die es für ihn vorgezeichnet hat, denn am Rand dieser Straße greifen die Dornen schon nach dem Reisenden, und weiter ins Land droht unendliches Leid.

Es ist Abend. Zeit, die Werkstatt zu schließen und etwas essen zu gehen. Sander und Hugo essen meistens in einer Taverne in der nächsten Straße, wo in einem Gewölbe, das noch von den Römern kommen mag, an langen Tischen warmes Essen serviert wird: Pasta und Bohnen, gekochtes und gegrilltes Gemüse, Sardinen und Tintenfische und ranzig riechendes Hammelfleisch. Immer wieder kommt der Wirt mit dampfenden Tellern aus der Küche und drängt sich durch die essenden, durcheinanderrufenden, lachenden, trinkenden Gäste. Er selbst verschafft sich mit dramatischen Gesten Platz und ruft seinen Stammgästen Scherze zu, manchmal auch Befehle, denn dies ist das Königreich, das zu beherrschen er geboren ist.

Wie fast jeden Abend essen die Brüder auch heute wieder gemeinsam. Nach ihrer Mahlzeit erhebt Hugo sich und nickt Sander zum Abschied zu. Er will noch einen Abendspaziergang machen, zum Hafen vielleicht, der Abkühlung und der jungen Männer halber, oder in irgendwelchen Gassen, die zwar keine Kühle, aber dafür Dunkelheit versprechen.

Sander verharrt auf seinem Platz. Er hat einen Krug Wein vor sich. Er trinkt allein und hängt seinen Gedanken nach. Nur manchmal, wenn zufällig ein Kollege aus einer benachbarten Werkstatt kommt, unterhält er sich eine Weile.

Auf dem Weg zu seiner Wohnung über der Werkstatt nimmt Sander eine andere Straße, öffnet die Haustür und steigt eine Treppe hinauf in den ersten Stock. Er ist schon öfter hier gewesen, er kennt die Alte, die das Haus regiert, aber von den Mädchen, die in einem großen Raum sitzen und auf Freier warten, hat er noch keines gesehen. Um diese Zeit des Jahres kommen so viele aus dem Umland und auf Schiffen, kaum eine bleibt länger als einige Wochen hier, bevor sie irgendwo eine Anstellung findet oder weiterzieht oder zurückgeht oder von der Stadt einfach verschlungen wird. Es sind Ägypterinnen hier und Griechinnen, Mädchen aus Istanbul und Frauen, die vor Hunger aus dem Umland in die Stadt gekommen sind. Sie alle sind auf der Flucht vor irgendwas: nichts zu essen zu haben, verprügelt zu werden, verheiratet zu werden. Die Königin dieses tristen Harems ist besonders geschäftig heute. Sie gurrt um Sander herum, nennt ihn Signore, sie bietet ihm einen Sitz an und sogar ein Glas Wein.

»Heute habe ich etwas Besonderes für den Signore«, sagt sie und hebt den Kopf, um die Erwartung noch zu steigern.

»Etwas Besonderes?«

»Signore mag seine Mädchen jung?«

»Was meint Ihr?«

»Ich habe die Erfüllung Eurer wildesten Träume!«, ereifert sich die Hausdame und ruft nach einer Faustina.

»Geh! Mach sie bereit!«, sagt sie zu der jungen Frau, dann wendet sie sich ihrem Klienten zu.

»Ich habe ein komfortables Zimmer für Signore. Signore wird nicht enttäuscht sein.«

»Und der Preis?«

»Wie gesagt, etwas Besonderes, eine einmalige Gelegenheit; aber weil Signore ein so treuer Kunde ist und ein so großzügiger, einen Pilaster, einen einzigen.«

»Einen Pilaster?«

»Im Voraus bitte.«

»Das ist mehr als gewöhnlich!«

»Signore werden nicht enttäuscht sein, ich verspreche es! Nur eine Bitte habe ich«, sagt die Hausdame und zieht Sander zu sich und flüstert ihm fast ins Ohr. »Die Kleine ist noch, wie sag ich es, ganz unschuldig, unerfahren. Seid sanft mit ihr. Die letzten beiden Herren haben sie spröde gefunden, und sie war verschlossen wie eine Auster. Aber vielleicht habt Ihr ja mehr Glück!«

Mit diesen Worten schiebt die Alte ihn in ein Zimmer mit einem Bett und einem Stuhl und einem verhängten Fenster zum Hof.

Auf dem Bett sitzt ein Kind, ein Mädchen von elf oder zwölf Jahren. Sie trägt ein Kleid mit einem tief ausgeschnittenen Mieder, aber sie hat noch keine Brüste, die sie damit zur Schau stellen kann. Ihre Haare sind in Locken gelegt, und sie hat rot geschminkte Lippen und rot verschmierte Punkte auf den Wangen. Sie starrt einfach nur vor sich hin.

Sander hat der Alten nur halb zugehört. Er hat getrunken, er ist müde. Mit seinen Gedanken ist er bei der Frau, die er vor Kurzem im Kardinalspalast gesehen hat, bei ihrer eindringlichen Schönheit. Ein Kind hat er nicht erwartet.

»Wie alt bist du?«

»Weiß ich nicht«, sagt das Mädchen, ohne ihn anzusehen, und dann: »Aber ich soll Euch sagen, dass ich erst neun bin.«

»Und wie heißt du?«

»Maddalena.«

»Und jetzt, Maddalena? Was machen wir jetzt?« Sander setzt sich neben sie auf das Bett.

»Jetzt ziehe ich mich aus, und dann liebkost du mich.«

»So hat es dir die Alte gesagt?«

»Die Tante, ja. Sie sagt, ich soll keine Angst haben.«

»Und du hast Angst!«

»Ich habe immer Angst, aber es nutzt ja nichts«, sagt das Mädchen mit resignierter Stimme.

»Was nutzt nichts?«

»Die Angst! Die Liebkosungen sind nicht so schlimm wie die Schläge, nicht wahr?«

Sander ist verwirrt, da wirft das Kind mechanisch ihre

Arme um seinen Hals. Dann beginnt es, sich das Kleid vom Leib zu ziehen.

»Hör auf! Was machst du da?«

»Willst du mich nicht liebkosen? Du musst mich lieben, denn wenn mich diesmal niemand liebt, dann werfen sie mich auf die Straße, dann kann ich nicht hierbleiben, und ich kenne sonst niemanden in der Stadt. Komm, schnell!«, sagt sie und beginnt, an seiner Hose zu nesteln. Sander nimmt sie bei den Armen, dünn wie der Hunger selbst.

»Hör auf!«, herrscht er sie an.

Maddalena sitzt ihm gegenüber auf dem Bett, das Mieder gelöst, das Kleid halb hochgezogen, dünne Beine, die leise zittern. Sie beginnt zu weinen. Ihre Schultern beben mit jedem Atemzug.

»Hab ich es dir nicht gesagt?«, schluchzt sie. »Wenn ich es nicht kann, wenn ich es nicht lerne, wenn ich es mit dir nicht kann …«

»Zieh dich an!«, sagt er.

»Jetzt?« Sie sieht ihn mit großen, überquellenden Augen an.

»Ja, jetzt. Zieh dich an. Nimm ein Schultertuch mit, wenn du eins finden kannst, es ist kühl draußen.«

»Draußen?«

»Du kommst mit mir. Jetzt gleich.«

Sander nimmt das erstaunte Mädchen bei der Hand, glättet sein Kleid, zieht das Mieder zurecht, streicht mit den Fingern ihr Haar glatt. Ihre Augen sind ganz glasig. Wahrscheinlich wurde ihr irgendein Schlaftrunk verabreicht, um sie gefügiger zu machen.

»Komm jetzt«, sagt er. Das Kind folgt ihm.

Im Eingangsraum kommt sofort die Alte auf ihn zu, lächelnd, etwas verständnislos.

»Ist etwas nicht nach Signores Wunsch?«

»Ich nehme dieses Kind mit.«

»Ich verstehe nicht –« Die Alte trägt noch immer das Lächeln, das sie für die Freier aufsetzt. Die Mädchen um sie herum, die sich gelangweilt miteinander unterhalten oder Näharbeiten gemacht haben, hören plötzlich aufmerksam zu.

»Die Kleine kommt mit mir!«

»Ganz unmöglich! Es ist meine Nichte, meine Schwester hat sie zu mir geschickt, ich muss ihr Rede und Antwort stehen, und außerdem …«

»… und außerdem wird der Handel mit Hurenkindern mit Galeerenhaft bestraft!«

Sander packt die Frau an ihrem Schultertuch und drückt sie gewaltsam gegen die Wand. Zwei der Mädchen weichen kreischend zur Seite. Maddalena klammert sich von hinten an ihn wie ein kleines Tier.

»Außerdem steht dieses arme Kind, wo auch immer es herkommen mag, ab sofort unter meinem Schutz, und wenn du auf die Idee kommen solltest, wieder über dieses Kind zu sprechen oder auch nur seinen Namen zu erwähnen, geschweige denn Erkundigungen einzuziehen und ihm hinterherzuspionieren, dann gnade dir Gott! Und außerdem gebe ich dir hier fünf Pilaster für das Mädchen. Das ist mehr, als du hoffen konntest. Hier ist das Geld, und jetzt vergiss sie, vergiss, dass du sie je gesehen hast!«

Die Wirtin hat diesen Fremden für weichherzig gehalten, deswegen hat sie ihm heute die kleine Neue zugeschanzt, damit er sie einreiten kann, denn er ist nicht so rau wie die meisten, und er schlägt nie zu. Sie spürt aber auch die unerwartete Entschlossenheit in seiner Stimme, sieht den Dolch, den er unter seinem Mantel trägt. Sie lebt davon, dass sie Männer gut einschätzen kann, aber dieser hat sie überrascht.

Sie nimmt das Geld, und er macht einen Schritt zurück. Sie fühlt die Blicke ihrer Mädchen auf sich, ist sich unsicher, wie sie reagieren soll. Jetzt tritt er wieder auf sie zu. Sie macht einen Schritt zu dem Tisch, an dem sie normalerweise sitzt. In der Schublade bewahrt sie einen Totschläger, für Fälle wie diesen. Sie öffnet die Lade. Sander sieht ihre Hand nach etwas greifen und rammt die Schublade mit einem kräftigen Tritt zu. Die Alte kann gerade noch ihre Hand herausziehen. Angst steht ihr ins Gesicht geschrieben. Ein zweiter Tritt lässt den Tisch krachend umstürzen. Die Huren fliehen auf ihre Zimmer. Sander beugt sich zu der Alten, die noch immer reglos dasteht.

»Du hast sie nie gesehen!«, flüstert Sander eindringlich und drängt sich mit dem Kind an der Hand an ihr vorbei.

Draußen ist es tatsächlich kühl, und Maddalena hat ihr Schultertuch nicht gefunden. Sander legt ihr seine Jacke über die frierenden, dürren Schultern.

»Komm«, sagt er, »wir gehen nach Hause.«

Sie ist plötzlich todmüde. Der Schlaftrunk, den ihr die Alte gegeben hat, tut seine Wirkung. So trägt er das Kind durch die Straßen, einen schmalen Körper in einer viel zu großen Jacke, kleine Füße, die mit jedem Schritt schlaff in der Luft wippen.

Das Mädchen schläft fest in seinen Armen, als er in der Wohnung ankommt. Hugo ist schon da, er sieht das geschminkte Gesicht und das magere Kind. Er richtet ein Bett für sie her, lockert ihr das Mieder, deckt sie fast zärtlich zu.

»Wir können sie nicht einfach wieder auf die Straße setzen«, sagt Sander zu seinem Bruder, als die beiden alleine sind.

Hugo lächelt und nickt.

»Dann ist es abgemacht – sie gehört zu uns?«, fragt Sander, überrascht über seine eigenen Worte.

Hugo nickt wieder und nimmt einen Schluck Wein. Er macht sich Sorgen um seinen Bruder. Seit dem Tod von Diana lebt er ganz zurückgezogen in sich selbst. Keine Person in dieser Stadt kann Sander in den Tiefen erreichen, in die er gefallen ist, nur dieses Kind scheint es geschafft zu haben. Hugo ist glücklich darüber, glücklich, wieder dieses Leuchten in den Augen seines Bruders zu sehen. Sander hätte alles verlangen können, Hugo hätte zugestimmt, nur um dieses Leuchtens willen.

XX

DER HINTERHOF

Schon bald hält die Krankheit den Kardinal Don Pedro Guzmán wieder im Würgegriff. Die Konvulsionen beginnen aufs Neue, die Geschwüre brechen auf. In aller gebotenen Eile muss er dafür sorgen, dass das heilige Tribunal sich gegen andere Interessen verteidigen kann. Der Kardinal von Neapel, der Hofstaat des Vizekönigs, der Vatikan – es gibt so viele Hände, die gern mitmischen würden und nach seiner Macht greifen.

Der Kardinal kennt seinen Sekretär Don Alfonso seit Langem, und er vertraut ihm, aber Alfonso ist ein trockener, pedantischer Mensch. Er versteht dieses Babel noch weniger als Don Pedro selbst. Er ist ein Mensch der Schreibstube. Die anderen in seinem Umkreis sind nicht seine Leute. Er hat sie geerbt, mit Haus und Amt. Sie arbeiten nach ihren eigenen Gesetzen. Die meisten von ihnen werden von irgendwelchen Leuten bezahlt, die sich im Hintergrund halten. Nur Maestro della Molina steht außerhalb.

Don Pedro muss eine rasche Entscheidung treffen.

»Molina«, sagt er, »ich habe einen Auftrag für Euch.«

»Was soll ich tun?«

»Mit meiner Gesundheit steht es nicht zum Besten. Ich will, dass Ihr Euch gemeinsam mit Don Alfonso um die Angelegenheiten des Palazzos kümmert, wenn ich dazu nicht imstande bin.«

»Aber ich ...«

»Maestro! Ich habe meine Entscheidung gefällt.«

Sander sieht den Kardinal so aufmerksam an, taxiert sein Gesicht, als wolle er eine Skizze zeichnen. Es steht schlechter um ihn, als er öffentlich zugibt. In seinen Privaträumen sieht Sander ihn häufig vor Schmerzen zusammengekrümmt, und er sieht die Geschwüre, die sich auf seinem Körper ausbreiten.

»Eine Krankheit, eine Prüfung, die mir der Allmächtige auferlegt hat«, erklärt der Kardinal, »sie kommt in Schüben, seit Jahren schon, und in der Zeit dazwischen geht es mir ausgezeichnet, dem Herrn sei Dank. Dies ist der Anfang eines Schubes, glaube ich, und er ist rascher gekommen als der vorige und scheint mir auch stärker zu sein. Während er mich in den Fängen hat, kann ich mich kaum sehen lassen. Es ist zu anstrengend, es erschreckt die Menschen, und es schürt Gerüchte. Ich brauche ein Sprachrohr. Ich brauch euch, della Molina!«

»Eure Eminenz sind zu gütig.«

»Ich weiß ganz gut, was ich sage und wem ich mein Vertrauen schenke«, entgegnet Don Pedro brüsk, der keine Zeit für Floskeln hat.

»Gut«, sagt Sander bedächtig, »dann muss ich wissen, womit ich umgehe. Ihr leidet an der französischen Krankheit, nehme ich an?«

Wut blitzt auf in den Augen des Kardinals.

»So nennt man es, ja. Auch ich war nicht immer ein Mann der Kirche, ich war ein junger Mann!«

»Das, Eure Eminenz, geht mich nichts an. Ich muss es nur wissen.«

»Woraus habt Ihr das geschlossen, Maestro?«

»Ich habe diese Zeichen schon bei anderen gesehen, und dann ... Eure Verehrung von Sankt Vitalis – ist er nicht der Schutzheilige derer, die an ihrer Lust krank geworden sind?«

»Ihr erstaunt mich! Aber Ihr dürft niemandem etwas verraten, nichts!«

»Die Leute werden nach ein oder zwei Tagen anfangen, Fragen zu stellen.«

»Ich befehle Euch und allen anderen, rigoros zu schweigen. Der Erste, der etwas ausplaudert, wird den Tag seiner Geburt verfluchen. Niemand darf ein Sterbenswort darüber sprechen.«

»Wenn Ihr es erlaubt: im Gegenteil, Eure Eminenz.«

»Was meint Ihr?«

»Man wird darüber reden. Umso mehr, wenn Ihr schweigt. Die Leere, die Eure fehlende Antwort hinterlässt, wird mit Gerüchten und Vermutungen und Lügen und mit Irrsinn aller Art gefüllt. Wir müssen reden, und wir werden reden.«

»Über meine Krankheit?«

»Über Euren bemitleidenswerten Zustand, geschwächt von Jahrzehnten des Dienstes an der Kirche und jetzt besonders durch eine Zeit des persönlichen Fastens, um den Herrn um Vergebung zu bitten, wegen der verkommenen Zustände in Seiner Kirche hier, die nicht mehr würdig ist, Sein Haus genannt zu werden. Man wird Euch bewundern, vielleicht wird man Euch sogar lieben!«

»Weil ich krank bin?«

»Weil Ihr für das Volk dieses Leiden auf Euch nehmt, so wie Ihr eine Frau aus dem Volk freilasst, wenn sie von eifersüchtigen Nachbarn als Hexe denunziert wird, so wie Ihr bei der Kirche Santa Agata eine große, tägliche Armenspeisung organisiert, die Ihr aus eigener Tasche zahlt.«

»Tue ich das?«, fragte der Kardinal.

»Ich werde dafür sorgen, dass Ihr es tut.« Sander lächelt. »Ihr braucht den Rückhalt der kleinen Leute. Wenn Euch das Spanische Viertel und die Innenstadt gehören, dann kann niemand Euch herausfordern. Dafür kommt Euer Zustand gerade recht. Während die Krankheit besonders wütet, werden wir alles sorgsam ins rechte Licht setzen, und Ihr werdet Euch nur wenig und für kurze Zeit präsentieren, genug, um die Menschen von Eurem Zustand zu überzeugen. Wenn ein hoher Kirchenmann selbst solche Opfer auf sich nimmt, um den Körper der Kirche zu reinigen, dann kann der Klerus sich nicht gegen ihn stellen, dann wird die Bevölkerung dafür sorgen, dass die Erneuerung eine Chance hat, dass Posten mit den richtigen Leuten neu besetzt werden können, dass die ständigen Saufgelage der Ordensbrüder zumindest nicht mehr regelmäßig von der Stadtpolizei aufgelöst werden müssen.«

»Eine kluge Idee, diese Armenspeisung! Veranlasst alles Notwendige. Und wenn Ihr sprechen müsst: vorsichtig!«

»Ich werde in allem Vorsicht walten lassen«, beteuert Sander, zum Torhüter der Kardinalsmacht befördert.

Es ist schon spät, als sich Sander auf den Weg nach Hause macht. Mit seinen Gedanken ist er bei der kleinen Maddalena. Was soll aus ihr werden? Wo soll sie hin? Sie kann nicht lange bei zwei Junggesellen leben. Die Leute reden. In ein

Kloster oder ein Waisenhaus darf sie niemals kommen. Die meisten Kinder dort leben nicht lange. Und für die anderen sind die Aussichten sehr trübe: Hunger, Schläge, Demütigung und dann, ohne Mitgift, eine triste Existenz als Nonne, als Wäscherin oder als Hure oder als Frau von irgendeinem Kerl, der sie trotzdem nimmt und dem sie ausgeliefert ist. Nein. Dieses Kind soll eine Zukunft haben. Er wird sie erziehen lassen wie einen Jungen. Sie soll lesen und schreiben lernen, Wissen über die Welt erlangen.

Etwas in seinem Inneren krampft sich zusammen, wenn er an ihr Gesicht denkt, an diese großen, dunklen Augen, eine Schönheit, die noch unvollendet ist. Diese Stadt verschlingt solche Kinder. Die Straßen sind voller Banden von Jungen und Mädchen, die für eine warme Mahlzeit alles tun würden. Sie machen Botengänge und stehlen Geldbeutel, tragen Lasten, die größer sind als sie selbst, betteln am Eingang der Kirchen, sofern sie nicht von anderen Bettlern vertrieben werden, lassen sich von Reisenden mit aufs Zimmer nehmen.

Da, am Straßenrand, lungern einige von ihnen herum, der Kleinste kann nicht älter sein als fünf, aber er hat das Gesicht eines Greises. Er streckt die Hand aus, wenn jemand an ihm vorbeigeht, aber niemand gibt ihm etwas. Der Junge hinter ihm trägt eine zerlumpte Jacke und eine Kappe. Er wiegt seinen Oberkörper vor und zurück und hat die Augen geschlossen. Das Mädchen neben ihm schläft, den Mund offen, wahrscheinlich ist sie betrunken.

Die meisten dieser Kinder verschwinden irgendwann, kommen eines Morgens nicht mehr aus ihrem Kellerloch hervor, werden aus dem Hafen gefischt, husten sich die Seele aus dem Leib oder kriegen ein Messer zwischen die Rippen.

Sander weiß, wie es ist, nichts zu haben und niemanden, der Zuflucht bietet. Der Anblick dieser Kinder ist ihm unerträglich, und er hält sich an der Idee fest, dass er zumindest ein Kind davor retten kann, so zu enden, ein kleines Mädchen, das ihm vom Schicksal anvertraut wurde.

»Sander van der Molen!«, brüllt plötzlich die Stimme durch die Nacht. »Van der Molen! Da ist er ja, der Lump! Der Schuft! Die Ratte!«

Sander zuckt zusammen, stolpert, bleibt stehen. Er kennt diese Stimme. Sie gehört dem Mörder seiner Geliebten, dem grausamen und talentlosen Säufer, der ihm alles geraubt hat. Er dreht sich um.

Virgilio Nobili steht vor ihm; abgerissen, um Jahre gealtert, das Gesicht vor Zorn verzerrt. Sein Hals scheint nur aus Sehnen zu bestehen, das Gesicht nur aus einem weit aufgerissenen Maul, das Drohungen und Beleidigungen bellt. Die Leute bleiben stehen, starren die beiden Männer an, die sich mitten auf der Straße gegenüberstehen.

Schritt um Schritt weicht Sander zurück. Er hört, was das Maul da vor ihm schreit, aber es ergibt keinen Sinn für ihn, er hört die Worte, aber in seinem Inneren tost ein Wasserfall der Erinnerungen, die widerliche Fratze, die in ihm immer die Erinnerung an Diana auslöst, an eine Hoffnung, auf die er kein Anrecht hat, an einen waghalsigen Traum von Glück, der zerbrochen ist, an das Lächeln eines geliebten Mundes, eine Haut wie atmender Samt, an heimliche Blicke und an ihre Schönheit, wie sie im Bett der alten Witwe auf ihm thronte, an ihre Hand in der seinen, an den Ton ihrer Stimme, als er sie das letzte Mal gesprochen hat, an ein Kind, das niemals lebte, an Brandgeruch und Zerstörung, an das Gesicht der Göttin und das der Geliebten, die ineinander verschwimmen und von den Flammen aufgefressen werden. Dann, aus diesem Feuer der Erinnerung, kommt der Zorn.

»Haben sie dich früher freigelassen? Warum haben sie dich nicht ins Meer geworfen?«

»Ha!« Virgilio lacht bitter. »Du hast mich nicht zerstört. Ich habe noch mächtige Freunde! Sie haben nicht geruht, bis ich begnadigt wurde! Dich Wurm werde ich zertreten, und dann werde ich im Triumph nach Rom zurückkehren! Stell dich wie ein Mann!«

Unter seinem Mantel zieht Virgilio einen Dolch hervor. Sander trägt selbst einen Dolch, halb Werkzeug, halb Waffe. Er sieht sich um, seine Hand greift instinktiv nach dem Griff, der aus seinem Gürtel ragt, aber in diesem Moment passiert etwas Seltsames. Er sieht Maddalena vor sich. Was soll aus ihr werden, wenn er sie nicht mehr schützen kann? Und was aus Hugo, hier, in der Fremde?

Sander macht einen Schritt zurück. Noch ist er nicht weit von Guzmáns Palast.

»Na? Bist du feige, wenn du dich nicht hinter deinen Freunden verstecken kannst? Kannst du überhaupt umgehen mit einer Klinge?«

Sander weicht weiter zurück.

»Hab ich es doch gewusst! Er hat keine Eier in der Hose, der feine Herr!«

Ein Fuhrwerk kommt die Straße entlanggefahren und trennt die beiden Männer voneinander. Sander nutzt die Gelegenheit, um in einer Seitengasse zu verschwinden.

»Ich kriege dich!«, brüllt Virgilio, als er merkt, dass Sander geflohen ist. »Monatelang habe ich gewartet auf diesen Moment, jetzt kommt es auf einen Tag nicht an! Ich kriege dich! Ich weiß, wo du wohnst! Nie wirst du vor mir sicher sein! Das nächste Mal, wenn ich dich sehe, schneide ich dir die Kehle durch wie einem Schwein! Du wirst nie mehr sicher sein. Bei jedem Schritt wirst du dich umsehen müssen, denn ich, ich werde da sein und auf dich warten und werde dich verbluten lassen, dir alle Knochen brechen!«

Sander rennt. Besser ein lebender Feigling, der sich um seine Leute kümmern kann, als ein toter Held. Erst kurz vor dem Palast bremst er seine Schritte. Dann ist er in Sicherheit, hinter der bewachten Pforte. Das Blut hämmert ihm in den Ohren, und es dauert eine Weile, bis er die Welt um sich herum wieder ganz wahrnimmt. Erst jetzt hört er den Tumult auf der Straße und sieht zwei Wächter, die Virgilio daran hindern, in den Hof vorzudringen.

»Ich kriege dich, du Stück Dreck!«, ruft er von der Straße aus. »Ich kriege dich! Ich werde auf dich warten! Ich schlage zu, wenn du es am wenigsten vermutest! Ich werde meine Rache nehmen!«

Dann ist es still. Der alte Pförtner sieht mitleidig zu Sander herüber. Der wartet einige Zeit und macht sich dann vorsichtig auf den Weg nach Hause. Immer wieder sieht er über seine Schulter. Er weiß, dass Virgilio seine Drohungen wahr machen will und auch, dass er nicht weit entfernt sein kann und dass er ihn zwar abschütteln kann in diesen engen Straßen, aber dass er morgen wieder da sein wird und den Tag danach und den danach. Der Mann, der seine Geliebte zum Tode verurteilt hat, will ihn tot sehen.

Sander denkt an Hugo, an Maddalena, an die zerbrechliche Schönheit der Hoffnung. Das nächste Mal wird er nicht wegrennen, die Zeit der Flucht muss endlich vorbei sein. Er kann sich nicht vorstellen, dass er vom Schicksal dazu bestimmt ist, ein solches Duell zu verlieren. Er ist kein Fechter, in dieser Hinsicht ist ihm Virgilio mit seiner Erfahrung bei Prügeleien und Straßenkämpfen sicher überlegen, aber er ist in einem Land aufgewachsen, in dem Krieg herrschte. Es waren immer Waffen da und Männer, die wussten, wie man sie gebraucht. Später haben Jahre der Wanderschaft und der Gefahren Sander das Kämpfen beigebracht, mit Fäusten, Knüppeln. Aber der Kampf mit der blanken Waffe ist eine andere Sache. Da braucht es Übung, Technik. Und es widert ihn an. Er hat genug Blut gesehen in seinem Leben.

Sander besitzt einen Degen, aber er trägt ihn kaum jemals, höchstens zu offiziellen Anlässen am Hof des Kardinals oder des Vizekönigs. Ab morgen wird er ihn tragen, bis diese Bedrohung beseitigt ist. Er ist kein Adeliger und dürfte eigentlich in der Öffentlichkeit kein Schwert tragen, aber als Berater des Kardinals wird ihm niemand dieses Privileg streitig machen, und Seine Eminenz blickt wohlwollend auf einen gewissen Stolz unter den Mitgliedern seines Haushaltes.

Er braucht Zeit zum Nachdenken, Zeit, seinen Zorn zu kühlen. Die Straße ist voller Markthändler und Tagelöhner und Bettler und Träger mit Körben und Ballen und Kisten und jungen Mädchen und Nonnen, die zu langsam gehen. Ungeduldig drängelt Sander sich an einem Weinverkäufer vorbei, der ihm laut hinterherschimpft, und stößt fast mit einem hoch beladenen Esel zusammen. Nur einige flackernde Fackeln an den Hauswänden erleuchten die schwarzen Straßen.

Der Weg vom Palazzo zur Werkstatt ist nicht weit, kaum mehr als eine Viertelstunde. Diesmal aber meidet Sander die großen Straßen und Plätze, nimmt kleine Gassen, macht Umwege, verirrt sich in den Straßen und findet endlich den Weg wieder. Erst nach einer Stunde kommt er an.

Vor Sanders Werkstatt, im unsteten Schein der Lampe, die er im Fenster brennen lässt, um Diebe abzuschrecken, steht Virgilio, aufrecht und unbeweglich wie eine Statue. Sander kann ihn schon von Weitem sehen. Auch Virgilio hat ihn bemerkt.

»Die Ratte kommt ins Nest!«, ruft er. »Aber sie wird das warme Nest nicht mehr sehen!«

Sanders rechte Hand umklammert den Griff seines Dolchs. Soll er jetzt kämpfen? Bei Dunkelheit? Während er noch unschlüssig dasteht, zieht Virgilio einen Degen, den er sich in der Zwischenzeit besorgt haben muss. Sander weiß: Er kann sich gegen so eine Waffe nicht verteidigen, und in der engen Straße kann er auch seine Tür nicht erreichen. Er dreht sich um und beginnt wegzulaufen, sein Verfolger hinterher. Sander rennt um sein Leben. Er flieht ins Spanische Viertel hinein, vielleicht kann er Virgilio dort irgendwo loswerden in der Dunkelheit.

Bald hat Sander selbst die Orientierung verloren. Kleine, scheinbar identische Straßen mit aufgehängter Wäsche und Kindergeschrei und Menschen, die auf den Stufen sitzen, wechseln einander in rechten Winkeln ab, aber sie enden überraschend, biegen um, an Türen vorbei, die zu Innenhöfen führen.

Sander ist zuerst gerannt und dann gegangen, schon lange hört er Virgilios Schritte nicht mehr hinter sich. Unschlüssig steht er in einem Innenhof. Einige Hühner gackern empört um seine Füße herum, als er sie aus dem Schlaf aufscheucht.

»Hab ich dich endlich!«, sagt plötzlich eine Stimme hinter ihm.

Virgilio steht in der Toröffnung. Langsam, als wolle er den Moment auskosten, zieht er seinen Degen.

»Vor Gericht bringen kann ich dich Feigling nicht in Neapel für ein Verbrechen, das in Rom begangen wurde, aber abstechen kann ich dich auch hier!«

Sander will etwas antworten, aber da stürzt sein Verfolger sich schon auf ihn, und er sieht das Blitzen der Klinge im Mondlicht und duckt sich unter dem gewaltigen Hieb, der über seinen Kopf wegzischt. Mit einer schnellen Bewegung zieht Sander seinen Dolch und macht einen Schritt nach hinten, aber er stolpert über einen Korb, der dort liegt, fällt und verliert die Waffe aus seiner Hand.

Sander begreift, dass er diesen Angriff nicht überleben wird, nicht überleben kann, dass Virgilio in seinem Hass weiß, was er tut, und alles tun wird, um ihn in seinem Blut liegen zu sehen. Noch ein Hieb blitzt im Mondlicht durch die Luft, noch einmal kann er ausweichen.

Der Mond leuchtet jetzt hell und lässt ihm kein Versteck. Er weicht zurück, zwischen die Laken und Kleider, die hier zum Trocknen aufgehängt sind, aber Virgilio zerteilt die Wäscheleine mit einem einzigen Hieb seines Degens, sodass die Stoffe kurz flattern und dann reglos am Boden liegen wie Opfer eines Massakers. Sander sucht nach irgendetwas, um sich zu verteidigen. Er bückt sich nach einem Stein, aber in diesem Moment greift Virgilio an und wirft ihn auf den Boden. Sander liegt da, auf dem Rücken. Im Mondlicht ist Virgilios Gesicht milchweiß und von einer schrecklichen Entschlossenheit gezeichnet.

Virgilio steht vor ihm, in einer Hand den Degen, den er direkt auf Sanders Kehle richtet, in der anderen einen Dolch.

»Du kannst ein Gebet sagen, es wird dein letztes sein. Mach schnell!«

Sander sieht auf die vielen Fenster im Hof um sich herum. Eins nach dem anderen schließen sich plötzlich die Fensterläden mit einem hastigen Klappen. Es wird still im Hof, sogar die Hühner sind ruhig geworden. Sander richtet sich auf, kniet vor seinem Scharfrichter im weichen, stinkenden Schlamm.

»Mach schon!«

Eine Wolke schiebt sich vor den Mond. Für einen Augenblick wird es dunkel. Mit einer einzigen Bewegung packt Sander eins der schlafenden Hühner beim Flügel und schleudert es Virgilio ins Gesicht in einer Explosion von Federn, Flattern und Gegacker, der ganze Hof bricht in Tumult aus, und Sander nutzt den entscheidenden Moment. Er schnellt hoch, wirft sich auf seinen Angreifer, langt mit der linken Hand nach dem Schwertarm, bekommt den Unterarm zu fassen und hält ihn fest.

Sander beißt in die Hand, die den Degen umklammert hält, und Virgilio schreit auf vor Schmerzen. Er lässt den Degen fallen, und Sander wirft sich auf den Boden, um ihn aufzuheben, aber Virgilio lässt ihn nicht, sie verkeilen sich ineinander und fallen gemeinsam in den Dreck, Virgilio mit seinen Händen um Sanders Kehle, Sander mit einer Hand unter Virgilios Kinn und mit der anderen nach dem Degen tastend. Dann bekommt er ihn zu fassen und schlägt Virgilio den Knauf gegen die Schläfe. Sein Angreifer lässt ihn los und fällt, aber während er sich aufrappelt, kommt auch Virgilio wieder auf die Beine.

Diesmal hält er nur seinen Dolch in der Hand, dessen elegant geschwungene Spitze im Mondlicht blinkt.

Dann geht alles ganz schnell.

Virgilio stürzt sich auf ihn, Sander streckt ihm den Degen entgegen, direkt auf sein Herz gerichtet, aber Virgilio zögert nicht einen Atemzug lang, er rennt direkt in die Klinge hinein und gräbt dabei seinen Dolch in Sanders Oberkörper, unter dem Schlüsselbein.

Erstaunt sieht Virgilio seinen Widersacher an, mit weit aufgerissenen Augen, sieht an sich hinunter auf den Degengriff, der aus seinen Rippen ragt, dann fixiert er Sander, der eine blutende Wunde mit beiden Händen hält. Seine Hand verliert ihre Kraft, der Dolch fällt in den Hühnerdreck, dann ist es an ihm, in die Knie zu gehen.

»Die Rache ist mein!«, keucht Virgilio mit seinem letzten Atem, bevor er der Länge nach vorwärts in den Mist fällt und reglos liegen bleibt. Die Klinge, die aus dem Rücken ragt, glänzt in dem Mondlicht.

Auch Sander spürt, dass ihm die Beine den Dienst versagen. Seine Augenlider schließen sich, ein großes Rauschen tost in seinen Ohren und nimmt ganz von ihm Besitz, er sieht mit seinem letzten Blick, dass der Mond wieder hell und klar am Himmel steht, aber die Schwärze in ihm steigt auf und überschwemmt alles.

XXI

DER PHILIPPSTALER

Da! Er regt sich!«
Sander kennt diese Stimme. Er öffnet seine Augen. Schemenhaft sieht er sie, die schöne Frau aus dem Kardinals-palast.

»Willkommen zurück!«, sagt sie lächelnd.

Er will sich aufrichten, aber der Schmerz, der seinen Brust-korb durchzuckt, lässt ihn zurück auf sein Kissen fallen. Er blinzelt unter schweren Augenlidern, sieht einen fenster-losen, gewölbten Raum.

»Wo bin ich?«, fragt Sander.

»Bei mir!«, sagt die Frau. »Ich hatte gewusst, dass wir uns wiedersehen werden.«

»Woher?«

»Ich weiß solche Dinge«, sagt sie einfach.

»Wie bin ich hierhergekommen?«

»Irgendjemand hat dich hier abgelegt, vor meiner Tür. Das machen sie manchmal, wenn sie nicht wissen, was sonst zu tun mit jemandem, der verletzt ist. Also haben sie dich vor meine Tür gelegt, haben geklopft und sind in die Nacht ver-schwunden.«

»Und dann?«

»Dann hast du zwei Tage geschlafen.«

»Zwei Tage?« Wieder hält ihn ein scharfer Schmerz in der Brust davon ab, sich aufzurichten.

»Vorsichtig!«, sagt seine Retterin. »Deine Wunde ist tief. Die Klinge hat nur um einen Fingerbreit dein Herz verfehlt.« Sander sinkt wieder auf das Polster.

»Ich habe dir Laudanum gegeben, damit du schlafen kannst, ein Mittel aus dem Orient.«

»Aber warum? Was ist passiert?«

»Erinnerst du dich nicht? Du warst in einem Kampf. Du hast ein Loch im Brustkorb gehabt, mitten durch die Lunge. Das Blut pulsierte hellrot aus dir heraus. Du hattest viel Blut verloren, als du hier herkamst.«

»Doch«, sagt Sander, »langsam erinnere ich mich. Was ist mit dem anderen?«

»Welchem anderen?«

»Der Mann, der mich überfallen hat! Virgilio, ein weißhaariger Alter mit kleinem Bart, immer wie ein Herr gekleidet.«

»Ich weiß nichts von einem anderen. Aber ich habe gehört, dass Räuber in einer der Straßen hier vor zwei Nächten einen fremden Herrn erstochen haben, mit seinem eigenen Degen. Sie haben ihn in einem Hinterhof gefunden.«

»Und du?«, fragt Sander plötzlich. »Wie heißt du?«

Die Frau an seinem Bett lacht.

»Das weißt du nicht? Du hast mich vor dem Scheiterhaufen gerettet und kennst meinen Namen nicht einmal? Chiara heiße ich. Alle nennen mich hier so.«

»Jetzt ist es also an mir, dir zu danken.«

»Sagen wir, wir schulden einander nichts. Es ist immer

schlecht, einem Menschen etwas zu schulden. Wer eine Freundschaft beginnen will, soll es schuldenfrei tun.«

Einen Moment lang sieht Sander sie an. Dann fragt er: »Und willst du eine Freundschaft beginnen?«

»Warum nicht? Wir sind beide, wie soll ich sagen, angeschwemmte Schätze an dieser sonnigen Küste, Früchte von Gärten, in denen die Vögel anders singen und die Blumen anders duften. Ich bin schwärzer als die Menschen hier, und du bist heller, die Farbe eines Menschen, der aus Schnee und tiefen Wintern kommt, im Norden.«

»Ich kenne dich gar nicht, und du mich nicht!«

»Das stimmt nicht. Ich weiß schon viel über dich.«

»Was denn, und woher?«

»Ich weiß, was Neapel weiß. Es spricht sich bald herum, wenn so ein wichtiger Mann einfach verschwindet. Ich weiß von deiner Malerei, von deinem Bruder. Ich habe nach ihm geschickt, als du hierhergebracht wurdest. Er war es, der die letzten Nächte neben dir auf dem Boden verbracht und über dich gewacht hat. Ich weiß auch über den Kardinal Bescheid. Deine Haushälterin, die manchmal mit ihrem Rheuma zu mir kommt, hat ihm mitteilen lassen, du wärest auf der Treppe gefallen und müssest strikt Ruhe wahren. Ich weiß um deine Gewohnheit, den Abend über in einer Taverne einen Krug Wein zu leeren, und von Hugos nächtlichen Ausflügen in die Arme schöner junger Männer. Ich weiß, wer die Mädchen sind, mit denen du schläfst, und ich weiß von deiner Maddalena.«

»Was weißt du über sie? Wie geht es ihr? Ist sie sicher?«

»Es geht ihr gut. Ich habe von ihrer Befreiung gehört, man redet darüber ja, wie ein Ritter im Märchen. In den mächtigen Familien hat man darüber beraten, ob man dem Unverschämten, des es wagt, so in ihre Geschäfte einzugreifen, eine Lektion erteilen und ihm die Finger brechen soll. Sie haben auch mich gefragt. Ich habe davon abgeraten, weil ich dir noch etwas schuldete. Außerdem schadet es dem Viertel nicht, einen Fürsprecher im Kardinalspalast zu haben, habe ich gesagt.«

»Ich beginne zu sehen, wie schön diese Freundschaft werden könnte«, sagt er mit einem schwachen Lächeln. »Und wo ist die Kleine jetzt?«

»Ich habe sie hierhergeholt, sie konnte ja nicht den ganzen Tag alleine bleiben mit der Magd, und sie kennt sich in der Stadt nicht aus. Maddalena!«

Sander hört Kinderfüße, die eine Treppe herunterspringen. Gleich darauf steht Maddalena in der Tür.

»Geht es dir besser, Onkel Sandro?«, fragt sie, die Augen voller Besorgnis.

»Ja«, sagt Sander, »ja, meine Kleine. Wenn ich dich sehe, dann geht es mir besser. Und du? Wie ist es dir ergangen?«

»Zia Chiara ist sehr gut zu mir. Es ist schön hier! Können wir nicht hierbleiben?«

»Nun lass ihn erst mal wieder auf die Beine kommen, deinen Onkel«, sagt Chiara und schickt die Kleine wieder hinauf.

»Ein hübsches »Kind«, bemerkt sie.

»Ja, so schön wie die Unschuld selbst und die Hoffnung. Ich kann gar nicht beschreiben, wie sie aussah dort, auf dem Bett, rot geschminkt ...«

»Ich sehe solche Kinder jeden Tag auf den Straßen hier.«

»Sie wird nie wieder dorthin zurückmüssen!«

»Die Leute sind arm«, sagt sie. Sie weiß, dass manche keine andere Wahl haben, als ihre Kinder zu verkaufen.

»Sie ist ein Kind, das mit noch Puppen spielt!«

»Wie viel hast du der Wirtin für sie gegeben?«

»Fünf Pilaster.«

»Fünf Pilaster? Das ist ein guter Preis. Damit gehört sie dir«, sagt Chiara. »Die Wirtin wird dich nicht verfolgen, und die Eltern haben sie längst aufgegeben. Sie gehört dir!«

»Sie gehört nur sich selbst, aber ich muss sie schützen. Aber wie kann ich das? Was soll werden, wenn es sich rumspricht, dass ich ein so junges Mädchen gekauft habe? Dass sie bei mir ist? Zwei ledige Männer und so ein junges Ding? Wenn sie nur hierbleiben könnte!«

»Ich würde sie gerne aufnehmen, aber dies ist keine Umgebung für ein Kind. Viele Menschen kommen hierher, viele Kranke und Leidende. Viele Fäden laufen hier zusammen. Sie sollte anderswo leben, unbeschwerter. Du bist noch schwach, aber in zwei, drei Tagen wird es dir hoffentlich wieder besser gehen. Wir werden schon etwas finden für die Kleine, mach dir keine Sorgen. Ich weiß, dass sie dir am Herzen liegt. Schlaf jetzt. Hier wird dich niemand suchen. Hier bist du sicher. Es wird dir allerdings schwerfallen, einen Pinsel zu halten in der nächsten Zeit. Solche Verletzungen brauchen lange, bis sie auch innerlich abgeheilt sind.«

»Ich habe auch so genug zu tun!«

»So scheint es. Schlaf jetzt. In einer Stunde wird dein Bruder zu dir kommen.«

»Ich gehorche, meine allwissende Retterin!«

»Allwissend bin auch ich nicht!«

»O nein?« Sander lächelt. »Ich habe also doch noch Geheimnisse vor dir?«

»Ich fürchte schon. Nimm zum Beispiel diese Münze, die du um den Hals trägst.«

»Was ist mit ihr?«

»Genau das ist die Frage«, sagt Chiara und sieht ihn freundlich an. »Was ist mir ihr? Warum trägt ein Mann, der lange auf Wanderschaft war und kaum Geld hatte, um sich Essen zu kaufen, eine Silbermünze um den Hals? Antwort: Weil sie ihm etwas bedeutet, was sich mit Silber nicht erkaufen lässt.«

»Und was ist dieses Etwas?«

»Das eben weiß ich nicht! Es ist eigentlich immer eine Erinnerung und ein Versprechen, wenn ein Mann so etwas trägt.«

»Du hast recht«, gibt Sander zu, »es ist etwas von beidem.«

»Erinnerung und Versprechen?«

»Die Erinnerung an den Tag, an dem ich sie als Lohn bekommen habe, und das Versprechen, sie eines Tages zurückzuzahlen.«

»Und hast du schon gezahlt?«

»Wie du siehst, noch nicht.«

»Dann hast du also Schulden, oder schuldet dir jemand etwas?«

»Siehst du, meine schöne Retterin, ich gehe doch nicht schuldenfrei einer neuen Freundschaft entgegen, schon schleppe ich eine Vergangenheit mit mir herum, die mir buchstäblich wie eine Schlinge um den Hals hängt —«

Ein krampfhafter Husten überkommt ihn und hindert ihn daran weiterzusprechen. Chiara ist schon dabei zu gehen, als er wieder zu Atem kommt.

»Manchmal glaube ich, dass sie mir zum Schicksal geworden ist und anfängt, mein Leben auf einen Irrweg zu leiten, weg von dem, was es eigentlich suchen verlangt. Ich bin jetzt müde«, murmelt er, »ich möchte schlafen.«

»Dann schlafe. Wir sind schon zu lange herumgeirrt, um

ganz ohne Schulden leben zu können, ganz ohne Erinnerungen, die sich aneinander reiben. Du kannst sie mir bei Gelegenheit erzählen, die Geschichte deiner Münze.«

Sander hat seinem Bruder geschworen, die Geschichte der Münze niemandem zu erzählen. Er hat den stärksten Schwur gewählt, an den er denken konnte. Auf das Grab ihrer Eltern konnte er nicht schwören, denn er wusste nicht einmal, ob sie einzeln und anständig begraben worden waren. Er wäre sich wie ein Betrüger vorgekommen, würde er auf seine unsterbliche Seele schwören. So hat er gesagt: bei allem, was schön ist. Bei allem, was schön ist, werde ich diese Geschichte nie jemandem erzählen. Während er dies sagte, waren die beiden schon auf der Flucht vor den Behörden, weil sie wegen Mord gesucht wurden. Sander war neunzehn damals, Hugo etwa sechzehn.

Wie Diebe in der Nacht hatten sie das Haus von Meister Gillis verlassen, bei dem sie sieben ruhige und gute Sommer und Winter gearbeitet hatten. Er war ein guter Dienstherr, und er mochte die Brüder. Sander fand Gefallen an dessen Tochter Sarah, und Gillis schien dieser Verbindung nicht abgeneigt zu sein. Bald würden sie sich verloben. Wenn Gillis einmal aufhören würde zu arbeiten, könnte Sander die Werkstatt erben.

Es stellt nicht recht viel dar in der Welt, ein Blumenmaler zu sein, dachte Sander damals, aber es ist ein ehrliches Handwerk, und ich kann es ausüben, kann eine Werkstatt führen. Endlich lag eine ruhige Zukunft vor ihnen.

Dann kam der Abend, an dem Hendrik, einer der Gesellen, Sander auf die Münze ansprach, die er schon damals um seinen Hals trug. Sie waren dabei, ins Bett zu gehen, und Sander stand mit nacktem Oberkörper da. Die Münze hing an einer Lederschnur um seinen Hals.

Sander weigerte sich, Auskunft zu geben, und Hendrik insistierte mehr und mehr.

»Zeige mir dieses Stück Silber!« Er trat vor Sander hin, die Hand ausgestreckt. »Gib es mir! Woher hast du es? Seit wann ist es in deinem Besitz? Hast du es gestohlen?«

»Es ist nicht gestohlen!«, wehrte Sander sich. »Es ist ein Erinnerungsstück.«

»Wer hat es dir gegeben?«

Sanders Augen verengten sich.

»Das geht dich nichts an!«, sagte er leise.

»Wir werden sehen!«

Mit einer scharfen Geste riss Hendrik Sander die Münze vom Hals.

»Da sieh her!«, rief er, als ob er eine Entdeckung gemacht hätte. »Ein Philippstaler, das Geld der Spanier, wenn das der Meister wüsste!«

»Gib mir die Münze zurück«, sagte Sander leise und bestimmt.

»Ich kann kaum drauf warten, sein Gesicht zu sehen!«, sagte Hendrik.

»Gib sie mir!«

»Was soll das denn heißen?«, fragte der massige Geselle höhnisch und mit plumper Gehässigkeit. »Ist das das Geld, das du dir verdient hast, als dich jemand zum ersten Mal in den Arsch ...«

Hendrik sprach nicht weiter. Er fixierte mit den Augen einen Punkt vor sich, schwieg, öffnete den Mund, aus dem langsam ein Blutfaden auf die Erde rann, dann sank er langsam in die Knie.

Erst jetzt wurde Hugo sichtbar hinter seinem starken Körper. Er stand da und hatte einen eisernen Kerzenleuchter in der Hand, mit dem Fuß nach oben, wie eine Keule. Der Fuß des Leuchters glitzerte von frischem Blut, das mit einigen Haaren verklebt war. Hendrik kniete da, eine scheinbar unendlich lange Zeit, dunkles Blut aus seinem Mund quellend, und dann neigte er sich leicht vor, wie ein Kirchturm, der in einem Feuer zerstört wird, und fiel langsam vornüber auf den Steinboden.

»Hugo, was hast du getan? Er hat sich einen Spaß gemacht!«

Hugo stand da, zitternd. Er keuchte und brummte und bewegte sich nicht einen Fingerbreit, bis Sander zu ihm ging und ihm die Waffe aus der Hand nahm. Hugo stöhnte laut, und fast formte sich ein Wort auf seinen Lippen, aber Sander, der sonst jede seiner kleinsten Äußerungen lesen konnte, wusste das Gestöhne nicht zu deuten.

»Komm«, sagte Sander nur, »komm mit.«

Er kniete sich neben Hendriks leblosen Körper hin, prüfte seine Augen und zog ihm mit einiger Mühe die Münze aus seiner Hand. Dann erhob er sich, packte einige Kleider und sein Skizzenbuch, eine Taschenausgabe von Lukrez und einen Almanach, holte sein erspartes Lehrgeld aus seinem Versteck unter einem losen Bodenbrett, prüfte Hugos Bündel und nahm im Vorbeigehen in der Werkstatt noch einige kleinere Utensilien und Pigmente mit, was er gerade fand. Kurz darauf schlichen die Brüder aus dem Haus, das ihr Haus gewesen war, ohne auch nur einem einzigen Menschen zu begegnen, ohne jeden Abschied.

Meister Gillis war gut zu ihnen gewesen, und doch hinterließen sie ihn in Bestürzung, Trauer und Enttäuschung. Mehrmals hatte Sander angesetzt, seinem Meister zumindest einen

Brief zu schreiben, aus sicherer Entfernung von der Justiz, aber es kostete ihn Monate, einige Zeilen zu Papier zu bringen, und dann wagte er es nicht, sein Bekenntnis auch abzuschicken.

Hendrik, das Opfer von Hugos eingesperrter, verständnisloser Kraft und Treue, kam aus einer guten Handwerkerfamilie, und der Druck, die »niederträchtigen Meuchelmörder« ihres Sohnes zu finden, war groß, sogar die Innungsmeister wendeten sich an die Stadtregierung und den Kommandanten ihrer Polizei. Die Mörder mussten an den Galgen, forderten sie, rasch und öffentlich, sonst würde es ein Blutvergießen geben, denn beide Mörder seien Fremde, wahrscheinlich heimliche Protestanten oder gotteslästerliche Freidenker, und das Volk werde sich das das nicht lange gefallen lassen, das geschundene und fast ausgeblutete Volk würde aufstehen gegen die Fremden in ihrer Mitte und das Rathaus stürmen und die hohen Herren am Galgen auf dem Marktplatz aufknüpfen und ihre eigene Stadtregierung der Tugend und der Treue ausrufen.

Sogar auf ihrer Flucht fanden die beiden Brüder immer wieder Flugblätter über den fürchterlichen Mord, in dem zwei fremdländische Teufel, die nichts als christliche Güte und Mitleid erfahren hatten, plötzlich ihre wahre Natur zeigten und einen armen und frommen Lehrling, in der Illustration ein unschuldiges Kind mit blonden Haaren, beim Abendgebet überraschten und unter höllischen Qualen zu Tode brachten.

So begannen ihre Jahre der Wanderschaft. In den Niederlanden war es schwer, Arbeit zu bekommen, und nach Monaten als Druckergehilfen in Amsterdam und dann als Flugblattverkäufer auf den Wochenmärkten hatten sie sich wieder auf den Weg gemacht, diesmal nach Süden, um dem schon Generationen andauernden Krieg in ihrem eigenen Land zu entkommen und weit genug weg von Hugos Verbrechen zu sein.

Auf ihrem Weg hatten sie sogar noch einmal versucht, zurück nach Hause zu gehen. Unterwegs nach Frankreich waren sie einen Tag lang in der Gegend umhergeirrt, um ihr Dorf wiederzufinden, um zu sehen, wer noch da war und ob der Hof wieder aufgebaut worden war. Aber wie lange sie auch suchten, sie konnten sich nach einem Jahrzehnt nicht erinnern, wo genau es gewesen war. Die Landschaft sah anders aus als damals. Gärten waren überwuchert, die Felder verwildert und Häuser und Kirchen teilweise abgebrannt. Sander und Hugo verloren bald jede Orientierung, und die wenigen Leute, die sie trafen, gaben ihnen unterschiedliche Wegbeschreibungen oder behaupteten, nichts zu wissen. So viele Leute heutzutage lebten in fremden Höfen, an Orten, zu denen sie geflohen waren.

Sie waren weitergezogen, nach Süden. In Paris hatte Sander eine Stelle in einer Werkstatt gefunden und eine Zeit lang dort gearbeitet, aber es hatte die Brüder nicht lange in dieser Stadt gehalten, die so voller Hass war und in der nur zwanzig Jahre vorher Tausende von Protestanten in einem tagelangen Blutbad von ihren katholischen Nachbarn abgeschlachtet worden waren. Paris war eine Stadt, die noch heilen musste.

In Südfrankreich war das Leben einfacher gewesen. Sander fand eine Anstellung am botanischen Garten von Montpellier als Zeichner von exotischen Pflanzen für das Herbarium der Universität, Hugo arbeitete als sein Assistent. Die Zeichnungen, die hier entstanden, waren kleine Meisterwerke der Naturbetrachtung, und der Direktor der botanischen Gärten war mit seiner Arbeit hochzufrieden, dann aber kam es zu einer Intrige, die zur Folge hatte, dass der Sohn eines wichtigen Bürgers der Stadt auf den Posten des Direktors berufen wurde und den des Zeichners einem Freund gab, bei dem er Spielschulden hatte.

Sander und Hugo trieb es weiter, zuerst nach Barcelona, wo ein Maler, mit dem er gemeinsam seine Lehre gemacht hatte, inzwischen eine eigene Werkstatt betrieb. Eine Zeit lang blieben sie dort, Sander als Assistent seines ehemaligen Leidensgenossen, Hugo als tolerierte Bürde. Diesmal war es Hugo, der ruhelos wurde, und sein Bruder konnte es ihm nicht verdenken.

So schifften sie sich ein, nach Rom, mit einem Empfehlungsbrief an einen Kollegen in der Tasche, aber das Schiff, auf dem die beiden Brüder eine Passage gekauft hatten, wurde vor Sardinien von Korsaren angegriffen. Es waren nordafrikanische Sklavenhändler, die nach weißer Ware für die Märkte von Istanbul bis Marokko jagten, und Hugo und Sander waren diesem Schicksal nur um ein Haar entgangen. Ihr Schiff konnte den Korsaren entfliehen, aber die Kanonen hatten es so stark beschädigt, dass es nicht weitersegeln konnte.

Sie konnten sich keine neue Passage nach Rom leisten, aber sie hörten, dass sie vielleicht zwei Tagesmärsche von dort auf der anderen Seite der Insel von Olbia oder La Maddalena aus eine billige Überfahrt aufs Festland bekommen würden. So waren sie mit ihrem letzten Geld auf einem Fischerboot nach Civitavecchia gesegelt, weitab von ihrem Ziel, aber mit einem neuen Ziel vor Augen, denn sie waren nicht mehr als drei Tagesmärsche entfernt von Rom.

Das alles schien unendlich lange her. Die Geschichte der

Münze hat er geschworen, für sich zu behalten, und er wird diesen Schwur nicht brechen. Auch Chiara hat ihre Geheimnisse und eine Vergangenheit voller tiefer Wunden. Sie bedrängt ihn nicht weiter mit ihren Fragen. Das Einzige, was er ihr sagt, ist, dass ihn die Münze in all diesen Jahren seiner Wanderschaft nicht verlassen hat. Nur wenn das Lederband, an dem er sie trägt, eines Tages reißt, nachdem es jeden Tag ein wenig mehr durchgescheuert und abgenutzt worden ist, ersetzt Sander das alte Band durch ein neues.

XXII

DER SAFT DER MOHNBLÜTE

Maestro della Molina, wie ich Euch vermisst habe!«, ruft der Kardinal mit schwacher Stimme. Don Alfonso, der Kaplan und der Haushofmeister lächeln säuerlich im Hintergrund.

»Ich hoffe, es geht Euch besser und Ihr habt Euch von Eurem Sturz erholt«, fügt er hinzu und hustet.

»Mir geht es ausgezeichnet«, antwortet Sander, der seinen Arm noch immer in einer Schlinge trägt. »Und, wie ist es mit Euch, Eminenz?«

»Der Herr schickt mir Leiden, um mich zu prüfen.«

Einen Moment lang ist es still. Nur Don Alfonsos Gänsekiel kratzt über das Papier.

»Wie weit seid Ihr?«, fragt Don Pedro seinen Sekretär.

»Fast fertig, Eminenz.«

»Ausgezeichnet. Das wird auch Euch interessieren, Molina. Ich schreibe an den Fürsten Venosa, einen der größten Reliquiensammler von Italien. Ich hoffe, dass er mir helfen kann, eine Reliquie von Sankt Vitalis zu ergattern.«

Einen Moment ist es still. Sander ergreift die Gelegenheit.

»Ich muss um eine private Audienz bitten, Eminenz. Ich habe gute Neuigkeiten.«

»Ah, natürlich«, sagt der Kardinal, in seinem Sessel sitzend, mit der Pelzdecke über den Knien trotz der Wärme draußen. »Ihr könnt jetzt gehen«, sagt er zu Don Alfonso und winkt die restlichen Anwesenden mit einer Handbewegung weg. Die Männer ziehen sich zurück, ohne dem Kardinal die Verbeugung zu erweisen, die angemessen wäre.

»Sie sind nicht glücklich, dass Ihr mit mir alleine sprechen dürft«, sagt der Kardinal trocken.

»Sie brauchen nicht glücklich zu sein, sie müssen nur Eure Anordnungen ausführen, Eminenz, und da habe ich gute Neuigkeiten. Die Frau, die Ihr freigelassen habt ...«

»... die schwarze Hexe?«

»Keine Hexe, eine Heilerin. Sie bietet Euch ihre Hilfe an.«

»Ihre Hilfe?« Der Kardinal ist erstaunt.

»Wer in diesen Vierteln etwas bewegen will, der muss eine Verbindung zu den Familien haben, denen, auf die alle hören.«

»Und sie gehört zu einer dieser Familien? Eine Afrikanerin?«

»Das ist es ja! Sie gehört zu keiner von ihnen, aber alle sprechen mit ihr. Sie ist Eure wichtigste Verbündete im Spanischen Viertel, und ohne die Familien können auch die Priester ihre Nebengeschäfte nicht länger betreiben. Ihr könnt ihnen Versetzung anbieten, in ein Kloster beispielsweise.«

»Aber was ist mit der Moral in den Klöstern?«

»Dort gibt es keine Moral, Eminenz. Ihr könnt sie nur als Aufbewahrungsorte für die hoffnungslosen Fälle sehen. Dort betrinken sie sich und treiben Unzucht miteinander, aber sie richten wenig Schaden an.«

»Ich hatte beinahe vergessen, was für ein Zyniker Ihr seid, della Molina. Man braucht Zyniker in der Regierung. Menschen wie ich sind zu aufrichtig, immer in Gefahr, unseren hohen Prinzipien blindlings zu folgen.«

»Ich habe noch eine Nachricht«, fügt Sander nach einer kurzen Pause an.

»Nämlich?«

»Das Leiden, das Euch der Herr auferlegt hat –«

»Meine missliche Lage?«

»… die Konsequenz Eurer jugendlichen Unbedachtheit. Es gibt Mittel, die helfen können.«

Don Pedro winkt ab.

»Ich habe schon alles probiert, was es unter der Sonne gibt. Nur noch der heilige Vitalis kann mir helfen.«

»Der Heilige, dessen Keuschheit die Folgen der Unkeuschheit heilen soll. Aber Ihr habt doch bereits vor einer Reliquie von ihm gebetet, hier in Neapel?«

»Es scheint nicht wirksam zu sein, oder der Herr will, dass ich weiter Buße tue. Vielleicht ist es aber auch eine Fälschung. Auf jeden Fall will ich es mit einer anderen versuchen.«

»Das, wovon ich Euch berichten wollte, ist etwas Neues, dem man ebenfalls wunderbare Kräfte nachsagt.«

»Warum sagt dann mein Leibarzt mir nichts darüber?«

»Vielleicht kennt er es nicht. Vielleicht aber will er es Euch auch nicht geben. Es ist noch umstritten – und nicht ungefährlich.«

»Wenn ich also nicht an meinem Leiden selbst sterbe, dann an meiner Medizin?«

»Euer Körper wird sich wehren.«

»Nichts kann schlimmer sein als jetzt, Molina.« Don Pedro stößt einen tiefen Seufzer aus. »Es kann unter Umständen sehr lange dauern, eine authentische Reliquie zu finden. Zu lange vielleicht. Wann kann ich dieses Mittel einnehmen?«

»Ich habe es bei mir. Ich war so frei. Ihr werdet einige Stunden Ruhe brauchen.«

»Diener! Diener!«

Der Kardinal klingelt mit einer kleinen Glocke, die neben ihm auf dem Tisch steht. Ein Diener kommt herein und bleibt bei der Tür stehen.

»Sag Don Alfonso, dass mich plötzlich ein Unwohlsein überkommen hat. Alle Audienzen und Sitzungen für den Rest des Tages müssen ohne mich stattfinden. Geh jetzt!«

Der Diener zieht sich zurück.

»Ich habe Zeit«, stellt der Kardinal fest.

»Hier ist eine Salbe«, sagt Sander, »die Erfindung eines berühmten deutschen Arztes. Sie enthält Quecksilber, ein unhaltbar fließendes Element mit rätselhaften Kräften, das auch als Gift wirkt, also fein dosiert sein muss. Es wird Eure Geschwüre zum Heilen bringen und die Krankheit zurückdrängen für einige Zeit, aber in dem Maße, wie Ihr Euch seiner bedient, wird es Euch auch vergiften. Aber es gibt noch ein zweites Mittel, das stammt aus dem Orient, vom Hindukusch, Tausende von Meilen von hier. Es kommt über Istanbul und wird hier im Hafen verkauft, hauptsächlich an Apotheker, aber auch an Liebhaber. Ich habe es in einer Tinktur mitgebracht, von der Ihr einen Löffel voll trinken könnt, wenn die Leiden unerträglich werden. Es wird Euch schlafen helfen, und die Schmerzen werden Euch nicht mehr berühren. Meine Quellen raten aber zur Vorsicht. Es gibt Menschen, die den Träumen dieser Substanz ganz verfallen.«

Sander holt eine kleine Flasche aus seiner Gürteltasche.

Der Kardinal greift nach ihr, nimmt den Korken ab und nimmt einen Schluck daraus.

»Es wird Laudanum genannt«, erklärt Sander. »Eine Tinktur aus Mohnsaft.«

»Und davon soll ich schlafen?«

»Es wird Euch guttun.«

»Gebt mir die Salbe. Und dann lasst mich allein. Ich will niemanden sehen! Ich will jetzt beten.«

Der Kardinal legt seine Hände zusammen und beginnt, sich in ein stummes Gebet zu versenken. Seine Lippen bewegen sich rasch und fast krampfhaft, und Sander sieht kurze Zuckungen, die über sein Gesicht blitzen. Bald werden diese Blitze nachlassen. Sander stellt den Tiegel mit Salbe neben die kleine Flasche auf den Tisch, verbeugt sich vor dem stumm murmelnden Kranken und verlässt den Raum.

Wegen seiner Verletzung kann Sander tatsächlich nicht malen. Er delegiert die Arbeit in der Werkstatt und verbringt mehr Zeit im Palazzo. Nur ein Kammerdiener, eine Dienstmagd, die Don Pedro schon aus Spanien begleitet hat, und Sander selbst werden zu Seiner Eminenz vorgelassen, während die eiternden Geschwüre mit Quecksilber behandelt werden und das Laudanum ihn in schwere und dunkle Träume stürzt.

Die Wirkung der Salbe lässt fast zwei Wochen auf sich warten, dann aber manifestiert sie sich umso stärker. Krämpfe schütteln Don Pedro, die Haare fallen ihm aus, sein Appetit versagt. Das Laudanum regiert seine Tage. Die kleine Flasche darf nie außerhalb seiner Reichweite stehen. Neben seinem Bett steht ein Kohlenbecken. Weihrauch hängt in der Luft.

Das Martyrium des Kardinals bleibt nicht für eine einzige Stunde unbeobachtet und unbelauscht von den zahllosen Augen und Ohren der Stadt. Die Inhaber politischer Ämter beginnen, sich zu fragen, was ein neuer Inquisitor für sie persönlich und für ihre Leute bedeuten würde. Sie bezahlen ihre Informanten, um sich über seine Gesundheit auf dem Laufenden zu halten. Don Pedro hat den Ruf, sehr fromm zu sein, ein fanatischer Gegner der Korruption, der nicht immer zwischen Verbrechen und legitimen Nebenverdiensten unterscheidet; ein bewundernswerter, heiliger Mann, aber nicht gut fürs Geschäft. Man wird also abwarten und die Ohren offen halten müssen.

In und um das Spanische Viertel geht inzwischen etwas anderes vor sich. Nach einer diskreten Schenkung an die Innung der Metzger werden zuerst in einer Gemeindekirche und dann auch in einer Seitenkapelle der großen Kirche Gesù Nuovo täglich Messen für den frommen Kardinal gelesen, von dem man aus verlässlicher Quelle hört, dass er gelobt hat, zu fasten und seinen Körper zu kasteien, bis seine Kirche in Neapel gereinigt ist. Gemeinden von frommen Betern beginnen sich zu formen, man kennt einander, singt und rezitiert und hofft miteinander. Ein Mädchen fängt an, während eines gemeinsamen Rosenkranzes in Zungen zu reden und Visionen zu haben, und fällt dann in einen tiefen Schlaf. Eine alte Frau, die seit Jahren ein hässliches Geschwür am Hals hatte, fühlt sich plötzlich besser, während während sie ihre Bittgebete murmelt, und bemerkt zu ihrem Erstaunen den Rückgang des Tumors. In den Straßen spricht man von einem Wunder.

»Es verheilt gut!« Chiara betrachtet Sanders Narbe, ein roter Strich zwischen Schulter und Kehle.

»Dafür habe ich dir zu danken!« Sander lächelt. Sie berührt die Stelle mit ihrem Finger, streicht darüber. Zuerst schreckt er instinktiv vor ihrer Berührung zurück, dann aber finden seine Finger ihre Hand, er führt sie zu seinen Lippen. Einen Augenblick lang sieht sie ihn an, ihre Überraschung wird zu zärtlicher Freude. Ihre Annäherung ist zögerlich. Die Wunde sticht, während er nach Chiara tastet, dann liegen sie einander in den Armen. Sie nimmt seine gute Hand und führt sie unter ihr Kleid. Sander spürt weiche Haut, gekräuseltes Haar, Wärme.

Chiara legt den Zeigefinger an die Lippen. Sie lächelt. »Nicht jetzt«, sagt sie. »Nicht hier. Zieh dein Hemd an und geh. Komm morgen Abend zu mir.«

Chiara muss vorsichtig sein. Sie wurde nicht als Chiara geboren, aber niemand hier könnte ihren Geburtsnamen aussprechen. Niemand, der in Neapel geboren ist, kann sich vorstellen, wie die Welt ihrer Kindheit aussah. Ihre Eltern und ihre Familie, an die sie sich nur vage und in einzelnen, brennend unmittelbaren Bildern erinnert, könnten sich eine Stadt wie Neapel nicht einmal im Traum erdenken und würden sicherlich meinen, böse Dämonen hätten ihnen ein so maßloses Bild eingeflüstert.

Wo genau das Land ihrer Herkunft liegt, weiß sie selbst nicht. Irgendwo im Bergland des westlichen Afrika verbrachte sie die ersten Jahre ihres Lebens. Sklavenhändler hatten ihr Dorf überfallen und sie und einige andere Kinder verschleppt, weiterverkauft und mit endlosen Karawanen nordwärts gebracht, zuerst nach Algerien, dann durch die Wüste nach Ägypten und per Schiff zu einem sizilianischen Sklavenmarkt. Dort hatte sie – ein intelligentes Kind mit blitzenden

Augen – Glück gehabt und war nicht vom ersten schwitzenden Kerl mit Geld im Beutel besessen und bestiegen worden, sondern hatte einen guten Platz gefunden, bei einer wohlhabenden Familie. Man hatte sie Chiara genannt, der Ironie halber. Chiara war eine Art Maskottchen geworden, in orientalischen Pluderhosen. Der Herr des Hauses nahm sich ihrer an, brachte ihr Lesen und Schreiben bei, gab ihr Reitstunden und Gesangsunterricht. Sie lernte sechs Sprachen, einschließlich Latein. Sie gehörte fast zur Familie, bis sie zu alt wurde für Pluderhosen und Brüste bekam und der Hausherr begann, seine Hand erst wie zufällig auf ihren Schenkeln ruhen zu lassen und sie immer mehr zu bedrängen. Er schlug sie nicht, als sie sich weigerte, er behandelte sie nicht wie ein Pferd oder einen Esel, mit denen er machen konnte, was er wollte, aber sein Interesse kühlte merklich ab. Schließlich wurde er ihrer müde und tauschte sie mit einem Nachbarn gegen ein Paar schöne Windhunde.

Von diesem Zeitpunkt an wurden die Dinge schwieriger für sie. Im nächsten Haus, in dem sie ihr Glück versuchte, arbeitete sie in der Küche und konnte auch diesen Posten nur behalten, weil sich der Küchenchef Hoffnungen machte auf sie, bis er sie niederdrückte und ihre Röcke über ihren Kopf riss und sie sich nur im letzten Moment befreien und mit einem Messer verteidigen konnte. Nach diesem Vorfall war sie eines Tages einfach nicht vom Markt zurückgekommen. Sie floh zuerst nach Catania und fand endlich eine Überfahrt zum Festland. Als sie im Hafen von Neapel von Bord gegangen war, hatte sie keine Ahnung, was aus ihr werden sollte.

Chiara gibt vor niemandem zu, dass sie sich nie freigekauft hat, dass sie weggelaufen ist von ihrem letzten Herren und dass sie hier einfach verschwunden ist in dem Gewirr der

Gassen und unendlichen Katakomben des Spanischen Viertels. Das Viertel hat sie geschützt, und sie hat begonnen, ein Teil davon zu werden, es zu verstehen, sogar zu lieben.

Sie hätte enden können wie viele der Frauen hier, die von Zeit zu Zeit einen Liebhaber haben oder auch mehrere nebeneinander und die ein bisschen Wäsche waschen, etwas zu verkaufen haben und etwas zu erzählen, immer auf der Suche nach irgendwas oder irgendjemandem, bis die Suche nur noch ins Leere geht und die Krankheit oder der Wein sie in ein frühes Grab bringen. Aber sie hat das Glück, anders zu sein. Die Leute respektieren sie. Männer nehmen sich selten Freiheiten mit ihr heraus; und wenn sie es tun, reagiert sie ruhig und mit einer Selbstbeherrschung, die ihrem Gegenüber das Blut in den Adern gefrieren lässt.

Ihre Liebhaber hat sie sich immer selbst ausgesucht. Als sie sich einen ins Bett holte, der Mitglied von einer der mächtigen Familien war, änderte sich ihr Leben. Obwohl sie jung war, hörten die Leute auf sie. Streitigkeiten in der Nachbarschaft wurden beigelegt, Menschen kamen, um mit ihr zu sprechen, um ihren Rat zu suchen, um ihr ihr Leid zu klagen. Sie brachten etwas Reis oder einige Artischocken, eine Lammschulter oder einen Krug würzigen Wein, und bald konnte nichts mehr geschehen im Viertel, ohne dass Chiara davon wusste und ihm ihren Segen erteilte.

Aus diesen improvisierten Gaben entwickelte sich eine Armenküche mit einem Koch, der jeden Abend für die Armen der Nachbarschaft eine Mahlzeit bereitete. Das, was Chiaras Macht ist, baut auf diesem Fundament auf. Jetzt wird dieser Akt der Barmherzigkeit aus der persönlichen Geldbörse von Kardinal Guzmán bezahlt und stopft immer mehr hungrige Münder. Sie nennen ihn den Guten Kardinal, und seine Barmherzigkeit macht die Gebete für die Gesundheit des frommen Märtyrers nur noch glühender auf den Straßen, in den Hinterbänken der großen Kirchen und vor den flackernden Flammen der Straßenaltäre.

Die vielen Menschen, die Chiara mehr vertrauen als jedem Doktor der Universität, haben ganz recht, das zu tun. Ihre eigene Medizin folgt dem Verständnis eines Menschen, dessen Urteilskraft nie in die Gussform einer Lehrmeinung gegossen wurde. Die Medizin ihrer Kindheit hat mehr oder minder dunkle Erinnerungen in ihr hinterlassen. Die Sklaven Siziliens haben ihr den Umgang mit Kräutern und Magie beigebracht. Ihr erster sizilianischer Herr war ein gebildeter Mann gewesen, der mit lebenden und toten Materien experimentierte. Er hatte eine gute Sammlung von wissenschaftlichen Büchern, und er erlaubte seiner jungen Sklavin, in diesen Werken zu lesen und ihm dabei zu helfen, Experimente durchzuführen.

Inzwischen hat Chiara eine andere Quelle gefunden, die sie mit Büchern versorgt: ein Mitglied der Medizinischen Fakultät, ein scheuer Mensch, der es kaum wagen würde, sich einer Frau zu nähern. Er hat ein Arrangement mit einem Mädchen, dem Chiara einmal geholfen hat. Das Mädchen zahlt Chiara aus eigener Tasche. Der Doktor bringt dafür gedruckte Werke aus der Bibliothek, medizinische Folianten, Handbücher und Pamphlete aus ganz Europa, die Chiara für einige Tage studieren kann, bevor er sie wieder zurückbringen muss.

In diesen Werken liest Chiara über neue Experimente, über die Lebensenergie und die chemischen Elemente, über Magneten und die Heilpflanzen fremder Völker. So hat sie auch das Opium entdeckt und das Quecksilber, das die Symptome der französischen Krankheit für einige Zeit zurückdrängen kann, bis der Patient nur noch die Wahl zwischen Krankheit und Vergiftung hat.

Chiara weiß, dass sie vorsichtig sein muss. Sie ist nichts als eine geflohene Sklavin. Wenn es dem Kardinal schlecht geht, kann es auch ihr bald schlecht gehen, und wenn sie eine offene Liebschaft mit einem anderen Fremden eingeht, werden nicht alle das verstehen. Sie aber mag Sander, sie will ihn. Vielleicht liebt sie ihn sogar. Er hat etwas Zerbrochenes an sich, eine Kraft, die ganz nach innen gerichtet ist, auf das eigene Überleben. Sie kennt diese Kraft. Sie sind einander eng verwandt.

XXIII

MUTTER OBERIN

Eine Faust hämmert gegen die Tür. Livia ist misstrauisch. So klopft kein geiler Kunde. So klopft die Polizei oder ein Schuldeneintreiber. Die Mädchen, die auf Kundschaft warten, sehen einander unsicher an.

»Keine bewegt sich vom Fleck!«, zischt Livia sie an, denn die alte Bordellbesitzerin will nicht alleine dastehen, wenn sie die Tür öffnet.

Ein junger Mann steht vor der Tür, schmächtig, wie ein Junge fast, mit auffallend blondem Haar. Noch bevor sie sich selbst fragen kann, ob dieser Knabe von seinem Vater geschickt wird, um sein erstes Mal mit einer erfahrenen Frau zu erleben, drängt sich ein zweiter Mann durch die Tür. Dieses Gesicht kennt sie. Es ist der Maler, der ihr das kleine Ding abgekauft hat, wenn sie auch nicht begreift, was er von ihr will. Diese Maddalena ist wertlos, nicht eingeritten, ängstlich und weinerlich. Nicht alle Kunden mögen das.

Der Mann drängt sich durch die Tür, packt sie bei der Gurgel und drückt sie gegen die Wand. Er hält einen Dolch in der anderen Hand.

»Wo ist sie?«, fragt er, das Gesicht ganz nah an ihrem,

sodass sie seinen Atem riechen kann. Er muss etwas mit der Kirche zu tun haben, denn der penetrante Geruch nach Weihrauch hängt in seinen Kleidern.

»Mädchen!«, ruft sie. »Rennt raus und holt Hilfe! Sofort!« Aber keine der jungen Frauen um sie herum rührt sich. Sie stehen nur da und sehen zu, ihre schwarz umrandeten Augen machen ihre Blicke noch dramatischer, die roten Lippen sind wie waagrecht in ihr Gesicht geschnitten.

Sander sieht die Frau an, mit der er den Handel abgeschlossen hat. Sie weiß die Antwort, ist er sich sicher.

»Wo ist sie? Sag es mir!« Seine Stimme ist ganz leise geworden. Es ist fast still im Raum.

Sander hält seinen Dolch an den faltigen Hals der Bordellbesitzerin. Er ist bereit zuzustechen, wenn er nicht erfährt, was er erfahren muss.

Einige Stunden zuvor ist Chiara in seine Werkstatt gekommen, blass und aus einer Platzwunde an der Stirn blutend. In der Werkstatt war es geschäftig wie immer, und zuerst hat er ihre schlanke Figur gar nicht richtig bemerkt, aber dann sah er sie plötzlich vor sich, sah das Elend und die Furcht in ihrem Gesicht, als sie sagte:

»Es ist Maddalena! Sie haben Maddalena entführt!«

»Wer? Was ist passiert?«

Ein Geselle brachte ihr einen Stuhl. Ein anderer lief, einen Krug Wasser zu holen, damit sie sich waschen konnte, und Wein. Chiara setzte sich, nahm einen Schluck Wasser. Sie schien kleiner als sonst.

»Ich hatte sie mitgenommen auf den Markt«, begann sie, »wie wir es manchmal tun. Ich habe Fisch ausgewählt und sie einen Moment lang aus den Augen verloren, und plötzlich war sie weg. Niemand schien sie gesehen zu haben, sie schien einfach wie vom Erdboden verschluckt, und dann hörte ich plötzlich diesen Schrei, und ich sah sie, wie sie weggezerrt und weggetragen wurde von zwei Männern, kaum zwanzig Schritte entfernt. Ich bin ihnen hinterhergelaufen durch die Menschenmenge, und natürlich kam ich schneller voran als sie und habe sie auch eingeholt, aber da hat einer von ihnen mir einen schweren Gehstock über den Kopf gezogen, und ich bin ohnmächtig geworden. Als ich wieder zu mir kam, war eine Menschenmenge um mich herum, und jemand hat mir geholfen, aber Maddalena war spurlos verschwunden. Niemand wollte gesehen haben, wohin sie gezerrt wurde.«

Sander hat keinen Moment gezögert, als er das hörte. Er hat seinen Dolch aus der Lade genommen und Hugo zu sich gerufen, und sie haben sich auf den Weg gemacht zu dem Hurenhaus, in dem er einst Maddalena auflas.

»Wo ist sie?«, fragt Sander noch einmal und drückt die Klinge an Livias Kehle.

»Wo ist wer?«, fragt die Alte, die trotz der eisernen Hand um ihren Hals ihre Fassung zurückgewonnen hat. Sie hat Schlimmeres erlebt, und dieser Eindringling ist keiner von denen, die Frauen zum Vergnügen zusammenschlagen.

»Was redest du eigentlich, hier hereinzukommen und rumzubrüllen. Bist du besoffen? Zu dieser Stunde schon?«

»Du weißt sehr gut, über wen ich spreche!«, fährt Sander auf. »Über Maddalena! Das kleine Mädchen, das ihr entführt habt! Wo habt ihr sie hingebracht?«

»Ich habe keine Ahnung, wovon du redest«, sagt sie teilnahmslos, dann boshafter: »Und jetzt mach, dass du wegkommst. Du verjagst mir die Kundschaft!«

Sander sieht, dass sie zittert, aber sie bietet ihm die Stirn. Er bewundert ihren Mut, aber er ist bereit, sie umzubringen, wenn nötig. Er tritt noch näher an Livia heran. Sie hebt die Hände, wie um sich zu verteidigen, aber sie spürt die Klinge an ihrer Kehle.

»Ich habe einen Krieg überlebt«, sagt Sander. »Ich habe gesehen, wie Menschen schreckliche Dinge tun. Ich selbst habe schreckliche Dinge getan. Du bist mir gleichgültig wie ein Stück Dreck. Mir ist egal, ob du lebst oder stirbst, aber das Mädchen, das will ich haben, und ich werde auch dir schreckliche Dinge antun, wenn ich muss. Jetzt sag es mir: Wo ist sie?«

»Ich weiß es nicht! Und selbst wenn ich's wüsste, würde ich es dir nicht sagen!«

»Was ist dein Preis?«

Die Alte sieht ihm direkt ins Auge. Es hat keinen Sinn zu leugnen.

»Kein Preis ist hoch genug!« Sie fixiert ihn aus schwarz umrandeten Augen. »Wenn die hierherkommen, von denen ich das Mädchen hatte, die sind schlimmer als du! Denen macht es Spaß. Du kannst mir nichts tun, was die nicht übertreffen werden.«

»Wer sind diese Leute?«

»Nichts bekommst du aus mir heraus!«, schreit Livia, wirft sich mit aller Macht gegen Sander und eilt dann auf die Tür zu. Hugo stellt ihr ein Bein, und sie fällt zu Boden, er stürzt sich auf sie, kniet auf ihrem Brustkorb und beginnt, sie ins Gesicht zu schlagen.

»Lass das!«, ruft Sander und zerrt seinen Bruder von der Frau. Dann kniet er selbst sich neben sie. Einen Moment lang ist sie starr vor Angst, und die Spitze seines Messers berührt ihren Nasenflügel. Er setzt sein Knie auf ihre Brust.

»Wo ist sie?«, fragt Sander mit leiser Stimme. »Wo?«

Die Signora schweigt, die Huren stehen noch immer um sie herum, Hugo steht über ihr, einen Knüppel in der Hand, bereit, sich jedem Angreifer in den Weg zu werfen.

Die Spitze von Sanders Messer bewegt sich vom Gesicht der Signora zu ihrer Kehle und beginnt langsam, sich in ihre Haut zu drücken, in sie einzudringen.

»Ihr Narren! Euch so aufzuführen, obwohl ihr schon zu spät seid!«, sagt Livia. Sie bewegt ihren Mund kaum, damit die Klinge sie nicht noch mehr verletzt.

»Was meinst du? Was ist passiert? Was weißt du?«

»Sie ist so gut wie weg. Schon bei Morgengrauen ist sie auf dem Weg nach Rom. Mehr sage ich nicht, und wenn du mich umbringst!«

Sie spuckt ihn an. Sander lässt sein Messer sinken.

»Wo?«

»Woher soll ich das wissen?«

Sander wischt sich die Spucke aus dem Gesicht.

»Du bist mir gleichgültig«, sagt er noch mal, »du und dein widerlicher kleiner Handel. Aber ich werde dich anzeigen und werde Zeugen bezahlen, und du wirst öffentlich gebrandmarkt werden und wirst zur Zwangsarbeit geschickt oder im Kerker verfaulen, sofern du nicht gleich auf den Scheiterhaufen kommst. Du wirst nicht lange überleben, aber die Zeit, die du lebst, wird fürchterlich sein. Demütigung, Schmerzen, Hunger, Schläge. Ich arbeite für einen mächtigen Mann. Ich werde dich persönlich hinter Gitter bringen. Und wenn ich dich nicht wegen Hurerei oder wegen Sklavenhandel kriege, dann wirst du als Hexe brennen.«

Einen Augenblick lang schweigt die Frau. Dann sagt sie:

»Wie man mir sagt, gehen im Kloster San Francesco delle

Cappuccinelle viele junge Frauen ein und aus. Niemand fragt nach ihrem Namen. Es ist eine fromme Stiftung. Die guten Schwestern kümmern sich um ledige Mütter ...«

Sander erhebt sich, richtet seinen Blick auf die Spitze seines Messers.

»Wenn du lügst«, sagt er, »werde ich wiederkommen.«

»Ich habe nichts gesagt!«

»Natürlich nicht.«

Livia richtet sich auf, ihre Hände glätten den Rock. »Ich will, dass du jetzt verschwindest!«

»Komm«, sagt Sander. »Wir haben, was wir brauchen.«

Die beiden Brüder verlassen das Hurenhaus. Drinnen hat sich die Signora halb erhoben, kniet auf dem Boden und zögert, reglos verharrt sie eine Ewigkeit lang, um sie herum die jungen Frauen, die an der Wand stehen oder auf dem Boden kauern und es vermeiden, sie anzusehen.

Eine Soutane findet sich schnell im Palazzo des Kardinals. Mit seinem strengen, kurzen Haar wirkt Sander darin wie zahllose andere Priester auch in dieser Stadt der Klöster und der Kirchen.

San Francesco delle Cappuccinelle ist ein Institut für ledige Mütter, für gefallene Mädchen also, arme Sünderinnen.

»Es wäre tatsächlich der ideale Ort, um sie zu verstecken«, murmelt Sander zu Hugo, als sie mit großen Schritten auf das Nonnenkloster zueilen. »Aber es bedeutet auch, dass wir einen mächtigen Feind haben. Wer hier am helllichten Tag ein Mädchen entführen und in einem Kloster verstecken kann, der muss Rückendeckung haben, Verbindungen. Das sind keine kleinen Gauner, mit denen wir es hier zu tun haben.«

Sander hat seinen Dolch dabei, der heute schon einmal Menschenblut geleckt hat, wenn auch nur einen Tropfen. »Wir müssen auf alles vorbereitet sein«, flüstert Sander, und Hugo nickt. Er weiß, dass sein Bruder dies tun muss, dass er sonst nicht geheilt werden kann, und er will, dass dieses Vorhaben gelingt und dass Sander die tiefen Schatten abschütteln kann, die über ihm brüten und sich immer mehr zusammenziehen. Er wird alles tun, auch wenn sie keinen Plan haben, alles aus dem Stegreif entwickeln müssen, wie die Schauspieler auf der Bühne auf der Piazza Navona.

Das große Tor zum Konvent steht offen. Drinnen herrscht unterdrückte Unruhe, eine Stille, die gelegentlich von gedämpftem Sprechen unterbrochen wird, von Holzsohlen auf Steinfliesen. Sander bittet die erste Nonne, die er trifft, ihn zur Mutter Oberin zu bringen. Sie sieht ihn kurz an.

»Wen darf ich melden?«

»Pater Alessandro Orsini«, sagt er, mit demütig gesenktem Blick. »Sie erwartet mich.«

Die Mutter Oberin kann sich nicht erinnern, einen Termin gemacht zu haben, aber ihr Gedächtnis ist nicht mehr das, was es einmal war. Es ist ihr unangenehm, dem Pater solche Umstände zu machen. Sie ist eine harte Frau, aber sie kennt ihren Platz in der Hackordnung: unter dem eines Priesters und – seiner Soutane nach zu urteilen – Mitglied des ehrwürdigen Ordens der Oratorier aus Rom, der hierhergekommen ist, um ein Mädchen in seine Obhut zu nehmen, eine gewisse Maddalena, die ihr gerade erst anvertraut worden ist.

»Dabei wurde sie erst vor Kurzem von Seiner Hochwürden selbst gebracht, mit strikten Anweisungen, sie bis morgen hierzubehalten und keinen Besucher vorzulassen, niemanden!«, wundert sich die Oberin. »Seid Ihr sicher, dass er Euch geschickt hat?«

»Aber Mutter Oberin, wie würde ich sonst wissen, dass die Kleine hier ist?«

»Er ist kein Mensch, mit dem man es sich gerne verdirbt!«

»Wen meint Ihr?«, fragt der fremde Priester mit einem Lächeln.

»Na, Hochwürden! Seid Ihr nicht meiner Meinung?«

»Doch, ohne Zweifel. Kein Mensch, mit dem man es sich gerne verdirbt.«

»Aber Ihr kennt ihn ja«, redet die Oberin weiter. »Schwester!«

»Ja, Mutter Oberin?«, fragt eine verhärmte Novizin, die hinter einem Vorhang erscheint, lautlos wie ein Geist.

»Bring mir die Kleine, die Hochwürden gestern in unsere Obhut gegeben hat.«

»Hochwürden?«

»Bring sie mir! Hat sie Gepäck?«

»Nein, sie hat nichts bei sich.«

»Dann bringe sie mir so, wie sie ist.«

»Sofort, Mutter Oberin.« Die Novizin verschwindet so lautlos, wie sie gekommen ist.

Die Mutter Oberin ist müde. Heute ist ein fürchterlicher Tag – überall Lärm und Streitereien, dauernde Geschäftigkeit. Sie hat die Angewohnheit, sich nach der Morgenandacht noch einmal hinzulegen, aber heute ist ihr das nicht gelungen, auch wegen der Kleinen, die Hochwürden gebracht hat. Er hat den Auftrag gegeben, sie in einem abgeschlossenen Zimmer zu bewahren und sie nicht aus den Augen zu lassen. Stundenlang hat ihr Zetern und Schreien der Oberin die Ruhe geraubt.

Sie konnte Hochwürden noch nie einen Wunsch ausschlagen,

er kümmert sich so wohltätig um die Bedürftigsten, und er hat ein Lächeln, das ihr Angst macht. Immer wieder schickt er Geschenke an dieses Kloster: ein Fässchen eingelegte Sardinen, einen Sack Mehl oder einen Ballen soliden Wollstoff für ihren Habit. Hochwürden ist ein guter Mensch, sie muss ihn unterstützen. Gerade jetzt aber wünscht sich die Mutter Oberin, dass sein Freund, der da vor ihr sitzt und ab und zu belanglose Bemerkungen macht, sich nicht weiter um sie kümmern würde, damit sie zumindest ein bisschen einnicken könnte, ohne Verdacht zu erregen, einige Augenblicke nur. Sie nähert sich ihrem achtzigsten Geburtstag, es fällt ihr schwer zu verstehen, was dieser Mann Gottes sagt in seinem seltsamen Akzent.

Sie muss tatsächlich kurz eingenickt sein, denn plötzlich steht das Mädchen vor ihr, bleich und still. Es sieht sie mit großen Augen an, und sie sagt zu ihr, was sie den meisten Mädchen sagt, über Sünde und Fleischeslust und Höllenfeuer und Vergebung und die Fürsprache der Jungfrau Maria. Dann legt sie der Kleinen – ihren Namen hat sie vergessen – die Hand im Segen auf den Kopf, und Vater Alessandro übernimmt das Kind in seine Fürsorge und zieht sich zurück. Sie muss Hochwürden danken, dass er sie so schnell wieder zu sich genommen hat, das Kloster hat schon genug arme Seelen, an deren Füßen die Höllenflammen lecken. Sie wird ihm schreiben, einen kurzen Brief, aber später, nicht jetzt. Erst muss sie sich ausruhen, nur einen Augenblick.

Bevor sie eine Kutsche nehmen können, müssen Sander, Hugo und Maddalena sich beeilen in den engen Straßen der inneren Stadt. Maddalena ist erschöpft von so viel Angst und so viel Einsamkeit, eingesperrt in einer Klosterzelle, und nach einer Weile nimmt Sander sie auf den Arm und trägt sie, damit sie schneller vorankommen. Es kann nicht lange dauern, bis man im Kloster den Betrug bemerkt, denn der, den sie Hochwürden nennen, Sanders Widersacher – wer immer er auch sein mag – ist offensichtlich gut unterrichtet. Sander hält Maddalenas Kopf, während er eilig weitergeht. Er fühlt ihre weiche Wange gegen seine Bartstoppeln, ihr Haar, ihre kleinen Hände in seinem Nacken, ihre Beine, die sich an ihn klammern. Er wird sie beschützen. Nichts Schlimmes wird ihr widerfahren. Niemals.

Bei Chiara können sie nicht wieder wohnen. Dort werden seine Feinde als Erstes suchen. Sander kritzelt zwei Zeilen auf ein Stück Papier und schickt Hugo zu ihr. Er selbst geht zum Palazzo von Don Pedro. Auch da ist sie nicht lange sicher, aber er kann sie zumindest verstecken, bis er weiß, was er als Nächstes tun soll. Ein Kind fällt auf in dem Haushalt eines Kardinals. Niemand darf sie zu Gesicht kriegen.

Gleich am Tor wendet sich Sander an den Pförtner, den alten Ercole, der zahnlos und würdevoll das Kommen und Gehen beobachtet.

»Ercole! Mein Lieber! Darf ich dir die Kleine anvertrauen?«

Der Pförtner sieht Maddalena an.

»Sie hat viel hinter sich«, sagt Sander. »Ich erzähle es dir ein andermal. Wichtig ist jetzt, dass sie irgendwo bleiben kann, wo sie niemand findet, der sie nicht finden soll.«

»Hier entlang!«, sagt Ercole und führt Sander in die Portiersloge neben dem Tor.

»Hier kannst du bleiben, hier bist du sicher«, sagt er zu dem Kind. »Niemand schaut jemals hier herein, niemand außer mir betritt diesen Ort. Hier ist sie wie aus der Welt gefallen.«

»Das ist gerade richtig. Kümmere dich um sie. Sie ist in Gefahr! Brutale, skrupellose Männer sind hinter ihr her.«
Sander sieht die Kleine an. »Und Hunger hat sie auch«, murmelt er, »und müde ist sie, todmüde.«

Ercole, der früher einmal Matrose in der Kriegsmarine gewesen war und bei der Schlacht von Lepanto mitgekämpft hat, hat keine Angst vor Angreifern. Er ist alt und nicht mehr so stark wie früher, aber seine größte Furcht ist es, allein und elend in seinem Bett zu sterben.

»Und mit wem lege ich mich da an?«

»Mit Verbrechern von der schlimmsten Sorte. Mit Halsabschneidern, Kinderhändlern und Hurentreibern. Sie werden dir liebend gerne die Arme brechen, wenn sie herausfinden, dass sie hier ist.«

»Sollen sie nur kommen! Ich bin bereit. Der alte Ercole wird sie überraschen!«

»Ich danke dir, Bruder!«, sagt Sander. »Ich muss jetzt gehen, für eine Stunde nur. Ich muss eine Kutsche organisieren und eine Unterkunft.«

»Wo soll sie denn hin?«

»Das ist es eben! Sie kann nicht in der Stadt bleiben, und sie kann nicht in ihr Dorf zurück. Wer einmal verkauft ist, ist wie tot. Ich muss etwas anderes für sie finden.«

»Kannst du zahlen, oder soll sie arbeiten?«

»Ich zahle.«

»Dann wüsste ich vielleicht was. Mein Bruder würde sie nehmen.«

»Dein Bruder?«

»Giovanni. Er lebt mit seiner Frau in einer alten Mühle nördlich der Stadt, bei den Phlegräischen Feldern. Seine Mühle macht ihn nicht glücklich. Er hat sie geerbt, aber die

Herrschaften haben den Bach umgeleitet, um Felder zu bewässern, und jetzt steht seine Mühle still. Was macht man mit einer stillgelegten Mühle? Ist das überhaupt noch eine Mühle? Er hat nicht viel Geld, aber ein gutes Herz. Und da, wo er wohnt, da kommt niemand hin, nicht einmal der Bach. Es gibt ein Dorf in der Nähe, aber sonst nichts.«

»Wie weit ist das?«

»Vielleicht zwei Stunden zu Pferd ...«

»Ich werde gleich mit ihr dort hinreiten!«

»Richte ihm einen Gruß von seinem Bruder Ercole aus. Er wird dich willkommen heißen.«

Eine Stunde später sitzt Sander im Sattel, Maddalena direkt vor ihm, den Kopf von einer großen Kappe bedeckt, fast völlig in Sanders Umhang eingehüllt. Sie ist aufgeregt. Sie hat noch nie auf einem Pferd gesessen, und jetzt reiten sie durch die Straßen und aus der Stadt.

Sie reiten nach Norden. Ercole hat den Weg beschrieben. Unter dem Saum von Sanders schwarzem Umhang lugt die Spitze seines Degens hervor. Der Griff der langen Pistole, die in Sanders Gürtel steckt, drückt Maddalena unbequem in den Rücken.

»Wie hast du gewusst, dass du so tun musstest, als würdest du mich nicht erkennen, bei den Nonnen?«, fragt er das Mädchen, als sie endlich aus der Stadt heraus sind.

»Ach, Onkel Sandro, gleich als ich dich in diesen komischen Kleidern gesehen habe, wusste ich, dass wir Theater spielen müssen!«

»Das hast du gut gemacht.«

»Und jetzt müssen wir kein Theater mehr spielen?«

»Nein, jetzt nicht mehr. Ich bringe dich zu guten Leuten. Die werden dich aufnehmen und schauen, dass du sicher bist.«

»Und in dem Haus gibt es genug zu essen?«

»Ja, genug zu essen, bis du so dick wirst wie ein Ball!«

»Und der alte Giovanni und seine Frau?«

»Sind gute Leute, die sich um dich kümmern werden.«

»Und ich darf eine Katze haben?«

»So viele du willst!«

»Und du wirst mich besuchen kommen?«

»So oft ich kann!«

»O Onkel Sandro«, sie blickt ihn an mit großen, glitzernden Augen, »ich freue mich schon drauf!« Die Kapuze, die er ihr in der Stadt gekauft hatte, rutschte, hinunter.

Es rührt Sander, das Kind so zu sehen, das Gesicht konzentriert und in sich selbst gekehrt, das Haar kaum gebändigt zu einem Knoten, den sie im Nacken trägt.

»Und du, Onkel?«

»Ich werde bald wiederkommen.«

»Dann ist es gut«, sagt sie und gähnt. Sander reitet langsam. Er will kein Aufsehen erregen. Der ruhige Schritt der Stute wiegt sie in den Schlaf.

XXIV

DER GUTE KARDINAL

Kardinal Don Pedro de Guzmán, der nach Wochen der radikalsten Enthaltsamkeit, des Fastens und Betens wieder in der Öffentlichkeit erscheint, ist ein anderer als der, den Neapel kennengelernt hatte. Der Tribut, den seine Selbstkasteiungen gefordert haben, ist ihm deutlich anzusehen. Seine Eminenz geht gebückter, seine Haut ist ledern und das Gesicht geschminkt, mit Rouge auf den Wangen, schwarz nachgezogenen Augenbrauen und einem leicht gefärbten, schütteren Bart. Fast alle Haare sind ihm ausgefallen. Ein leichter Geruch nach getrocknetem Urin und fetter Schminke umgibt ihn, und er hat erheblich an Gewicht verloren. In seinen offiziellen Roben wirkt er verloren.

Noch immer treffen sich Anhänger, um für ihn zu beten, bei den seltenen Gelegenheiten, bei denen er selbst die Messe zelebriert, ist die Kirche zum Bersten voll: Die Menschen stehen bis auf die Straße hinaus, und wenn er vorbeigeht, versuchen sie, den Saum seiner Soutane oder seines Ärmels zu küssen oder sogar eine Berührung zu erhaschen. Dem Kardinal, der menschliche Nähe von klein auf gemieden hat, ist diese Aufdringlichkeit zuwider, aber sie lässt sich nicht vermeiden, nicht hier, wo der Glaube aus uralten, dunklen Quellen sprudelt und sich ganz eigene Wege bahnt. Immerhin verleiht ihm diese Verehrung eine Macht, die er zu schätzen und zu nutzen weiß.

Obwohl geschwächt, ist Don Pedro voller Tatendrang, und er stellt fest, dass Maestro Sandro während seiner Abwesenheit gute Arbeit geleistet hat. Mehrere Priester in den Armenvierteln, die als besonders korrupt bekannt sind und nicht einmal die Messe lesen oder die einfachsten Fragen über den heiligen Glauben beantworten können, sind von ihren aktiven Ämtern entbunden und in Klöster oder ländliche Gemeinden versetzt worden. Don Pedro hat die betreffenden Dekrete unterzeichnet, aber die ausführende Hand dahinter war der Maler, der auch ein geschickter Politiker zu sein scheint. Das Erstaunliche aber ist: Das Volk, die Menschen auf den Straßen des Spanischen Viertels, die sonst wegen allem drohen, in Rebellionen auszubrechen und sich wie eine Flutwelle der Wut durch die engen Straßen zu wälzen, scheint das Durchgreifen zu begrüßen. Man nennt Don Pedro den Retter der Armen, weil unter seiner Führung ihre Straßen sicherer werden und die Priester sich wieder um heilige Dinge kümmern und nicht nur um Schmuggelware und Hehlerei.

Zurück in seinem Arbeitszimmer und sicher vor den grapschenden schmutzigen Händen der Menge, lässt sich Don Pedro erschöpft in seinen Arbeitssessel fallen. Er braucht dringend Ruhe, hat aber noch Korrespondenz zu erledigen, und Don Alfonso ist noch nicht da. Also beginnt er selbst, die Siegel zu brechen und die Briefe zu studieren. Der erste Brief kommt aus Rom und trägt das Siegel des Vatikans. Es ist die Ankündigung eines Besuches.

Die Arbeit des Kardinals stößt in Rom auf Argwohn. Schon seit Wochen gehen Briefe hin und her zwischen Seiner Eminenz und dem päpstlichen Privatsekretär Kardinal Della Valle, der sich entschlossen hat, als seinen Vertrauten Pater Bonifazio nach Neapel zu entsenden und zu erkunden, warum so viel Aufruhr zu herrschen scheint in den Gemeinden des Südens. So schreibt Della Valle in seinem Brief im Namen Seiner Heiligkeit und mit Grüßen und Segenswünschen. Was er nicht schreibt, ist, dass so viel Übereifer nicht gern gesehen wird in Rom. Das Letzte, was man in Zeiten der reformatorischen Aufstände und der Glaubenskriege brauchen kann, sind Unruhen und Spaltungen innerhalb der Kirche. Solche Umtriebe müssen mit aller Macht verhindert werden. Die Spanier sind berüchtigt dafür, ihre Pech-und-Schwefel-Lesart der Evangelien anderen Ländern aufzuzwingen. Vielleicht sind beschwichtigende, klärende Worte nötig. Pater Bonifazio ist auf dem Weg und wird einen Tag nach dem Brief eintreffen.

Don Pedro denkt voller Verachtung an den fetten Priester und seinen genusssüchtigen Dienstherrn, der offensichtlich an gar nichts glaubt und in der Kirche lebt wie die Made im Speck. Er muss viel Geld von seiner Familie haben, denn seine Feste sind legendär, und was seine Beziehung zum Pater betrifft, so kursieren die ekelhaftesten und unchristlichsten Gerüchte über die beiden.

Längst schon lodert das Fegefeuer in Don Pedros Seele und hat vieles verzehrt, wofür er einmal brannte. Als er jung war und kräftig, wollte er die Welt erobern, mit dem Schwert in der einen Hand und mit dem Kreuz in der anderen. Bis nach Übersee haben ihn seine Reisen geführt, und sein Eifer war so groß, dass er nicht die Zeit gefunden hat, sich eine

Frau zu nehmen und eine Familie zu gründen, aber dann wurde er zurückbeordert. Ein großer Name verlangt von denen, die ihn tragen, dass sie sich höheren Belangen unterordnen, und Guzmán ist ein großer Name.

Als Don Pedros Schläfen anfingen, sich grau zu färben, war aus dem Krieger des Herrn ein Rechtsgelehrter geworden. Er war niemals brillant gewesen in seiner akademischen Arbeit. Hinter seinem Rücken lachten die Kollegen über ihn, beklagten sich darüber, dass die Sprosse großer Familien immer in die besten Posten gehievt wurden, und sahen zu, wie er vom Rechtsprofessor zum Inquisitor von Salamanca avancierte und von da direkt in das Kardinalsamt. Tatsächlich war er eine hervorragende Wahl. Er ist keine große Autorität im Kirchenrecht, und er hat die Kirchenväter nicht im Original studiert, aber sein Alter und seine immer wieder aufflammende Krankheit haben ihn bekehrt. Er weiß jetzt, dass er ein Narr gewesen ist, den wahren Glauben in fremden Ländern zu propagieren, wenn er doch direkt vor seiner Haustür kaum vorhanden ist, und wenn, dann als bloßes Theater ohne Inhalt und Sinn, ohne Erfüllung.

Ein Geschmack nach Erbrochenem steigt ihm in den Mund, als er an seine Zeit in Rom zurückdenkt, an diesen Ort, an dem es zuging wie in Sodom und Gomorrha, mit nächtelangen Gelagen und Lustknaben und Erscheinungen der zweifelhaftesten Sorte.

Am Jüngsten Tag werden alle sich zu verantworten haben, denkt er, aber einstweilen muss er diesen Menschen bei sich begrüßen und sich Antworten auf seine impertinenten Fragen überlegen. Er schätzt diese römische Einmischung nicht. Dies ist spanisches, habsburgisches Territorium, da hat ein Kardinal aus Rom sich nicht einzumischen, auch wenn er der persönliche Sekretär Seiner Heiligkeit ist. Auf jedem Konklave entbrennt dieses Problem von Neuem. Rom will überall seine Finger drin haben, Rom fordert von überallher unbedingten Gehorsam und Geld für Kirchen und für Kunst ein, aber noch viel mehr für Kriege und Gelage und einen Katalog von apokalyptischen Sünden, die schlimmer sind als alles, was die Protestanten in ihrer Propaganda erahnen und erlügen.

Don Pedro ist sterbensmüde. Verdammte Krankheit. Er klingelt nach seinem Diener, befiehlt ihm, ihn umzukleiden, raus aus den schweren Roben, die bei dieser Hitze eine infernale Strafe sind und die schon nach wenigen Tagen einen Geruch annehmen, der sich mit keinem Puder mehr verbergen lässt.

Es ist dunkel in seinem Studierzimmer. Die hölzernen Fensterläden sind geschlossen, nur durch einige Ritzen dringen Schäfte von hellem Tageslicht. Der Kardinal trägt jetzt eine einfache Soutane und hat sich sogar erlaubt, die obersten Knöpfe nicht zu schließen. Er geht in das Zimmer neben dem Studierzimmer, in dem er schläft. Das offizielle Schlafzimmer des Palazzos ist ein riesiger Raum, erstickend im Sommer und unbeheizbar im Winter, ganz für öffentliche Zurschaustellung gedacht. Vorbesitzer und Bauherr dieses Gebäudes war eine adelige Familie, die während des letzten Pestausbruchs alle Mitglieder ihres neapolitanischen Zweigs verloren und den Palazzo der heiligen Kirche vermacht hatte.

Der Kardinal zieht es vor, in dem kleinen Raum neben seinem Studierzimmer zu schlafen. Hier steht auch sein Waschtisch. Er beginnt, sich mit einem Schwamm die Schminke aus dem Gesicht zu waschen, und trocknet sich mit einem Leinentuch ab. Seine Haut ist gelblich grau.

Ich sehe jetzt schon aus wie die Statuen, die die Neapolitaner von mir machen werden, denkt er sich und lächelt bitter.

In dem Moment, da der Kardinal sich im Spiegel betrachtet, sieht auch Sander konzentriert auf ein Gesicht. Erst vor drei Tagen hat er Maddalena in der Mühle besucht, hat Geld und Würste und etwas Käse mitgebracht und süßes Gebäck, das Maddalena mit fröhlicher Gier verschlungen hatte, auf der Türschwelle sitzend, die nackten Füße auf den sonnenwarmen Steinboden gepflanzt.

»Nimm deinen Strohhut ab, mein Schatz!«

»Warum denn, Onkel Sandro, die Sonne scheint doch!«

»Mach es mir zuliebe. Ich möchte dich zeichnen.«

»Also gut!«, sagt sie und nimmt mit theatralischer Geste ihren Hut vom Kopf. Sander lächelt. Sie wendet sich wieder ihrem Geschenk zu.

Während sie ganz versunken in die Aromen von Mandeln und kandierten Früchten dasitzt, beginnt Sander, sie zu zeichnen, mit großen Augenlidern und einer feinen Nase, das Haar vom Spielen gelockert und wie ein Kranz in der Sonne, die ihr auf den Kopf scheint.

Die Mühle ist ein unscheinbares Anwesen, umgeben von großen Bäumen, nichts weiter als ein zweistöckiges Haupthaus im Stil der hiesigen Bauernhöfe und mit einer kleinen Arkade, die es über einen kleinen Innenhof mit einem kleineren Nebenhaus verbindet, in dem der Stall untergebracht ist. Der Bach, der das Mühlrad einmal angetrieben hat, ist umgeleitet, das Mühlrad hinter dem Haus steht still und knackt in der Wärme der Sonne.

Das Gebäude liegt allein über einem Weingarten, der sich einen Hügel hinab erstreckt und genau die richtige Größe hat, um von zwei Menschen bewirtschaftet und geerntet zu werden, wenn sich keine Wanderarbeiter für die Ernte finden lassen. Jenseits des Weingartens erhebt sich ein Hügel; und dahinter schimmert wie ein fernes Versprechen das Meer. Das Haus selbst ist alles andere als luxuriös. Im Untergeschoss eine große Küche und zwei Wirtschaftsräume, in denen die Reste des Mahlwerks noch zu sehen sind, im ersten Stock ein großer, leer stehender Raum, denn der alte Giovanni und seine Frau ziehen es vor, in einer kleinen Wohnung dicht beim Stall zu schlafen, wo es im Sommer nicht zu heiß wird.

Sander mag diesen großen Raum. Er muss lächeln über die unbeholfen gemalten kugeligen Trauben und Blätter, die sich entlang der Gesimse ranken. Ein großer Kamin mit marmornen Sphinxen, ein seltsamer Exilant aus der Großstadt in dieser ländlichen Umgebung, erzählt von der Ambition ferner Vorbesitzer. Drei Schlafzimmer gehen von diesem zentralen Saal ab.

Hier wird die kleine Maddalena die nächsten Jahre verbringen, weit, weit weg von den Straßen der menschenfressenden Stadt. Sie wird Kinder zum Spielen finden im Dorf, wo es seit Kurzem sogar eine Schule gibt, die jedoch nur die reicheren Kinder besuchen können. Immerhin wird für Maddalena gesorgt sein. Er wird sie besuchen, wann immer seine Verpflichtungen in der Werkstatt oder im Palazzo dies erlauben.

Für den Rest der Zeit hat er einen guten Vertrauten in dem alten Giovanni, der viele Jahre lang Kutschen gebaut hatte, bis ihm eine Kutsche über den Fuß rollte. Sein Bein entzündete sich, Wundbrand, und musste unter dem Knie abgenommen werden. Die Mühle, die er geerbt hat, ist sein letzter Rückzugsort. Gemeinsam mit seiner Frau bewirtschaftet er die Weingärten und einige Gemüsefelder, hält zwei Schweine, drei Ziegen und eine rasch wechselnde Zahl an Hühnern.

Das Leben hier ist einfach und ruhig. Sander liebt diesen Frieden, in dem er sich selbst atmen hören kann. Hier kann er zeichnen, lesen, im Gemüsegarten arbeiten und dabei die Zeit vergessen. Hier fühlt er sich zu Hause.

Schon bald schließt Sander einen Handel mit Giovanni ab. Er mietet das gesamte Haupthaus, unten als Werkstatt und oben als Wohnung. Die alten Leute wohnen mit Maddalena neben dem Stall, direkt am Eingang zum Hof. Dort haben sie Platz. Sander aber hat noch eine Bitte. Er will den Gemüsegarten direkt hinter dem Haus neu anlegen und mit Heilkräutern bepflanzen. Giovanni ist alles recht, solange die Miete gezahlt wird. Sander zahlt für ein Jahr im Voraus.

Im Hauptraum im ersten Stock beherbergt Sander sein kostbarstes Besitztum. Er steht lange wortlos davor, nachdem zwei Knechte aus dem Dorf das Gemälde zusammen mit Möbelstücken und einigen Büchern auf einem Ochsenkarren aus der Stadt gebracht haben. Sie hängen es nach seinen Anweisungen an die Wand gegenüber dem Kamin. Es ist viel zu groß für diesen Raum; es wurde für ein anderes Leben gemalt und sollte ursprünglich eine ganze Kirche dominieren. Pietà – das Mitgefühl.

Inzwischen hat Maddalena ihre Süßigkeiten verzehrt. Sander bemüht sich noch immer, den Ausdruck ihrer Gesichtszüge auf das Papier zu bannen, aber sie ist schöner, anmutiger, lebendiger, als seine Hand es zu zeichnen versteht, und endlich gibt er auf. Gemeinsam gehen sie durch den Garten, und er beschreibt Maddalena alles, was hier eines Tages wachsen wird. Sie hört mit großen Augen zu. Dann ist es Zeit zu gehen.

Zurück in der Stadt, vergleicht er seine Studie mit der Leinwand, die er vor sich hat. Es ist eine Himmelfahrt für eine der Kirchen in der Gegend, sein Geselle hat sie nach seinen Anweisungen fast vollendet. Jetzt findet er auf der Leinwand noch Platz für die Figur eines Kindes, eines kleinen Mädchens, das das Wunder, das hinter ihm passiert, gar nicht zu bemerken scheint. Es sitzt links unten im Bild auf einer Stufe und sieht versonnen auf eine Lilie – das immerhin, denn die Lilie ist das Symbol der unschuldigen Jungfrau, frei von Sünde und vom Schatten des Todes.

Der Schatten des Todes liegt in diesem Moment über Chiaras Haus im Spanischen Viertel. Das Mädchen, dem sie gestern geholfen hat, hört nicht auf zu bluten. Vierzehn Jahre ist sie alt, selbst noch ein Kind und noch viel zu schmal, um ein Baby auf die Welt zu bringen, ohne daran zu zerreißen. Ihr Stiefvater hat sie genommen, als ihre Mutter auf dem Markt war. Jetzt liegt sie da, und das Leben rinnt aus ihr heraus. Chiara hat alles versucht, um das Kind zu retten. Die ganze Nacht hat sie an ihrem Bett gesessen und ihr die Stirn mit feuchten Tüchern gekühlt. Sie hat ein Bündel Kräuter über ihrem Kopf verbrannt und damit magische Zeichen in die Luft gemalt, sie hat ihr seltene Wurzeln aufgekocht und zu trinken gegeben.

Jetzt schläft das Mädchen, und Chiara sitzt umgeben von Papieren, die sie innerhalb der letzten Jahre zusammengetragen hat, Notizen zu gelehrten Büchern, Artikeln und Pamphleten, die sie in Händen gehabt hat. Sie müsste all dieses Wissen einmal zusammenfassen, in einem Kompendium, einem Buch, angereichert mit ihren eigenen Erfahrungen bei der Behandlung von Frauen, auf die sie sich spezialisiert hat und von deren Geheimnissen sie doch so wenig weiß.

Einmal war sie anwesend bei der öffentlichen Sektion einer Frau, die man wegen Diebstahls gehenkt hatte. Was sie da zu sehen bekam, aus der Entfernung nur, hatte sie erstaunt. Sie hat Abbildungen der Anatomie in Büchern gesehen, aber sonst kennt sie nur, was sie ertasten kann. Auch in anatomischen Büchern finden sich kaum Illustrationen und Beschreibungen der weiblichen Organe. Die Anatomie beschreibt den Körper von Männern.

Das arme Ding im Nebenraum wird wohl sterben. Chiara selbst hat kein Auge zugemacht. Wie müde sie ist! Aber sie darf nicht einschlafen, darf diesem Mädchen nicht die letzte Chance rauben, die es noch hat auf dieser Welt. Irgendwo in diesen Aufzeichnungen ist vielleicht eine Antwort, eine neue Methode, eine Idee, die sie selbst noch nicht gehabt hat.

Chiara hat längst aufgehört zu glauben, dass brennende Kräuter und magische Zeichen böse Geister vertreiben können, aber sie weiß, dass die Menschen, die zu ihr kommen, daran glauben. Oft geht es ihnen gleich besser. Manche fallen in Ohnmacht, wenn sie da steht und der Rauch sich entwickelt und sie ihre Beschwörungen spricht, in einer Sprache, die sie nicht verstehen. Manchmal sind es Ausschnitte aus Ovids *Metamorphosen*, die sie rezitiert, manchmal auch Lieder aus ihrer Kindheit.

Dieses Theater hilft, Kranke zu heilen. In den gelehrten Büchern, die sie sich ausgeliehen hat, hat sie nie etwas über diese Heilkraft gelesen. Sie berührt eine Macht, die verschiedene Namen hat. Chiara will dieser Macht keinen Namen geben, aber für die Menschen, die vor den Reliquien der Heiligen beten, ist ein Wunder etwas aus ihrem Glauben. Da, wo sie herkommt, sind es die schützenden oder zornigen Geister der Vorfahren.

Chiaras Familie hätte wohl auch von Sander gesagt, er sei von bösen Geistern verfolgt, die man ihm austreiben müsse. Chiara versteht diese bösen Geister. Sie verfolgen sie ja auch.

Ein Mensch sollte nicht zu viele schreckliche Dinge sehen im Leben, denn irgendwann beginnen sie, die Seele von innen auszuhöhlen und sie mit Tunneln des Vergessens zu untergraben und mit einer schweren Dunkelheit zu füllen, gegen die anzukämpfen fast übermenschliche Kräfte verlangt. Diesen Kampf allein zu kämpfen ist ein aussichtsloses Unterfangen. Sander aber versteht die dunklen Flecken in ihrer Seele und bedrängt sie nicht. Wenn er bei ihr ist, fühlt sie sich sicher wie nie zuvor, vielleicht gerade, weil dieselbe Angst in ihm lebt wie in ihr. Sie muss ihn das nicht fragen, sie erkennt es, weiß es.

Das Mädchen im Nebenzimmer wacht auf aus ihrem Fiebertraum und schreit. Chiara geht zu ihr, wischt ihre Stirn mit einem feuchten Tuch ab, streichelt ihren Kopf.

»Hier, trink das, es wird dir guttun«, sagt sie zu dem Kind und gibt ihr einen Löffel voll Laudanum. Wenn sie es nicht schafft, soll sie zumindest keine Schmerzen mehr leiden, und wenn es in ihr noch ungeahnte Lebenskräfte gibt, werden sie auch diesen Schleier von Träumen zerreißen.

Manchmal, wenn es zu viel wird, nimmt auch Chiara einen Löffel Laudanum. Manchmal kann sie nur so weitermachen, in all der Not, die sie umgibt.

Der Doktor von der Universität, der ihr immer wieder Bücher bringt, hat Chiara vor einiger Zeit auch Werke von Giordano Bruno gegeben, separat in ein Tuch eingeschlagen wie ein Relikt, Bücher, die auf dem Index stehen. Bruno, den sie vor einem Jahr hingerichtet haben, hat geschrieben, dass es unendlich viele Welten gibt, mit unendlich vielen

Wirklichkeiten, in denen wahr ist, was hier, auf dieser Erde, unwahr ist. In einer jener Welten gibt es vielleicht eine Chiara, die Kinder hat und studiert hat. In dieser Welt aber liegt neben ihr ein Mädchen, das kaum noch einige Stunden zu leben hat. In einer der anderen Welten ist sie die stolze Frau von Sandro della Molina, dem großen Maler, der nicht von seinen eigenen Dämonen verfolgt ist, und sie hält ein großes Haus mit Blick aufs Meer und steht einem emsigen Haushalt vor und hat ihr eigenes Laboratorium, in dem sie Forschungen anstellt. In noch einer anderen Welt ist sie nie entführt worden und lebt umgeben von Menschen, die so aussehen wie sie selbst, und kennt nichts anderes, keine fernen Städte und Trecks durch die Wüste mit scheuernden Ketten an den Knöcheln, und sie ist glücklich in diesem unberührten Leben – oder ewig unzufrieden, voller Sehnsucht nach etwas, was sie sich nicht vorstellen kann. Menschen sind überall unterschiedlich. Menschen sind überall gleich.

XXV

LASSET DIE KINDLEIN ZU MIR KOMMEN

Zum Palazzo des Kardinals Guzmán gelangt man am besten über die prächtige, erst kürzlich angelegte Via Toledo mit ihren großen Pflastersteinen aus schwarzem, vulkanischem Stein, die im Sommer so heiß werden, dass die Straßenkinder dicke Hornhaut auf den Füßen brauchen, um darauf herumlaufen zu können.

An diesem Morgen ist die Straße belebter als sonst. Mühsam zwängt Sander sich zwischen Menschenleibern, Eseln und Pferden hindurch. Die Kutschen irgendwelcher jungen Gecken fahren mit großer Geschwindigkeit die Straße entlang, sodass Menschen in die Mauer aus Passanten springen, um nicht von einem der Fahrzeuge erfasst zu werden. Sander hört die üblichen Rufe, Begrüßungen und Flüche, atmet den Geruch nach Jasmin, getrocknetem Schweiß und Pferdeurin.

Ein Magier zeigt auf der Straße seinen Drei-Becher-Trick. Schon oft hat Sander ihn auf seinen Wanderschaften quer durch Europa vorgeführt gesehen. Drei Becher, eine Münze oder ein Würfel oder ein Ball, die Becher werden blitzschnell hin und her geschoben, bis den Zuschauern die Augen müde werden. Wo ist die Münze? Falsch. Oder hier? Wieder falsch.

Oder, raffinierter: das erste Mal für einen kleinen Einsatz richtig. Also noch mal auf gut Glück, diesmal aufs Ganze. Und falsch. Und noch mal. Und so weiter. Der Kerl hier ist nicht schlecht, er redet in einem fort, während er die Becher herumwirbelt, umkippt, durcheinanderwirbelt und dann wieder umdreht, es ist wirklich wie Zauberei, was unter seinen Händen geschieht.

Sander will weitergehen, da spricht ihn jemand an.

»Maestro della Molina?«

»Das bin ich.«

Plötzlich greifen ihn starke Hände an den Oberarmen, zerren ihn zur Straße hin, da steht eine Kutsche, ein offener Kutschenschlag, sie stoßen ihn so schnell hinein, dass sich auf der Straße niemand zu wundern scheint, einer von den Männern verdreht ihm das Handgelenk, als er versucht, sich zu wehren, der Schmerz von seiner Wunde zuckt ihm durch die Schulter, gleich wird sein Arm brechen, und er wird nie wieder malen können, aber da lässt der Druck nach. Er sitzt in der Kutsche und findet eine Pistole auf sich gerichtet.

»Ganz ruhig!«, sagt sein Gegenüber. »Dir geschieht nichts. Wir sollen dich nur zu einem Treffen bringen. Zu einem vertraulichen Treffen. Es ist nicht weit.«

Sander sagt nichts. Er blickt auf die Pistole, der Hahn ist gespannt, es ist eine Waffe von guter Qualität, und der Mann, der sie hält, sieht aus, als wisse er, was er tut, es ist das Risiko nicht wert. Sander bleibt ruhig sitzen. Die Kutsche rattert durch einige Straßen, hält an und fährt wieder los, die Vorhänge sind zugezogen, und er kann nicht erkennen, wohin er gebracht wird. Es dauert nicht lange, und die Kutsche bleibt stehen. Die Tür öffnet sich, und er findet sich in einem Innenhof wieder.

»Hier entlang«, sagt sein Gegenüber und zeigt den Weg. Ein Mann, der wie ein Diener aussieht, geht ihnen voran. »Immer ihm nach!«, sagt sein bewaffneter Aufpasser.

Sie gehen eine Treppe hinauf in den ersten Stock, der hier so hoch ist wie drei normale Stockwerke, und dann unter bemalten Decken, die fast ganz im Dunkeln sind. Über Parkettböden, die bei jedem Schritt erstaunlich laut knarren, kommen sie zu einem separaten Raum, den sie durch eine Tapetentür betreten. Sein Gastgeber tritt ihm lächelnd entgegen und streckt seine Hand aus.

»Pater Bonifazio!«

»Ihr erinnert Euch an mich, wie schön.«

»Was tut Ihr in Neapel – und was tue ich hier?«

»Ich bin zufällig in der Stadt, im Auftrag des Heiligen Stuhls. Es schien mir wie eine gute Gelegenheit, eine alte Bekanntschaft wieder aufleben zu lassen.«

»Und dafür einen Ehrenmann auf der Straße aufgreifen zu lassen wie einen Dieb?«

»Das war wenig delikat von mir, vergebt mir, eine bedauerliche Notwendigkeit, aber die Zeit drängte etwas, und da dachte ich …«

»Die Zeit wofür?«

»Für eine Einigung, mein Lieber, für eine Einigung. Seht Ihr, Ihr habt etwas, was mir gehört.«

»Was Euch gehört?«

Bonifazio sieht ihn an, fast amüsiert.

»Dazu fällt Euch nichts ein?«

»Beim besten Willen nicht!«

»Sagt Euch der Name Maddalena etwas? Ich glaube, so heißt das Kind.«

»Was wisst Ihr über sie?«

»Nur, dass Ihr mir tausend Scudi schuldet. Römische Scudi. Nicht das neapolitanische Geld.«

»Tausend Scudi? Euch bekommt die südliche Sonne nicht. Sie ist sehr stark um diese Jahreszeit. Das ist völlig unmöglich! Und überhaupt, ich verstehe nicht, was ihr …«

Pater Bonifazio lächelt milde.

»Es ist bestürzend zu sehen, wie viele Kinder auf dem Land und im Elend leben. Findet Ihr nicht?«

»Es gibt viel Armut im Land. Aber …«

»Dem Herrn sei Dank, dass es Menschen gibt, die sich bemühen, wenigstens einige von ihnen aus ihrem Elend zu befreien und ihnen Arbeit und eine Zukunft zu bieten in der Stadt.«

»Arbeit? Ihr wisst selber, wo ich die Kleine gefunden habe. Sie ist ein Kind!«

»Das Elend zwingt uns alle, harte Entscheidungen zu treffen!« Bonifazio seufzt.

»Aber schlimmer als das Elend sind die, die auch noch Geld herausschlagen dabei, die Kinder in die Sklaverei verkaufen!«

»Da trügt Euer Eindruck!«

Bonifazio macht eine beleidigte Miene und redet mit großem Ernst weiter.

»Es gibt bedauerliche Einzelfälle, vielleicht, aber es ist ein Vertrag, den wir mit ihnen machen, mit ihren Eltern. Ein Notar schaut darauf, dass alles rechtens zugeht. Die meisten unserer Mädchen sind Hausmägde, Dienstboten, Wäscherinnen …«

»… Taschendiebinnen, Bettlerinnen und Huren.«

Bonifazio wendet sich von seinem Gast ab und sieht zum Fenster hinaus. Endlich sagt er:

»Es ist bedauerlich zu sehen, wie sehr Ihr von Vorurteilen geblendet seid, was unsere wohltätige Arbeit betrifft.«

»Wie also kommen die Kinder von irgendwelchen ärmlichen Dörfern hierher und dann nach Rom?«, fragt Sander.

»Sie wenden sich an die Priester vor Ort, oder ihre Eltern tun das. Viele von ihnen können nicht so viele Münder stopfen, und der Herr in seiner unermesslichen Gnade schenkt ihnen ein hungriges Kind nach dem anderen. Aber wir haben gottlob Verbindung zu so vielen Menschen, die helfen möchten. Der Priester vermittelt die Kinder dann an uns.«

»Für Geld?«

»Meistens reichen eine Wurst und einige Flaschen Wein, Landpfarrer sind bescheidene Menschen.«

»Und die Familien?«

»Bekommen eine Entschädigung für die verlorene Arbeitskraft, einen Vorschuss auf den Lohn der Kleinen, wenn sie einmal eine Anstellung gefunden hat. Wir zahlen den Eltern diesen Vorschuss und finden dem Kind ein neues Heim und eine Stelle.«

»In einem Hurenhaus?«

»Eure Einäugigkeit beginnt wirklich, mich zu irritieren. Es steht ihnen frei, sich eine Methode auszuwählen, um den Vorschuss und die Kosten für ihre Reise und für das Logis zu begleichen. In den Häusern, die Ihr erwähnt, geht es am raschesten. Die meisten von ihnen arbeiten ohnehin nicht mehr als einige Jahre, bis ihre Schulden beglichen sind. Dann sind sie frei, zu heiraten oder doch noch den geistlichen Pfad einzuschlagen und einem Schwesternorden beizutreten. Was für wunderbare, wertvolle Arbeit diese Schwestern tun! Man kann nur dankbar sein für so viel fromme Hingabe.«

»Ihr werdet Euch verantworten müssen für all dies!«

Der Mann, der Sander hierhergebracht hat und noch immer an der Türe steht, macht einen Schritt auf ihn zu, aber

Bonifazio schüttelt nur den Kopf. Er fixiert seinen unfreiwilligen Gast.

»Ihr trinkt gerne den einen oder anderen Schluck, nicht wahr? Ich erkenne die Zeichen an Euch, außerdem hatte ich ja das Privileg, ein Dach mit Euch zu teilen über Monate hinweg. Nichts bleibt lange geheim in so einem Haus. Schrecklich. Bei Euch geht es noch, aber bald wird man es sehen. Ihr werdet das Gesicht eines alten Säufers bekommen, rot mit geschwollenen Tränensäcken und von Trauer und Reue aufgeschwemmten Poren. Ihr macht Euch zu viele Sorgen um die Welt, Ihr tragt zu schwer an Eurem Schicksal! Trinkt noch einen Schluck, Ihr habt schon ganz recht damit. Auch mich und mein Gerede dürft Ihr nicht ernst nehmen. Ich lüge viel, das ist eine meiner größten Schwächen. Nicht einmal ich weiß, ob das alles wahr ist, was ich gerade behauptet habe. Aber was die Kinder angeht, so ist eins klar: Es besteht ein Vertrag. Das Mädchen ist das Geld schuldig.«

»Wie kann ein so junges Kind so viele Schulden anhäufen?«

»Mein Lieber, die Sonne hier bekommt offensichtlich niemandem wirklich gut. Sind die Dinge denn in Eurem kalten Teil der Welt so anders? Die Leute hier haben heißes Blut. Sie bekommen ständig Kinder, und bald kommt der Hunger und dann eine Krankheit, eine Grippe nur oder die Pocken, und rafft die armen Kleinen dahin. Deswegen geben Eltern ihre Kinder in Dienst. Sie werden dafür vom Dienstherren bezahlt, sein Dienstherr bekommt einen günstigen Arbeiter. Alle gewinnen.«

»Und Eure Rolle?«

»Oh, ich stelle lediglich das Geld zur Verfügung und schaffe die Kinder dahin, wo sie gebraucht werden. Die

Dienste unserer Schützlinge sind weithin begehrt, und wir haben viele Dutzende in unserer Obhut.«

»Ich verstehe nicht«, sagt Sander, ehrlich verwirrt.

»Das macht nichts. Aber kommen wir zurück zur kleinen Maddalena. Ihr habt sie aufs Land bringen lassen, nicht wahr? Ein bezauberndes Haus, mit den Kolonnaden im ersten Stock, ganz reizend. Nur nicht wirklich sicher, vor allem nicht nachts. Nicht mit einem Hausherren, der so alt ist und nur ein Bein hat. Ich könnte dort nicht ruhig schlafen! Überall streunen Räuberbanden durch die Gegend! Wie dem auch sei. Sie ist ja ein hübsches Kind. Aber ihre Eltern hatten sie an meine Mitstreiter übergeben, und sie haben dafür ihr Geld erhalten. Jetzt ist das Mädchen Teil unserer kleinen Familie, bis ihre Schulden zurückgezahlt sind.«

»Von welcher Familie sprecht Ihr?«

Bonifazio hat keine Angst vor der hilflosen Wut dieses dahergelaufenen Fiammingo. Im Gegenteil: Es bereitet ihm Vergnügen, ihm Einblick in seine Machenschaften zu gewähren und ihm dabei zuzusehen, wie er langsam anfängt, alles zu begreifen, ohne auch nur das Geringste dagegen unternehmen zu können.

»Es fing alles eher zufällig an, als Seine Eminenz mich einmal bat, mich doch nach jungen, unverbrauchten Schützlingen umzusehen, für seine Festlichkeiten, Ihr wisst schon, Ihr habt sie ja damals miterlebt, in Rom. Ich kenne Seine Eminenz gut genug, um zu wissen, was seine Vorlieben sind, und so fragte ich diskret herum und ging auch selbst an den Hafen, und schon bald kamen die Angebote. Abnehmer gibt es immer, sofern die Ware den Erwartungen entspricht. Natürlich kommt es auf das Kind an, auf seine Qualitäten, die Gaben, mit denen der Herr es gesegnet hat. Ein schöner

Knabe oder ein Mädchen mit guter Haut kann schon einiges wert sein! Was die Eltern bekommen, ist dabei eigentlich immer gleich. Es entspricht dem, was eine Dienstmagd in etwa sechs Monaten verdienen könnte, also etwa zwanzig Scudi. Dafür haben sie einen überflüssigen Esser vom Tisch, einen Mund weniger zu stopfen, und die Kinder bekommen in der Stadt viel mehr zu essen und haben mehr Gelegenheit zu arbeiten. Es kann einen nur dankbar machen, dass man in einer Position ist, in der man helfen kann.«

»Dankbar und wohlhabend«, bemerkt Sander knapp.

»Ach, das Geld! Immer scheint es ums Geld zu gehen. Was man auch tut, wie man sich auch bemüht, alles, was gesehen wird, ist Geld. Aber Ihr habt recht. Auch hier darf man dankbar sein. Die Lebenshaltung Seiner Eminenz kostet immense Summen, das ist er seinem Stand schuldig. Allein die Feste! Und die Buben! Seine Eminenz ist so leicht gelangweilt. Die Renovierung des Palazzos nach dem kleinen Feuer, das er Euch zu verdanken hat, war übrigens auch eine erhebliche Belastung, und es ist nur dank unserer kleinen Unternehmung hier in Neapel, dass wir jetzt sagen können, dass der Palazzo schöner ist, als er vorher war. Natürlich fehlt dem Fresko, das gerade im Entstehen begriffen ist, das Genie, die Kühnheit der Vorstellung, die Sicherheit des Strichs, die Eure Arbeiten charakterisiert – aber das, was unter dieser Decke passieren wird, ist genau dasselbe. Wunderbare Feste, die die Schönheit der Schöpfung feiern und an der auch einige der Knaben, die zu uns gekommen sind, teilhaben dürfen.«

»Euer Sklavenhandel bezahlt für den Palazzo?«

»Ihr pflegt die hässlichste Ausdrucksweise, und Ihr weigert Euch zu verstehen, was für wertvolle Arbeit wir hier leisten, Arbeit, die zwar hart ist, aber von der alle Seiten nur profitieren können – das Werk des Herrn. Nun aber genug mit dem Geplänkel, verehrter Maestro. Ihr habt etwas, was mir gehört. Ihr schuldet mir etwas.«

»Geht zum Teufel!«

»Seht Ihr, wenn ein erwachsener Mann auf einer vollen Straße am helllichten Tag in Neapel verschwinden kann, wie steht es dann um ein kleines Mädchen am Land?«

»Das könnt Ihr nicht!«

»Oh, da habt Ihr ganz recht. Ich kann das nicht. Ich kann keinen Degen halten und kein Gewehr abschießen, körperliche Gewalt ist mir ein Grauen, und Ihr solltet mich auf einem Pferd sehen! Aber ich habe Freunde hier, Geschäftsfreunde. Mir scheint immer, dass sie zu heißblütig sind, aber es ist kaum möglich, sie aufzuhalten. Sie verlieren nicht gerne das Geld, das sie eingesetzt haben. Es gibt Mädchen, die weggelaufen sind. Die meisten sind bald wiedergekommen. Einige waren nicht so einsichtig. Meine Freunde haben eine sehr bedauerliche Art, mit Messern umzugehen, die, wie ich höre, hier im Süden verbreitet ist. Einige der Mädchen waren fürs Leben gezeichnet; im Gesicht lange, hässliche Narben. Von anderen hat man nie wieder gehört. Es gibt Leute, mit denen man nicht spaßt.«

»Tausend Scudi?«, fragt Sander.

»Das ist der Preis.«

»Ein Kind als Hure!«

»Soll sie lieber Fische ausnehmen oder in einer Näherei blind werden? Ich bitte Euch, seht den Tatsachen ins Gesicht. Dies ist eine grausame Welt. Man nimmt, was man kann.«

Sander denkt einen Augenblick lang nach.

»Und Ihr lasst uns in Ruhe, Ihr und Eure Freunde? Wie kann ich mir sicher sein?«

»Ihr werdet vertrauen müssen. Unser Schicksal liegt ohnehin nicht in unserer Hand. Aber ich glaube, dass ich in diesem Falle meine Freunde davon überzeugen könnte, von weiteren schmerzlichen Maßnahmen abzusehen. Und Ihr könnt Euch in dem Gefühl sonnen, einen kleinen Schmetterling befreit zu haben. Wie schön. Und Ihr könnt mit ihr machen, was Euch beliebt! Alles! Eurer Vorstellungskraft sind keine Grenzen gesetzt, niemand wird nach ihr fragen, wenn es Euch gefällt. Das, mein Lieber, das ist Freiheit. Nur eines noch.«

»Ja?«

»Ich habe morgen eine Unterredung mit Eurem Dienstgeber, eine kirchliche Angelegenheit, aber wie ich höre, habt Ihr Euch ja unentbehrlich gemacht, also wisst Ihr vielleicht schon davon. Auf jeden Fall wäre es genehm, den Handel morgen abzuschließen. Ihr müsst Euch nicht bedanken. Ihr habt eine Menge Leute vor den Kopf gestoßen mit Eurer Eigenmächtigkeit, einflussreiche Leute, Leute mit Macht. Aus alter Freundschaft war es mir ein Vergnügen, mich dafür zu verbürgen, dass solche Dinge nie wieder vorkommen werden und dass Ihr pünktlich zahlt. Ich verlasse die Stadt morgen Abend. Es wäre eine Tragödie, wenn ich meine Freunde nicht bis dahin beruhigen könnte, eine Tragödie für alle Beteiligten.«

»Wo soll ich so schnell so viel Geld hernehmen?«

»Oh, mein lieber Maestro! Ich würde es nicht wagen, Euch Vorschriften zu machen. Wie ich höre, läuft Eure Werkstatt ausgezeichnet, und Ihr habt wohlhabende Freunde.«

»Ein großes Gemälde bringt gerade fünfzig Scudi ein. Monate Arbeit stecken darin, und dann habe ich die Werkstatt ...«

»Maestro, Maestro! Zu viele Details! Was Ihr tut, ist unbezahlbar, und ich werde nicht streiten mit Euch. Ihr habt bis morgen Mittag Zeit. Es war freundlich von Euch zu kommen. Ich habe jetzt zu tun. Guten Tag!«

Pater Bonifazio wendet sich ab und verlässt den Saal. Minuten später findet Sander sich auf einer Seitengasse wieder. Er ist mitten in der Stadt, vor einem der kleineren Palazzi.

»Wer ist Euer Herr?«, fragt Sander den Portier, der ihn verdutzt ansieht.

»Na, der Kardinal Della Valle! Aber jetzt ist nur sein Sekretär da, der seine Geschäfte erledigt.«

Sander fragt nicht weiter, sondern geht direkt zu Guzmáns Residenz. Nur eine halbe Stunde ist vergangen, seit er hierhergekommen ist. Wenn er sich beeilt, wird seine Verspätung kaum auffallen. In den Arbeitsräumen des Kardinals herrscht tagsüber ein ständiges Kommen und Gehen.

Tausend Scudi! Sander weiß, dass Bonifazio mit ihm spielt, eine späte Rache vielleicht. Tausend Scudi kann Sander in zehn Jahren nicht verdienen. Aber es ist der Preis für Maddalenas Freiheit, die einzige Möglichkeit. Sie könnten noch heute Nacht weggehen – aber wohin? Nirgendwo südlich von Rom werden sie sicher sein, und die Arme der Kirche reichen auch im Norden weit. Nein. Nicht fliehen. Nicht schon wieder.

Sander hat kaum achtzig Scudi auf die Seite gelegt, er besitzt nichts von Wert. Das letzte Jahr ist gut gewesen, aber sie haben viele Ausgaben gehabt. Eine ganze Werkstatt hat er ausgestattet. Er hat Aufträge auf Jahre hinaus, aber auch mit drei Gesellen kann er nicht schneller produzieren. Die verschiedenen Aufgaben, die er für den Kardinal übernimmt, fressen seine Zeit zum Malen, seine Ruhe, seine Konzentration. Es fällt ihm schwer, eine starke Zeichnung zu machen, um ein Detail zu erarbeiten oder den Entwurf zu einer Leinwand, wenn er den ganzen Tag weder Kreide noch Pinsel in der Hand gehabt hat.

An seinem Altarbild für Don Pedro hat er schon seit Monaten keinen Pinselstrich mehr getan, noch vor dem Duell, durch das er lange nicht mehr malen konnte. Aber es ist gleichgültig, was seine Werkstatt im Laufe der nächsten Jahre abwirft. Er braucht das Geld bis morgen Mittag. Kein christlicher Bankier und kein jüdischer Geldverleiher werden ihm ohne irgendwelche Sicherheiten so viel Geld geben. Seine Anstellung beim Kardinal ist zwar an sich etwas wert, aber niemand macht sich Illusionen über dessen Gesundheitszustand.

Sander hat kein Haus, keine Juwelen, kein kostbares Geschirr, er hat noch nicht einmal ein eigenes Pferd, sondern muss sich jedes Mal, wenn er aufs Land will, ein Pferd oder eine Kutsche mieten. Er hat Möbel gekauft, neue und antike Kunstwerke, Teppiche, einige Kleider und die verschiedensten Bücher, er hat mehrere Mappen mit Drucken von den besten Meistern auf beiden Seiten der Alpen, aber nichts von alledem repräsentiert auch nur annähernd so viel, wie er braucht. Er wird es erbetteln oder stehlen müssen.

Es ist ein angespanntes Treffen am nächsten Tag. Als Berater des Kardinals hat Sander das Privileg, anwesend zu sein. Pater Bonifazio zeigt sich nicht überrascht, ihn hier zu sehen.

»Ich nehme an, Ihr habt etwas für mich?«

»Nach dem offiziellen Teil«, sagt Sander, verbeugt sich leicht und geleitet den Priester ins Arbeitszimmer.

Don Pedro lässt den Besuch aus Rom seine Verachtung spüren. Kühl lässt er ihn seinen Ring küssen. Sander bemerkt den Ring, den Pater Bonifazio trägt. Das ist er. Derselbe wie vor einem Jahr, als alles begann.

Der Kardinal bietet seinem Gegenüber keinen Stuhl an und lässt ihn vor seinem Arbeitstisch stehend sprechen.

»Ihr wolltet mich sehen«, stellt er fest, in seinem näselnden spanischen Akzent. »Nun gut. Hier seid Ihr. Was kann ich für Euch tun?«

»Ich komme im Auftrag des Heiligen Stuhls.«

»Oder eures intimen Freundes, Della Valle.«

»Das ist in diesem Falle dasselbe.«

»Nicht von Neapel aus gesehen!«

Die beiden beginnen ihre Diskussion, eine Art Faustkampf auf einem Drahtseil, mit kühlen, sachlichen Stimmen. Rom ist beunruhigt über den Aufruhr in der neapolitanischen Kirche, warnt Bonifazio. Kein Aufruhr, versichert der Kardinal, eine notwendige Reinigung. Rom ist beunruhigt, dass Neapel wieder eigene Wege geht, der Kardinal pocht auf die Unabhängigkeit des Königreichs und die Herrschaft der Habsburger. Rom stellt betrübt fest, dass weniger Steuergelder aus Neapel in den Vatikan gelangen. Don Pedro antwortet, dass die Fürsten der Kirche über Geld genug verfügen, um sich gewisse Exzesse zu erlauben. Pater Bonifazio schlägt ins Leere, greift nach Luft, bekommt seinen Gegner nicht zu fassen. Sichtlich frustriert, beginnt er, sich zu ereifern.

»Der Heilige Vater stellt auch voller Sorge fest«, sagt er, »dass Ihr über Eure Besessenheit mit der Sauberkeit der heiligen Kirche Euren eigentlichen Auftrag zu vernachlässigen scheint. Auch nach so langer Zeit im Amt habt Ihr in keinem wichtigen Fall Anklage gegen Ketzer oder Hexen erhoben. Die Kirche braucht Exempel! Gerade jetzt! Das muss ich Euch doch nicht sagen! Ihr, der Ihr die treibende Kraft im Prozess gegen Bruno wart! Damals habt Ihr der Kirche einen Dienst erwiesen, jetzt aber lasst Ihr Euch von dieser Stadt verführen, in den Abgrund reißen. Man sagt mir, Eure Gesundheit sei nicht gut, und erlaubt mir zu sagen, Ihr seht aus wie das Leiden unseres Herrn Erlösers, so wie es auf Altären in grellen Farben gemalt wird.«

Der Kardinal sieht teilnahmslos auf seinen Gast, der langsam die Fassung zu verlieren scheint.

»Ich höre von seltsamen Perioden des Rückzugs, von harten Exerzitien und Fasten«, fährt Bonifazio fort. »Wenn Euch nach Buße zumute ist für vergangene Sünden oder sündhafte Gelüste, wenn Ihr Eure ewige Seele retten wollt, dann steht es Euch frei, in ein Kloster zu gehen. Schifft Euch ein und kehrt nach Spanien zurück und lebt den Rest Eures kränklichen Lebens für Euer Seelenheil. Euer Amt hier ist nur noch Fassade, hinter der keine Struktur mehr ist, keine Kraft im Dienste des Herrn! Ihr versagt im Amt in diesem moralischen Sumpf, diesem Sündenpfuhl voller lasterhafter Publikationen und ketzerischer Meinungen, und Ihr jagt einigen Priestern nach, die hier und da ein Geschenk annehmen, einen Krug Öl oder zwei Brotlaibe, als wäre es ein Verbrechen! Seid Ihr so blind, dass Ihr nicht sehen könnt, wie sehr Euer moralischer Übereifer der heiligen Kirche schadet und ihr ins Fleisch schneidet? Immer ist es Spanien, das Feindschaft gegen die Mutter Kirche zeigen muss, immer Spanien!«

Bonifazio hört abrupt auf zu reden, kann sich am Ende gerade noch davor zurückhalten, vor einem Kardinal zu brüllen und zu fluchen. Er ist rot im Gesicht, der Schweiß steht ihm auf der Stirn, und jetzt, wo er sich so weit vorgewagt hat, geschieht einen Augenblick lang gar nichts, wie die Zeitspanne, während der ein Pfeil durch die Luft flirrt und den Raum zwischen Abschuss und Einschlag durchmisst.

In dieser Stille sieht Sander seine Chance.

»Ihr irrt Euch, Padre«, sagt er in die Stille hinein. »Das Inquisitionsgericht, dem vorzustehen Seine Eminenz die Ehre hat, hat bereits mehrere Verfahren eingeleitet, die zu wichtigen und öffentlich sichtbaren Anklagen führen werden, sehr bald schon.«

»Was denn? Was meint er denn?«, fragt Bonifazio, irritiert von der eindringenden Stimme. Auch Don Pedro sieht Sander überrascht an. Dann nimmt er einen kurzen Schluck aus einem Glasfläschchen, das vor ihm steht.

»Meine Medizin«, murmelt er, »ich vergaß.«

Sander spricht weiter.

»Seine Eminenz hat mich beauftragt, mich einiger Dossiers persönlich anzunehmen, gerade in der Zeit seiner, sagen wir, spirituellen Einkehr. Ich hatte noch keine Gelegenheit, Euch davon in Kenntnis zu setzen, Don Pedro, aber gerade in einem Fall gibt es einen wesentlichen Fortschritt. Seht Ihr, verehrter Padre, während sich Seine Eminenz von seinen täglichen Affären zurückgezogen hatte, habe ich mir die Freiheit genommen, diese Fälle in Neapel voranzutreiben und all das zu untersuchen, was die unsterblichen Seelen der Menschen verdirbt und korrumpiert und zu ewigen Höllenqualen verdammt. Seine Eminenz ist in dieser Hinsicht derselben Meinung, nicht wahr, Eminenz?«

Don Pedro sieht Sander gläsern an. Er kennt diesen

Blick, es ist die Starre, die mit dem Einsetzen des Laudanums kommt.

»Ganz richtig!«, antwortet der Kardinal vage.

»Es ist die Rettung unsterblicher Seelen, die Seine Eminenz sich auf die Fahne geschrieben hat. Dabei ist uns besonders eine Bande aufgefallen, die Kinder an Hurenhäuser verkauft. Unschuldige Kinder! Kinder werden dort widerlichen, unchristlichen, sündhaften Praktiken unterworfen, werden gedemütigt und geschlagen und geschändet!«

Der Kardinal wirkt verwirrt und erschreckt. Er richtet sich auf.

»Erzählt mir mehr!«, sagt er.

»Ich habe in meiner Obhut eine Zeugin, ein Mädchen von elf Jahren, die ein Opfer dieser Sklavenhändler war, ein christliches Mädchen, das verkauft wurde, um zum Opfer der schändlichsten, teuflischsten Gelüste zu werden. Sie kann Namen nennen, die Verantwortlichen erkennen, und deswegen ist sie in Gefahr. Noch gestern hat ein Mann, ein Mann der Kirche, mir die Kleine für tausend Scudi angeboten, damit ich danach mit ihr tun kann, was ich will.«

Der Kardinal sammelt sich. »Ein Mann der Kirche, sagt Ihr?«

»Ein Priester, aus Rom.«

»… und tausend Scudi?«

»Das war sein Preis.«

»Heilige Jungfrau Maria, steh uns bei!«, murmelt Don Pedro. »Das ist der Versucher selbst, der daraus spricht. Der Verderber spielt mit uns und trägt die Gewänder, die Heil verheißen sollten. So beginnt das Ende der Zeit.«

»Ein Priester aus Rom …«

»Ein Hort der Sünde, auf den Scheiterhaufen mit ihnen allen, wenn es dem Herrn gefällt!«

»… mit einer direkten Verbindung zum Vatikan.«

Der Kardinal hört auf, benommen vor sich hin zu murmeln, und sieht die beiden Männer vor sich voller Misstrauen an.

»Mit direkter Verbindung, sagt Ihr?«

»So ist es.«

»In den Vatikan?«

»Zu Seiner Heiligkeit höchstpersönlich.«

Der Kardinal lächelt nicht oft. Jetzt aber verziehen sich seine Mundwinkel merklich, und er fragt nach:

»Kindersklaven, sagt Ihr, christliche Kinder?«

»Mit einer Zeugin.«

»Das werden wir untersuchen! Hier stecken Seelenverderber der übelsten Sorte dahinter, schlimmer als jeder elende Schreiberling, der irgendetwas auf Latein zusammenstoppelt, meint Ihr nicht auch, werter Bonifazio?«

Pater Bonifazio, der seit seinem Ausbruch kein Wort mehr gesagt hat, räuspert sich.

»Eine schockierende Geschichte«, sagt er mit schwacher Stimme. »Wenn sie denn wahr ist.«

»Sie ist wahr, und wir werden die ganze Wahrheit an den Tag bringen. Wir werden die Verantwortlichen vor das geistliche Gericht bringen, in Neapel oder in Rom, und wir werden sie dem weltlichen Gericht übergeben, mit der üblichen Bitte um Milde bei der Urteilsfindung, so wie es bei Giordano Bruno geschehen ist. Es ist zu hoffen, dass diese Ungeheuer dasselbe Schicksal treffen wird.«

»Das Feuer!«, sagt der Kardinal, ohne jemanden dabei anzusehen.

»Das Feuer«, wiederholt Sander. »Oder vielleicht die Galeere für die Komplizen, mit einer Brandmarkung auf die rechte

Wange, wie gemeine Kriminelle. Niemand wird sicher sein. Erinnern wir uns an Carlo Carafa.«

Pater Bonifazio ist völlig verstummt. Er will protestieren, will darauf hinweisen, dass so etwas in der Kirche nicht vorkommt und – unter Männern, die wissen, wie es läuft – dass es keine Konsequenzen haben würde, dass die Hintermänner sich der Justiz entziehen können, wenn sie hoch genug oben sind in der Hierarchie, aber niemand hier in Neapel hat Kardinal Carafa vergessen, Spross einer der mächtigsten Familien der Stadt und Neffe des Papstes, der als offizieller päpstlicher Nepote ein Unglück ans nächste reihte, der Korruption neue Dimensionen erschloss und in mehrere Morde verwickelt war. Er wurde ausgerechnet wegen gottloser Reden und Sodomie verurteilt und vom Henker von Rom in seiner Zelle im Castel Sant'Angelo erdrosselt.

Bonifazio hat diese Wendung nicht vorausgesehen. Er ist ein Buchhalter, ein Verwalter. Er ist es gewöhnt, Situationen unter Kontrolle zu haben. Er mag es nicht, wenn sie ihm entgleiten.

»Wie Ihr seht, lieber Padre, wir sind uns unserer Verantwortung sehr bewusst«, fährt Sander fort. »Auch wenn wir keinen neuen Giordano Bruno produzieren können, machen wir doch effektive Arbeit und werden schon bald einen spektakulären Prozess veranstalten, zur Belehrung der Gläubigen und zur Warnung an alle Sünder. Wer unschuldige Seelen in die Prostitution verkauft, hat keinen Platz mehr in der Kirche Christi. Wir werden sie finden, die Anführer und die Hintermänner, die Nutznießer, die Finanziers und die Buchhalter, die Männer fürs Grobe und die Kupplerinnen, in deren Häusern Kinder jeden Tag, den der Herr uns gibt, geschunden werden. Es wird eine beispiellose Welle von

Exkommunikationen geben, von Urteilen und von zusammenbrechenden Existenzen. Es wird ein schrecklicher Kampf«, fügt er sarkastisch an, »aber es ist der Kampf des Herrn.«

»Amen!«, sagt Don Pedro aus seinem leichten Traum heraus.

Ein Schweißtropfen hängt an Pater Bonifazios Nase, aber der Priester rührt keinen Muskel, um ihn wegzuwischen. Ein Lichtstrahl, der durch einen Spalt in den schweren Fensterläden dringt, bringt den Tropfen zum Leuchten. Es ist tatsächlich heiß hier. Der Saal ist groß, aber die Luft hängt schwer und stickig unter der Balkendecke, alle Fenster und Läden sind geschlossen. Der Priester richtet sich zu voller Höhe auf. Unter seinen schweißnassen Hundewangen sieht Sander plötzlich die Züge eines schönen jungen Mannes.

»Ich habe verstanden«, sagt Bonifazio förmlich.

»Habt Ihr? Gut.«

Sander lässt sich Zeit, er spricht sehr langsam.

»Dann lasst es mich noch einmal ganz deutlich machen, damit kein Missverständnis entsteht im Vorzimmer des Heiligen Vaters. Der Kardinal arbeitet hart daran, die Interessen der Kirche zu vertreten und die Seelen der Gläubigen vor den Höllenflammen zu retten, und wenn eine Einmischung aus Rom bedeutet, dass die Arbeit der Kommission erschwert wird, wenn es sogar jemandem einfallen sollte, Zeugen verschwinden zu lassen, Kinder zu entführen, Geld für Kinder zu zahlen oder zu verlangen, dann wird die ganze Macht dieses Gerichtes über ihn hereinbrechen, und er wird den Tag verfluchen, an dem er geboren wurde. Ihr könnt Seiner Heiligkeit und auch Seiner Eminenz Kardinal Della Valle berichten, dass Kardinal Guzmán ihnen einen brüderlichen Gruß schickt, seine Arbeit zum Besten der Kirche verrichtet und dass es bald neue Prozesse geben wird, die bis in die höchsten Kreise reichen werden – und wenn Rom seine langen Finger bis hierher ausstreckt, dann bis nach dort.«

Don Pedro weiß, dass diese Unterredung lange genug gedauert hat. Er hat nicht jeder Wendung folgen können, das passiert gelegentlich, wenn er seine Medizin genommen hat, aber er hat ja einen tüchtigen Berater. Der arrogante Pater, der ihm diktieren wollte, wie er sein Amt versehen soll, sieht kleiner aus, als er sich verabschiedet, und etwas bleicher. Er küsst seinen Ring, der Kardinal murmelt eine Segensformel und entlässt ihn, dann bittet er auch Maestro Sandro zu gehen. Er fühlt sich steinalt, er ist müde, er schwebt.

»Ich habe Zeit gekauft, mehr nicht«, sagt Sander, als Chiara ihn danach fragt, wie seine Verhandlung verlaufen ist. »Ich habe ihm Angst gemacht, und er ist gleich weggefahren, ohne mich noch einmal zu sprechen, ja ohne auf mich zu warten. Für diesmal habe ich ihn überrumpelt, aber er wird wiederkommen.«

»Und seine Komplizen?«

»Die werden eine Weile warten, bis Gras über die Sache gewachsen ist. Die werden jetzt nichts tun wollen, was die Aufmerksamkeit der Gerichtsbarkeit auf sie lenkt.«

»Und dann?«

»Bis dahin kann alles Mögliche passieren. Man kann sich nicht über alles den Kopf zerbrechen. Und in der Zwischenzeit habe ich zu arbeiten. Wie geht es dem Mädchen, dem du geholfen hattest?«

»Sie krallt sich am Leben fest, wie ich es noch selten gesehen habe. Sie hat viel Blut verloren, aber noch hat sie eine

Chance, sich zurück ins Leben zu kämpfen, wenn es ihr wirklich so wichtig ist. Da ist noch jemand, der auf sie wartet, etwas, womit sie nicht fertig ist. Sonst, fürchte ich, wird ihr Gott sie bald zu sich rufen.«

XXVI

Der Sommer der Fabelwesen

Im Spätsommer wird die Stadt zu einem Inferno. Sengende Hitze und Gestank machen das Leben beinahe unerträglich, und die Seuchen, die immer wieder über den Hafen eingeschleppt werden, richten in manchen Jahren fürchterliche Verheerungen an. Don Pedro beschließt, sich auf seinen Landsitz zurückzuziehen, und Sander, der fühlt, wie die unbarmherzige Sonne ihm die Lebenskräfte raubt, kann endlich die Gelegenheit nutzen, den engen Straßen um die Via Toledo zu entfliehen. Die Mühle bietet Zuflucht, Ruhe und am Abend eine kühle Brise.

Auch Chiara hält die Sommerhitze im Gedränge des Spanischen Viertels kaum noch aus. Rasch lässt sie sich davon überzeugen, auch für einige Wochen aufs Land zu ziehen. Dort können sie endlich zusammen sein, Tisch und Bett teilen, weit weg von neugierigen Blicken – oder zumindest von den meisten, denn Maddalena hat ihre Augen überall und erscheint kichernd und aufgeregt gerade dann, wenn Sandro und Chiara es am wenigsten erwarten.

Sie ist ein glückliches Kind, summt und singt, wohin sie auch geht. Nur wenn sie an der großen Pietà vorbeigehen muss, an dem Mann, der tödlich erschlafft auf dem Schoß der Jungfrau liegt und dessen Gesichtszüge sie auf unheimliche Art an ihren Onkel Sandro erinnern, wird sie still und wendet den Blick ab. Manchmal sagt sie einen Zauberspruch, den sie von ihrer Tante gelernt hat, um böse Geister abzuwehren. Sie hat Angst vor diesem Bild. Sie will nicht daran denken, dass Onkel Sandro irgendwann nicht mehr da sein könnte, bleich und leblos wie der machtlose Erlöser.

Das aber sind nur kurze Momente in dieser herrlichen Zeit, Nadelstiche, die das Mädchen daran erinnern, wie schön es ist, hier zu sein, sich freuen zu dürfen. Nie zuvor hat sie so gelebt. Sie muss nicht arbeiten, es gibt genug zu essen, niemand beschimpft oder schlägt sie. Nur selten denkt sie zurück an ihr altes Leben auf dem Dorf. Zwar vermisst sie ihre Geschwister, und in der Mühle ist außer den Tieren niemand, mit dem sie spielen könnte, aber ansonsten lebt sie hier wie eine Prinzessin.

Während sie sich zu den Abendmahlzeiten treffen, die Giovannis Frau zubereitet, gehen die Besucher tagsüber eigene Wege. Neben der Pietà hat Sander auch Dianas Laute aus Rom mitgenommen, ein gutes venezianisches Instrument, dessen Holz aus den höchsten Lagen der Alpen stammt. Hugo hat sich selbst das Lautenspiel beigebracht. Jetzt zieht er sich ganze Nachmittage lang zurück unter einen Baum, der direkt vor dem Hof steht. Dort sitzt er und zupft, sucht Töne und Griffe, stundenlang, Variationen über Melodien, die er noch im Gedächtnis hat, Wiegenlieder und Rebellenhymnen aus den Niederlanden, Kirchenlieder und Spottgesänge, französische Trinklieder und gesungene Provokationen und Zoten in verschiedenen Sprachen, Gassenhauer,

Brunftschreie und Liebesseufzer, alle übersetzt in das zarte Stimmengeflecht der Lautensaiten.

Das restliche Mobiliar, das Sander hat kommen lassen, besteht neben einigen Tischen, Betten und Stühlen aus Büchern über Botanik und seltene Blumen, aus alten Vasen und Statuen und Pflanzenkübeln. Die Vasen und Statuen stammen aus der römischen oder sogar der griechischen Zeit, fast zweitausend Jahre alt und doch seltsam und vollendet schön, schöner als alles, was man heute produzieren kann.

In den Pflanzenkübeln sind überwiegend Stecklinge, die Sander in der Umgebung gefunden oder mit dem Gärtner des botanischen Gartens oder zwei kundigen Sammlern gegen andere Pflanzen getauscht hat. Einige konnte er auch den Seeleuten am Hafen abkaufen. Es würde ihm das größte Vergnügen bereiten, eine ganze Enzyklopädie von Heilpflanzen und ornamentalen Wildblumen in seinen Garten zu pflanzen, als Studienmaterial für sich und für andere und um ihrer ureigensten Schönheit willen, aber so viel Land kann auch ein König nicht besitzen. Er wird pflanzen, was ihm besonders interessant erscheint. Dieser Flecken Erde wird blühen wie nie zuvor.

Bei Meister Gillis, in einem anderen Leben und an einem anderen Ort, hatte er oft im Gemüsegarten gearbeitet. Es waren glückliche Momente gewesen, die Erdklumpen oder die frisch geschnittenen Zweige eines Baums in den Händen, der Anblick eines Beetes mit Morgenfrost an den Blättern, die ersten, unglaublich frisch aussehenden Sprossen, die sich nach dem Winter wieder aus dem Boden recken, die Bitterkeit der Walnüsse im Herbst. Ehrliche Arbeit, Arbeit an der Erde.

Maddalena ist gerne im Garten, in der Sonne, wo sie mit ihrer Katze spielen kann. Sie interessiert sich noch nicht besonders für die Pflanzen in den Beeten, und manchmal trampelt sie einen Steckling nieder, wenn sie ausgelassen eine Krähe verscheucht, die sich auf der Sonnenuhr in der Mitte des Gartens niedergelassen hat. Sie wird noch lernen, was die Pflanzen wirklich bedeuten, wie man sie lesen und an ihnen genesen kann.

Jetzt, so scheint es, hat sie erst einmal viel Leben nachzuholen. Einen kleinen Vesuv nennen der alte Giovanni und seine Frau ihren Schützling. Sander stellt befriedigt fest, wie freundlich beide mit dem Kind umgehen. Von ihrer eigenen Kinderschar hat nur ein einziges die ersten Lebensjahre überlebt, ein Junge, der Matrose wurde und vor einigen Jahren auf See ums Leben gekommen ist. Der Rest ihrer Familie war schon vor zwanzig Jahren einer Epidemie zum Opfer gefallen. Sie nehmen sich der Kleinen an wie ihrer eigenen Tochter.

Hugo erinnert sich gern an die Zeit bei Meister Gillis vor der Nacht, als ihn die Wut übermannte. Er weiß: Sein Jähzorn hat sie damals um die Möglichkeit gebracht, ein normales Leben zu führen, in Flandern oder den Niederlanden, als Maler, als Handwerker. Ihre Odyssee hat in dem Moment begonnen, als er mit dem eisernen Kerzenleuchter Hendrik den Schädel einschlug.

Dabei hatte er es gar nicht tun wollen. Er hatte gehört, wie Hendrik seinen Bruder geärgert hatte, hatte gesehen, wie Sander immer erregter wurde, und da spürte er auch in sich diese Erregung aufsteigen, diesen Zorn, der rote Schleier über seine Augen warf, und das Nächste, woran er sich erinnern kann, ist der Blick auf den Körper, der vor ihm liegt, und

Sander, der dasteht und ihn bei der Hand nimmt und wegzieht, weg von diesem Ort und aus diesem Leben. All das ist unendlich lange her. Im Gegensatz zu Hugo denkt Sander kaum jemals daran zurück, vor allem in diesen Sommertagen nicht. Gemeinsam mit Chiara macht er lange Spaziergänge durch die Weingärten, Hand in Hand. Sie verschwinden stundenlang, reden miteinander, lieben sich im Schatten eines Baums. Manchmal setzen sie sich auf einen Felsen mit Blick aufs Meer und sehen einfach schweigend auf den glitzernden Horizont vor sich, vergessen alles um sich herum, bis der kühle Abendwind sie daran erinnert, dass es Zeit zum Essen ist.

»Was malst du da, Onkel Sandro?«
»Ich male nicht, ich zeichne.«
»Und was zeichnest du?«
Maddalena sieht ihn an, die Hände hinter dem Rücken verschränkt und sich hin und her wiegend.
»Kreaturen, die ich zum ersten Mal gesehen habe, als ich so alt war wie du jetzt.«
»Sehen so die Tiere im Norden aus?«
»Nein! Auch da gibt es Pferde und Hunde und Katzen, wie hier. Nur im Meer, da sind ganz andere Tiere.«
»Was für welche?«
Maddalena liebt Geschichten aus der Fremde. Sie liebt es, sich vorzustellen, wie es wohl ist, so weit zu reisen und fremde Menschen zu treffen, viele Tagesreisen von Neapel entfernt. Schon bei dem Gedanken daran schaudert es sie.
»Was für welche? Nun, den Wal zum Beispiel, einen riesigen, immensen Fisch, größer als das Haus hier. Kennst du die Geschichte von Jonah und dem Wal? Sie kommt in der

Bibel vor. Vielleicht hat euer Priester sie euch erzählt, als du noch zu Hause warst.«

»Nein. Unser Priester hat uns nichts von der Bibel erzählt. Er hat immer nur geschimpft. Dass wir alle Sünder sind und in die Hölle müssen und dass die Jungfrau im Himmel weint, und über die Sünden des Fleisches hat er gesprochen und den vielen Wein. Aber im Dorf haben sie gesagt, dass er selbst den meisten davon getrunken hat.«

»Jonah wurde von einem Walfisch verschluckt.«

»Einem so großen Fisch?«

»Ja, einem riesigen, sage ich dir! Und im Bauch des Fisches ist er herumgeirrt und hat gewartet, bis das Tier ihn irgendwann wieder ausgespuckt hat.«

»Aber wie hat er denn Luft gekriegt in dem Fisch?«

»Das ist eine gute Frage! Aber so steht es in der Bibel.«

»Und ist alles wahr, was in der Bibel steht?«

»Das weiß ich nicht, das musst du jemand anderen fragen.«

»Und solche Fische gibt es bei dir wirklich?«

»Na ja, sie fressen keine Menschen, aber manchmal wird einer von ihnen am Strand angespült, ein Gigant, der dann langsam stirbt.«

»Und was sind das hier für Kreaturen?«

»Das sind Dämonen, böse Geister, Fabelwesen, Homunculi, Missgeburten, Schreckgestalten, Geschöpfe aus deinen schlimmsten Träumen!«

»Ich träume nie von solchen Dingern da!«, sagt Maddalena und sieht mit Schauder auf Sanders Skizzen.

»Siehst du? Ich schon. Sie verfolgen mich, und ich bin ihnen das erste Mal begegnet, als ich so alt war wie du.«

»Wie denn?«

»Als Lehrling, bei einem Maler. Der hat solche Geschöpfe

gemalt. Schon sein Großvater hat sie gemalt, er war berühmt dafür gewesen, und sein Enkel kopierte sie noch für Sammler, die eigentlich eine Arbeit des Alten wollten, sie sich aber nicht leisten konnten. Er hat mir beigebracht, sie zu zeichnen. Das und die Blumen, die Pflanzen. Aber diese Fabelwesen, ich habe sie geliebt. Ich habe sie gern gezeichnet, bis ich irgendwann besser wurde als mein Meister selbst, und dann ließ er mich diese Wesen in seine Gemälde malen, zuerst nur hier und da, aber dann immer mehr. Ich habe mir die seltsamsten, teuflischsten, heidnischen, gotteslästerlichen Dinge einfallen lassen, aber ich durfte machen, was ich wollte. Aber dann wollte eine Zeit lang niemand mehr Bilder vom Jüngsten Gericht oder von den Schrecken des Krieges oder von den Reitern der Apokalypse. Die Leute wollten Sträuße mit schönen Blumen, solchen, die sie kannten, und andere, die aus fernen Ländern kamen, vielen verschiedenen, jede von ihnen mit ihren eigenen Formen und Farben und Blättern und Blüten.«

Maddalena sieht in Richtung des Gartens, wo Sander ihr immer wieder die verschiedenen Pflanzen zeigt und erklärt. Ihm zuliebe hört sie geduldig zu, wenn er ihr den Unterschied zwischen verschiedenen Veilchen und Feldblumen erklärt, die nur hier im Garten wachsen, weil er sie sich von einem Schiff gekauft hat, das sie mitgebracht hatte aus dem Norden. Sie weiß nicht, warum er diese kleinen Blümchen so wunderbar findet, aber sie weiß, dass sie wichtig sind für ihn, weil er sie auch malt und die Leute deswegen für seine Bilder viel Geld bezahlen.

»Also habe ich aufgehört, Fabelwesen zu malen und mich auf Blumen verlegt«, redet Sander weiter. »Ich bin ein guter Blumenmaler geworden. Nicht einer der besten vielleicht, aber doch einer, der einen Namen hat und einen Preis. Jetzt aber habe ich einen Auftrag, der mich zurückführt in meine Kindheit.«

»Du sollst Fabelwesen malen?«

»Ich soll etwas anderes malen, aber da gehören die Fabelwesen dazu, finde ich zumindest.«

»Und was ist das?«

»Das Jüngste Gericht. Seine Eminenz hat mich beauftragt, ihm einen Altar zu malen, ein Jüngstes Gericht.«

»Das Jüngste Gericht? Warum ist das Gericht denn jung?«

»Das hat dir dein Priester auch nicht gesagt?«

»Nein, Onkel Sandro«, sagt sie sehr ernsthaft. »Ich habe dich nicht angelogen. Der hat nur geschimpft. Und getrunken.«

»Das Jüngste Gericht ist, wenn Gott genug hat von den Sünden der Menschen und auf die Erde kommt und alle aburteilt.«

»Und jetzt hat er noch nicht genug?«

»Nein, noch scheint er nicht genug zu haben.«

»Aber warum nicht?«

»Das ist eine gute Frage ...«

»Vielleicht, weil es auch noch gute Menschen gibt?«

»Ja, das scheint mir eine kluge Antwort. Weil es noch gute Menschen gibt.«

»Und die Geschöpfe, die du zeichnest?«

»Was ist mit ihnen?«

»Wenn das Jüngste Gericht noch nicht ist, weil es noch gute Menschen gibt, wo sind sie dann jetzt eingesperrt?«

»Hier!«, sagt Sander und zeigt auf seinen Kopf.

Maddalena lacht.

»In dem Fall würde ich da aber lieber nicht drin sein!«, sagt sie und springt weg wie ein Reh, dem man zu nahe gekommen ist.

Nein, denkt sich Sander, der ihr nachsieht, wie sie mit fliegenden Haaren um die Ecke des Hauses biegt, ich auch nicht. Unwillkürlich muss er lächeln.

Aber er ist es, jeder Mensch ist es: Gefangener des eigenen Kopfes. Er ist hierhergekommen, aufs Land, um Ruhe zu finden, um arbeiten zu können abseits der Werkstatt. Er muss allein sein. Er weiß: Dies ist das wichtigste Bild, das du jemals malen wirst. Gerechtigkeit. Das Jüngste Gericht.

Der Kardinal hat recht gehabt mit seiner Frage. Wenige Tage nach der Sache mit Bonifazio hat er Sander plötzlich gefragt:

»Sagt mir, Maestro, was ist mit dem Altar, den Ihr mir versprochen habt? Dem Jüngsten Gericht?«

»Ich bitte um Verzeihung, Eminenz. Nach meiner Verletzung war es mir nicht möglich zu malen. Ich nehme die Arbeit jetzt aber wieder auf.«

»Und? Wird es ein flämischer Altar, der mich erwartet, oder ein italienischer?«

»Das, Eminenz, wüsste ich nicht zu sagen. Es liegt im Auge der gelehrten Betrachter und Virtuosen, solche Entscheidungen zu fällen. Ich bin nur ein Maler.«

»Ihr seid zu bescheiden, Maestro! Aber ich verstehe und weiß mich zu gedulden. Nur lasst mich nicht zu lange warten, denn die Krankheit verfolgt mich immer mehr, trotz Eurer wunderbar hilfreichen, aber grausamen Mittel, die mir Frieden geben und mich langsam das Leben kosten. Allzu lange kann ich nicht mehr warten auf Euer Meisterwerk.«

Früher, in seiner zerrissenen Heimat, war Sander der Meister des Schrecklichen und Dämonischen gewesen, der

Missgeburten, abgehackte Arme und eingedrückte Zahnreihen auf die Leinwand bannte. Die öffentlichen Hinrichtungen halfen als Studienobjekte und gipfelten manchmal in mehr oder minder heimlichen Schau-Sektionen der Verbrecherleiche zum anatomischen Studium, aber Sander hatte alles Nötige schon früher gesehen, während Hugo und er auf der Wanderung waren, im Wald, auf der Flucht. Sie fanden Tote am Straßenrand und mitten auf der Straße, mit Wagenspuren, die über sie führten. Sie fanden lange Körper an Galgen und zur Abschreckung aufgespießte Köpfe, sie sahen Kriegsverwundete mit fehlenden Gliedmaßen und schrecklichen Wunden, Krüppel mit Krücken oder auf kleinen Wagen über die Plätze der Städte kriechen. Wenn sie Glück hatten, fanden die Brüder in ausgeplünderten Häusern nicht nur etwas zu essen, sondern auch einen Körper, der noch Kleider trug, oder Schuhe, die sie nehmen konnten. Der Krieg ist ein großer Lehrmeister.

Aber Sanders Kreaturen wurden auch aus anderen Erinnerungen geboren. Eine Kindheit auf dem Dorf lässt viel Zeit, um all dem Gekrieche und Gehüpfe nachzujagen, das sich im hohen Gras versteckt. Die langen Beine und gepunkteten Körper der Frösche und Lurche, die Warzen einer Kröte und ihr seltsam eitler Gang, der metallische Glanz der Schmeißfliegen, die riesigen Sprungbeine einer Heuschrecke, die Füße einer Ente im Dorfteich und die unheilvolle Konzentration der Spinne prägten sich ihm ein und krochen gewissermaßen in diesen Zeichnungen und Entwürfen wieder zum Vorschein.

Sander hat es schon immer geliebt, die Geschöpfe der Natur zu beobachten; und während die Pflanzen den größten Teil seiner Aufmerksamkeit in Anspruch nehmen, bleibt doch immer noch genug für andere Arten der Schönheit. Die meisten Menschen suchen die Schönheit nur da, wo sie nicht mehr lebendig ist, alle Spannung verloren hat. Natürlich sind junge Menschen schön und Rosen, das tiefste Blau, Marmor aus Carrara, die Brüste einer Frau, die Spannung im Arm einer antiken Skulptur, flammende Sonnenuntergänge.

So eine Schönheit ist trivial; aber wer hat schon einmal gesehen, wie atemberaubend der feine, weißlich graue Pelz eines verschimmelnden Körpers ist, der bläuliche Glanz gerade eröffneter Gedärme oder die Anmut einer Hand, weiße Haut und rotes Fleisch, scheinbar auf etwas zeigend? Wer kennt die Herrlichkeit der Fäulnis und die Erhabenheit von Gevatter Tod, die sich in allen seinen Werken zeigt?

Alles kann schön sein, man muss es nur mit den richtigen Augen sehen. Am leichtesten ist das im Frühling, beim Anfang aller Dinge, wenn aus dem toten Holz der Bäume plötzlich Blätter sprießen und die ersten Triebe aus dem Boden kommen, so schnell zertreten und doch so stark, dass sie Steine sprengen können. Sie sind winzig klein, anfangs noch kaum zu sehen, aber sie sind schöner als alles, was es sonst noch gibt; das ist wahre Schönheit.

Sanders Monster und Ungeheuer entstehen aus tausend unheiligen Verbindungen zwischen all diesen Elementen, als hätte sich eine Kröte mit einem Mann gepaart, als seien einem Knaben plötzlich schimmernde Libellenflügel gewachsen und einer Frau der Unterleib eines Fisches mit den Fühlern eines Mistkäfers. Es ist die allgemeine Unzucht der Natur, die sich in seiner Fantasie ihren Weg bahnt, der Unsicherheit der Formen, der Verwandlungen, und so steht er in einer langen Reihe anderer, die ähnlich verstörende Vorstellungen gehabt und diese Kreaturen mit besonderer Vorliebe in ihre apokalyptischen Szenarien hineingemalt haben. Meister Bosch ist der Vater von ihnen allen gewesen, der, den sie in den Niederlanden Jeroen nannten, auf Französisch Jerome und auf Deutsch Hieronymus.

Fast unwillkürlich sind Sander diese Figuren aus der Feder geschlüpft, als er angefangen hat, sich im Detail über den Altar Gedanken zu machen. Er muss es nur zulassen, dann entstehen fliegende Fische mit gefährlich gezahnten Mäulern, auf denen Segelboote durch die Luft fliegen oder aus deren Rücken ganze Gebäude emporwachsen, eine Felsgruppe, die sich als ein riesiger Arsch erweist, Männer mit Hundeköpfen und katzengesichtige Frauen, Affen mit Fledermausflügeln, böswillige Kopffüßler mit glänzend runden Insektenaugen und hauerbewehrte Wildschwein-Wichte, Leichen, die ihren Gräbern mit dem Grinsen eines Totenschädels entsteigen, eine Echse mit dem Gesicht eines Richters und ein verwaister Daumen in Daumenschrauben, ein Männchen, das nur aus Schwanz und Hoden zu bestehen scheint, seltsame geschuppte Wesen mit Schmetterlingsflügeln, Dämonen die aussehen wie geschorene Kreuzungen aus Eber und Hündin, Teufel, die fast ganz Ziege waren, Wickelkinder mit Pferdeschädeln, eine ernsthafte Eule mit der Mitra eines Papstes. Er zeichnet Fische, die Fische auskotzen die Fische auskotzen die Fische auskotzen, Seeteufel mit Menschenbeinen, Krüppel mit Körpern, die nutzlos wuchern wie Kletterpflanzen, Würdenträger mit Vogelgesichtern, Ratten in Menschengestalt, irisierende Drachen und seltsame Krebse mit tragischen Mienen – Ohren und Schwänze und Schnauzen und Schuppen und Klauen und dunkle Löcher da, wo sonst die Augen wären.

So versammelt Sanders Skizzenbuch alles, was bizarr ist

auf dieser Welt, hässlich und unverständlich, verkehrt und auf den Kopf gestellt, gegen die göttliche Ordnung, Früchte verbotener Beziehungen, Geschöpfe gegen die Natur. Und doch bewegt sich die Natur genau so. Sie verbindet, was noch nicht verbunden war, sie verändert, zerstört, schafft neu, aber diesmal anders, ungewohnt, ungeheuerlich. Jede Reise führt ins Land der Ungeheuer.

Es wird also ein flandrisches Jüngstes Gericht werden. Die italienische Mode will immer wieder Orgien wunderschön proportionierter Körper mit unglaublichen, unwahrscheinlichen Muskelmassen. Sander aber will tiefer vorstoßen, bis in die Welt, in der die verkrüppelten Leidenschaften der Seele sich als erschreckende Bastard-Kreaturen manifestieren und einander aus dem Weg gehen, bespringen, jagen oder zerfetzen. Nur da, in dieser Sphäre, kann das Jüngste Gericht stattfinden, da, wo der Schrecken ganz nackt ist.

Seine Blumengirlanden und welkenden Sträuße haben nicht teil an dieser Landschaft, die so düster ist, dass die Details im Hintergrund nur im Flammenschein einer zentralen Feuersbrunst zu erkennen sind. Die Ebene ist voller Schrecken und Schmerzen, Jagd und Plünderung, voller teuflisch aussehender Gestalten, die die Sünder aus ihren Häusern zerren und mit glühenden Ketten vor sich hertreiben oder an den Haaren hinter sich herschleifen, voller Halbwesen, die kopflos versuchen, vor dem Glutregen zu fliehen, der von einem enormen Vesuv im Hintergrund in die Luft geschleudert wird. Der Himmel glüht im Widerschein dieses kosmischen Brandes, Wolkenmassen türmen sich bleiern und schwefelgelb auf – so sieht er es vor seinem geistigen Auge, denn bis jetzt ist das plangehobelte und mit Grundierung versehene Malpaneel aus teuer importiertem Eschenholz noch leer. Aber sie sollen ihren Platz bekommen, die Pflanzen, Boten einer allmächtigen Natur, die auch das Jüngste Gericht gelassen überdauern wird, so wie sie vorher zahllose Kriege, Seuchen und schreckliche Ereignisse überdauert hat.

Am Tag nach dem Jüngsten Gericht wird irgendwo eine Knospe aufblühen, die den Feuerregen und die Blitze des göttlichen Zorns nur einen Fingerbreit unter der Erdkruste überlebt hat. Nach allem Schrecken, dessen Gott und die Menschen fähig sind, wird die Sonne wieder aufgehen und auf Blumen scheinen. Schlingpflanzen werden sich um Ruinen ranken, die Leichen zahlloser Erschlagener werden Kompost für Blütenteppiche.

Tagelang zeichnet Sander so, während Maddalena im Hof spielt und Chiara mit einem Buch unter dem großen Baum vor der Mühle sitzt. Ein Blatt nach dem anderen wird von Fabelwesen bevölkert, deren schuppige, schleimige, faltige oder mit scharfen Stacheln versehene Haut tastbar scheint, deren fauliger, fischiger, schwefliger Geruch aus dem Papier strömt.

Maddalena ist fasziniert von all diesen Wesen. Noch nie hat sie so etwas gesehen, so viele seltsame Tiere, so viele kleine Körper. Manche bringen sie zum Lachen, andere machen ihr eine solche Angst, dass sie sich am liebsten vor ihnen verstecken würde, wieder andere wirft sie angeekelt und mit einem kleinen, schrillen Schrei zurück, als hätte sie sich die Hand daran verbrannt.

Manchmal sitzt Maddalena mit einer Schiefertafel im Gras nahe bei ihm und zeichnet selbstvergessen eine Blume oder die Mühle oder ihre eigenen kleinen Teufel und Ungeheuer, so sehr in ihre Gesten vertieft, dass ihre Zunge jede Bewegung ihrer Finger nachverfolgt.

»Du kannst das besser«, stellt sie enttäuscht fest, als sie ihre Tafel mit seinen Schöpfungen vergleicht.

»Ich habe auch schon sehr, sehr lange geübt.«

»Können Frauen auch Maler werden?«

»Ja«, sagt er, »sogar sehr gute. Ich kannte einmal eine Malerin, eine wunderbare Malerin und eine wunderbare Frau.«

»Und wo ist sie jetzt?«

»Sie ist gestorben.«

»Wolltest du sie heiraten?«

»Ja«, antwortet er langsam. »Das wollte ich. Das hatte ich gehofft.«

»Das ist traurig«, sagt Maddalena.

Sander ist einen Augenblick lang in Gedanken verloren. Es scheint ihm unmöglich, dass erst ein Jahr vergangen ist, seit Diana umgekommen ist, mit ihrem Kind, ihrem gemeinsamen. Viel Zeit scheint seitdem vergangen, als wäre es ein anderes Leben gewesen. Nur der Schmerz, den er bei dem Gedanken an sie empfindet, erinnert ihn an die Wirklichkeit.

»Da kann man nichts machen!«, sagt er endlich, fast ins Leere hinein. »So etwas passiert. Das Glück ist immer zerbrechlich.«

Er fühlt, dass diese Zerbrechlichkeit einer natürlichen Ordnung entspricht. Das Leben blüht am Rand des Todes, eine dauernde Bewegung weg von der Totenruhe, die alle unweigerlich einholt, eine dauernde Störung der Ewigkeit, für die die Toten sich an den Lebenden rächen. Das Glück wäre weniger kostbar, wenn es nicht immer von seiner Zerstörung bedroht wäre, und das Unglück wäre unerträglich, wenn der Wind des Schicksals sich nicht auch ohne guten Grund zum Besseren wenden könnte, so wie es das für ihn getan hatte.

In Rom hatte sich das Schicksal einen Spaß bereitet mit ihm, hatte alles vor seinen Augen aufgebaut und ihn sich danach recken lassen, nur um es dann wegzuschnappen wie ein böswilliges Kind, das mit einer Katze spielt. Jetzt hat ihn dasselbe gleichgültige Schicksal mit all den Dingen bedacht, um die er vor Jahren noch so viel gegeben hätte, und er weiß, er weiß nur zu genau, dass er sich nicht daran gewöhnen und es nicht zu sehr lieben darf.

»Warum hat Gott das Glück so zerbrechlich gemacht?«, fragt sie. »Will er nicht, dass wir glücklich sind?«

»Noch eine gute Frage! Da weiß ich auch keine Antwort drauf.«

»Das macht nichts, Onkel. Ich glaube, wenn ich erwachsen bin, will ich Malerin werden.«

»Wirklich?«

»Dann kann ich den ganzen Tag Teufel und Engel malen!«

»Ja, das kannst du. Dann sollten wir dich bald in die Lehre geben!«

»Oh, Onkel Sandro, kann ich bei dir in die Lehre gehen?«

Das Glück ist immer zerbrechlich, schießt es ihm durch den Kopf, als er antwortet: »Das wird nicht gehen, mein Liebling. In Neapel suchen die bösen Männer immer noch nach dir, dort bist du nicht sicher. Wenn du wirklich malen willst, dann musst du weg von hier gehen, nach Norden, wo dich niemand kennt. Da kannst du dein Handwerk lernen.«

»Wo nach Norden? Bis da, wo die Walfische sind?«

»Nein, nicht so weit! Sonst kann ich dich ja nicht mehr sehen! Nach Bologna vielleicht oder nach Mailand oder nach Venedig.«

»Nicht noch weiter nach Norden, an die eisige See, dort, wo du herkommst?«

»Nein, das brauchst du nicht. Und das wäre auch nicht sicher.«

»Warum nicht?«

»Weil dort Krieg herrscht, schon seit langer Zeit. Kein Ort für ein junges Mädchen wie dich.«

»Und in Venedig ist kein Krieg?«

»Nein, dort ist kein Krieg, und dort gibt es große Maler.«

»Und du? Kommst du mit nach Venedig, Onkel Sandro?«

»Ich würde gerne! Aber gerade jetzt arbeite ich hier und muss das Geld verdienen, womit ich diese Mühle zahlen kann und Giovanni und seine Frau und meine Gesellen in der Werkstatt. Einige Zeit wird das noch dauern. Und ich habe noch etwas zu erledigen hier, bevor ich wegkann.«

»Was denn?«

»Na, den Altar, für den ich hier die Skizzen mache!«

»Und wenn der fertig ist?«

»Wenn der fertig ist, sehen wir weiter!«

Sander streicht ihr über das Haar. Sie weiß selbst nicht genau, wie alt sie ist. Etwa zwölf Jahre alt, schätzt Chiara, aber sie könnte auch ein Jahr älter sein, denn die ärmeren Kinder bekommen weniger zu essen und wachsen langsamer. Sie hat wahrscheinlich viel Hunger gelitten und ist klein geblieben für ihr Alter, obwohl sie jetzt isst wie ein Scheunendrescher. Der Namenstag der heiligen Magdalena ist im Juli, aber sie selbst sagt, sie sei nach ihrer Großmutter benannt worden. Auf jeden Fall ist sie noch ein Kind, noch keine junge Frau.

Sie ist ihm ans Herz gewachsen, auch wenn er immer wieder darüber erstaunt ist, aus was für einer anderen Welt sie kommt. Ein Kind vom Dorf wie er, aber aus der bitteren Armut. Sie hat einen hellen Kopf und ist neugierig, und sie vermisst andere Kinder und redet, redet, redet auf ihn ein. Trotzdem sind ihre Gespräche noch sehr einfach. Er hat noch immer Schwierigkeiten, ihren Dialekt zu verstehen, der für ihn fremder klingt als Spanisch. Auf dem Land hat jedes Dorf seine eigene Art mit Worten. Von Chiara lernt Maddalena Italienisch, wie Chiara selbst es in diesem Alter gelernt hat. Die Kleine fängt sogar an zu lesen. Abends, beim Kaminfeuer, sitzt Sander mit ihr auf dem Schoß und einem Buch vor sich und hilft ihr, die Buchstaben zu entziffern und Worte zu formen. Es ist nicht einfach gewesen, Bücher für sie zu finden. Die Autoren der Antike sind zu fremd, Dante zu schwierig, Petrarca zu unverständlich, Ariosto zu langweilig, Boccaccio und Aretino nichts für ein Mädchen, das da herkommt, wo sie herkommt. So liest Sander abends die krausen Abenteuer des Rasenden Roland vor, Orlando Furioso, der Ritter, der verrückt wird aus Liebe, sodass sein Freund zum Mond reisen muss, um seinen Verstand in einer kleinen Flasche wieder zurückzuholen. Maddalena liebt diese Geschichte so sehr, dass er sie immer wieder vorlesen muss. Sie sitzt neben ihm, hört zu, hält sich an seinen Knien fest, wenn sie Angst hat, oder flieht in Chiaras Arme, schläft an sie geschmiegt ein, wenn er zu lange liest. Er liest gern zu lange, fühlt das Vertrauen dieses kleinen, warmen Körpers zwischen sich und Chiara. Am nächsten Morgen nimmt er Maddalena zu sich an den großen Tisch in der Küche, und sie lesen einige Verse aus der Geschichte vom vorigen Abend, langsam und gemeinsam.

Es dauert nur einen Monat, seine Zeit in der Mühle neigt sich dem Ende zu. Aufträge warten, sie müssen zurück. Er lässt hinter sich seinen Garten, seine Bibliothek mit botanischen

Büchern – und das Kind, das er beginnt zu lieben wie sein eigenes. So kehrt er gemeinsam mit Hugo und Chiara in das Labyrinth aus Häusern und Gassen zurück, in denen die feuchte Sommerhitze steht wie ein See aus Schwere.

In der Werkstatt in Neapel herrscht Chaos. Einer der Gesellen hat ein Mädchen aus der Nachbarschaft geschwängert und muss sich jetzt vor der Rache ihrer Familie verstecken, ein anderer war in eine Schlägerei in einem Wirtshaus verwickelt und ist unter Arrest. Die Arbeit geht nicht voran, die Lieferanten drohen, weil sie nicht bezahlt worden sind, Kunden schicken Boten, um sich nach ihren Kommissionen zu erkundigen.

Sander hat mit solchen Zuständen nicht gerechnet. Von dem Moment an, an dem er die Werkstatt betritt und miterleben muss, wie ein Lieferant von gutem Rahmenholz Hugo beschimpft und vor allen Arbeitern anbrüllt, legt er die Ledertasche mit seinen Skizzen zur Seite und macht sich daran, Ordnung zu schaffen. Er beruhigt den Lieferanten und schickt ihn mit Versprechungen wieder fort, er beruhigt Hugo, der zitternd vor Demütigung im Hof steht, er beginnt ruhig und methodisch, die versäumten Arbeiten nachzuholen, gibt Anweisungen, wo es nötig ist, ergänzt Details, korrigiert Kompositionen, überwacht die Grundierung der Leinwände und das Auftragen von Firnis.

Auch Don Pedro ist von seinem Landsitz zurückgekehrt und fordert Sanders Anwesenheit. »Es ist vollkommen unannehmbar, dass meine Berater sich eigenmächtig für so lange Zeit entfernen!«, faucht er ihn an, mit ungewohnter Wut.

Tatsächlich gehen die Dinge nicht gut für ihn. Im Gerangel um Kompetenzen mit dem Vatikan ist er in eine ungünstige Situation geraten. Bonifazio hat es zuwege gebracht, dass der Papst persönlich erklärt hat, die Inquisition müsse wieder direkt von Rom aus gelenkt werden, ein durchsichtiges Manöver, aber auch ein wirksames.

Vom ersten Tag in der Stadt an wird Sander wieder verschluckt von einem Strudel der Geschäftigkeit, von Forderungen, Bedürfnissen, Notwendigkeiten. Er schafft Ruhe unter seinen Arbeitern, skizziert, entwirft und legt selbst in der Werkstatt Hand an. So kommt der Winter, ohne ihm Gelegenheit zu geben, den Altar zu beginnen oder auch nur für ein oder zwei Tage aufs Land zu fahren und Maddalena zu besuchen. Er schreibt ihr Briefe. Mit Maddalenas Lesekünsten ist es nicht weit her, und der alte Giovanni kann auch nur stockend lesen. Daher schreibt Sander nur kurze Grüße mit vielen Zeichnungen, die einfach zu verstehen sind, die einen Menschen zum Lachen bringen können. Während er sie unter seinen Händen entstehen sieht, denkt er an das gurgelnde Kichern seines kleinen Schützlings. Der Gedanke daran, bald wieder aufs Land fahren zu können, trägt ihn weiter.

»Du vermisst sie, nicht wahr?«, fragt Chiara ihn, gleich beim ersten Wiedersehen.

»Wen?«

»Ja, das ist eine gute Frage.« Chiara sieht ihn eindringlich an. »Ist es Diana? Maddalena? Wen vermisst du?«

»Irgendetwas vermissen wir alle!«, sagt Sander kurz.

»Richtig, mein Schatz«, antwortet sie, ungerührt von seinem brüsken Ton, »und deswegen ist es wichtig zu wissen, was genau es ist. Die alten Ärzte hätten gesagt, dass diese Melancholie aus zu viel schwarzer Galle resultiert, aber ihre Ansichten werden längst angezweifelt. In Sizilien hätten die Sklaven gesagt: Du bist von bösen Geistern besessen.«

»Und was sagst du?«

»Dass ich, Geliebter, mit dir nicht über andere Frauen und kleine Mädchen reden möchte! Dass ich will, dass du mich liebst, jetzt, hier, und ohne Galle oder Geister. Vom Reden allein kommt keine Heilung. Heilung kommt nur durchs Tun!«

Sie legt ihre Arme um Sander und beginnt, ihn zuerst auf die Stirn, dann auf Lippen und Kinn zu küssen.

»Lass uns allein sein«, flüstert sie, »ich will, dass du für heute Nacht nur mir gehörst.«

XXVII

Die Stimmen der Geister

Verehrter Mancini!
Fast ein Jahr ist vergangen, seit ich das letzte Mal die Freude hatte, Euch zu sehen – und so vieles ist in der Zwischenzeit passiert! Lange bin ich überhaupt nicht zu Atem gekommen. Jetzt aber scheint die größte Bedrohung und Dringlichkeit der Dinge überwunden, und während der letzten Monate ist es mir sogar gelungen, bei den Schiffen im Hafen und im botanischen Garten hier vor Ort meine eigenen Nachforschungen anzustellen und ein bescheidenes Herbarium anzulegen, für solche Pflanzen, die ich zu Pigmenten verarbeiten kann oder die als Nahrung für besondere Tierchen dienen können, aus denen sich Farben gewinnen lassen, aber auch andere Kräuter, denen medizinische Wirksamkeit zugesprochen wird.

Es ist mir ein Vergnügen, Euch mit derselben Post einige Setzlinge zu schicken, die Euch für Eure Sammlung oder sogar für den Gebrauch im Hospital interessieren könnten, Pflanzen, die, so sagte man mir, ihren Ursprung im Heiligen Land und in Armenien haben. Die Blätter der armenischen Rauke sind von immens verästelter Feinheit, wenn sie einmal gewachsen ist, und aus ihren Wurzeln lässt sich ein Saft gewinnen, der blutstillend wirkt. Das Gewächs aus dem Heiligen Land ist schwerer zu bestimmen, aber es hat die Fähigkeit, lange ohne Wasser zu überleben und dann gleich wieder zum Leben zu erwachen. Ihr werdet sehen.

All diese Wissenschaft und stille Gelehrsamkeit weit weg von dem Gebrüll und Gestank der Stadt ist allerdings ein bloßer Traum für mich, denn mein Leben findet gegenwärtig in ganz anderen Kreisen statt. Ich lebe im tiefsten Schlamm von Unmoral und Aberglaube, müsste aber verhungern, wenn es nicht so wäre. Und nicht nur ich: Mehrere Münder müssen gestopft und Menschen beschützt werden. Also versuche ich, mich zu fügen in dieses neue Leben.

Ein böses Schicksal hat mich und meinen Bruder bis hierher verfolgt, aber die Schatten beginnen, sich zu lichten. In dieser Stadt, in der zu tausend Heiligen und heidnischen Göttern im Märtyrergewand gebetet wird und in der Tag und Nacht Opferkerzen vor den Altären brennen, ist vielleicht alles möglich. Hier hausen die Furien und Dämonen in uralten Erdspalten, in die sie verschwinden können, in denen sie sich für einige Jahrhunderte verstecken können, oder Jahrzehnte, oder nur Tage, um dann unverhofft wieder herausgeflogen zu kommen und das nächste Schicksal zu verderben.

Das, lieber Freund, ist der Riss, der durch mein Leben geht, wie eine Bruchstelle, die unter der feinen Lasur eines Gefäßes verborgen ist. Oh, es geht mir prächtig, wenn Ihr mich anseht! Ich stehe einer großen Werkstatt vor, habe Aufträge von den ersten Familien der Stadt, werde von der Kirche mit Kommissionen versorgt, habe das Ohr eines mächtigen Mannes und ein Salär, über das ich mich nicht beklagen kann. Das also ist Maestro della Molina, der im Kardinalspalast ein und aus geht und Kirchen dekoriert, der Mann, den die Leute sehen und den viele von ihnen beneiden und gerne scheitern sehen würden, denn ein Hof ist ein Ort der Neider und der Intriganten. Je höher der Maestro also fliegt, desto näher fliegt er zur Sonne, da, wo ihm die Flügel schmelzen. Weitab von neugierigen Augen findet ein anderes Leben statt. Im Verborgenen habe ich andere Verpflichtungen, andere, zarte Verbindungen, die das grelle Licht der Sonne nicht vertragen. Dort liegt alles, was mich froh macht, alles, wonach mich verlangt. Dort liegen die höchste Hoffnung und die tiefste Angst. Mehr als gemalte Schönheit interessiert mich die Schönheit, die ich male. Mehr als imitierte Pflanzen interessieren mich diese rätselhaften, faszinierenden Gewächse selbst, die endlos großzügige Vollkommenheit der Natur.

Die Leute hier sind fromm und sehnen sich nach himmlischer Gerechtigkeit, weil es auf diesem Flecken Erde keine gibt, weil die Armen immer arm bleiben werden und ein Besatzer nach dem anderen sie ausquetschen und dann wegwerfen wird wie Früchte am Ende des Markttags, damit die Ratten und die Straßenkinder sich darum streiten.

Glücklich der, der ein Stück Gerechtigkeit hier unten schafft, sagt eine Stimme in mir, auch wenn es ein teuer erkauftes Glück ist. Gerechtigkeit fordert Blutopfer, sie ist unerbittlich. Menschlicher wäre eine Welt ohne Gerechtigkeit, ein Leben, in dem sie durch Barmherzigkeit ersetzt würde, aber ich habe zu viel gesehen, um an diese schöne Tugend noch zu glauben.

Barmherzigkeit ist das grausamste aller Ammenmärchen, denn so viel Gottvertrauen endet in Gemetzel. Jedes Atom in meinem Körper und in dem, was man gemeinhin Seele nennt, sehnt sich aber nach nichts mehr, als diese beiden großen Tyrannen einfach zu vergessen und mich zurückzuziehen.

Mein Leben ist hier, in einer Stadt, die, sofern möglich, noch intensiver stinkt als Paris, katholischer ist als Rom, mörderischer als die Niederlande und verkommener als Venedig. Hier ist die Frau, deren Bett ich teile, hier ist mein Dienstherr, der ständig meine Präsenz verlangt, hier sind die Aufträge, hier ist der Vertrag, dessen Erfüllung mich zu einem freien Mann machen wird, zum Herrn über seine eigene Zukunft. Nur die Furien können alles zunichtemachen, was der planende Verstand erschafft.

Dieser planende Verstand richtet sich auf die Zukunft eines Mädchens, das hier zu meinem Schützling geworden ist, Maddalena, die ich gerne ausbilden würde. Es wäre allerdings unmöglich, sie nach Neapel zu bringen, nach allem, was dort vorgefallen ist.

In Rom habe ich nur Euch als Freund und einen erklärten und mächtigen Feind, der mir ein Leben dort unmöglich machen würde. Um das Mädchen zu einer echten Malerin zu machen, einer Künstlerin, die Diana Nobili in nichts nachstehen würde, müsste sie aber bald in eine Werkstatt eintreten. Sie wegzuschicken brächte ich nicht übers Herz.

Der Gedanke an sie, die glücklich ist und mit leuchtenden Augen eine Krähe zeichnet, die vor ihr auf einem Ast sitzt, gibt mir die Kraft, tagein, tagaus die Launen meines Arbeitgebers zu ertragen.

Es ist mir fern, verehrter Dottore, Euch unnötigerweise mit meinen trivialen Sorgen zu belasten, aber es ist auch wahr, dass ich Euren Rat und Eure Meinung suche, denn ich habe wenige Freunde in dieser Welt, wenige Menschen, denen ich vertrauen kann, und diesseits der Alpen seid nur Ihr in dieser Position. Ich bitte Euch also, meine Direktheit nicht als Unverschämtheit zu nehmen, sondern als das Kompliment, das sie tatsächlich ist, denn ich bin ratlos; und die Versuchung ist enorm, von meinen Plänen einfach abzulassen und zu verschwinden aus diesem Leben, in dem es nichts Gutes geben kann, einfach wegzugehen, weit weg von hier, alles hinter mir zu lassen.

Aber gleichzeitig weiß ich wohl, dass die Mächte, mit denen ich hier in Berührung geraten bin, mir keine Möglichkeit zum friedlichen Rückzug geben würden, dass ich wieder ein Gejagter sein würde, irgendwo ganz von vorne beginnen müsste und doch mein Gepäck immer mit mir tragen würde, und Hugo, der meines Schutzes bedarf und der mich jeden Atemzug meines Lebens daran erinnert, wie zerbrechlich das Glück sein kann. Ich habe lange aufgehört zu wissen, nein, ich habe noch nie gewusst, wie ich leben soll. Ich habe die Schöpfung des Herrn auf tausendfache Weise verschönert und dargestellt und er hat mich am Leben gelassen dafür – aber was für ein Leben ist es?

Aber ich raube zu viel von Eurer kostbaren Zeit, verehrter Dottore! Ohne Zweifel seid Ihr auf dem Weg ins Hospital oder zu einem Treffen mit Gelehrten. Wie gern ich mit Euch gehen würde! Wie mich danach verlangt, mich mit Euch über Pflanzen und deren Erforschung auszutauschen! So aber bleibt mir doch die Hoffnung darauf, dass Ihr meine bescheidene Bitte erhört und Eure Gedanken bezüglich meiner Lage zu Papier bringt. Ich wäre Euch ewig dankbar.

»Was schreibst du, Liebster?«

»Einen Brief an einen Gelehrten in Rom, der eine große Pflanzensammlung hat. Er hat mir geholfen, damals, jetzt schicke ich ihm Pflanzen aus meinem Garten. Du würdest ihn mögen. Er ist Arzt und schätzt kluge Frauen!«

Sander nimmt die Blätter, die er beschrieben hat, und steckt sie in seine Ledertasche, etwas schneller als gewöhnlich. Chiara weiß, dass er nicht nur über Pflanzen geschrieben hat, aber sie will nicht in ihn dringen. Er ist nicht mehr er selbst, seit sie von ihrem Sommer in der Mühle zurückgekehrt sind. Sein Blick ist meilenweit entfernt, er vergisst alles um sich herum, und er will vergessen. Nächtelang sitzt er in irgendwelchen Tavernen, meist allein, gelegentlich auch mit Fremden, bis Hugo ihn auflesen und nach Hause bringen muss, wo er am nächsten Tag noch in seinen Kleidern aufwacht. Oft steht er am Morgen einfach auf, nimmt ein Stück Brot und tunkt es in Wein und geht dann in die Werkstatt. Er arbeitet mit einer grimmigen Konzentration, und häufig hat er sich tagelang nicht gewaschen und rasiert.

Nur für sein Erscheinen im Palazzo muss er sich herrichten: ein frisches Hemd mit Rüschenkragen, der unter der hoch schließenden schwarzen Jacke hervorsteht. Die Jacke selbst aber wechselt er nie. In einer Stadt voller Schneider trägt er immer dieselbe Handwerkerjoppe, nicht angemessen für einen Palazzo voller Priester und Intriganten, aber ihn kümmert das nicht.

Manchmal ist sein einziger Wunsch, dass all dies hier aufhört, dass der Vesuv ausbricht oder der Herr, wenn es ihn gibt, wirklich das Jüngste Gericht schickt oder zumindest einen Krieg, einen Aufstand, ein Erdbeben – etwas, um diese schreckliche Monotonie zu durchbrechen oder sie ganz zu beenden, ein für alle Mal. Vielleicht haben die sizilianischen Sklaven recht mit ihren Geistergeschichten, vielleicht ist Sander wirklich von Dämonen besessen. Aber er kennt sie.

Er hat sie aus Flandern mitgebracht, in seinem Kopf, wo sie hausen, in seinen tiefsten Gedärmen.

Die Stimmen dieser Geister können nur durch Wein und Arbeit und Liebe ertränkt werden, aber der Weg zur Arbeit ist ihm immer mehr verstellt. Er will gar keinen Pinsel mehr zur Hand nehmen, er schafft es kaum noch. Seine Hand verliert die Sicherheit der Geste, die instinktive Kennerschaft, der Pinsel zittert, die Zeichenkohle bricht. Einmal hat er einen Wutausbruch in der Werkstatt, als er mit unsicher gesetzten Strichen eine gute Komposition zerstört. Hugo ist um ihn herum wie der sprichwörtliche Schatten und lässt ihn nur selten aus den Augen, die Werkstatt beginnt, Zeichen von Verwahrlosung zu zeigen.

Chiara fühlt sich machtlos, ihrem Geliebten zu helfen. Sie spürt die Kraft der Dämonen, die an ihm zerren, aber sie kennt diese Dämonen nicht, und er weigert sich, sie zu benennen. Auf ihr Drängen hat er ihr zumindest gezeigt, woran er auf dem Land so intensiv gearbeitet hat. Vielleicht sind es ja diese seltsamen Fabelwesen, die seinen Kopf überflutet haben, denkt sie sich, und jetzt müssen diese missgeborenen Kreaturen erst wieder ausgeschwemmt werden, bevor das Glück zurückkommen kann. Sie spürt: Diese Arbeit, die er immer wieder hinauszuzögern scheint, dieser Altar ist wichtig für ihn, ist ein Werk, an dem er selbst wachsen oder zerbrechen wird. Auch darüber aber weigert er sich zu sprechen.

»Ein Jüngstes Gericht soll es werden«, sagt er trocken, »mit Feuer und Verdammnis und Weltgericht.«

»Es liegt dir sehr am Herzen? Mehr als alle anderen Werke?«

»Ist Gerechtigkeit nicht wichtig in dieser Welt? Sollten

nicht alle Verbrecher zur Rechenschaft gezogen werden für ihre Taten?«

»Es sollte so vieles sein, was nicht ist. Trotzdem glaube ich dir nicht.«

»Warum nicht?«

»Weil du wie ein Priester daherredest. Deine Gerechtigkeit ist etwas für Altarbilder, pünktlich am Sankt Nimmerleins-Tag. Hier unten ist es noch nie so gewesen und wird es auch nie so sein. Es wird immer ein Kampf sein, zwischen den großen Herren, die glorreiche Siege erringen, und den jungen Frauen, die ihren Geliebten verlieren. Es ist ein Kampf hier unten, Sandro. Um uns herum, in diesen Straßen, sterben die Kinder, weil sie nicht genug zu essen bekommen, und die Frauen bringen tote Babys zur Welt, weil ihre Körper zu sehr geschwächt sind von Hunger und von dem Pestgestank, der im Sommer zwischen den Häusern brütet. Nachts, wenn du nicht aufpasst, wird dir die Kehle durchgeschnitten für ein paar Silberstücke oder nur so, als Mutprobe, zufällig. Hier leben die, die nirgendwo anders leben können, die zu mir kommen müssen, weil ihnen niemand helfen kann.«

»Du beschreibst dieses Viertel wie die Vorhölle!«

»Ich bin mir sicher, einer der uralten Gänge unter unseren Füßen führt direkt dorthin! Manchmal meint man, da unten schon die Wärme des Höllenfeuers auf der Haut zu spüren oder den Schwefelgestank in der stickigen Luft zu riechen, aber vielleicht sind das nur die Dämpfe und die Hitze des Vesuv, der sich darauf vorbereitet, wieder einmal durchzuatmen wie ein uralter Gott, der nur alle tausend Jahre einmal erwacht und dann wieder den Schlaf der Steine schläft. Nein! Keine Vorhölle, aber nicht weit weg davon. Es ist ein ewiger Kampf, ein Krieg aller gegen alle. Und am Tag des Jüngsten Gerichts werden vielleicht die klappernden Skelette der Fürsten und Prälaten vor Gottes Thron stehen, um seinen weisen Richtspruch zu erwarten, aber Gott selbst wird nicht dort sein. Sie starren alle auf den leeren Thron und die Herrlichkeit der himmlischen Chöre und der Cherubim und Seraphim, und sie wenden ihre Augen zum Sitz des Herrn – und er ist leer. Niemand weiß, wohin Gott verschwunden ist oder wie lange er fort ist.

Bis er wiederkommt, kann das Jüngste Gericht nicht tagen, und die vorgeladenen Angeklagten und ihre Zeugen und Advokaten vertreiben sich die Zeit und vertreten sich die Beine und schlagen ihre Zelte auf, um zur Stelle zu sein, wenn das große Ereignis endlich stattfindet, aber inzwischen verlassen Ströme von anderen das Gericht und ziehen als ruhelose Seelen um die Welt. Warum soll Gott am Gerichtstag ein anderer sein als an allen anderen Tagen?«

»Jetzt bist du die Theologin«, sagt Sander ungeduldig.

»Ich? Niemals!« Sie lacht.

»Es muss Gerechtigkeit geben«, murmelt er.

»Wessen Gerechtigkeit, mein Schatz? Die der Herren oder die der Knechte?«

»Ein Gesetz für alle.«

»Geschrieben von wem?«

»Macht es einen Unterschied, wer die Feder hält?«

»Nicht, wer die Feder hält, aber wer diktiert.«

»Es muss Gerechtigkeit geben«, wiederholt er. »Ohne Gerechtigkeit gibt es kein Glück auf der Erde.«

Chiara sieht ihren Geliebten an, seine dunkel verzweifelten Augen, die tiefen Ringe darunter.

»Schläfst du zumindest, mein Liebling?«

»Ich brauche keinen Schlaf. Ich kann ja nicht arbeiten – wer müsste da schlafen?«

»Was treibt dich nur um? Kann es wirklich sein, dass ein Bild dir das antut? Warum ist es anders als alle anderen?«

»Ich kann es nicht sagen. Es holt Erinnerungen ans Tageslicht, die längst begraben waren.«

»Lass sie hinter dir, begrab sie wieder, schick sie weg und belege sie mit deinem Bann. Niemand kann es sich leisten, mit solchen Bildern die Dämonen zu ernähren, die in uns wohnen. Du musst sie aushungern, diese Dämonen, sonst fangen sie dich und reißen dich mit in die Tiefe.«

»Ja«, sagt er leise, »so fühlt es sich an.«

Er nimmt einen Schluck aus dem Zinnbecher, der noch halb voll ist mit Rotwein.

»Komm!«, bittet Chiara ihn. »Bleib hier heute Nacht.«

»Ich kann nicht schlafen.«

»Ich werde dir etwas geben, dann schläfst du. Irgendwann musst du zur Ruhe kommen, sonst trifft dich eines Tages der Schlag. So ergeht es Menschen, die an gebrochenem Herzen sterben, sagt man. Sie ruhen nicht mehr, essen nicht mehr, schlafen nicht mehr. Sie vergehen, verglimmen wie eine Kerzenflamme.«

Chiara mischt zwei Löffel einer dunklen Flüssigkeit in Sanders Wein, er trinkt den Becher aus, und sie bettet seinen Kopf in ihren Schoß, während ihm der Mohnsaft langsam in die Glieder zieht, ins Herz und ins Hirn, das schon nach wenigen Atemzügen beginnt, die sonst so scharfe Grenze zwischen dem, was ist, und dem, was geträumt wird, zu verwischen, so wie die Wellen eine Linie verschwinden lassen, die in den Sand gezeichnet ist.

Das Jüngste Gericht folgt ihm bis in die letzten Windungen seiner Träume, und die zahllosen Entwürfe, die er bis jetzt für den Altar gemacht und ungeduldig wieder zerrissen oder verbrannt hat, zeichnen eine Landschaft, bevölkert von absurden Mischgestalten, durch die er wandert, unverwundbar und unendlich weit.

Er wacht aus großer Tiefe auf und sieht in das sanfte Gesicht von Chiara, die ihn an der Schulter rüttelt.

»Sander! Hörst du mich?«

»Ich höre dich.«

»Du hast lange geschlafen! Es ist Mittag!«

»Ich hätte ewig weiterschlafen können.«

»Jetzt aber musst du aufwachen. Der Kardinal hat nach dir geschickt. Ich habe dich entschuldigt, aber er insistiert. Hugo ist hier. Er hat die Nachricht gebracht.«

Sander setzt sich auf. Seine Augen brauchen einen Moment, um wieder die Welt außerhalb wahrzunehmen. Er überschlägt kurz, warum er hier ist und was er erlebt hat, dann sagt er:

»Danke.«

»Wofür?«

»Dass du mich gerettet hast, vor den Dämonen. Manchmal sind sie stärker als ich.«

»Ich weiß«, sagt sie, »aber du bist nicht allein.«

»Was will Seine Eminenz von mir?«

»Er lässt nur ausrichten, deine Anwesenheit sei dringend vonnöten. Er lässt auch ausrichten, dass seine Geduld an ihrem Ende angelangt ist und er bewaffnete Wachen schicken wird, wenn du nicht freiwillig kommst. Da ist Wasser zum Waschen, ich habe auch Brot, Oliven, etwas Fisch und Wein. Du kannst dich noch stärken, bevor du deinen heiligen Gönner triffst. In den letzten Tagen hat sich sein Gesundheitszustand wieder verschlechtert, sagt man.«

»Hast du die Medikamente für mich, die ich ihm geben soll?«

»Ich habe sie schon vorbereitet, du kannst sie mitnehmen. Ich wünsche ihm ein langes Leben. Schließlich zahlt sein Geld jeden Tag für einen Teller Suppe für Dutzende von armen Kreaturen, die sonst hungrig schlafen müssten!«

Sander erschrickt, als er Don Pedro sieht. Nur einige Tage sind vergangen seit ihrem letzten Treffen, aber die Krankheit ist mit Macht zurückgekehrt. Gerade sind zwei Diener dabei, Seine Eminenz zu schminken und zu pudern, um die Wunden zu verdecken. Er trägt eine große, weiße Schürze über seiner Soutane, die das Puder auffangen soll, sein Kopf schwebt darüber wie ein Kohl mit welken Blättern. Ein Teller steht auf dem Tisch neben ihm. Es sieht so aus, als habe einer der Diener ihm gerade noch etwas Suppe eingeflößt.

Die Schminke ist zu dick aufgetragen und zu unregelmäßig, Guzmán extrem ungeduldig. Der Schweiß steht ihm in großen Tropfen auf der Stirn, es ist unerträglich heiß in diesem Saal mit seinen riesigen Fenstern und geschlossenen Fensterläden. Vom Meer kommt der Geruch von brackiger Verwesung.

Der Kardinal herrscht Sander an:

»Wie wagt Ihr es, Euch ohne meine Zustimmung einfach so zurückzuziehen? Ihr tragt Verantwortung hier!«

Sander verbeugt sich und bleibt in dieser Haltung.

»Ach, steht doch auf!«, kreischt Don Pedro. Seine Stimme ist dünn und überschlägt sich.

Er hat Schmerzen, denkt Sander kühl, und braucht mich. Er braucht das Laudanum, er wird zum Gefangenen seiner eigenen Legende. Er ist der Märtyrer, der Freund der Armen, der um ihretwillen fastet und Buße tut. Sein Bild erscheint auf Straßenaltären. Er kann nicht von einem Doktor Laudanum verlangen – diese Stadt hat wenige Geheimnisse, und die Leute brauchen etwas, woran sie glauben können, und er braucht sie.

»Ich bin Euch stets zu Diensten, Eminenz«, antwortet er.

»Ihr!«, herrscht Don Pedro seinen Schreiber Don Alfonso und die beiden Kammerdiener an. »Ihr könnt euch zurückziehen!«

Die Männer verlassen das Studierzimmer des Kardinals.

»Es hat wieder angefangen«, sagt Don Pedro, der nach so viel Anstrengung noch immer keucht.

»Das sehe ich.«

»Ich werde Eure Dienste brauchen.«

»Was immer Ihr verlangt.«

»Das ist es ja! Ich brauche Euch hier, ich brauche Eure Verbindung zu gewissen Kreisen. Aber ich brauche Euch auch woanders, in Sizilien.«

»In Sizilien?«

»Eine wichtige, vertrauliche und dringende Sache. Ich würde selbst hinfahren, aber ...«

»Worum handelt es sich?«

»Die Schmerzen!«

»Ich verstehe nicht ...«

»Die Schmerzen! Habt Ihr nichts, was Ihr mir dagegen geben könnt?«

Sander zieht eine kleine Flasche aus seiner Gürteltasche und reicht sie Don Pedro, der mit zitternder Hand den Korken abzieht und gierig einen Schluck trinkt. Er steckt den Korken in den Flaschenhals, steckt das Fläschchen in seinen breiten Gürtel und lehnt sich seufzend in seinem Sessel zurück.

»Es ist eine delikate Geschichte. Ich brauche Euch, um mich juristisch zu vertreten.«

»Ich bin kein Advokat, Eure Eminenz.«

»Aber Ihr seid mein Vertreter!«, zischt der Kardinal unter einer letzten Welle von Schmerzen, bevor die Erleichterung einsetzt.

»Hört mir zu und unterbrecht mich nicht. Ich habe nicht viel Zeit. In Palermo sitzt ein junger Mann im Gefängnis. Er ist des Mordes angeklagt und wird hängen, wenn ihm niemand hilft. Ich will, dass Ihr nach Palermo reist und ihn befreit.«

»Ihn befreit?«

»Ich habe doch gesagt, Ihr sollt mich nicht unterbrechen!«, keift der Kranke. »Ihr sollt ihm nicht mit Waffengewalt zur Flucht verhelfen. Dieses Problem verlangt nach einer feineren Klinge. Ihr werdet nach Palermo reisen, mit einer ansehnlichen Menge Gold. Dort werdet Ihr Euch umsehen, was die Bedürfnisse und die Begehrlichkeiten aller Beteiligten sind. Und Ihr werdet das Geld verteilen. Für gute Werke. Es gibt immer eine Kirche, die renoviert werden muss, ein Waisenhaus, das Schuhe braucht für die Kleinen. Um das richtige Resultat zu erzielen, wäre ich sogar bereit, eine ganze Kirche ausmalen zu lassen oder eine Kapelle zu bauen im Namen von einem oder zwei Männern, die auf der Richtbank sitzen.«

»Ich soll die Richter bestechen?«

»Für Gerechtigkeit sorgen sollt Ihr! Das bedarf manchmal unkonventioneller Mittel.«

»Gerechtigkeit?«

»Dem jungen Mann, der hängen soll, wurde großes Unrecht angetan.«

»Was ist passiert?«

»Das ist eine lange Geschichte.«

»Wer Richter besticht und dabei ertappt wird, beendet sein Leben am Ruder einer Galeere. Wenn ich einen so gefährlichen Auftrag annehme, muss ich wissen, was passiert ist, ob er unschuldig hingerichtet werden soll.«

»Nein«, sagt der Kardinal, »nicht unschuldig. Aber ihm wurde Unrecht angetan. Er verdient, dass ihm geholfen wird.«

»Wie lautet die Anklage?«

»Man wirft ihm vor, einen anderen Mann in einem Handgemenge tödlich verletzt zu haben. Ein Unfall sicherlich.«

»Wie hat er ihn verletzt?«

»Der Mann bekam einen Stich in den Bauch mit dem Dolch, den der Angeklagte in seiner Hand hatte. Er ist daran verblutet. Gott sei seiner Seele gnädig.«

»Und wer war dieser andere Mann?«

Der Kardinal verzieht seinen Mund zu einem bitteren Grinsen.

»Das ist es ja«, sagt er, die Augen halb geschlossen, »es war ausgerechnet der mickerige Spross einer großen Familie in Palermo. Ein junger Mann, der für seine Schlägereien, seine Hurerei und allgemeine Unzucht bekannt war, ausgerechnet an den ist der Angeklagte geraten.«

»Wie heißt dieser Angeklagte?«

»Don Fernando Ortiz. Ihr müsst ihn freibekommen. An Gold soll es nicht fehlen, auch für Euch nicht, wenn Ihr erfolgreich seid.«

Einen Moment lang schweigt Don Pedro und dämmert vor sich hin, dann fügt er hinzu:

»Ich weiß es zu schätzen, wenn man mir einen Dienst erweist.«

»Wenn ich das schaffen soll, muss ich mehr wissen über ihn. Warum ist es zu dieser Messerstecherei gekommen?«

»Bei einem Würfelspiel. Der Mann hat ihm vorgeworfen, ein Betrüger zu sein.«

»Und ist er das?«

»Es wurde ihm gelegentlich vorgeworfen, in Spanien, wo er herkommt. Er musste das Königreich zeitweise verlassen.«

»Was hat ihn dazu gezwungen?«

»Schulden bei den falschen Leuten, sagt man mir, Spielschulden.«

»Und die Justiz?«

»Ja, es gab Anschuldigungen gegen ihn.«

»Welcher Art?«

»Auseinandersetzungen über das Spiel, tätliche Auseinandersetzungen.«

»Ihr wollt, dass ich nach Sizilien reise, um einen Messerstecher zu befreien, der in mindestens zwei verschiedenen Ländern beim Würfeln betrogen und jetzt einen Mann erstochen hat? Noch dazu einen jungen Mann aus einer wichtigen Familie? Auch wenn es mir nicht zusteht, etwas so Direktes zu fragen, so bin ich doch überzeugt, dass ich es wissen muss, um meine Arbeit zu tun. Was liegt Euch an diesem jungen Mann?«

»Er ist mein Sohn!«

Der Kardinal hält inne, atmet mehrmals tief durch. Dann sagt er: »Wagt es niemals, davon jemand anderem zu erzählen. Ich habe es selbst immer abgestritten; und meine Rache kann fürchterlich sein.«

Der Kardinal lächelt. Langsam treibt sein Geist davon. »Geht jetzt!«, befiehlt er. »Macht Euch bereit für die Reise. Die Verhandlung findet in drei Wochen statt, Ihr habt nur wenig Zeit, das Notwendige zu veranlassen. Ich erwarte Euch hier, gleich morgen, mit dem Geld und mit genauen Instruktionen. Eure Überfahrt ist bereits arrangiert, Ihr werdet per Segelboot nach Palermo reisen.«

»Ich soll allein fahren?«

»Selbstverständlich, Maestro! Ich habe großes Vertrauen in Euch. Aber man darf die Menschen auch nicht zu sehr in Versuchung führen. Hugo wird in Neapel bleiben. Er wird täglich im Palazzo vorsprechen und mir ein Fläschchen wie dieses hier bringen.«

Der Kardinal tätschelt seinen Gürtel. Dann ist er wieder einige Augenblicke lang still.

»Sollte er nicht erscheinen«, spricht er fast mechanisch weiter, »wird die Inquisitionswache ihn aufstöbern und festnehmen, um sicherzustellen, dass ihm nichts passiert ist. Ich fühle mich verantwortlich für sein Wohlergehen, während Ihr auf Sizilien weilt.«

»Und was, wenn er das nicht will?«

»Oh, das glaube ich kaum. Jeder Mensch braucht einen Protektor. Über Euch beide gehen die seltsamsten Geschichten herum, erzählt man mir. Ihr habt eine kleine Hure auf dem Land versteckt, ein Kind noch, und fahrt immer wieder hin, um dort allein mit ihr zu sein, so sagt man mir. Ich persönlich fühle, dass ich nicht den ersten Stein werfen sollte, ich bin sicherlich nicht frei von Sünde, aber die Lehre der heiligen Kirche wie auch die Gesetze des Königreichs der beiden Sizilien sind da diffiziler. Und Euer geschätzter Bruder ist zwar nicht sehr gesprächig, aber es gibt Kreise in dieser Stadt, wo ihn fast jeder kennt. Es ist und bleibt das größte Laster hier, die jungen Adeligen, die nur an ihre Pferde denken und an teure Kleider und sich mit Dienern umgeben, als wären sie große Herren. Sie reiten herum, um sich mit ihrer eigenen Schönheit zu brüsten, und nach Einfall der Dunkelheit praktizieren sie ihre unnatürliche Liebe hinter verschlossener Tür oder ganz offen, im dunklen Winkel einer Seitengasse. Es gehört zu meiner mir vom Herrn anvertrauten Aufgabe, meine Augen und Ohren überall zu haben, wie Ihr wisst. Euer Bruder taucht immer wieder auf in den Erzählungen, die mir zu Ohren kommen. Das ist hier vielleicht nichts weiter Bemerkenswertes, aber die heilige Kirche blickt noch immer nicht mit Wohlgefallen darauf. Sodomie wird mit dem Scheiterhaufen bestraft, wie Ihr wisst. Hugo ist durch meine wohlwollende Freundschaft sehr geholfen und Euch auch, lieber Maestro. Ganz zu schweigen von der afrikanischen Hexe, die Ihr damals so großzügig gerettet habt. Wie ich höre, weiß sie sich zu bedanken und ist eine Respektsperson im Viertel. Man braucht Fürsprecher. Sie hat ihre Neider. Schon morgen kann jemand sie wieder beschuldigen, mit Beweisen, gegen die auch Eure Silberzunge nichts auszurichten weiß. Wie Ihr seht ...«

Der Kopf des Kardinals fällt sanft auf seine Schulter. Er ist eingeschlafen.

TEIL III

XXVIII

Palazzo dei Tribunali

Palermo, November 1601

Zum ersten Mal in seinem Leben ist Sander sich bewusst, am Rand Europas angekommen zu sein, an der äußersten Grenze der Welt, die er kennt. Die Bauwerke zeigen die Hand islamischer Baumeister, die über die Jahrhunderte hier Moscheen, Paläste und Wohnhäuser errichtet hatten. Händler aus dem gesamten Maghreb, afrikanische Sklaven, Ritterdynastien aus dem Norden und spanische Soldaten haben im Dialekt der Städter und in den Gesichtern ihre Spuren hinterlassen. Hier verfließen die Unterschiede und formen eine eigene Art, zu sprechen, zu essen, zu lieben, miteinander zu leben und zu sterben.

Sander ist inkognito hier und mietet sich unweit des königlichen Palastes in einer respektablen Absteige ein. Er hat sich nicht im Hafen registriert. Streng genommen, ist er Ausländer und müsste direkt zum Zollamt gehen, um dort auszusagen, was er hier zu tun gedenkt, wo er übernachten wird und wie viel Geld er mitgebracht hat, aber Sander zieht es vor, solchen Fragen aus dem Weg zu gehen.

Zum ersten Mal in seinem Leben ist er allein, ohne Schatten. Fast fühlt es sich an, als würde ihm ein Arm fehlen, als würde er eine offene Wunde herumtragen mit sich. Sein Bruder ist Geisel seines Erfolgs, alle sind es, aber nun ist er selbst zum Schatten geworden.

Er lässt sich durch die Straßen treiben, vorbei an der großen Kathedrale mit ihren maurischen, strengen Ornamenten und römischen Säulen, dem Königspalast, der auf einen Felsvorsprung gekrallt dasitzt, erhaben über die fleischlichen, fauligen Aromen, die durch die Straßen ziehen und mit Orangenblüten und Jasmin überladen werden, ein argwöhnischer Wächter über die Stadt, bewohnt von Generationen von Usurpatoren. Seine Augen sind überwältigt von den Farben, die hier noch reicher, lauter, leuchtender wirken als in Neapel. Die Früchte und die Fische auf dem Markt scheinen in den Strahlen der Wintersonne zu leuchten und zu funkeln.

Sein Gang durch die Straßen hat auch einen praktischen Grund. Seine Mission steht vor dem Scheitern, noch bevor sie angefangen hat. Die Richter, deren Namen Don Pedro ihm zusammen mit einem prall gefüllten Geldgürtel übergeben hat, lassen sich verleugnen, sind gerade nicht in der Stadt, sind zu beschäftigt. Der Name des spanischen Kardinals, merkt er, flößt ihnen nicht gerade Vertrauen ein.

Weltliche Richter beklagen sich schon seit Langem, dass die Inquisition immer wieder ihre Zuständigkeiten überschreitet, und jetzt schickt der Inquisitor von Neapel sogar einen Abgesandten, der hier gewissen Leuten seine Aufwartung machen will. Es kann nur darum gehen, den Richtern in die Arbeit hineinzupfuschen. So lässt man Sander am langen Arm verhungern. Ihm bleibt nichts anderes übrig, als zu warten und zumindest Vorarbeiten zu machen.

Sander ist auf dem Weg zum Palazzo dei Tribunali. Er hat keine Eile, er muss nachdenken. Der örtliche Kardinal weilt auf seinem Landgut und bedauert, nicht helfen zu können. Auch direkt ist nicht an die Richter heranzukommen, denn sie werden in der Öffentlichkeit von bewaffneten Begleitern beschützt. Immer wieder hat es Vorfälle gegeben, bei denen ein wutentbrannter Adeliger die Dinge selbst in die Hand genommen und sich für unliebsame Urteile gerächt hatte. Richtern ist es zwar erlaubt, ein Schwert zu tragen, aber die meisten von ihnen sind zu alt und kurzatmig, um es noch wirkungsvoll zu gebrauchen.

Es sind noch kaum zehn Tage bis zum Prozess, und Sander hat Schreiber des Sekretärs des Senatsvorsitzenden mit einigen Scudi und einem Krug Wein dazu gebracht, ihm zumindest eine Unterredung mit dem Sekretär zu ermöglichen. Er soll zu seinem Amtszimmer kommen.

Zu seiner Überraschung lassen die Wachen am Tor Sander einfach durchgehen. Einige Augenblicke später steht er vor dem Sekretär, einem hageren Mann mit streng rasiertem Haar, der ihn misstrauisch beäugt.

»Womit kann ich dienen?«, fragt er.

Nach dieser Begrüßung setzt er sich an seinen Tisch und wendet Sander den Rücken zu. Er ist dabei, einen Brief zu kopieren.

»Es geht um eine kurze Besprechung mit dem würdigen Richter.«

»In welcher Angelegenheit?«

»Eine Sache vertraulicher Natur.«

»Ich bin sein Sekretär. Er vertraut mir.« Der Sekretär schreibt weiter, ungerührt.

»Es ist eine private Frage.«

»Ihr wünscht die Audienz?«

»Ich bitte Euch darum.«

»Ihr bittet mich darum, wollt mir aber weiter nichts sagen?«

»Euer Gnaden ...«

»Gnade oder nicht – so wird es nicht gespielt. Wenn Ihr auch nur eine Minute mit dem würdigen Richter wollt, geht es nur durch mich.«

»Es geht um einen jungen Mann, der des Mordes angeklagt ist ...«

»Ach, Don Fernando, den Sohn des Kardinals?«

»Ihr wisst davon?«

»Wir sind hier vielleicht nicht in Rom oder Paris oder Madrid, aber es ist immer gefährlich, die Menschen in der Provinz zu unterschätzen.«

»Ich selbst bin ein stolzes Kind der Provinz.«

»Mag sein. Aber Palermo sieht nur von Neapel her aus wie Provinz. Von hier gesehen, erscheint es andersrum. Nun, da Ihr so weit gekommen seid, möchte ich doch von Euch wissen – glaubt Ihr dass er unschuldig ist?«

»Ich weiß es nicht.«

»Ich kann es Euch sagen. Er ist schuldig wie Adam, wie Judas und wie die Erbsünde selbst. Er hat einen guten jungen Mann erstochen, aus einer der vornehmsten Familien. Meint Ihr, jemand von weit her sollte sich einmischen in die Affären dieses Gerichtes, damit noch ein Barbaras frei geht?«

»Ich glaube, dass mein Auftraggeber eine Lösung vorschlägt, die für alle Seiten von großem Vorteil sein könnte, und dass es ihm nie auch nur im Entferntesten einfallen würde, die Unabhängigkeit der sizilianischen Gerichtsbarkeit anzuzweifeln, aber er fühlt sich dazu gerufen, zum Erhalt des Körpers der heiligen Mutter Kirche beizutragen und zur Verfügung

zu stellen, was auch immer zur Renovierung oder Instand-
haltung von Gebäuden und Stiftungen notwendig ist.«

»So ernst ist es ihm, hm?«

Der Sekretär schreibt mit kratzender Feder. Nach einer
kurzen Pause sagt er:

»Meinetwegen, warum nicht? Vielleicht könnt Ihr den
Richter überzeugen. Aber ich muss Euch warnen. Er wird
nicht gern zum Narren gehalten.«

»Das ist nicht meine Absicht.«

»Umso besser. Seid morgen gegen die Mittagszeit wieder
hier, ich werde schauen, dass Ihr fünf Minuten allein mit ihm
bekommt. Das muss er selbst entscheiden. Ihr könnt jetzt
gehen.«

Zum zweiten Mal steht Sander vor dem Palazzo dei Tribunali, ein Name, mit dem Eltern ihren Kindern Angst machen;
wenn sie nicht gehorchen, einem Ort des Schreckens für alle,
die sich schuldig fühlen, und das heißt für alle, ausnahmslos,
denn in diesem stattlichen Palast sind die weltliche und geistliche Gerichtsbarkeit Seite an Seite vertreten, und Sünder
gegen König und Kirche werden hier eingekerkert, gefoltert
und verurteilt.

Einen Moment lang geht Sander im Staub auf dem Platz
vor dem Palazzo auf und ab, um sich zu sammeln. Hier werden die Ketzer verbrannt, hier werden Diebe und Mörder im
ersten Morgenlicht gehenkt, gerade wenn der Markt beginnt.

Der Palast selbst ist eine Trutzburg direkt am Meer, ein
imposanter Quader aus goldenem Stein, der in den oberen
Stockwerken von delikaten, nach maurischer Manier in geo-
metrischen Bändern und Mustern gearbeiteten Fenstern durchbrochen wurde.

Die Wachen lassen Sander in den Innenhof, und er zögert einen Moment in den Arkaden, versucht, sich zu orientieren. Die Herbstsonne zeichnet geometrische Muster mit den Säulen und Bögen. Von dieser Unterredung wird vieles abhängen.

»Mein Sekretär berichtet mir, dass Ihr mich sehen wolltet«, stellt der Präsident des Senates fest, als Sander vor ihm steht. »Meinen tiefsten Dank, dass Ihr es möglich gemacht habt.«

»Bedankt Euch nicht bei mir, sondern bei ihm«, sagt der Richter und gestikuliert in die Richtung seines Sekretärs. »Ich wollte eigentlich meine Essenszeit nicht verkürzen, aber wie ich höre, kommt Ihr in vertraulicher Mission, mit einem Angebot.«

Der Richter lächelt Sander an. Er hat ein rundes, sanftes Gesicht mit einer scharfen Nase, und er ist offensichtlich klein gewachsen. Sander vermutet, dass er hinter seinem Tisch ein oder zwei Bücher auf seinen Stuhl gelegt hat, um größer zu erscheinen. Das Bemerkenswerteste an dem Richter aber ist seine Stimme, die einmal hoch und fistelnd ist und dann mit einem Wort wieder in einen tiefen Bass abstürzt, jeder Satz ein Ritt über Berg und Tal.

»Eure Exzellenz ist zu gütig«, antwortet Sander. »Ich komme im Auftrag einer interessierten Partei.«

»Des Kardinals Don Pedro de Guzmán?«

»Wie ich sehe, seid Ihr bestens unterrichtet.«

»Nachrichten reisen manchmal noch schneller als die Menschen, die sie bringen! Was besorgt Seine Eminenz so sehr, dass er einen Emissär nach Palermo schickt?«

»Es geht um das Schicksal eines jungen Mannes, der hier im Kerker sitzt.«

»Der Angeklagte Fernando Ortiz«, souffliert der Sekretär, der sich im Hintergrund hält.

»Ortiz?« Der Richter sieht Sander an. »Warum interessiert sich der Kardinal für einen ordinären Mörder und Falschspieler?«

»Sagen wir: Er hat gewisse Obligationen vertraulicher Natur gegenüber seiner Familie.«

»Und sagen wir auch: Dies ist eine Sache für die sizilianische Gerichtsbarkeit, ohne Einmischung aus Neapel und schon gar nicht von der Kirche!«, stellt der Richter fest.

»Selbstverständlich, Exzellenz!«, sagt Sander und verbeugt sich.

»Was also ist der Vorschlag von Don Pedro?«

»Er will zum Wohle der Kirche eine größere Summe spenden, für der Gemeinschaft dienliche Projekte, Bauunternehmungen, wohltätige Zwecke. Selbstverständlich steht es den Empfängern frei, das Gold so zu verwenden, wie sie es für sinnvoll ansehen. Er hat dabei besonders an die ehrbaren Mitglieder des Senates dieser Kammer gedacht, die aufgrund ihres treuen Dienstes an der Kirche wie auch aus ihrer berufliche Erfahrung am besten wissen, wie solche Gelder zu verteilen sind.«

»Eine größere Summe, sagt Ihr?«

»Ich bin bevollmächtigt, jetzt gleich zweitausend Scudi auszuzahlen.«

»So viel habt Ihr bei Euch?«

»Auch durch die schönen Straßen von Palermo würde ich so viel nicht einfach mit mir herumtragen, aber es ist an einem sicheren Ort nicht weit von hier.«

»Und als Gegenleistung für so viel Großzügigkeit?«

»Wie gesagt, Seine Eminenz würde sich nicht einen Augenblick lang anmaßen, in die Belange der hiesigen Gerichte einzugreifen. Trotzdem kann ich mit Sicherheit sagen, dass es seine Seele erheben würde, wenn Don Fernando mit christlicher Milde beurteilt wird, und dass er dem Senat und seinen Mitgliedern in großer Dankbarkeit verbunden wäre, wenn es zu einem Freispruch käme. Die Dankbarkeit des Kardinals drückt sich in harter Münze aus.«

»Und Ihr geschätzter Don Alessandro, Ihr steht hier vor mir, um mir diese Nachricht zu überbringen?«

»Ich habe die Ehre, das zu tun, ja.«

Der Richter erhebt sich von seinem Sitz. Er ist sehr klein und legt den Kopf in den Nacken, während er mit Sander spricht.

»Und Ihr fragt Euch nicht, was Ihr da sagt, Ihr schämt Euch nicht?«, fragt der Richter.

»Ich verstehe nicht …«

»Ihr kommt hierher, winkt mit dem Versprechen von Gold und wollt uns bestechen, ja bestechen, um das Recht zu beugen?«

»Eure Exzellenz! Ich glaube nicht …«

»Es interessiert mich nicht, was Ihr glaubt. Für wie dumm hält uns Neapel eigentlich, dass wir in eine solche Falle tappen sollten? Man will uns als bestechliche Richter aus dem Weg räumen, weil wir für die Rechte unserer Insel einstehen, und Ihr gebt Euch dafür her!«

»Ich bin niemandes Diener!«, begehrt Sander auf.

»Nein, Ihr steht offensichtlich auf eigenen Füßen. So sehr, dass kaum jemand weiß, wer Ihr wirklich seid. Auch ich bin so frei gewesen, einige Erkundigungen einzuziehen.«

Don Lorenzo wendet sich zu seinem Sekretär.

»Habt Ihr vom Zollamt die Meldung von Don Alessandro bekommen?«

»Nein«, sagt der Angesprochene, »offensichtlich ist er nicht gemeldet.«

»Soll das heißen, er ist illegal im Land?«

»Das soll es wohl.«

»Er hat die Behörden umgangen und das Gesetz gebrochen?«

»So ist es.«

»Euer Ehren, ich wusste nicht ...«, protestiert Sander, aber der Richter beachtet ihn nicht und spricht weiter mit seinem Sekretär.

»Und er arbeitet für den Kardinal?«

»Den Großrichter der Inquisition von Neapel.«

»Er ist ein Spanier, nicht wahr?«

»Kardinal Guzmán, ja.«

Dann wendet sich der Richter endlich wieder Sander zu. Er lächelt.

»Und Ihr, verehrter Don Alessandro, Ihr kommt nicht aus diesem Land.«

»Nein, geboren wurde ich im Norden, in den Niederlanden.«

»In den Niederlanden? Eine Besitzung der spanischen Krone, eine rebellische Provinz, in der es seit Jahrzehnten Krieg gibt, in dem protestantische Banditen die kaiserlichen Armeen immer wieder angreifen und jede christliche Ordnung unmöglich machen, ein Nest der Anarchie und der Unmoral und der Gottlosigkeit. Da kommt Ihr her?«

»Ich selber würde es nicht so beschreiben.«

»Aber wie würdet Ihr selber Euch beschreiben?«

»Ich bin ein Maler, ein Handwerker.«

»Ein katholischer Handwerker?«

»Als ich geboren wurde, war ich Protestant, aber ich verlor

meine Eltern bald im Krieg und bin dann in den südlichen Provinzen in die heilige Kirche aufgenommen worden.«

»Wo wurdet Ihr getauft?«

»In Antwerpen.«

»In welchem Jahr?«

»Das Jahr war 1582.«

»In welcher Gemeinde?«

»In der Liebfrauenkirche.«

»Seht Ihr«, sagt der Richter gedehnt, »diese ganze Geschichte erscheint mir zu unwahrscheinlich, zu gut! Der Waisenknabe, der zum berühmten Maler wird und auf dem Weg auch noch das Sakrament der Taufe erhalten hat, der einen Kontinent durchquert und jetzt in vertraulicher Mission unterwegs ist. Es gibt hier einfach zu viele Dinge, die dringend der Klärung bedürfen.«

»Was meint Ihr, Eure Exzellenz?«

»So wie ich es sehe, gibt es verschiedene Möglichkeiten. Zum Ersten natürlich Eure eigene Geschichte des spanischen Kardinals, der einen Mörder befreien will und dafür enorme Bestechungsgelder anbietet. Das scheint mir, mit Verlaub gesagt, die unwahrscheinlichste aller Varianten. Dann gibt es die, in der jemand Euch angeheuert hat, um uns der Bestechung zu überführen: der königliche Hof, die Inquisition, der Vatikan, politische Rivalen hier, ein Minister in Madrid – wer kann es sagen, es ist auch wirklich nicht wichtig, so plump, wie es gehandhabt wurde. Möglich ist auch, dass Ihr ein mieser Spion seid, der hierhergeschickt wurde, um dies oder das herauszufinden, um Informationen zu verkaufen an einen unserer Feinde, und fast alle unsere Nachbarn sind verfeindet mit uns. Noch wahrscheinlicher aber scheint mir die Idee, dass Ihr auf eigene Faust handelt, dass es weder den Auftrag des Kardinals gibt noch seine goldenen Scudi, sondern nur einen ehrgeizigen Betrüger oder politischen Unruhestifter. Und warum ausgerechnet Don Fernando? Vielleicht, weil der in Spanien nicht nur des Falschspiels angeklagt war, sondern auch der bewaffneten Rebellion? Zugegeben, es war ein jämmerlicher Versuch, der bald in sich zusammengebrochen ist, und seine einzige Amtshandlung war, alle Schuldscheine zu verbrennen, darunter sicherlich auch seine eigenen. Trotzdem! Ein Unruhestifter, ein Umstürzler, ein Meuterer. Vielleicht soll er ja irgendwo eingeschleust werden? Vielleicht fermentiert Ihr selbst eine Rebellion gegen die Krone, gegen die heilige Kirche? Ein protestantischer Unruhestifter, ein Wolf im Schafspelz.«

»Eure Exzellenz!«

»Unterbrecht mich nicht, verdammt!«, herrscht der Richter Sander an. »Denn jetzt kommen wir zu Euch. Wer sollte Euch glauben, dass Ihr tatsächlich ein getaufter Katholik seid, wie Ihr behauptet, dass Ihr nicht jedes mal, wenn Ihr zum Abendmahl geht, Euch an unserem Herrn versündigt? Könnt Ihr denn auch nur das Credo auswendig?«

»Credo in unum deum …«

»Ja, ja, so was ist schnell gelernt und runtergebetet. Nun ist es aber so, dass wir in Palermo sehr gut darauf aufpassen, was für Fremde zu uns kommen und hier Geschäfte machen. Ihr habt es vorgezogen, Euch nicht zu melden und eine große Geldsumme einzuschmuggeln, Ihr kommt aus dem Nichts, um ein nicht näher definiertes Verbrechen zu begehen, und werdet wieder ins Nichts verschwinden. Vielleicht seid Ihr ein Katholik, aber vielleicht seid Ihr ein Ketzer, ein Ungläubiger, ein Spion und ein Rebell. Es tut mir leid, dieses Risiko kann ich nicht eingehen. Wache!«

Die hohe Flügeltür des Saales öffnet sich, und zwei Bewaffnete kommen herein.

»Verhaftet diesen Mann!«

Die Wachen ergreifen Sander bei den Schultern. Der will protestieren, versucht, sich loszumachen, den Sekretär direkt anzusprechen, aber der Richter verlässt den Raum, und die beiden Männer halten ihn fest gepackt. Er wird weggeschleift, in eine Zelle geworfen, und dann fällt die Tür ins Schloss.

Er ist allein, und die Mittagssonne dringt durch das kleine Fenster direkt unter der Decke. Wenigstens das.

Drei Wochen verbringt er in dieser Zelle, ohne mit irgendjemandem außerhalb der mittelalterlichen Gemäuer sprechen zu dürfen; lange genug, um sich darüber klar zu werden, wie aussichtslos seine Situation ist, lange genug, um den leibhaftigen Don Fernando kennenzulernen, der in einer benachbarten Zelle untergebracht ist.

Fernando streitet den Mord ab, er streitet ab, überhaupt der Gesuchte zu sein, er behauptet, von nichts irgendwas zu wissen. Er sei ein Wollhändler aus Sevilla, der zufällig den gleichen Namen habe, sagt er immer wieder und scheint dabei wirklich verzweifelt zu sein, er habe keine Ahnung, worin er da hineingeraten sei, es müsse eine Verwechslung sein, er wisse nicht, wer dieser Don Fernando sei, er habe ihn noch nie getroffen. Jetzt solle er gehenkt werden, obwohl er der Falsche sei, sagt der Mann, der Don Fernando genannt wird und immerhin die Privilegien einer Person von Stand genießt und nicht mit den Raubmördern und Vergewaltigern in eine Zelle geworfen wird.

Sander weiß nicht, wer dieser Spanier ist. Er hört ihm zu, wenn er mit tränenerstickter Stimme spricht, aber seine Gedanken sind in Neapel bei denen, die unter einer schrecklichen

Bedrohung stehen, wenn er versagt, und er hat versagt, und er kann nichts tun, als einen Tag nach dem anderen abzuwarten, lange genug, um von Don Fernandos Verurteilung zu erfahren und um wenige Tage darauf die Glocke zu hören, die zu seiner Hinrichtung läutet. Die Zelle neben ihm bleibt leer.

Nach einem Monat der Isolation wird er zum ersten Mal verhört. Er wird einem Richter vorgeführt. Dieser verliest ein Dokument, das aussagt, Sander sei der Ketzerei und des heimlichen Protestantismus angeklagt. Er werde verlegt. Die Reise ist nicht weit, nur wenige Dutzend Schritte von seiner alten Zelle, aber sie führt in eine andere Welt.

Anders als die Zellen der weltlichen Gerichtsbarkeit sind die Kerker des Inquisitionsgerichts überfüllt. Es gibt einen Teil für Männer und einen für Frauen. Es sind hohe Räume, in die die Luft nur durch ein kleines Fenster gelangt. Auf vierstöckigen Holzgerüsten liegen die Gefangenen. Licht gibt es nur vom Fenster, und als Sander in den Raum hineingestoßen wird, glaubt er, in dieser Hitze ohnmächtig werden zu müssen. Der Gestank im Raum ist unbeschreiblich, der Eimer in der Ecke ist voll, aber die Verzweiflung stinkt noch schlimmer.

Sander stürzt kopfüber auf den Boden und bleibt liegen. Er hört leises Stöhnen, Wimmern, tödlich schweres Atmen und ein Husten, das immer wieder die anderen Stimmen unterbricht. Zwei Stimmen über ihm sprechen flüsternd miteinander. Seine Augen müssen sich erst an die nachtschwarze Dunkelheit gewöhnen. Langsam kann er die Gestalten um sich herum ausmachen, die Gesichter.

Und dann sieht er es, an der Wand. Figuren sind da auf den Putz gemalt und Buchstaben, ganze Wortgirlanden, er kann nicht erkennen, worum es sich handelt, aber er kann sehen, dass die Bemalung den ganzen Sonnenstrahl entlang weitergeht, der durch das winzige Fenster direkt unter der Decke streifend über die Wand fällt.

»Sieh an, noch ein Unglücklicher«, murmelt ein Mann mit eingefallenem, faltigem Gesicht. Sanders Augen haben sich an das Halbdunkel gewöhnt. Etwa zwanzig Männer sind in diesem Raum, der so groß sein mag wie ein Stall für zwei Pferde. Sie sitzen oder liegen auf ihren Pritschen.

»Warum bist du hier?«, fragt die Stimme.

»Ich? Ich habe nichts getan, ich wurde willkürlich gefangen genommen.«

Sander spricht ganz ohne Betonung.

»Du auch, Bruder? Ich bin hier, weil mich das Leben strafen wollte.«

»Ich, weil ich Mandeln und kandierte Früchte nach England verkaufen wollte!«, sagt jemand aus der Dunkelheit.

»Ich, weil meine Vorfahren aus Spanien fliehen mussten!«

»Ich, weil ich ein Buch des verdammten Sieur de Montaigne bei mir hatte!«

»Und ich, weil ich der Kirche unseres englischen Königs angehöre!«

»Aber«, fragt Sander, »warum sind wir hier, wenn wir kein Verbrechen begangen haben?«

»Um zu gestehen!«

»Etwas, was wir nicht getan haben?«

»Alles! Jedes Verbrechen, alle Schuld der Welt, die größte und die kleinste Sünde. Sie sorgen dafür, dass du alles gestehst, mein Bruder.«

Der Alte hat recht. Jeden Wochentag werden ein oder zwei von ihnen aus der Zelle geholt. Manche kommen freiwillig, nachdem die Wachen an der Tür ihren Namen rufen. Andere verstecken sich im letzten Winkel der Zelle, krallen sich an die Pfosten ihrer Pritsche und müssen schreiend und um sich schlagend mitgeschleift werden.

Wenn sie zurückkommen, sind sie alle still und röcheln höchstens, um den letzten Funken Bewusstsein ringend. Sander kennt die Verhörmethoden des Tribunals. Die Inquisition darf kein unschuldiges Blut vergießen, auch nicht beim Verhör. Deswegen erfanden findige Köpfe die Streckbank und den Tratto di Corda, bei dem den Angeklagten die Hände hinter dem Rücken zusammengebunden werden und sie dann an ihren Händen aufgehängt werden, und den Tormento di Tocca, die Wasserfolter; es fließt kein Blut. Wenn einzelne Männer abgeholt werden, kann man wenig später ihre Schreie durch die Gänge gellen hören.

Dann öffnet sich die Zellentür, und der Wächter ruft Sanders Namen. Sander steht langsam auf, der Wächter brüllt ihn an. Er stolpert der Tür zu und ist vom Licht geblendet. Zwei Kerkerwachen legen ihm Ketten an. So begleiten sie ihn zu einem Raum mit einer niedrigen Tür und schubsen ihn an den Schultern voran. Drinnen ist ein Stuhl, aus massiver Eiche gebaut und mit Handschellen an den Armlehnen. In diesen Stuhl wird er hineingestoßen. Er kennt den Richter nicht, dem er gegenübersitzt. Es ist ein Mönch mit einem schütteren Bart, ein älterer Mann. Er ist von zwei Schreibern flankiert.

»Nach den Angaben, die Ihr freundlicherweise vor Don Lorenzo gemacht habt, haben wir uns der Mühe unterzogen, nach Neapel zu schreiben und Eure Geschichte zu überprüfen.«

Der Inquisitor spricht mit einer Stimme, die durch ein langes Leben hindurch fast unhörbar geworden ist.

»Seine Eminenz Don Pedro de Guzmán hat die Freundlichkeit besessen zu antworten. Er bestätigt, Euch zu kennen, und nennt Euch einen ausgezeichneten Meister Eures Fachs, der Malerei. Er schreibt auch, dass es ihm völlig unerklärlich ist, was Ihr momentan in Sizilien macht. Er legt besonderen Wert darauf festzustellen, dass er nie in die Belange der sizilianischen Gerichtsbarkeit eingreifen würde und dass er Euch keinerlei Auftrag erteilt hat, etwas in dieser Art zu tun. Er gibt weiterhin an, dass er den hingerichteten Verbrecher Don Fernando Ortiz, Gott möge seiner Seele gnädig sein, niemals getroffen hat und dass er den Namen dieses Individuums nicht kennt. Wie mir scheint, habt Ihr eine ganze Menge zu erklären.«

XXIX

Das Ertrinken

Eine Parade grotesker Gestalten schiebt sich leise klirrend in Don Pedros Beratungszimmer: vier junge Männer und zwei ältere, nebeneinander aufgereiht, mit Ketten an den Handgelenken.

Zwei von ihnen sind nackt und in Wolldecken gehüllt, mehrere haben verwischte Reste von Schminke auf ihren Gesichtern. Ihre Haare sind wirr, zwei von ihnen haben geschwollene Augen, einer eine aufgesprungene Lippe, einer hält sich den Arm, der einen unnatürlichen Winkel beschreibt.

»Der Ertrag der Razzia von gestern Abend, Eure Eminenz«, näselt Don Alfonso, der an seinem Tischchen sitzt.

»Sodomiten?«

»*In flagrante delicto* ertappt.«

»Wo?«

»In einer Wohnung nahe dem Castel Nuovo.«

»Ausgezeichnet!«, ruft Seine Eminenz und setzt hinzu: »Klagt sie an, verhört sie, das Übliche. Ich selbst werde die Sache beaufsichtigen. Diese Stadt ist wie Sodom und Gomorrha, höchste Zeit, dass ein Sühnefeuer Neapel vor einer schlimmeren Strafe bewahrt. Sie sollen brennen. Abführen!«

Vier kräftige Wachmänner ergreifen die Gefangenen.

»Den nicht!«, sagt der Kardinal plötzlich zu seinem Schreiber und zeigt auf einen jungen Mann in der Gruppe, blondhaarig und kleiner gewachsen als die anderen drei, die Don Alfonso jetzt wieder in ihre Zellen bringen lässt.

»Nehmt ihm die Ketten ab«, befiehlt der Kardinal. Eine der Wachen schließt die Fessel auf.

»Ihr könnt auch gehen«, sagt der Kardinal zu Don Alfonso, »und auch ihr, Wachen. Alles raus!«

Der Schreiber sieht ihn an, gleichzeitig überrascht und beleidigt. Die beiden Wachen kann es nicht scheren, was man ihnen befiehlt. Sie gehen. Im Wachzimmer steht ein Krug Wein.

Der Kardinal und der Gefangene sind allein.

»Hugo, mein Sohn. Sieh dich an, was soll nur aus dir werden?«, sagt der Kardinal, fast zärtlich. Es ist Morgen, und sein Kammerdiener hat ihn noch nicht für die Audienz hergerichtet, er ist ungeschminkt, bleich und hat schwarze Ringe um die Augen. Seine Lippen sind schmal, seine Wangen eingefallen, das Quecksilber frisst an ihm, fast mehr als die Krankheit.

Hugo sieht diese Schreckensgestalt nicht an, sondern starrt auf den Boden.

»Du bist die letzten drei Tage nicht mehr bei mir gewesen. Ich habe meine Medizin nicht bekommen«, sagt Don Pedro mit mühsam beherrschter Stimme. »Manchmal sind die Schmerzen unerträglich, und mein Leib ist von unbehandelten Geschwüren übersät, aber du ziehst es vor, dich anderswo zu amüsieren? Sieh mich an, wenn ich mit dir rede!« Seine Stimme schneidet in den Raum.

Hugo blickt starr vor sich hin.

»Lass dir diese Nacht eine Lehre sein, mein Sohn. Ich habe meine Augen und Ohren überall, ich weiß dich zu finden, wo immer du dich verstecken willst, ich werde dich finden, und ich werde dich bestrafen, wenn du dich weigerst, unsere Abmachung zu erfüllen.«

Don Pedro steht Hugo gegenüber. Er ist nur wenig größer als der Niederländer.

»Jeden anderen hätte ich schon längst hart bestrafen lassen für so viel Insolenz. Aber du erfüllst eine nützliche Funktion, mein Sohn. Du wirst mir meine Medikamente bringen. So regelmäßig wie Sonne und Mond wirst du hierherkommen und sie mir bringen. Deine Freunde werden hierbleiben, denn dein Bruder ist gescheitert mit seinem Auftrag. Meine Quellen sagen mir, dass ein gewisser Gefangener hingerichtet wurde und dass die Richter bis zum Schluss hart geblieben sind. Das ist nichts Geringeres als Verrat. An mir und an dir. Und dann wendet er sich an mich, dass ich für ihn bürge! Als ob ich zugeben könnte, dass er in meinem Auftrag handelt! Wir hatten eine Vereinbarung, dein Bruder und ich. Sollte er mich betrügen, so wusste er, dass dein Schicksal und das von dieser schwarzen Hexe in meinen Händen sind, und es wäre mir ein Leichtes und ein Vergnügen, euch beide zu zerquetschen.«

Hugo reagiert nicht. Er hört kaum noch, was Don Pedro zu ihm sagt, in seinen Ohren pocht die Wut, aber er versteht, dass er nicht zuschlagen darf, dass er vorsichtig sein muss, Sander hat es ihm eingeschärft, er hat ihn gewarnt vor dem Kardinal und ihm gesagt, dass der Kardinal die Macht hat, alles zu zerstören, und so steht er nur da und wendet all seine Kraft auf, um nicht loszuschlagen, um ruhig zu wirken.

»Es scheint dich gleichgültig zu lassen, was ich dir gerade

erkläre«, fährt der Kardinal fort, »so lass mich ganz deutlich sein. Dein Bruder ist fort, mit meinem Geld, mit meinem Vertrauen, er hat mich verraten. Ich sollte dich auf den Scheiterhaufen bringen, gleich neben der Hexe, aber noch seid ihr mir nützlich, und wenn ihr es schafft, mir unentbehrlich zu werden, dann kauft ihr etwas Zeit, um eure sündigen Leben weiter zu leben, eurer unnatürlichen Liebe zu frönen und auf die Erlösung durch die Leiden Jesu Christi zu hoffen. Wenn du mich aber im Stich lässt, wenn du mich nur ein einziges Mal im Stich lässt, dann werde ich kein Erbarmen kennen, und wenn du nicht zur menschlichen Fackel wirst, wirst du in den Kerkern der Inquisition um den Verstand kommen, wenn du je welchen hattest, und verrotten. Und jetzt geh! Geh schnell! Ich will dich nicht mehr sehen! Morgen gleich nach der Messe wirst du hier sein und mir geben, was ich brauche! Diener!«

Ein Diener erscheint bei der Tür.

»Bring ihn hinaus. Er ist frei!«

Als die Tür sich schließt, fällt der Kardinal in seinen Sessel zurück. Es strengt ihn an, so viel zu reden, und seine Schmerzen drohen ihm den Atem zu rauben.

Dieser Idiot macht ihn nervös. Ein Mensch, der nicht spricht, ist schwer zu lesen. Er weiß nie, ob dieser schöne Jüngling wirklich ein Kretin ist oder nicht, wie viel von dem, was ihm gesagt wird, er überhaupt versteht, ob er sich nur blöd stellt und tatsächlich alles durchschaut. Ein Gefühl von Bedrohung geht aus von seinem unschuldigen Knabengesicht, etwas zu alt geworden für seine eigene Schönheit, eine lauernde Gefahr. Don Pedro selbst ist nie besonders mutig gewesen, auch nicht als junger Mann, als er beim Militär war. Körperlicher Gewalt ist er immer aus dem Weg gegangen.

Von der Straße her dringt Lärm herauf. Pferde wiehern, ein Ochse brüllt, Männer schreien durcheinander. Mühsam erhebt Don Pedro sich und geht zum Fenster. Er bewegt den Vorhang aus Brokat zur Seite, und ein Schaft Sonnenlicht strömt rücksichtslos herein.

Draußen ist alles weißlich gleißend hell, und seine Augen müssen sich daran gewöhnen, bevor er erkennen kann, dass dort unten auf der Straße ein Ochsenkarren und eine Kutsche ineinander verkeilt sind. Ein Pferd liegt zuckend auf der Straße in seinem Blut, der Ochse ist abgeschirrt worden und muht blödsinnig vor sich hin, die Deichseln der Fuhrwerke ragen in grotesken Winkeln in die Luft. Kutschen und Karren stauen sich hinter diesem Unfall auf. Die Kutscher rufen und johlen, fordern, dass die Straße frei gemacht wird, fluchen und verwünschen die Verunglückten. Das Pferd schreit und zittert, und endlich kommt eine seiner Wachen in die Straße gelaufen, mit einer Muskete. Ein Knall echot durch die Straße, das Pferd zuckt ein letztes Mal mit seinem ganzen, riesigen Körper, dann ist es eine Sekunde lang still, bevor der Ochse wieder brüllt und die Männer es ihm gleichtun.

Don Pedro vermisst die Stille mehr als alles andere. Er sehnt sich nach seinem Landgut in Spanien, nach langen Nachmittagen der Meditation in seiner privaten Kapelle, nach dem Blick aus seinem Studierzimmer auf die eigenen Ländereien, auf einen fernen, staubigen Horizont.

Er kann es kaum erwarten, von hier abberufen zu werden. Er ist gescheitert an den Sünden dieser Stadt. Was auch immer er berührt, geht schief, so scheint es ihm. Seine Arbeit steht unter keinem guten Stern. Wenn er gewusst hätte, in was für ein Wespennest er in Palermo hineingestochen hat!

Zugegeben, er hatte die dortigen Richter unterschätzt. Er hatte gemeint, dass jeder öffentliche Beamte hier seinen Preis hat in diesem bis ins Mark verdorbenen Teil der Erde. Hätte er gewusst, dass ihr Stolz größer ist als ihre Habgier, dann hätte er Maestro della Molina nicht direkt ins Verderben geschickt. Er braucht den Maestro für die Verherrlichung des heiligen Vitalis und für seine Gnade, er braucht ihn für das Jüngste Gericht, das ihm in Spanien bei seinen Meditationen dienen soll, er braucht ihn, um diese verrottete Stadt zu bändigen.

Der Kardinal kann nicht umhin, sich gelegentlich zu fragen, warum der Herr die Menschen so ungenügend und so bis in den tiefsten Grund der Seele hinein korrupt und verdorben geschaffen hat, wie er es zulassen kann, dass so viele seiner Kreaturen sich verirren und den Flammen der Hölle anheimfallen müssen. Mit Schaudern erinnert er sich an die Verhöre des Giordano Bruno, der rundweg abstritt, dass es eine Hölle gibt. Wie soll es ohne eine Hölle Ordnung in der Welt geben? Warum soll jemand Gutes tun? Aus Liebe zu einem Gott, der all diese Verderbnis zulässt?

Don Pedro versucht, seinen Gott zu lieben, der am Kreuz gestorben ist, um ihn von allen Sünden reinzuwaschen. Aber es fällt ihm schwer, denn Gott ist fern. Don Pedro betet und meditiert, er fastet und geißelt sich selbst mit beißenden Schmerzen aus Angst vor dem ewigen Feuer, vor der sicheren Strafe. Niemand kann dem langen Arm der göttlichen Gerechtigkeit entkommen. Seine Gnade, auf der anderen Seite, ist nur selten zu erkennen.

Don Pedro denkt an seinen Hofmaler, den er wohl nie wiedersehen wird, ein Bauernopfer in einem Spiel um Leben und Tod, aber er hatte keine andere Möglichkeit gesehen, seinen einzigen Sohn vor dem Galgen zu retten, auch wenn der ein Dieb und ein Mörder war. Wer weiß, wofür della Molina büßen muss in seinem Kerker, dass es dem Herrn gefallen hat, ihm all dies zustoßen zu lassen. Der Herr straft, der Herr prüft. Don Pedro ist kein Hiob, kein tugendhafter, gerechter Mann, der plötzlich ins Unglück gestürzt wird. Er selbst ist sündig. Die Krankheit, die ihn langsam konsumiert, hat er sich selbst aufgehalst, als er seiner tierischen Lust nachgab. Er lässt den Vorhang wieder fallen, steht im Halbdunkel. Was wäre diese Welt für ein schrecklicher Ort ohne die Furcht vor dem flammenden Inferno? Sein eigener Körper, der unter seinen schweren Roben immer weiter verkümmert und Schwären produziert, deren farbloser Ausfluss seinen Verband durchfeuchtet, sodass er riecht wie ein lebendiger Leichnam, dieser Körper hat ein Leben lang Begehren gefühlt, so brennend, dass Don Pedro ihm immer wieder nachgegeben hat, damals, als junger Mann. Der Teufel selbst hat ihn an der Hand geführt, in dieser Zeit, das weiß er.

Er ist müde. Ihm ist, als würde jemand hinter seinem linken Auge ein Messer in seinen Schädel bohren. Morgen! Morgen wird er wieder seine Medizin haben, und sein Geist wird sich erheben über die Schmerzen und wird langsam wegfließen, und das Leben wird ihm wieder erträglich scheinen für einige Stunden.

Zweimal ist Sander jetzt schon ertrunken. Zweimal haben sie ihn genommen und auf eine Pritsche geschnallt und ihm einen Lappen in den Mund gestopft und dann begonnen, Wasser daraufzuschütten, immer mehr Wasser, endlose Fluten von Wasser, sodass sein Körper anfing, in brennender

Panik zu schwimmen, seine Lungen drohten zu explodieren, alle Angst, die in einem Menschen sein kann, in ihm aufstieg, mehr als ein einziger Mensch halten kann, und sein Körper mit jeder Faser brüllte und das Bewusstsein verlosch wie eine Kerzenflamme.

Sie hören auf, um ihn zu Atem kommen zu lassen und ihm Fragen zu stellen: Bist du ein heimlicher Protestant? Anerkennst du die Jungfernschaft Mariä? Für wen spionierst du? Glaubst du an die Transsubstantiation? Wo ist das Geld? Glaubst du an die Dreifaltigkeit? Für wen arbeitest du? Dann geht das Ertrinken wieder los.

Als sie ihn zum ersten Mal zurück in seine Zelle bringen – den Bauch bis zum Zerreißen gedehnt –, ist er verzweifelt, dass sie ihn wieder ins Leben zurückgeholt haben, nachdem seine Lungen vollgelaufen waren, aber der Folterknecht hat seinen Brustkorb mit gezielten Stößen leer gepumpt, bis Sander hustend und fürchterlich röchelnd wieder zum Leben erwachte und weggeschafft werden konnte.

Zitternd auf der Pritsche liegend, die er sich mit vier anderen Männern teilt, bleibt Sander unbewegt. Sein Leben hat sich in die letzten Winkel seines Geistes verkrochen, es ist stumm und regungslos in irgendeinem verborgenen Schlund seiner Seele.

Er liegt da und starrt auf die Wand gegenüber, die von einem einzigen Sonnenstrahl beleuchtet wird, einem dünnen Finger aus Licht, der sich stundenlang die Wand entlangtastet, und im Laufe dieser Stunden sieht Sander, dass diese Wand tanzt und pulsiert, klagt und betet.

Dutzende, vielleicht Hunderte von Figuren bevölkern diese Wand, eine gigantische Komposition: Links oben klafft das Maul der Hölle, ein Ungeheuer mit einem gigantischen, weit aufgerissenen Vogelschnabel, einem großen Auge und scharf gebogenen Zähnen, wie ein Kind es zeichnen würde. Aus diesem Höllenmaul kommen die biblischen Patriarchen als Strichfiguren, streng im Profil, mit großen, zottigen Gesichtern und ihren Namen über ihren Köpfen geschrieben. Im Rachen des Ungeheuers steht: Lasst alle Hoffnung fahren, ihr, die ihr eintretet.

Über den betenden Patriarchen schwebt eine Erlöserfigur, mit wenigen Strichen gezeichnet, alles Rippen und Beine und ein Kopf mit Heiligenschein und einem Kreuzstab in der Hand. Daneben – es nimmt mehrere Stunden in Anspruch und erfordert ein gutes Gedächtnis, das zu lesen und zu verstehen, was die Sonne gerade freigibt – hat jemand etwas in einer fremden Sprache geschrieben, wahrscheinlich auf Englisch, der Text scheint beschädigt zu sein an den Seiten:

he did still repente repente an call for grace and to the lorde he did still paie that god might giue him time and slace to remimber wel his ending daie the glas doth run and the cloke doth goe...

Dann kommt etwas über das Höllenfeuer und das Erwachen aus dem Sündenschlaf. Der Schreiber hat *repente* wiederholt, wohl, weil es dunkel war.

Im Laufe der Zeit und der Sonne lesen Sanders teilnahmslose Augen die Szenen an der Wand. Gedichte stehen da geschrieben, Abschiedsgrüße und fromme Hymnen, ein stehender Mann mit Bart und hohen Stiefeln, eine ganze Galerie von Heiligen, eine große und kantige Kreuzigung und der verzweifelte Aufschrei eines Kaufmanns, er sei »zum Tod verurteilt, weil ich ein Engländer bin«. Neben die Kreuzigung hat jemand die Seeschlacht von Lepanto gezeichnet,

393

Galeeren mit mehreren Reihen von Rudern im erbitterten Kampf miteinander.

Sanders ertrunkener Geist ist noch weit entfernt von einem normalen Bewusstsein. Im Halbdunkel der Körper dämmert er in seltsame Träume. Er sieht Hugos Kopf auf dem Grund des Meeres, die Augen weit aufgerissen, sein blondes Haar lose in der Strömung ondulierend, er sieht Chiaras schönes Gesicht durch die Rauchschwaden eines Scheiterhaufens, Maddalenas kindliche Anmut begraben unter dem Wanst eines schweinisch grunzenden Mannes. Er sieht ihren kleinen Körper, wie ihm Libellenflügel wachsen, wird überschwemmt von einer Heuschreckenplage gottloser Missgeburten, die seine Gedanken fressen wie zartes Laub.

Während sein Geist so getrieben wird, starrt er immerzu auf die Wand. Trotz der Dunkelheit können Sanders Augen mühelos erkennen, dass es sich hier um mehrere verschiedene Maler, vielleicht Generationen von Malern handelt. Ein fähiger Zeichner hat den Dionysos im Tanzschritt verewigt und ihm noch einen Kreuzstab in die Hand gedrückt, um ihn als Christus auszugeben. Der Maler des Kreuzwegs, der direkt unter der Decke den gefallenen Erlöser und die spottenden Soldaten gezeichnet hat, zeichnet kaum besser als ein Fünfjähriger. Die triumphierenden Figuren, die wie ein Fries unter der Decke entlanglaufen, sind sehr ungelenk, aber ein fast lebensgroßes Bildnis der englischen Königin stammt von jemandem, der weiß, was er tut.

Seine Zellengenossen arbeiten noch immer an diesem Bild, mit einem heiligen Ernst, als wäre es ihre Erlösung. Die Maler müssen sich mit der Sonne bewegen. Niemand erinnert sich, wann es angefangen hat, dass die Gefangenen riesige Bilder in einer dunklen Zelle malen, aber es ist das Einzige, was sie tun können, um nicht dem Wahnsinn oder einer tödlichen Apathie zu verfallen.

Sie arbeiten mit der Geduld von Menschen, die wissen, dass sie unendlich lange Zeit haben und dass jeder Strich, zu dem sie nicht mehr kommen werden, von einem ausgeführt wird, der nach ihnen kommt, so wie sie die Arbeit von Unbekannten übernommen haben, als sie hier eingesperrt wurden. Farben gibt es nicht. Die Gefangenen haben nichts; keine persönlichen Gegenstände, keine Bücher, kein Licht, keine Kleider zum Wechseln. Aber aus Holzkohle, Blut und Exkrementen lässt sich eine Art Tinte gewinnen, sogar in verschiedenen Schattierungen. Sander liegt da und sieht ihnen bei der Arbeit zu, und die Sonne wandert langsam über die Wand, und ein Tag verschwimmt in den nächsten. Er sagt niemandem, wie er sein Brot eigentlich verdient.

Einmal wird er noch aus seinen flackernden Träumen gerissen und vor das Tribunal geholt. Wieder wird er gefragt, wieder ertränkt, wieder wird er auf seine Zelle gebracht, wieder dämmert er zwischen Tag und Nacht dem Lichtstrahl hinterher, umgeben von den Körpern und dem Husten und Stöhnen von zwanzig fast unsichtbaren Leidensgenossen.

Die Arbeit geht langsam voran, nur einige Fingerbreit pro Tag. Es ist nicht leicht, in Blut zu zeichnen, ohne dass es die Wand hinunter rinnt, man muss lernen, aus Kot, Spucke, geriebenem Stein und Urin eine Paste zu machen, die sich mit dem Finger präzise genug auftragen lässt. Alles hier dauert lange. Es ist, als hätte die Zeit selbst den Gang der Sonne aufgehalten, sodass alles nur noch sehr, sehr langsam geschehen kann und ihr Gang über den Himmel zu einem Kriechen verlangsamt ist, Zoll für Zoll an der Wand entlang.

Sander studiert einen Streifen des Jüngsten Gerichts, den er vor sich hat. Es muss ein frommer Mann gewesen sein, der das gemalt hat. Sander selbst ist nicht fromm, auch wenn er dem Inquisitor alles zugestanden hat über die Jungfräulichkeit der Gottesmutter und die Verwandlung der Hostie und die Fürsprache der Heiligen. Sonst aber ist er zum Schweigen verdammt. Don Pedro hat ihn fallen gelassen, und so glaubt ihm niemand. Stattdessen fragen sie ihn immer und immer wieder, für wen er arbeitet, wer ihn beauftragt hat, einen gefährlichen Rebellen freizukaufen.

Während dieser Zeit zermartert er sich mit einer Frage den Kopf. Das Geld liegt an einem sicheren Ort. Natürlich werden die Schergen des Tribunals gleich seinen Raum in der Herberge durchwühlt und seine Strohmatratze mit einem Degen ausgeweidet haben, aber sie scheinen nicht im Hof nachgesehen zu haben, in dem Hohlraum unter der wackeligen Pferdetränke, sonst hätten sie ihm den Fund sicher triumphierend mitgeteilt. Es ist mehr als genug, um sich freizukaufen, aber wem kann er vertrauen? Auf welchen der Wachmänner soll er setzen? Wie schafft er es, für einen Moment mit ihm allein zu sein? Sein eigenes Leben ist ihm noch nie viel wert gewesen, aber wenn er hier stirbt und das Geld mit ihm verschwindet, droht Hugo und Chiara der Scheiterhaufen, und Maddalena wird wieder auf der Straße stehen und aufgegriffen werden und –

Die Gelegenheit kommt schneller, als er es zu hoffen gewagt hatte. Er wird zum Verhör geführt. Seine Hände sind kalt wie Eis, und er fühlt die Kälte in sich aufsteigen, als er sich zwingt, den Raum zu betreten, in dem der Tisch des Inquisitors steht, das Pult des Schreibers, der massive Eichenstuhl des Angeklagten sowie die Pritsche für die Wasserfolter mit dem Eimer und den Lumpen daneben und der Haken an der Decke, von dem die Angeklagten an ihren hinter den Rücken gefesselten Handgelenken aufgehängt werden, bis ihre Schultern knacksend aus den Gelenken springen und ihre Muskeln reißen. Manchmal werden große Gewichte an die Füße gehängt. Wer es überlebt, kann seine Arme oft nicht mehr gebrauchen, monatelang oder lebenslang.

Der Wächter befiehlt ihm, sich auf den Stuhl zu setzen. Dann wartet er. Die Kommission ist verspätet. Man redet im Gang. Der Wächter fragt, was los ist. Man hat gleichzeitig zwei Gefangene rausgebracht, aus verschiedenen Zellen. Ein Irrtum. Der Wächter fragt, ob er den Gefangenen zurückbringen soll. »Einen Moment Geduld!«, schallt es den Gang herunter.

»Wache!«, sagt Sander. Der Mann kommt auf ihn zu, sein ganzes Gesicht eine Frage.

»Wir haben nicht viel Zeit«, flüstert Sander schnell. »Ich gebe mein Leben in deine Hände. Ich habe Geld hier, viel Geld, genug für dich und deine Familie und für einen Bauernhof irgendwo in den Bergen, wenn du mir hilfst, hier wegzukommen. Wie kannst du mir vertrauen? So wie ich dir vertraue, dass du jetzt nicht gleich redest oder das Geld nimmst und damit wegläufst. Was sagst du?«

Der Wachmann dreht sich wortlos um und geht zur Tür. Er hat ein grobes Gesicht mit einer Nase, die einmal gebrochen war. In seiner Hand trägt er den schweren Stock, den die Gefangenen besonders fürchten. Der Wachmann bleibt stumm, fast so, als hätte er nichts gehört. Sander wettet alles auf diesen einen Mann, der aussieht wie ein Mörder.

»Bei meiner Herberge, unter der Pferdetränke am Brunnen,

findest du einen Hohlraum. Gold. Es gehört dir, wenn du mich hier rausbringst. Geh und nimm es. Es hilft mir hier drin nicht. Ich muss dir vertrauen. Ich muss!«

Der Wachmann steht im Türrahmen und starrt auf den Gang hinaus.

»Hast du mich verstanden?«, flüstert Sander dringlich, der Schritte kommen hört.

Der Wachmann kommt mit wenigen Schritten auf Sander zu, packt ihn bei der Schulter, reißt ihn aus dem Verhörstuhl und stößt ihn zur Tür.

»Ich muss eine Antwort haben!«

»Vorwärts!«, zischt der Wachmann und sein Stock trifft Sander in der Niere. »Du musst hier nur gehorchen!«

Seit er nach einer Nacht in einer Zelle aus dem Gefängnis entlassen wurde, lebt Hugo in Angst. Er allein ist frei. Die Männer, mit denen er sich getroffen hatte, sind noch immer eingekerkert. Man sagt, ihnen würde der Prozess gemacht. Man sagt auch, vielleicht handle es sich um einen Irrtum. Man sagt, die jungen Männer seien aus gutem Hause und ihnen werde nichts passieren. Man sagt, sie seien schon so gut wie tot. Man sagt vieles und weiß nichts.

Er ist jetzt oft in Chiaras Haus und erledigt, was gerade zu erledigen ist. Manchmal hilft er in der Küche, ein andermal geht er ihr beim Anrühren von Medikamenten zur Hand. Er muss sich konzentrieren, sich zurückziehen, weg von all dem Wahnsinn hier, aber es gibt keinen Ort, an den er sich zurückziehen könnte.

Die Werkstatt ist nach drei Monaten Abwesenheit ihres Meisters längst verwaist, die Arbeiter haben gekündigt und sind weitergezogen, unsicher, was sie erwartet. Bald ist Hugo allein dort, aber er fühlt sich nicht sicher, denn hier kommen sie ihn zuerst suchen, denkt er.

Chiara ist gut zu ihm. Sie lässt ihn vergessen, dass er keine Stimme hat. Als sie begriffen hat, dass er in der Werkstatt große Angst hat, immer die Tür im Auge behalten muss und dass schon ein Schatten ausreicht, ihn in Panik zu versetzen, hat sie ihn eingeladen, doch einige seiner Sachen für einige Tage herzubringen, und er hat das Angebot dankbar angenommen.

Jeden Morgen geht Hugo zum Palast von Don Pedro. Er wird sofort durchgelassen und geht zum privaten Appartement, zu einer bestimmten Tür, die unauffällig in die Vertäfelung eingebaut ist, und tritt ein. Dort findet er den Kardinal, der um diese Zeit, nach der Messe, einen Moment ruhen muss und der aussieht wie der Tod persönlich.

»Komm!«, sagt die Stimme des Kardinals, leise, aber bestimmt.

»Stell es da hin und verschwinde!«, sagt sie dann.

Hugo stellt die kleine Flasche ab, die Hand zittert ihm dabei. Dann verlässt er den Palazzo, so schnell er kann, einmal hatte er es so eilig, dass er am Tor stolperte und der Länge nach auf die Straße stürzte. Die Wachen lachten, und er sah die Bosheit in ihren Augen, aber dann hat einer von ihnen sich zu ihm heruntergebeugt und ihm eine Hand angeboten. Seitdem geht er vorsichtiger. Er zählt die Schritte, die Stufen, die Schwellen, über die er steigen muss auf seinem Weg.

»Kümmere dich um ihn, er braucht jemanden, dem er vertrauen kann«, hatte Sander zum Abschied zu Chiara gesagt, und sie hatte geantwortet, dass diese Bitte unnötig sei. Natürlich wird sie sich um Hugo kümmern.

Sie ist besorgt um ihn. Er ist blass geworden und meidet ihren Blick. Er schreckt auf, wenn irgendwo eine Tür ins Schloss fällt oder jemand laut schimpft oder streitet. Er ist noch dünner geworden, der Schatten des Schattens, der er vorher war. Wie soll er überleben in dieser Stadt? Die Mächte, die Chiaras Leben beherrschen, sind schon immer willkürlich gewesen in ihrer Grausamkeit und ihrer gelegentlichen Güte. Sie hat keinerlei Pläne für die Zukunft. Trotzdem hat auch sie Angst. Sander ist mehr als nur ein Liebhaber geworden. Nichts hat ihr mehr Glück gegeben und sie freier atmen lassen in diesem letzten Jahr als das Bewusstsein, dass sie mit jemandem zusammen ist, der ebenso losgerissen ist von seinen Wurzeln, ebenso weit weg vom Land seiner Geburt, noch mehr als sie gezwungen, in einer erst vor Kurzem gelernten Sprache auszudrücken, was Ausdruck finden muss.

Im spanischen Viertel von Neapel ist Chiara eine mächtige Frau, aber außerhalb dieses Labyrinths ist sie nichts als eine weggelaufene Sklavin. Für ihren Geliebten kann sie nichts tun. Wochenlang hat sie versucht, ihm zumindest einen Brief zu schicken, zu erfahren, wie es ihm geht, wo genau er ist, ob er noch lebt. Aber auch ihre Freunde in Sizilien haben es nicht geschafft, die hohen Mauern des Tribunals zu überwinden.

Ohne ein Wort von Sander bleibt sie allein. Zumindest erinnert Hugo sie an den Mann, den sie liebt, das ist ständiger Schmerz und Trost zugleich. Sie ist immer geschäftig und von Menschen umgeben. Sie hilft denen, die dringend Hilfe brauchen, und schickt die nach Hause, denen sie nicht helfen kann. Manchmal gibt sie ihnen Kräuter mit oder ein Heiligenbild oder eine Beschwörungsformel; was auch immer das Leiden erträglicher macht.

Chiara hat noch einen Grund, um ihren Geliebten besorgt zu sein. Sie ist im vierten Monat schwanger. Sie war sich noch nicht sicher, als er Abschied nahm, aber jetzt ist sie es. Sie legt ihre rechte Hand auf ihren Bauch.

Sie hofft, dass sie ein Kind bekommen wird, das sie an ihn erinnert, an seine Ruhe, seine Augen, sein großes Herz.

Braucht ein Kind einen Vater, ein Kind, das einen ganzen Stadtteil zum Vater haben kann?

Chiara ist immer stolz gewesen auf ihre schmerzlich erkämpfte Unabhängigkeit: keines Mannes Sklavin sein.

XXX

Santa Rusulina

In den kältesten Nächten umklammern die Häftlinge einander, um sich gegenseitig zu wärmen. Die alten Mauern saugen die Kälte auf, und es gibt keine Decken, kein Feuer, nicht einmal ein Kohlenbecken. Hundertmal hat Sander die Figuren an der Wand angestarrt, den gähnenden Rachen der Hölle, die kleinen Umrisse der Patriarchen, den Rippen-Christus und die Seeschlacht und den Dionysos. Er hat andere Teile neu entstehen sehen, nur einige Fingerbreit pro Tag, aber auch sie sind schon gewachsen. Jetzt, da die Sonne schwächer und kürzer scheint als noch vor zwei Monaten, ist die Dunkelheit tiefer und sie dauert länger an und fasst mit kalten Händen direkt ans Herz.

»Alessandro della Molina!« Der Wachmann an der Tür bellt seinen Namen, und die anderen Gefangenen rücken wie durch einen Zauber etwas von ihm ab. Sander fühlt, wie das Leben aus ihm herausläuft, die Angst wächst, seine Hände unwillkürlich nach etwas suchen, woran sie sich festhalten können. Er wehrt sich nicht. Er steht auf, geht durch die Tür an dem Wachmann vorbei und zwingt zitternd seine Schritte zwischen den zwei Wachen zum Verhörraum. Er wird hineingestoßen, in den Sessel aus Eichenholz, das Tribunal lässt auf sich warten. Da sitzt er. In seinem Rücken spürt er die Anwesenheit der Pritsche, auf der er ertrinken wird. Er wartet. Sander hört Schritte. Er dreht sich um. Die Wachen haben den Raum verlassen. Die Tür ist angelehnt. Sander wartet. Eine Falle, zweifellos. Er wartet weiter. Er hört nichts. Sander steht auf, zögerlich. Er geht langsam zur Tür. Er legt seine Hand daran und hält inne. Er drückt die Tür einen Spalt weit auf. Der Gang ist leer. Eine steinerne Wendeltreppe führt ins Erdgeschoss.

Im Hof muss er sich in einem Türbogen verstecken, als plötzlich zwei Mönche vorbeikommen. Es ist kühl. Er muss den Atem anhalten, damit keine Wolke ihn in der Winterluft verrät. Die Mönche besprechen den Zeitplan für die Totenmessen in einer nahen Kirche und das Menü der nächsten Woche. Sie gehen an seinem Versteck vorbei. Sander schlüpft durch das Tor und zur Pforte. Seine Kleider sind ungewaschen und zerrissen, Bart und Haare sind lang gewachsen.

Für einen Augenblick bleibt Sander im Schatten des Treppeneingangs. Neben ihm steht ein Besen, den irgendjemand da stehen gelassen hat. Die Besenreiser sind mit einer Hanfschnur an den Stiel gebunden. Der Knoten ist schlampig gemacht, und Sander kann ihn mit seinen langen Fingernägeln mühelos öffnen. Er streift die Zweige ab und stützt sich auf den Besenstiel wie auf einen Wanderstab. Es tut gut, einen Stab zu haben, denn seine Beine tragen sein Gewicht nur mühsam. Seit Wochen ist er nicht mehr als einige Schritte gegangen, und er hat kaum etwas zu essen bekommen. Auf den Stab gestützt, humpelt er zum Tor, zum Licht. Er geht direkt auf einen der Wachmänner zu und drückt ihm das Reisig in den Bart und murmelt:

»Besenreisig, Besenreisig, kauft billiges Besenreisig, das beste Besenreisig, importiert vom Festland, erstklassiges Besenreisig, kauft, kauft!«

Der Wachmann packt Sander an der Hose und wirft ihn auf die Straße.

»Da kannst du sauber machen!«, ruft er ihm in einem Regen von Besenreisern nach.

Die Leute um ihn herum lachen.

Sander sammelt sich, nimmt seinen Stock und humpelt langsam weg. Sein Körper will rennen, wie er noch nie gerannt ist, aber er geht betont langsam weiter, einen zögerlichen Schritt nach dem anderen, bis er außer Sichtweite ist. Nachts, als er sich endlich zur Herberge traut, stellt er fest, dass der Wächter mit dem Gesicht eines Mörders Wort gehalten hat. Das Geld aus seinem Versteck ist verschwunden.

Es ist unmöglich, zerlumpt und ohne Geld eine Überfahrt nach Neapel zu bekommen. Einen Tag lang geht er von Schiff zu Schiff. Niemand ist daran interessiert, einen Bettler mitzunehmen, noch dazu einen, der erzählt, er könne auf der anderen Seite alles zahlen, er sei Freund des Großinquisitors, sie sollten ihm nur glauben, sie würden schon sehen. Irgendjemand kauft ihm aus Mitleid einen Teller Bohnen und einen Becher Wein, in Christi Namen.

Sander wartet, bis es dunkel wird. Er findet ein Fischerboot, das gerade für die Ausfahrt im Morgengrauen fertig gemacht worden ist. Unter den Körben, die für den Fang im vorderen Teil des Bootes in einem Stapel aufgetürmt sind, versteckt er sich. Sobald er liegt, schläft er wie ein Toter, gewiegt von dem Wasser, das an den Schiffsrumpf klatscht.

Als er aufwacht, schaukelt das Boot mehr als vorher. Sie

sind schon auf See. Er erkennt durch die Körbe hindurch, dass es fast hell ist. Was soll er tun? Soll er sich jetzt schon zu erkennen geben? Sind sie schon weit genug von der Insel entfernt? Er wartet, endlos lang, hört die Seeleute reden und singen, in Schweigen verfallen. Als sie die Netze ausbringen, singt einer von ihnen mit einer Stimme wie ein Krummhorn ein Lied, und sie antworten ihm mit einem hart in den Wind gebrüllten Refrain, werfen und singen gemeinsam. Immer wieder verliert Sander das Bewusstsein, dämmert weg und nimmt wieder neue Fragmente wahr, Licht und Wellen und Salzgeruch und das Knattern der Segel. Er weiß: Er muss sich zu erkennen geben, bevor sie sich auf den Rückweg machen. Er versucht, einen Plan zu fassen, aber die Erschöpfung übermannt ihn immer wieder.

Mit einem Schlag wacht er auf, als das ganze Boot in Getrommel und Blitzen zu explodieren scheint. Der Boden unter ihm wird wild hin und her gerissen, gleißend silberne Fischleiber prasseln zuckend aus einem Netz auf das Deck. Eine Sardine rutscht durch das Korbgetümmel und kommt direkt neben ihm zu liegen. Sie zappelt, kämpft, schnappt nach Luft und liegt dann ganz still bis auf die krampfhaft pulsierenden Kiemen.

Einer der Fischer hebt einen Korb vom Stapel. Er ist schwere Arbeit gewohnt und hat Arme wie der Herkules Farnese. Sander ist noch benommen, und in dem Augenblick sieht der Fischer ihn.

»He!«, ruft er. »Wen haben wir denn hier?«

»Bruder!« Sander kriecht unsicher zwischen den Fischen hervor, die sich mit letzter Kraft in die Luft schleudern, um dem Ersticken zu entgehen. Es kostet ihn Mühe, sich unter den Körben zu befreien, das Deck ist glitschig von Fischschleim, silbrig glänzenden Schuppen und Meerwasser. »Tu mir nichts! Ich brauche Hilfe!«

Der Fischer macht einen Schritt auf Sander zu. Seine Faust trifft ihn schwer gegen die Schläfe, und er bricht über den Körben zusammen.

Ein Eimer Meerwasser weckt ihn auf. Seine Hände sind gefesselt. Es muss mindestens eine Stunde später sein; die Fische sind schon in ihre Körbe sortiert und beim Bug gestapelt, während die Mannschaft, bestehend aus vier muskulösen und tiefbraun gegerbten Fischern, ihn umringt. Er liegt auf den Netzen, die am Bug in der Sonne trocknen. Der Mann, der ihn ohnmächtig geschlagen hat, steht vor ihm, den Eimer noch in der Hand.

»Gib mir einen Grund, dich nicht sofort über Bord zu werfen«, sagt er.

»Ich bin Don Alessandro della Molina, Hofmaler des Großinquisitors von Neapel, Eminenz Don Pedro de Guzmán«, sagt Sander schnell und laut, als hätte er es auswendig gelernt.

Einen Moment lang sagt niemand was. Das Wasser, das am Schiffsbug entlangläuft, die schreienden Möwen, die dem Boot folgen, und das Knarren der Takelage sind die einzigen Geräusche.

»Wenn ihr mich nach Neapel bringt, jetzt gleich, so werde ich euch reich belohnen. Ich kaufe euren gesamten Fang und zahle euch den doppelten Preis dafür!«

Die Männer stehen um ihn herum und sehen auf ihn hinunter.

»Werfen wir ihn ins Wasser«, sagt der größte von ihnen, »sonst bekommen wir nur Ärger. Der ist bloß ein Landstreicher, seht ihr das nicht? Hofmaler!«

Er versetzt Sander einen harten Tritt in den Bauch, der ihm den Atem nimmt.

»Nicht so schnell!«, sagt ein anderer, der Älteste der vier. »Hört ihr nicht, wie der redet? Der ist nicht von hier. Der ist kein Neapolitaner. Der ist ein Fremder. Er redet schön, wie Bücher reden.«

»Kannst du lesen?«

»Natürlich!«, erwidert Sander, nach Atem schnappend.

»Kannst du lesen, was da steht?«, fragt ihn einer der Männer. Er hält ihm ein Stück Papier vor.

»Das ist ein Gebet, ein Bittgebet an die heilige Rosalia, die ihr Santa Rusulina nennt!«

Der Kreis um ihn herum lockert sich etwas. Die Haltung der Fischer ist nicht mehr so feindselig wie zuvor.

»Und warum siehst du aus wie ein Landstreicher? Hat dich der Wahnsinn gepackt und nach Palermo getrieben? Bist du am Ende irgendwo weggelaufen?«

»Je weniger ihr davon wisst, desto besser. Ich werde euch gut bezahlen, nennt euren Preis!«

Der Mann, der ihm das Gebet zu lesen gegeben hat, sieht ihm direkt in die Augen. Er scheint der Kapitän zu sein.

»Also gut«, überlegt er, »sagen wir, ich bringe dich nach Neapel. Wie weiß ich, dass du mich nicht betrügst?«

»Ich schicke einen Boten und bleibe bei euch auf dem Boot, bis er zurück ist. Oder einer von euch kann gehen und das Geld holen. Man wird es euch geben, wenn ich einen Brief mitschicke. Habt ihr Feder und Tinte?«

Die Fischer sehen einander fragend an.

»Wir werden sehen, wie wir es machen«, sagt der Kapitän. »Einstweilen nehme ich das da als Anzahlung.«

Er zeigt auf die Silbermünze, die Sander um den Hals

trägt und die ihm nicht abgenommen worden war, denn das heilige Tribunal richtet, aber es stiehlt nicht.

»Nein! Die nicht! Alles andere könnt ihr haben! Ich zahle euch doppelt, wenn wir an Land sind! Ihr werdet sehen, Kardinal Guzmán wird mich auslösen!«

Sander kriecht auf dem Haufen Netze zurück, weg von der ausgestreckten Hand des Kapitäns.

»Wer, sagtest du noch mal?«

»Don Pedro de Guzmán, mein Dienstherr, der …«

»Der Spanier?«

»Er kommt aus Spanien, ja.«

»Ist das nicht der, der für die Armen fastet und für ihre Sünden?«

»So sagt man.«

»Ich habe von ihm reden hören«, erzählt der Fischer. »Man sagt, er sei ein guter, heiliger Mann. Er liebt das Volk, und das Volk liebt ihn, und es kann kein Zufall sein, dass er nach dem Schutzheiligen unserer Zunft benannt ist. Es ist ein Zeichen.«

Seine Kameraden sehen ihn verblüfft an, dann drehen sie sich zu Sander.

»Und du kennst diesen guten Kardinal?«

»Mehr noch, ich sehe ihn fast täglich, und es waren seine Feinde, die mich nach Sizilien gebracht haben. Ich arbeite gerade an einem Altarbild, das er selbst bei mir bestellt hat.«

»Was ist auf deinem Altarbild?«

»Das Jüngste Gericht, bei dem über alle menschlichen Seelen das Urteil ausgesprochen wird und ihre Sünden gewogen werden, meine wie eure.«

»Ach, ich weiß nicht«, sagt der kleine sehnige Fischer, der bis jetzt noch nichts gesagt hat.

»Werfen wir ihn über Bord!«

Stille. Gurgelndes Wasser, das Knarren der Hanfseile. Dann wendet sich der Kapitän zum Sprecher.

»Woher kommt es nur, dass du immer alles entscheiden willst?«, fragt er ihn. »Musst du immer das letzte Wort haben? Dies ist nicht mehr dein Boot! Ich habe es gekauft, und hier hört alles auf mein Kommando! Wir wechseln Kurs. Nach Neapel!«

Er wendet sich zu Sander und sagt ruhig und langsam: »Und wehe dir, wenn du uns angelogen hast, dann gehst du mit dem nächsten Netz ins Meer.«

Als der Schreiber sich zu Seiner Eminenz herabbeugt und ihm mitten in einer Sitzung des Tribunals zuflüstert, draußen stünde ein Fischer mit einer Geldforderung, um Don Alessandro della Molina freizugeben, ist Don Pedro erst einmal amüsiert. Was für eine Idee! Diesen Mann freizukaufen mit einer Ladung Fisch! Gleichzeitig aber weiß er, dass dieser Mann Dinge weiß, Geheimnisse kennt, dass er ihn kontrollieren muss.

»Zahl ihnen, was sie verlangen!«, sagt er über seine Schulter hinweg. »Und richte Don Alessandro aus, dass ich ihn so rasch wie möglich sehen will … und sag ihm auch, dass ich froh bin, ihn in Sicherheit zu wissen.«

Don Pedro lehnt sich zurück, während die Gerichtsverhandlung weitergeht. Der heutige Angeklagte wird der Häresie bezichtigt und verteidigt sich mit leidenschaftlichen Worten. Er hat noch Kraft und Hoffnung. Don Pedro aber hört kaum zu. In seinen Gedanken ist er in einer ganz anderen Welt:

Dann sah ich einen großen weißen Thron und den, der auf ihm saß; vor seinem Anblick flohen Erde und Himmel, und es gab keinen Platz mehr für sie. Ich sah die Toten vor dem Thron stehen, die Großen und die Kleinen. Und Bücher wurden aufgeschlagen; und ein anderes Buch, das Buch des Lebens, wurde geöffnet. Die Toten wurden gerichtet, nach dem, was in den Büchern aufgeschrieben war, nach ihren Taten.

Schon als Knabe hat er diesen Text auswendig gelernt in all seinem Schrecken. Die Mönche, die ihn unterrichtet hatten, hatten ihm die ganze Offenbarung eingebläut, mit dem Stock und dem Gürtel und der Gewissheit der Verdammnis.

Und das Meer gab die Toten heraus, die in ihm waren,

rezitiert Don Pedro in seinem Kopf,

und der Tod und die Unterwelt gaben ihre Toten heraus, die in ihnen waren. Sie wurden gerichtet, jeder nach seinen Taten. Der Tod und die Unterwelt aber wurden in den Feuersee geworfen. Das ist der zweite Tod: der Feuersee. Wer nicht im Buch des Lebens verzeichnet war, wurde in den Feuersee geworfen.

Wer ist im Buch des Lebens verzeichnet? Don Pedro hat sich erholt über die letzten Wochen. Die Salbe, die er bekommt, hat seine Geschwüre ausgetrocknet. Er hat kaum noch Haare auf dem Kopf, und ihm ist schlecht, aber die blutenden Stellen und die Schmerzen sind zurückgegangen. Er nimmt jetzt sogar weniger Laudanum. Aber er weiß: Ohne ein Wunder wird er das nächste Mal tiefer eintauchen in diese Krankheit, und sie wird ihn länger in ihren Klauen haben. Durch Gottes

Gnade wird er es vielleicht überleben, aber er schwimmt schon jetzt in einem Feuersee. »Don Alfonso!«, flüstert der Kardinal zu dem Sekretär, der wie immer neben ihm sitzt. »Schreibt noch einmal an Venosa und fragt ihn, ob er die Reliquie des heiligen Vitalis gefunden hat.«

Don Pedro tastet nach dem Rosenkranz, der in seinem Gürtel steckt, direkt neben der kleinen Flasche Laudanum. Er gleitet mit den Fingern an den Perlen entlang und rezitiert stumm für sich: *Sancta Maria, Mater Dei, ora pro nobis peccatoribus nunc et in hora mortis nostrae.*

Es ist nicht weit vom Hafen zu Chiaras Haus im Spanischen Viertel, und doch scheint es Sander so, als bräuchte er unendlich lange für diese Strecke. Seine Beine wollen ihn kaum tragen, seine Hände zittern, und die Anstrengung treibt ihm den kalten Schweiß auf die Stirn. Die Leute auf der Straße drängen sich an ihm vorbei, mehrere beschimpfen ihn, er soll aufpassen, wo er hinläuft, solche wie ihn brauche man hier nicht. Seine Kleider sind feucht und zerrissen, und er schlottert in der Kälte des Wintertages.

Endlich stolpert er in den Hof des Gebäudes und steht da. Seine Füße weigern sich, auch nur einen Schritt weiterzugehen.

»Kann ich dir helfen, Alter?«, hört er eine vertraute Stimme hinter sich.

Sander dreht sich langsam um. Chiara steht vor ihm, freundlich lächelnd. Sie trägt einen Korb mit Zwiebeln. Sie sieht ihn an. Dann verändert sich ihr Ausdruck, namenloser Schreck ist ihr ins Gesicht geschrieben, der Korb fällt ihr aus der Hand, Zwiebeln springen und rollen durch den Hof.

So stehen die beiden sich reglos und stumm gegenüber. »Ich dachte, du bist …«, sagt sie endlich, »es ist … man hat mir gesagt …«

»Chiara!«, flüstert Sander rau.

Seine Stimme verweigert ihm den Dienst.

»Sandro!« Sie nimmt seine Hand, streichelt seine bärtige Wange, streicht ihm über die staubig verfilzten Haare, immer wieder seinen Namen murmelnd: »Sandro! Sandro!« Endlich umarmen sie einander. Sie gräbt ihr Gesicht in sein zerrissenes Hemd und redet. »Ich habe dich nicht einmal erkannt mit diesem Bart, mein Schatz, zerlumpt und humpelnd wie ein Greis.«

Als Hugo eine Stunde später wie jeden Tag vorbeikommt, um die Medizin des Kardinals abzuholen, sitzt Sander schon in einem frischen Hemd am großen Tisch in der Küche. Chiara stellt ihm Fragen, aber er sagt kaum ein Wort. Sie hat begonnen zu kochen, er muss doch hungrig sein, und es ist noch etwas übrig von gestern, aber sein Magen ist taub wie ein Stein.

Hugo sieht Sander vor sich. Tränen fluten in seine Augen, und ein tiefes Stöhnen bricht aus ihm heraus. Dann stürzt er auf seinen Bruder zu, kniet sich neben ihn, umklammert seine Beine und legt seinen Kopf auf Sanders Oberschenkel. Er ringt nach Atem wie jemand, der gerade vor dem Ertrinken gerettet wurde. Sander fährt ihm mit der Hand durch das blonde Haar.

»Es ist gut, Hugo!«, sagt er. »Du bist nicht allein. Ich bin zurückgekommen.«

Am nächsten Tag, gewaschen, mit frisch geschnittenen Haaren und gestutztem Bart und nach sechzehn Stunden Schlaf, sitzt Sander im Sattel. Ihn fröstelt. Die Landschaft um ihn herum ist wie erstarrt, karger als sonst, in sich gekehrt. In ein oder zwei Wochen wird der Frühling beginnen.

Sander reitet, bis er zur Mühle kommt. Es fällt ihm schwer, sich im Sattel zu halten. Als er vom Pferd steigt, wird er mit freudigen Rufen begrüßt. Maddalena wirft ungestüm ihre Arme um seinen Hals. Sie ist gewachsen. Bald wird sie eine junge Frau.

»Wo warst du so lange, lieber Onkel?«, fragt sie. »Und warum bist du so dünn geworden? Geht es dir nicht gut? Bist du am Ende sogar krank?«

»Nein«, sagt er, »jetzt bin ich wieder gesund, jetzt fehlt mir nichts mehr, um glücklich zu sein. Geht es dir gut, mein Liebling?«

Sie zieht ihn hinter sich her, setzt sich mit ihm auf die Bank, die vor dem Haupthaus steht, und beginnt, fröhlich auf ihn einzureden, ihm davon zu berichten, was sie tut, was sie gelernt hat, was ihre Freunde aus dem Dorf tun und wie sie heißen. Er hört ihr gar nicht zu, während sie so erzählt. Wie groß sie geworden ist!, denkt er.

»Bleibst du hier, Onkel?«

»Nur die eine Nacht. Morgen muss ich wieder zurück, aber ich wollte dich unbedingt sehen und nach dem Rechten schauen!«

»Ihr habt Euch viel Zeit gelassen!«, sagt der Kardinal mit einem maliziösen Lächeln, als Sander ihm drei Tage später seine Aufwartung macht.

»Dringende Geschäfte, verzeiht!«, antwortet Sander knapp.

»Dringender, als Eurem Wohltäter zu danken?«

»Meinem Wohltäter!«

»Habe ich Euch nicht freigekauft, für eine Ladung Fisch?«

»Habt Ihr mich nicht nach Sizilien geschickt, für nichts?«

»Das war so nicht vorherzusehen, so viel ist wahr. Ich hatte nicht erwartet, dass Eure Anwesenheit auf so entschiedenen Widerstand stoßen würde. Ein unglücklicher Zufall, den Don Fernando mit dem Leben bezahlt hat. Ihr selbst seid bei einem kleinen Streit zwischen Rom und Palermo in die Mitte geraten, und man wollte ein Exempel an Euch statuieren. Aber jetzt ist ja alles zur allgemeinen Befriedigung gelöst.«

»Zur allgemeinen Befriedigung?«

»Man sucht Euch in Sizilien, aber das Tribunal von Palermo hat keine Jurisdiktion in Neapel. Angesichts der Tatsache, dass Ihr einen klaren Auftrag hattet, meine ich, dass Ihr sehr viel Glück gehabt habt. Ortiz ist tot, wie man mir sagt, und das Geld ist verschwunden. Und trotzdem seid Ihr weder in Sizilien noch in Neapel im Gefängnis! Grund genug, Eurem Schöpfer auf Knien zu danken.«

Sander schweigt.

»Ich sehe schon«, sagt Don Pedro, »Ihr habt vielleicht einen anderen Eindruck, einen bleibenden Groll. Wie dem auch sei. Ich bin froh, dass Ihr zurückgekommen seid.«

»Ich danke, Eminenz.«

»Oh, nicht um Euretwillen! Sosehr ich Euch schätze, verehrter Maestro, aber seht Ihr, Ihr seid beinahe überflüssig geworden. Meine Medizin kommt auch ohne Euch jeden Tag zu mir; und was Euren Rat angeht, so finde ich ihn stimulierend, aber nicht immer weise. Nein, wenn ich noch Bedarf habe, Euch in meinen Diensten zu haben, dann wegen des Altars, den Ihr mir versprochen habt. Ich werde ihn nach Spanien mitnehmen.«

»Nach Spanien, Eminenz?«

»Ja, nach Spanien. Fast habe ich vergessen, dass Ihr länger nicht mehr hier gewesen und daher nicht auf dem Laufenden seid. Ich habe mich entschlossen, nach Spanien zurückzukehren. Das Klima in Neapel wird mir die Gesundheit noch völlig ruinieren, und ich werde langsam alt. Wir haben eine Vereinbarung getroffen, in Rom. Mein Altar für Eure Freiheit. Ich habe vor, diesen Altar mit nach Spanien zu nehmen. Wenn Ihr bis dahin nicht fertig seid, werde ich stattdessen Euch mitnehmen, in Ketten, wenn nötig. Vergesst nie, dass Ihr mir gehört! Es wird Zeit, Maestro!«

XXXI

VERGEBUNG

Einmal im Jahr, zu Michaelis, gab es im Dorf ein Fest. Unter der großen Linde, deren riesige Krone ein Dach formte, wurden lange Tische und Bänke aufgestellt. Schon Tage vorher war ein Schwein geschlachtet worden, eine große Sau vom Hof neben dem von Sanders Eltern. Er hatte dabeigestanden und zugesehen, fasziniert von dem Spektakel, von der Ruhe der Männer, die das Schwein in den Hof führten, wo es anfing, zufrieden grunzend den Wassertrog zu untersuchen.

Der Bauer und zwei Knechte kamen gleichzeitig, packten die Sau bei ihren Ohren und Beinen, warfen sie mit einem Ruck auf die Seite und knieten sich auf das Tier, das schrill und protestierend quiekte und mit zuckenden Bewegungen versuchte, sich freizukämpfen. Dann, mit einem blitzenden Bogen, kam ein Messer zum Vorschein und verschwand zwischen den braunen Borsten der Kehle. Leuchtend rotes Blut sprang aus der Wunde und sprudelte in eine große Steingutschale, die neben dem Trog bereitstand. Die Stimme des Schweins versiegte zu einem Röcheln, und dann, nach einem letzten Zucken, lag es ganz still da.

In allen Höfen wurde gekocht und gebacken, gebraut und gebraten. Dann kam das Fest. Die Kinder rannten aufgeregt herum, das Schwein drehte sich an einem Spieß über einem großen Feuer, Fässer mit Bier standen da, auf einem langen Tisch standen Schalen und Töpfe mit Aal und Hering, Braten und goldener Butter, Fruchtkompott und braun gesprenkelten Pfannkuchen, mit Kuchen, Würsten und einem Rad Käse.

Bald aßen und tranken und redeten und sangen die Leute, fettglänzende Finger brachen Brot, hielten Stücke Huhn oder Schwein oder hölzerne Bierhumpen, gestikulierten. Onkel Piet blies laut auf seinem Dudelsack, eine Trommel und eine Flöte erklangen, und die jungen Männer und Mädchen tanzten im Kreis um das Feuer herum. Die Burschen brüllten, Mädchenstimmen kreischten, ab und an kam von einem der Tische lautes Lachen. Die Gesichter der Menschen waren vom Feuer beleuchtet. Das flackernde Licht spielte auf ihren Zügen und ließ sie fremd aussehen.

Sander und Hugo und ihre Geschwister und die anderen Kinder aus dem Dorf tanzten den Großen johlend hinterher, aßen dampfendes Fleisch und rissen sich große, sauer duftende Stücke Brot ab, tranken kräftig von dem Bier, bis sich ihr Kopf so stark drehte, dass sie nicht mehr sagen konnten, ob es von dem Bier war oder von dem kreiselnden Tanz. Hugo, fünf Jahre alt, blonde Locken, war an diesem Abend besonders ausgelassen. Gemeinsam mit den anderen rannte er schreiend umher, spielte Verstecken und Blindekuh und geriet so sehr außer Rand und Band, dass Sander ihn beruhigen musste, bändigen, wie die Mutter sagte. Nur Sander konnte so mit ihm sprechen, dass er ruhig wurde, er allein.

Als es ganz dunkel und das Schwein längst bis auf die Knochen abgenagt war, trugen die Männer noch einmal große Scheite heran und warfen sie auf das Feuer, sodass Funken aufflogen und wirbelnd in den Himmel verschwanden wie ein Schwarm von Staren über einem Kornfeld, während die Flammen sich prasselnd aufbäumten.

Es war ruhiger geworden. Piet hatte seinen Dudelsack weggelegt und saß mit anderen Bauern über einem Krug Bier, die jungen Leute hatten aufgehört zu tanzen. Einige von ihnen lehnen an den Tischen und tranken und lachten und grölten Lieder, die Sander nicht verstand, andere hatten sich still zurückgezogen. Aus den Büschen, einen Steinwurf weit entfernt, kamen unterdrückte Seufzer und ein leises Stöhnen. Dort lagen sie zusammen, der Knecht mit der Magd vom Giebelhof, das Mädchen aus dem nächsten Dorf mit einem Burschen von nebenan.

Sander lag rücklings auf einer Bank und starrte in den Himmel. Winzige Sterne glänzten dort, und die Funken flogen ihnen entgegen, als wollten sie selbst zu Sternen werden.

Später konnte Sander sich nicht daran erinnern, wie die Schlägerei angefangen hatte. Irgendwo gerieten zwei Männer aneinander, mit schweren Zungen und geröteten Gesichtern beschimpften sie einander, und dann zerbrach ein Bierkrug auf dem Kopf des einen, und er fiel hin, und zwei andere warfen sich auf den anderen Mann, und bald wälzten sich zehn oder mehr kämpfende Leiber auf dem Boden.

Müde vom Herumlaufen und vom Bier, saß Sander an einem der Tische. Er konnte die Silhouetten der Männer gegen das Feuer sehen, Arme und Beine wirbelten herum und trafen krachend auf ihr Ziel, Menschenleiber prallten aufeinander. Sie prügelten sich, ohne viel zu sagen. Es war eine grimmige Arbeit. Im Widerschein des Feuers konnte Sander ihre Umrisse sehen, wie sie zu immer neuen Ungeheuern zu verschmelzen schienen, seltsame, brutale Paarungen, bevor die Formen wieder auseinandergerissen wurden, taumelten und stürzten, nur um sich aufzuraffen und sich wieder in den Kampf zu werfen.

Er war nicht mehr ganz wach, als er das alles sah. Er sah es mit großer Klarheit, aber das, was er sah, verschwamm mit all den anderen Dingen, die er in den letzten Tagen erlebt hatte: das geschlachtete Schwein auf seinem Gerüst wie der gekreuzigte Heiland, wie es ausgeweidet wird, die Körbe mit frischen Äpfeln, das dampfende Blut in einer Schüssel und die Hühner, die Fische, die Gesichter, die vom Schein der zuckenden Flammen aus der Nacht herausgeschnitten wurden, die Umrisse der Männer, die aufeinander losgingen, der Geruch nach Rauch und nach kühlem Laub, das Lachen einer Frau, die unerhörte, alles umarmende Schönheit, die unendliche Tiefe der Nacht.

Sander sah in die Baumkrone über sich. Die Äste waren so stark wie der Oberschenkel eines Mannes, und sie trugen eine Krone, die sich in der letzten Woche ganz golden gefärbt hatte, als würden sie dem Fest einen Palast bauen. Auch die Blätter leuchteten im Schein des wieder aufgeflammten Feuers und wiegten sich leicht im Wind. Sander fühlte Hugos Körper, der neben ihm im Gras lag. Er schlief schon fest.

Es ist Zeit. Nur wenige Tage nach seiner Rückkehr nach Neapel nimmt Sander Pinsel und Malstock zur Hand und beginnt, an dem Altar zu arbeiten, den er Don Pedro versprochen hat. Es fällt ihm schwer, wieder zu malen. Seine rechte Hand zittert, und er kann überhaupt erst malen, wenn er genug Wein getrunken hat. Auch Laudanum nimmt er manchmal, um seine Hand zu beruhigen. Trotzdem zuckt er bei jedem lauten Geräusch zusammen, und mehr als ein Mal verreißt er eine Linie und muss den Schaden ausbessern.

»Ihr seid nervös«, bemerkt der Kardinal bei ihrer nächsten Unterredung. »Ihr solltet etwas aufs Land fahren und Euch ausruhen. Wie es scheint, steckt Euch der Aufenthalt in Sizilien, bei dem Ihr mein Geld verloren habt, noch in den Knochen. Ihr habt doch ein hübsches Haus auf dem Land, nicht wahr?«

»Eminenz waren so freundlich, mich an unseren Vertrag zu erinnern und daran, dass die Zeit drängt«, erwidert Sander. »Leider habe ich als Gast des heiligen Tribunals einen Monat verloren.«

»Wie dem auch sei«, fällt Don Pedro ihm ungeduldig ins Wort. »Vielleicht ist es auch die spirituelle Erbauung, die Euch fehlt. Kommt am Sonntag in meine Privatkapelle, wo ich die Messe feiere. Es wird noch jemand da sein, dem ich Euch vorstellen möchte. Er hat sogar einen Auftrag zu vergeben.«

Sander geht nur in die Kirche, wenn er dazu gezwungen ist, und jetzt ist er gezwungen. So sitzt er am Sonntag fröstelnd in der Kapelle und hört die Messe. Er weiß nicht, wer der fremde Gast ist, denn er hat mehrere der Menschen hier im Raum noch nie gesehen. Der Priester, der die Messe feiert, ist ein alter Mann, der Beichtvater von Don Pedro, der mit gebeugtem Rücken am Altar steht und die Liturgie in einem spinnwebfeinen Singsang hinleiert, eingeschliffen von fünf Jahrzehnten täglicher Wiederholung. Der Kardinal sitzt in der ersten Reihe. Seine Haut wirkt durch die Schminke noch blasser.

Nach der Messe verlässt Don Pedro de Guzmán als Erster die Kapelle. Er bleibt an der Tür stehen und lässt jeden, der an ihm vorbeigeht, seinen Ring küssen.

»Ah, della Molina«, sagt er, als Sander seine Hand nimmt. »Gut, dass Ihr gekommen seid, bleibt an meiner Seite. Ah, da ist er ja!« Don Pedro macht einen Schritt zu auf den Letzten der kleinen Gruppe. Nachdem er einige Worte mit ihm gewechselt hat, wendet er sich zu Sander und lädt beide Männer in sein Studierzimmer ein.

»Dies, Hoheit, ist Alessandro della Molina, von dem ich Euch erzählt habe. Maestro, dies ist mein Gast, der Fürst von Venosa. Er hat mir eine kostbare Reliquie gebracht. Und er hat einige Fragen an Euch.«

Der Fürst ist ein hagerer, bärtiger Mann mit einem schmalen Gesicht und eng beieinanderstehenden Augen. Er ist in Schwarz gekleidet und offensichtlich ein Mann weniger Worte.

»Seine Hoheit ist nur kurz in der Stadt, um einige dringende Geschäfte zu erledigen«, sagt Don Pedro. »Normalerweise lebt er ganz zurückgezogen auf seinem Landsitz. Deswegen ist es gut, dass wir diese Gelegenheit nutzen können. Der Fürst ist übrigens den schönen Künsten leidenschaftlich zugetan. Er komponiert Musik. Hoheit, ich überlasse Euch das Wort.«

Der Fürst nickt dankend mit dem Kopf und sieht Sander an.

»Ich weiß nicht, ob Ihr mich kennt«, beginnt er.

»Wie Ihr selbst wisst, ist mir diese Ehre noch nicht zuteilgeworden.«

»Auch nicht vom Hörensagen?«

»Ich lebe erst seit kurzer Zeit in Neapel.«

»Umso besser«, sagt der hagere Adelige knapp. »Es geht um ein Altarbild für meine Kapelle.«

»Ich bedaure, Hoheit, aber der Kardinal erwartet von mir, dass ich meine ganze Energie seinem eigenen Auftrag widme.«

»Aber nein, Maestro, Ihr könnt doch an mehr als einem Bild gleichzeitig arbeiten?«, wirft Don Pedro ein. »Selbstverständlich solltet Ihr diesen Auftrag annehmen, schon um mir einen Gefallen zu erweisen!«

Sander zögert.

»Ich werde großzügig bezahlen«, sagt der Fürst, »ich habe schon Werke von Euch gesehen. Es soll ein besonderer Altar sein, ein Altar mit Höllenfeuer und der Vergebung aller Sünden.«

»Wie das?«

»Das bleibt Eurem Genius überlassen. Ich will aber, dass Ihr mich hineinmalt, als betenden Büßer.«

»Und Ihr werdet Euch von mir porträtieren lassen?«

»Wie viel Zeit werdet Ihr brauchen? Ich bin nur wenige Tage hier.«

»Ich weiß nicht, ich muss erst einmal Skizzen machen. Das dauert vielleicht einen Nachmittag. Für das Bild selbst ...«

»Das wird reichen müssen. Ich bin inkognito in der Stadt und werde nicht lange bleiben. Mein Landsitz ist drei Tagesreisen entfernt. Ihr werdet das Bild persönlich abliefern, aber für jetzt müssen die Skizzen reichen.«

»Welchem Heiligen soll der Altar gewidmet sein?«

»Der Himmelfahrt der Jungfrau Maria! Ich will sie umgeben von Engeln und gebadet in Licht und drunter, tief drunter, das Fegefeuer und die armen Seelen, die dazu verdammt sind zu leiden, bis sie reingewaschen sind.«

Der Fürst spricht, als müsse er sich beherrschen, als würde unter seinen ruhigen Worten ein enormes Feuer lodern, wie das, in dem die Seelen der Sünder schmoren müssen.

»Könnt Ihr das machen?«

»Wenn Seine Eminenz mich so dazu ermutigt, sicherlich.«

»Gut. Kommt gleich morgen vor der Mittagszeit und macht Eure Skizzen, ich reise am Nachmittag ab.«

Sander verbeugt sich und lässt die beiden Männer allein. Er beeilt sich, aus dem Palazzo hinauszukommen. Den Rest des Tages wird er mit Chiara verbringen, in ihrem Haus. Die Luft ist kühl auf seiner Haut, während er durch die Stadt geht. Vor den Kirchen stehen Trauben von Menschen, die sich nach der Messe noch unterhalten. Zwei kleine Mädchen kommen um die Ecke gerannt, stoßen mit ihm zusammen und laufen kreischend weiter. Er sieht die Via Toledo und dahinter die engen Gassen und hohen Häuser, deren Geheimnisse nie den Rest der Stadt erreichen.

Chiara ist erstaunt, als er ihr von seiner Begegnung erzählt. »Der Fürst von Venosa!«, ruft sie. »Carlo Gesualdo! Er ist ein Mörder, ein Wahnsinniger! Hast du noch nie von ihm gehört?«

»Noch nie, und ich werde morgen bei ihm sein.«

»Dann musst du wissen, wer er wirklich ist: Der Fürst von Venosa lebt auf seinem Schloss, das er seit Jahren kaum jemals verlässt. Er fürchtet, dass man ihn umbringt.«

»Was hat er getan?«

Chiara zögert.

Es gibt so viel, was sie ihm sagen muss! Obwohl er jetzt schon drei Wochen lang wieder da ist, hat sie ihm noch nicht gesagt, dass sie ein Kind erwartet und dass er Vater wird. Sie sieht, wie sehr die Dämonen aus dem Kerker ihm noch immer im Nacken sitzen, und sie will ihm nicht neue Sorgen bereiten. Sie weiß, wie es seiner letzten Liebe ergangen ist. Sie will, dass er ruhig ist, wenn sie ihm die frohe Neuigkeit sagt, sie will, dass er sich mit ihr freut.

Noch ist ihr Bauch kaum mehr gewölbt als sonst, und Sander wird zu sehr von seinen Erinnerungen verfolgt, um zu bemerken, dass sie anders aussieht. Sie selbst beobachtet jede Veränderung an sich, und auch für sie ruft es Erinnerungen wach. Als junges Mädchen, mit kaum vierzehn Jahren, hatte sie schon einmal ein Kind erwartet. Ein Diener ihrer damaligen Eigentümer hatte sie betrunken gemacht und sie schnell und brutal in einer leeren Kammer genommen. Eine alte Frau, die in einer kleinen Straße in der Nähe des Hafens lebte (nicht weit von dem Palazzo dei Tribunali, in dem Sander gefangen gewesen war), hatte es herausgeschnitten und Chiara dabei fast umgebracht.

Sie denkt manchmal an dieses Kind, das nie geboren worden ist – und an das Kind, das sie gewesen ist. Sie denkt daran, was gewesen wäre, an die vielen Mädchen, deren Schicksale sie kennt und begleitet hat, und ihre Kleinen, von denen die meisten elend zugrunde gegangen sind.

Die kleine Maddalena hat sie daran erinnert, dass keines der Kinder, um die sie sich kümmert, ihre eigenen Züge trägt. Jetzt wächst eine Art Zukunft in ihr, ein Kind, das ihr ähnlich sein wird und Sandro. Sie muss ihm so vieles sagen! Im Augenblick aber muss sie an etwas ganz anderes denken, die Geschichte des Fürsten von Venosa.

»Der Fürst ist ein wohlhabender Mann – und ein zutiefst unglücklicher«, beginnt sie.

»Das habe ich gemerkt«, antwortet Sander. »Das Unglück spricht aus jedem seiner Gesichtszüge.«

»Es begann, als er ein junger Mann war. Er war verheiratet mit einer schönen adeligen Cousine und lebte in einem Palast hier in der Stadt. Er war reich, gebildet und verrückt nach seiner Frau. Aber sie hat sich bald gelangweilt mit ihm und sich einen Liebhaber genommen, einen anderen Adeligen. Sie wurde immer sorgloser in ihrer Affäre, bis er irgendwann davon gehört hat und einen Plan schmiedete. Er ließ sie wissen, dass er mit einigen Freunden auf einen Jagdausflug gehen würde, und ist heimlich zurückgekommen.

Während seine Frau und ihr Liebhaber einander in den Armen lagen, kamen die Jäger mit ihren Hirschfängern und Musketen die Treppen hinaufgeschlichen. Sie hatten nur so getan, als würden sie wegreiten. Er schickte seine Diener hinein, und sie schlachteten den Mann, der nichts weiter trug als ein Nachthemd seiner Geliebten. Dann ging Carlo Gesualdo selbst hinein und schnitt seiner Frau die Kehle durch. Er verließ das Schlafzimmer, und Zeugen berichten, dass er noch einmal hineinging, um sicher zu sein, dass sie auch wirklich tot war. Er hat sein Schwert in sie heineingestoßen, immer wieder, so gewaltsam und so tief, dass der Boden unter ihrem Körper von vielen tiefen Einstichen durchlöchert war.

Das Gericht hat entschieden, dass es ein Verbrechen aus Leidenschaft sei und dass ein Adeliger das Recht habe, seine Ehre wiederherzustellen. Also haben sie den Fall zu den Akten gelegt. Aber die Familie des Liebhabers nimmt es ihm übel, dass er ihn von seinen Dienern hat ermorden lassen. Das war nicht standesgemäß. Also haben sie geschworen, Rache zu nehmen. Er kann hier nicht einfach durch die Straßen gehen, weil er ihre Ehre beleidigt hat.«

»Jetzt verstehe ich«, sagt Sander einfach.

»Aber nein!«, wirft Chiara ein. »Das ist erst der Anfang! Nach dem Mord zog der Fürst sich zurück auf sein Schloss. Es liegt auf einem Hügel wie das Dorf, das es umgibt. Gleich als er ankam, hat er alle Bäume um das Dorf herum fällen lassen, damit sie ihm nicht die Sicht verstellen auf Angreifer, vor denen er sich fürchtet. Dort wohnt er jetzt. Er schreibt Musik, sagt man, und er sammelt Reliquien. Und wenn er nicht komponiert, dann tut er Buße, oder er lässt sich morgens, mittags und abends auspeitschen von jungen Männern, die er nur dafür in seinen Dienst genommen hat. Er ist ein Mensch, der nach Erlösung sucht und sie nicht findet.«

»Und du, woher kennst du ihn so gut?«

»Ich kenne ihn gar nicht persönlich, aber jedes Kind in Neapel ist mit seiner Geschichte vertraut.«

Als Sander am nächsten Vormittag den Fürsten zeichnet, um sein Porträt in den Altar einzufügen, sagt er eine halbe Stunde lang kein Wort. Auch Gesualdo selbst schweigt und blickt nur auf einen unsichtbaren Punkt an der Wand, direkt unter der dunklen Holzdecke, wie Sander es ihm angewiesen hat. Auf dem Altar wird er die Jungfrau Maria ansehen. Endlich sagt er:

»Vergebung?«

Der Fürst schreckt aus seinem Tagtraum auf.

»Was habt Ihr gesagt?«, fragt er mit ängstlichem Gesicht.

»Ihr wollt einen Vergebungsaltar?«

»Und Ihr, Maestro, habt offensichtlich gehört, wer ich bin«, antwortet der Fürst von Venosa kühl.

»Das ist richtig.«

»Ja, einen Vergebungsaltar wünsche ich. Meine Sünden

wiegen schwer wie ein schwarzer Felsen auf meiner Seele. Wer kann vergeben, wenn nicht der Herr?«

»Ihr habt gehandelt, wie Ihr handeln musstet.«

»Das himmlische Gericht kennt eine andere Wahrheit. Wer nicht Vergebung sucht, erstickt an seinen Sünden.«

»Aber was ist mit der Gerechtigkeit?«

»Die liegt allein in Gottes Hand.«

»Aber warum ist es besser, nicht Gerechtigkeit zu schaffen, so wie Ihr es getan habt?«

»Seht Ihr denn nicht, wie verblendet dieser Ruf nach Gerechtigkeit ist? Niemand ist ohne Schuld. Alle würden Höllenqualen erleiden! Wie könnte einer von uns bestehen, ohne Vergebung? Der Mensch ist schwach und das Gesetz unerbittlich. Gerechtigkeit ist nicht für diese Welt.«

»Aber habt Ihr nicht um ihretwillen getan, was Ihr getan habt?«

»Unsinn! Die Eifersucht hat mir die Klinge geführt!«

Sander skizziert, prüft, zeichnet weiter. Der Fürst hat dunkle Augen, in denen sich die Flammen des Fegefeuers zu spiegeln scheinen. Immer wieder sieht Sander in seinem Inneren den Fürsten, der wie besessen auf den toten Leib seiner Frau einsticht. Das ist Raserei, keine Gerechtigkeit. Fast kann er es als ein Gemälde vor sich sehen – das rote Blut, das von Hass verzerrte Gesicht des Mörders, der gleißende Stahl und ein diagonal durch das Fenster einfallender Sonnenstrahl, rein und schön.

»Aber wenn es keine Gerechtigkeit hier auf Erden geben kann, warum sehnen wir uns danach?«, fragt er nach einer Weile.

»Wir sehnen uns danach, wie ein Todkranker sich nach Gesundheit sehnt, weil deren Keim der Seele eingepflanzt ist.«

»Wenn wir uns aber nach Gerechtigkeit sehnen und sie nicht erlangen können, weil wir zu schwach sind, ist das nicht ein grausames Spiel, wie das, was der Herr mit Hiob gespielt hat, der plötzlich alles verlor, obwohl er immer gottgefällig lebte?«

Gesualdo schweigt für einen Moment. Dann versucht er eine andere Erklärung.

»Wisst Ihr, was ein Akkord ist?«

»Mehrere Töne, die zugleich erklingen, harmonisch oder dissonant.«

»Alle dissonanten Akkorde sehnen sich danach, aufgelöst zu werden in eine Harmonie, zurückzukehren zu ihrer Heimat. Unsere Seelen sind solche Akkorde, aber sie können ihre Auflösung hier auf der Erde nicht finden. Es gibt zu viele Dissonanzen, zu viele abrupte Veränderungen, zu viele schwebende Stimmen. So müssen sie unaufgelöst, unerlöst bleiben in ihrer schmerzvollen Dissonanz.«

»Hoheit, ich muss Euch bitten, Ihr bewegt Euch zu sehr, wenn Ihr sprecht.«

»Dann werde ich schweigen.«

»Was aber, wenn man die Akkorde nur hier und jetzt auflösen kann, wenn sie sonst unerlöst und ungesühnt sterben und vermodern?«

»Wie meint Ihr?« Venosa bemüht sich, das Kinn so wenig wie möglich zu bewegen.

»Wer kann mir versichern, dass irgendwann, irgendwo Gerechtigkeit geschehen wird, wenn Gottes Schöpfung so unvollkommen ist, so voller Fehler, voller Gewalt und voller Leid? Wenn Ihr mit Eurem Schwert ein Unrecht sühnen könnt? Auch wenn Ihr dabei in eifersüchtige Raserei verfallt. Hat ein Gott auch das gewollt? Kann er das gewollt haben?

Warum auf das Jenseits warten? Ist es nicht in unserer Hand?«

»Wollt Ihr mir sagen, dass der Kardinal einen Ketzer unter seinem Dach beherbergt?«

»Ich bin ein einfacher Maler, Eure Hoheit. Ich verstehe diese Dinge nicht«, sagt Sander und kehrt zu seiner Arbeit zurück. Während seine Finger aber die von seinem Leiden geschärften Züge auf dem Papier lebendig werden lassen, rast sein Geist weiter. Dann sagt er:

»Nein, Hoheit, Ihr habt recht gehandelt.«

Nur Hugo darf Sander in die Zitadelle seiner Arbeit folgen, in die er sich zurückzieht. Fürs Erste wird er keine neuen Arbeiter einstellen und keine neuen Aufträge annehmen. Er muss sich ganz auf die zwei Bilder konzentrieren, die sein Auftraggeber von ihm verlangt, den letzten Auftrag.

Seit er keine Gehilfen mehr beschäftigt, stehen die hohen Räume der Werkstatt unter der Wohnung leer. Alles ist noch an seinem Platz, und sogar die halb fertigen Bilder stehen noch auf ihren Staffeleien oder lehnen an der Wand, aber Sander kann keine Menschen um sich herum ertragen. Der Fürst von Venosa hat eine Anzahlung gemacht, von der sie eine Weile lang leben und Materialien kaufen können. Sander hofft, dass er durch seine Arbeit wieder einen Angelpunkt finden kann, von dem aus er das Leben meistert. Er verbringt so viel Zeit vor der Staffelei, wie seine Augen ihm erlauben. Seine Hände zittern, aber er arbeitet von früh bis spät.

Während Sander so versucht, die Erinnerungen der letzten Monate zu vergessen oder auf die Leinwand zu fixieren wie ein Insekt, das man mit einer Nadel durchsticht, lässt

Hugo ihn nicht aus den Augen. Sander braucht ihn jetzt mehr als je zuvor, also stampft und reibt und mahlt und mischt er seine Farben mit besonderer Geduld, und die beiden Brüder leben Seite an Seite in der großen Leere der Werkstatt.

In solchen Momenten wird die Welt sehr klein. Nichts besteht mehr außerhalb von diesem Raum und seinem Licht, nichts als der Mörser und die Tiegel und die Pigmente und der Geruch des Leinöls, die Leinwand und die stille Intensität der Arbeit, die Pinsel, die Hände, deren Bewegungen zueinanderpassen. Alles Feste verflüssigt sich vor dem Auge des Malers, alles, was schwer und solide ist, wird aufgelöst in Farbtupfer und Striche, in tiefe Schatten und leuchtend gesetzte Akzente, die sich erst mit einigem Abstand zu einem täuschenden Bild zusammenfügen. Hugo weiß, welche Farben Sander brauchen wird, welche Konsistenz sie haben müssen, welche Pinsel er verwenden wird. Sie handeln in stummer Eintracht, ganz versunken in ihre Tätigkeit, und merken erst, dass es Abend geworden ist, wenn das Licht fahl und verhalten wird und die Farben ihr Leuchten verlieren und immer mehr in ein gemeinsames Grau verlaufen. Ganze Tage vergehen so, und aus dem Meer der inneren Not tauchen Inseln auf, auf denen wortloses Glück möglich ist.

XXXII

Ein Wunder

Dies ist die Stadt des Blutes. Nicht das Blut, das nach einer Messerstecherei zwischen den Pflastersteinen gerinnt, sondern das der Heiligen, das Kirchen gesammelt und gehortet haben. Sogar in Rom gibt es nicht so viele Reliquien wie hier, hört Sander die Leute sagen, und nichts ist heiliger als das Blut, das durch heilige Adern floss, sie beseelte, sie leben ließ und bei ihrem Martyrium vergossen wurde.

Unter all diesen heiligen Überresten aber ist keine Reliquie so erhaben wie das Blut San Gennaros, des Schutzheiligen der Stadt, das schwarz verkrustet in einer Phiole verwahrt wird und wunderbarerweise flüssig wird, wenn die Gläubigen es bei einer Prozession anbeten. Im vierten Jahrhundert war der Heilige den Märtyrertod gestorben, aber erst tausend Jahre später tauchte das Blut in einer kleinen Glasflasche in Neapel auf, die seither im Dom beherbergt ist, als kostbarster Schatz der Stadt.

Hinter vorgehaltener Hand lachen Skeptiker und Gelehrte über diesen unglaublichen Fund und über das Wunder, das sich mit dem Regelmaß eines Uhrwerks vollzieht. Für sie ist es billige Taschenspielerei, und gleich mehrere von ihnen haben ihr eigenes Rezept für Flüssigkeiten, die dieses Wunder ebenfalls vollbringen. Das Volk von Neapel aber verehrt das heilige Blut mit einer ungeheuren Inbrunst. Bei jeder Prozession sind die Straßen gedrängt voll mit Menschen, die einen Blick auf die Reliquie erhaschen, das Wunder mit eigenen Augen sehen oder sogar das Reliquiar küssen wollen, um so Gottes Schutz und Gnade teilhaftig zu werden.

Sander stammt aus dem protestantischen Norden. Ihm ist dieses Spektakel fremd, und trotzdem steht er eingezwängt zwischen zahllosen Menschen an der Piazza Chiesa del Gesù Nuovo und wartet darauf, dass die Prozession durch das mächtige Holztor kommt. Neben ihm, in ihrem besten Kleid mit weißer Bluse und rotem Mieder, mit dem schwarzen Samtband im dunklen Haar, steht Maddalena, großäugig und aufgeregt.

Wie sie darum gebettelt hat, hier sein zu dürfen, die Prozession zu sehen und ihrer Einsamkeit auf dem Land zu entkommen! Onkel Sandro, lieber Onkel Sandro, nimm mich mit, nur ein Mal möchte ich dabei sein! Sander hat kein gutes Gefühl dabei, sie wieder in die Stadt zu holen, aber heute sind so viele Menschen auf der Straße, dass er sie nicht in Gefahr glaubt. Hugo und er werden sie nicht aus den Augen lassen.

Die Aprilsonne erfüllt die Piazza mit ihrem sanften Licht. Da öffnet sich das Tor, und die Menge ruft und schreit ungeduldig. Eine Kapelle beginnt zu spielen – fremdartig und lärmend, mit Trompeten, Zinken und Krummhörnern und Pauken –, und dann kommen sie. Zuerst treten die frommen Bruderschaften ans Licht, in ihren roten und weißen und hellblauen Umhängen und federgeschmückten Mützen nach der spanischen Mode. Sie tragen an langen Stangen Banner mit Porträts von Heiligen. Ihnen folgen singende Mönche und, auf den Schultern getragen von kräftig gebauten Männern, die großen Reliquienschreine auf hölzernen Sänften. Es sind silberne Büsten der Heiligen, lebensgroß und mit Blumen verziert. Sie gleißen in der Sonne und schwanken bedächtig hin und her, wie Betrunkene. Die Heiligenscheine, die hinter den blank geputzten Köpfen montiert sind, wippen mit jedem Schritt in stummer Zustimmung. Um sie herum tragen Priester in weißen Chorhemden mannshohe Kerzen.

Die Menge begrüßt ihre Heiligen mit lautem Gebrüll, die Posaunen bemühen sich, sie zu übertönen, Mönche stimmen einen gregorianischen Gesang an, alles redet und ruft, und der Lärm ist ungeheuer. Maddalena reckt sich, aber sie kann über die Köpfe der Menge hinweg nichts sehen. Sander hebt sie hoch, damit sie das Spektakel nicht verpasst, und drängt sich durch die Mauer von Körpern weiter vor.

Noch immer strömen sie aus dem Tor, alles in Rot und Silber und mit Blumen geschmückt, die metallenen Gesichter der Heiligen feierlich und taumelnd über der Masse, ein Priester in der Prozession intoniert, und der Chor der Mönche antwortet: Santa Maria – *ora pro nobis*, San Gennaro – *ora pro nobis*, San Nicola – *ora pro nobis*, Santa Lucia – *ora pro nobis*, San Biagio – *ora pro nobis*, San Giovanni – *ora pro nobis*, Santa Chiara – *ora pro nobis*, eine endlose Liturgie.

Als San Gennaros Reliquiar auf die Piazza getragen wird, drängen die Leute mit Macht weiter vor. Sie wollen den Saum vom Gewand des Heiligen berühren oder küssen, die glänzende Büste, die hoch über den Köpfen zu schwimmen scheint, beginnt gefährlich zu wanken, mehr und mehr Menschen fluten ihm entgegen, und die Soldaten in ihren bunten Uniformen fangen an, die Menschen zurückzustoßen, ein Handgemenge mit Rufen und Schubsen und Stoßen, die Reliquie kommt nicht mehr vom Fleck, die Träger versuchen mit angestrengten Gesichtern, das Tragegerüst aufrecht zu halten. Die hohen kirchlichen Würdenträger direkt hinter der Reliquie stehen wie eingepfercht da, Sander sieht den Kardinal von Neapel und neben ihm Don Pedro, der im vollen Ornat noch kleiner wirkt als sonst.

In diesem Moment stehen sie einander gegenüber. Pater Bonifazio trägt ein weißes Chorhemd mit langem Spitzenbesatz, eine rote Stola und ein Birett. Er sieht direkt auf Sander und Maddalena, mit kalten, unbewegten Augen. Dann beginnt ein Grinsen auf seinem feisten Gesicht zu erscheinen, die Augen werden enger, und er hält einen Moment lang Sanders Blick. Mit dem ausgestreckten Zeigefinger und Mittelfinger seiner rechten Hand zeigt Bonifazio zuerst auf seine Augen, dann auf das Mädchen: Ich sehe euch, ihr entkommt mir nicht.

Sander, leichenblass, setzt Maddalena auf den Boden. »Los!«, sagt er. »Wir haben genug gesehen!«

»Aber Onkel!«, protestiert sie, völlig überrascht.

»Du kommst mit mir!«, herrscht Sander sie an und zieht sie hart bei der Hand durch die Menschenmenge, die er mit Ellenbogen und Schulter teilt wie ein Pflug die Erde.

Maddalena hat diesen Ton von ihm noch nie gehört und ist zu überrascht, um weiter Widerstand zu leisten. Hugo, der Bonifazio ebenfalls gesehen hat, drängt von hinten schützend nach. Die Menschen um sie herum schimpfen und stoßen und drücken sich gegen sie, aber Sander pflügt sich weiter durch die Menge, bis sie endlich frei atmen können.

»Wir müssen fort«, sagt Sander.

»Aber Onkel Sandro, ich verstehe nicht!«

Tränen stehen Maddalena in den Augen. So lange hat sie sich auf diesen Moment gefreut, und jetzt, da er zum Greifen nahe ist, wird er ihr entrissen.

»Da sind böse Menschen«, sagt Sander, »Menschen, die uns nichts Gutes wollen.«

»Santo Gennaro! Santo Gennaro!«, skandiert die Menge auf dem Platz.

Auf Maddalenas Gesicht spiegeln sich Enttäuschung, Angst, Ratlosigkeit, Verblüffung.

»Wer soll uns denn etwas Schlechtes wünschen, in einer heiligen Prozession?«

»Es gibt überall schlechte Menschen«, sagt Sander und geht eilig weiter.

»Santo Gennaro! Das Blut hat sich verflüssigt! Das Wunder ist geschehen!«, rufen Stimmen hinter ihnen. *»Ecco il miracolo!«*

»Ich wollte es so gern sehen!«, sagt Maddalena fast tonlos.

»Ein andermal«, sagt Sander, »es ist nicht das letzte Mal, dass sein Blut flüssig wird, nicht die letzte Prozession; schon gar nicht hier. Jetzt aber komm, mein Schatz. Wir haben noch einen weiten Weg. Hugo!«

Sander legt seinen Arm um die Schulter seines Bruders. »Ich brauche deine Hilfe. Bring Maddalena so schnell wie möglich zu Chiara. Er hat sie gesehen. Wenn er im Spanischen Viertel angreift, können wir uns zumindest verteidigen. Maddalena, Liebling!«

Die Kleine sieht ihn mit angstgeweiteten Augen an.

»Sag zu Tante Chiara, dass sie einige Männer rufen soll, bewaffnete, und dass sie das Haus gegen Eindringlinge verrammeln soll. Sag ihr: Heute ist die gefährlichste Nacht. Ich komme nach, sobald ich kann.«

Hugo klopft Sander auf den Rücken, er nickt.

»Ich vertraue auf dich, Bruder«, sagt Sander. »Ich hätte sie nie herbringen sollen! Ich habe hier noch etwas Dringendes zu erledigen, bevor ich zu euch kommen kann.«

Don Pedro ist noch nicht von der Prozession zurückgekehrt, als Sander den Palazzo erreicht. Er geht die große Treppe hinauf direkt zu den Gemächern des Kardinals, setzt sich auf einen Stuhl im Empfangsraum vor dem Studierzimmer Seiner Eminenz. Sein Geist rast, während er wartet, er weiß nicht, wie lang. Da knackt das Schloss mit einem metallenen Klang, die Tür schwingt auf, und Don Pedro tritt herein.

»Maestro!«, sagt der Kardinal. »Ich habe Euch erwartet.«

»Wo ist er?«, fragt Sander abrupt. »Ich muss ihn sprechen! Und warum wusste ich nicht ...«

»Ihr vergreift Euch im Ton!«, erwidert der Kardinal scharf. »Seit Eurer Rückkehr aus Sizilien seid Ihr überhaupt launisch geworden. Dinge am Hof entgehen Euch. Ich dulde das nur, weil das dem Altar zugutekommt, wie ich hoffe. Wie schreitet das Bild voran?«

»Ich werde es bald vollenden. Die Grundierung ist fertig, die Figuren sind bereits da, es fehlen nur noch die Details, auch wenn die immer am längsten dauern. Ich tue mein Äußerstes, und ich würde mit Verlaub besser fähig sein, meine Arbeit zu tun, wenn ich nicht plötzlich und unverhofft mitten auf einer Prozession meinen Feinden gegenüberstehe.«

»Er kommt unverhofft, wie der Schwarze Tod«, stellt Don Pedro fest. »Er ist gekommen, um mich zu zerstören. Und Euch, zweifellos.«

»Wie meint Ihr?«

»Er benutzt den Vatikan, um das heilige Tribunal in Neapel unter Druck zu setzen. Wie schon vor einem halben Jahr behauptet er auch jetzt, Ketzer und Hexen würden in Neapel nur halbherzig verfolgt, weil ich zu krank sei, mein Amt zu erfüllen. Tatsächlich aber wird er etwas anderes wollen. Er will mich zwingen, ein Auge zuzudrücken, wenn es seine geschäftlichen Machenschaften hier berührt. Er ist in einen lukrativen Handel hier verwickelt – aber das wisst Ihr ja. Unsere Verfolgung der Bestechlichkeit stört seine Kreise, untergräbt seine Verbindungen.«

»Wo ist er jetzt?«

»Er ist nicht hier. Die Prozession oder Geschäftliches oder wahrscheinlich beides. Ein idealer Zeitpunkt, um mit allen möglichen Menschen wie zufällig zusammenzutreffen. Aber er wird kommen, heute Abend, und wird mein Gast sein.«

»Ich muss ihn sehen!«

»Gar nichts müsst Ihr, verehrter Maestro!«

Der Kardinal lässt sich in seinen Sessel fallen. Seine Stimme duldet keinen Widerspruch.

»Ihr werdet heute Abend nicht hier sein, und wenn doch, so werden die Wachen Euch rauswerfen und einsperren lassen. Die Leidenschaft hat viel zu stark von Euch Besitz ergriffen, und Ihr würdet alles gefährden. Ich verbiete es Euch. Geht nach Hause, schlaft! Morgen Vormittag wird genug Zeit für eine Besprechung sein. Und jetzt kein Wort mehr. Ich bin müde, ich muss mich ausruhen vor dem Essen. Geht!«

Die Leute lärmen und lachen, vor den Tavernen stehen Trauben von Menschen. Sander geht direkt zu Chiaras Haus. Am Tor zum Hof stehen zwei Männer wie zufällig im Gespräch. Als sie ihn sehen, grüßen sie Sander und lassen ihn vorbei. Im Innenhof sieht er weitere fünf Kerle mit kräftigen Knüppeln in der Hand und Messern im Gürtel. Er hört, wie das Tor hinter ihm zufällt und der Riegel aus armdickem Eichenholz vorgeschoben wird.

Chiara begrüßt ihn.

»Sie ist in Sicherheit«, sagt sie, »sie hat mir alles erzählt. Hugo hat ein einziges Wort auf einen Zettel geschrieben: Bonifazio. Das hat genügt. Ein Dutzend Männer werden heute Nacht Wache schieben. Hier kommt niemand rein.«

»Und wenn er mit noch mehr Männern kommt?«

»Dann werden sie uns hier nicht finden!«

»Aber wir sind hier eingesperrt wie ein Dachs in seinem Bau!«

»Du kennst diese Stadt noch immer nicht! Erinnerst du dich nicht, dass ich dir von dem Labyrinth erzählt habe, unter unseren Füßen und Jahrtausende alt?«

Chiara geht zu dem hölzernen Kasten, der an der Wand steht.

»Komm«, sagt sie, »hilf mir schieben!«

Sander stemmt sich gegen den Kasten, der mit leichtem Knacksen zur Seite gleitet. Dahinter ist ein schwarzes Loch, ein feucht-schwefeliger Geruch macht sich bemerkbar.

»Hier beginnt die Unterwelt!«, sagt Chiara und lächelt. »Wer sich da unten auskennt, ist im Handumdrehen in einem anderen Haus, einem anderen Stadtviertel. Wer sich nicht auskennt und wem das Licht ausgeht, kommt nur selten da wieder raus. Wir können jederzeit verschwinden, der Erdboden wird uns verschlucken.«

Sander blickt in das schwarze Loch. Lasst alle Hoffnung fahren, ihr, die eintretet.

Ich werde ihn umbringen müssen, kalkuliert Sander kühl,

aber ohne ein Wort zu sagen. Ich werde ihn umbringen müssen. Sonst gibt es niemals Frieden. Ich muss versuchen, es ungesehen zu tun und wegzukommen, aber wenn sie mich hängen oder auf die Galeere schicken, sind die anderen doch sicher. Wenn wir diese Nacht überstehen, werde ich Bonifazio gleich morgen stellen. Ich werde ihm ausrichten lassen, dass ich das Geld für ihn habe. Dann wird er mich empfangen. Wenn ich ihn nicht in eine Falle locken kann, muss ich es gleich tun und dann so schnell wie möglich weg, zur Mühle und dann nach Norden, alle gemeinsam, ich weiß nicht, wie weit, bis wir in Sicherheit wären. Oder soll nur ich alleine fliehen und sie hierlassen?

Während er den Kasten an seinen Platz zurückschiebt, denkt er weiter nach. Chiara kann er nicht in seinen Plan einweihen. Sie hat sich verändert, seit er wieder zurückgekommen ist. Wenn er sie fragt, wenn er auch nur an sie denkt, wird er selbst nicht fähig sein, es zu tun, und doch ist es die einzige Möglichkeit, endlich leben zu können, ohne ängstlich über die Schulter zu sehen. Seine Hand greift nach dem Messer, das er am Gürtel trägt.

»Eminenz!«, murmelt Bonifazio und küsst Don Pedros Ring. Guzmán lächelt säuerlich. »Wir gehen gleich zu Tisch«, sagt er, »es war ein langer Tag. Mein Koch hat Euch einige Erfrischungen vorbereitet.«

Die Erfrischungen, die der asketische Hausherr hat auftragen lassen, entpuppen sich als üppige Mahlzeit: gebratener Schwertfisch mit verschiedenen Gemüsen, Kalbshaxe mit Salbei und Rosinen und ein majestätischer, getrüffelter Kapaun. Der Kardinal kennt seinen Gast.

In Bonifazio wallt Heißhunger auf. Seit er Molina mit dem

Mädchen in der Menge gesehen hat, fühlt er eine Gier, die fast unbeschreiblich ist. Er wird sie sich holen, die Kleine, niemand wird ihm im Weg stehen. Das Kalbfleisch ist so fett und weich, es zergeht ihm fast zwischen den Fingern. Ein tiefroter, sizilianischer Wein begleitet diese Delikatessen.

»Kommen wir zur Sache«, fordert der Kardinal ihn auf, nachdem sie sich steif über Eindrücke von der Prozession unterhalten haben.

»Wie Ihr wünscht, Eminenz«, antwortet Bonifazio und bricht einen Schenkel aus dem Kapaun, nimmt einen großen Bissen, wischt sich dann die Finger ab und zieht ein Blatt Papier aus seinem Ärmel. »Ich habe hier einen Brief mitgebracht, fertig, aber noch nicht unterschrieben. Ihr werdet Eure Unterschrift daruntersetzen.«

»Und was steht drin?«

»Euer Rücktritt von allen Ämtern, aus gesundheitlichen Gründen und um Euch nach Spanien zurückzuziehen und Euch ganz der Einkehr und dem Gebet zu widmen.«

»Und warum sollte ich so ein absurdes Dokument unterschreiben?«

»Man sagt mir, Ihr sucht nach einer Reliquie?«

»Ist das ein Grund zum Rücktritt?«

»Nein«, sagt Bonifazio genüsslich und reißt mit den Zähnen ein Stück aus dem Kapaun, »aber das hier.«

Bonifazio nimmt ein Bündel, das er mitgebracht hat, und stellt es auf den Tisch. Er löst den Knoten des Tuches, das darumgewickelt ist. Das Tuch fällt, und Don Pedro starrt auf die schwarz vertrocknete Hand des heiligen Vitalis.

»Gestern Nacht wurde in die Kirche Santa Maria della Resurrezione eingebrochen. Es wurden schreckliche Verwüstungen angerichtet, und der Küster der Kirche, der die

Diebe überrascht hat, wurde brutal niedergeschlagen. Er hat interessante Dinge zu berichten.«

»Als da wären?«

»Er hat den Dieben zugehört, bevor sie ihn entdeckt und fürchterlich zugerichtet haben. Er hat gehört, dass sie die Reliquie in Eurem Auftrag stehlen sollten.«

»Das ist lächerlich!«

»Ihr und ich, Eminenz, sind gebildete Menschen. Wir wissen, was das für ein Unsinn ist. Aber ein Kardinal, der Reliquien raubt und in Kinderhandel verwickelt ist …«

»Kinderhandel!«

»Leider. Ich habe Zeugen. Viele Zeugen. Sie sind bereit, heilige Eide zu schwören.«

»Ich werde diese absurden Anschuldigungen in der Luft zerreißen!«

»Vielleicht. Oder aber Ihr kehrt in Frieden nach Spanien zurück, mit der Reliquie, die Euch so wichtig ist, im Gepäck, und niemand wird jemals wissen, woher sie gekommen ist.«

Don Pedro sagt nichts. Vor ihm auf dem Tisch glänzt die rettende Hand des Heiligen. Pater Bonifazio nimmt das Stück Papier, faltet es auf, glättet es auf dem Tisch und schiebt es dem Kardinal zu. Dann produziert er einen Gänsekiel und ein kleines Tintenfass.

»Nun?«

Der Fürst von Venosa hat es nicht vermocht, ein Relikt des Heiligen zu finden, das weiß Don Pedro. Er nimmt einen Schluck Wein. Er muss Zeit gewinnen.

»Und die Reliquie bleibt hier?«

»Meine Leute sind sehr effizient. Die Kerzenleuchter vom Altar werden bald bei einem bekannten Hehler auftauchen. Man wird ihn festnehmen und auf die Galeere schicken, wenn die neapolitanischen Richter ihre Sache richtig machen. Vom Rest des Diebesguts wird sich keine Spur mehr finden. Die richtigen Leute haben einen Beutel Münzen in der Hand. Niemand wird reden.«

Das Silber des Reliquiars funkelt in Don Pedros Augen.

»Niemand?«

»Nicht eine Menschenseele! Der Kapaun ist ausgezeichnet!«

Kein Zweifel. Seine Zeit in Neapel ist ohnehin bald vorbei, auch wenn Bonifazio nichts von seinem Entschluss, nach Spanien zurückzukehren, wissen kann. So aber geht er nicht einfach seinem Ende zu. Er nimmt die Möglichkeit seiner Erlösung von seinen Leiden mit sich. Don Pedro greift nach dem Gänsekiel. Der Pater scheint es kaum zu bemerken. Ein Hühnerknochen knackst in seinem Mund. Don Pedro öffnet das Tintenfass, taucht die Feder ein. Bonifazio hält inne, glotzt den Kardinal an, hoch aufgerichtet und regungslos, mit vollem Mund.

XXXIII

DER HÖLLENSCHLUND UND DIE FREIHEIT

Gleich nach der Morgenmesse, die Don Pedro immer in seiner Hauskapelle feiert, lässt Sander sich bei ihm melden. Fast eine Stunde lang wartet er im Vorzimmer. Immer wieder laufen Diener hin und her, die Stimmung scheint angespannt, aber niemand gibt ihm Auskunft oder wechselt auch nur ein Wort mit ihm, bis er endlich darauf besteht, Don Pedro zu sehen, jetzt gleich, ohne weiteren Aufschub.

»Ah, Maestro«, sagt der Kardinal gleichgültig. Er sitzt an seinem Schreibtisch und ist dabei, einen Brief zu studieren.

»Ist Pater Bonifazio heute Morgen nicht erschienen?«

»Nein, ist er nicht.«

»Wo ist er?«

»Er ist hier. Allerdings hat die Situation sich einigermaßen geändert. Wie Ihr wisst, hatten wir eine Unterredung gestern Abend, vertraulicher Natur, zu zweit. Es waren nicht einmal ständig Diener im Raum. Der hochwürdige Pater, dieses Stück Dreck, drohte in aller Form damit, das vatikanische Tribunal in seinen Kompetenzen auf Neapel auszudehnen und meine Macht damit zu brechen. Er hatte sogar ein Dokument vorbereitet, in dem ich meinen sofortigen Rücktritt von allen Ämtern erklären sollte, und er erwartete von mir allen Ernstes, dass ich es unterschreiben solle.

Allerdings schien es mir, dass er, anders als beim letzten Mal, damit eine Art Verhandlung suchte. Er nannte auch Euren Namen in diesem Zusammenhang und behauptete, Ihr hättet ihm finanziell erheblich geschadet, weswegen er sich zur Aufgabe seiner ursprünglichen Absichten genötigt sah. Er wollte mich erpressen. Ich hielt es für richtig, ihn davon in Kenntnis zu setzen, dass ich ihn von Anfang an durchschaut habe. Das hat ihn einigermaßen aufgebracht. Ich sollte anmerken, dass er keinesfalls mehr nüchtern war. Er trank wie ein Mann, der Sorgen hat: gierig und verstohlen. Da ich schon seit Langem weiß, dass die Völlerei eine der Todsünden ist, denen er nicht widerstehen kann, hatte ich ein größeres Essen bestellt, als ich gewöhnlich habe. Ihr kennt mich. Stockfisch und Reis sind genug für mich.

Seine Hochwürden aber hat einen Kapaun bekommen, mit Trüffeln aus der Lombardei, den er fast ganz verschlungen hat. Fast. Ein unmäßiger Esser. So wie er den Kapaun auseinanderriss, hörte man die Knochen splittern. Dabei redete er dauernd auf mich ein, belehrte, bedrohte, beschimpfte mich. Nach einer gewissen Zeit habe ich nichts mehr gesagt. Ich habe gewartet. Und plötzlich hörte der Redeschwall auf, mitten im Satz. Ich sah ihn nach Luft ringen und mit den Armen rudern, ich sah ihn blau anlaufen im Gesicht, und seine Zunge, die aus dem Mund hing, wurde dunkelgrau. Dann fiel er vornüber auf den Tisch, mitten in den Rest seines Kapauns.«

»Ein Schlagfluss?«

»Ein Hühnerknochen, meinte der Arzt. Es war alles sehr plötzlich. Ich war erschrocken, und mich überkam eine Schwäche. Vielleicht habe ich zu spät nach der Glocke gegriffen, um Hilfe zu rufen.«

Die dünnen Lippen des Kardinals verziehen sich zu einem kaum merklichen Lächeln.

»Aber nein. Es ging alles so schnell«, spricht er weiter, »und anfangs konnte man noch meinen, er würde seinen theatralischen Auftritt auf die Spitze treiben ...«

»Und ...«

»Der Herr hat ihn zu sich gerufen, auf überraschende Art und mit einem Knochensplitter in der Kehle. Er ruhe in Frieden, was allerdings noch dauern wird, denn im Moment ist er, wie man mir sagte, im unteren Gewölbe aufgebahrt.«

»Neben dem Pferdestall?«

»Auch in einem so großen Haus wie diesem ist es nicht immer leicht, ausreichend Platz zu finden. Außerdem wird der Transport schon arrangiert. Ich hielt es für ratsam zu veranlassen, dass er in Rom beigesetzt wird, wo Della Valle wohl alles Weitere regeln wird. Ich habe ihm bereits geschrieben, um ihm die traurige Mitteilung zu machen und ihm mein Beileid auszudrücken.«

»Und das Dokument?«

»Hochwürden hatte noch keine Gelegenheit gehabt, das Schreiben mit seiner Empfehlung abzuschicken. Da er aber jetzt nicht mehr selbst seine Gedanken ausführen und rechtfertigen kann, halte ich es nicht für notwendig, den Vatikan unnötig zu verwirren.«

»Der Brief ist hier?«

»Dort«, sagt der Kardinal und nickt in Richtung Kamin. »Wir haben aus dieser Richtung keinerlei Einmischung mehr zu befürchten. Die flammenden Argumente Seiner Hochwürden haben sich längst verzehrt.«

»Und jetzt, Eminenz?«

»Jetzt erwartet Hochwürden das Fuhrwerk, das ihn zurück nach Rom bringen wird. Ihr könnt jetzt gehen. Ich brauche Euch heute nicht mehr. Ich habe Dinge privater Natur zu regeln.«

Bevor Sander den Palazzo verlässt, geht er zum Pferdestall, in den stickigen Raum neben den eigentlichen Stallungen, der nach Mist und Sattelfett riecht. Da steht ein hastig zusammengezimmerter Sarg auf zwei Holzböcken. Sander geht hin und hebt den Deckel an. Bonifazios feistes Gesicht ist unter den Augen und an den Lippen schwarzviolett angelaufen, die Augenlider sind geschlossen.

»Fahr zur Hölle!«, sagt Sander und schließt den Deckel.

Auf seinem langen Ritt zur Mühle ist Sander überwältigt von einem Glücksgefühl. Immer wieder sieht er die Szene vor sich. Don Pedro, der einfach dasitzt, regungslos, und dem fetten Bonifazio dabei zusieht, wie er an einem Hühnerknochen erstickt, wie ein Schaulustiger bei einer Hinrichtung auf dem Marktplatz, wie die Fischer auf ihrem Boot mit den Fischen im Todeskampf.

Don Pedro selbst denkt mit Abscheu an die Ereignisse des letzten Abends; nicht an die Szene des Erstickenden vor ihm. Wer lange Jahre einem Inquisitionsgericht vorgestanden hat, weiß, wie es aussieht, wenn jemand erstickt. Man wird zum Kenner der vielen unterschiedlichen Arten von Schmerzen und Furcht, man weiß, wann das Leben flieht aus einem Körper. Nein, der Anblick des Lebenden hatte ihn mit Ekel erfüllt, mit Hass auf das Laster, das er hier vor sich hatte und auf die bis auf den Kern verrotteten Balken des Gebäudes, das der Herr errichtet hatte.

Don Pedro hat auch so kurz vor seiner Rückreise in die Heimat nicht die Absicht, sich das Heft aus der Hand nehmen zu lassen, im Gegenteil: Bevor er nach Spanien segelt, wird er noch ein Zeichen setzen. Ein letztes großes Autodafé soll es geben, um noch ein letztes Mal die Fäulnis auszubrennen, die von der Stadt Besitz ergriffen hat. Er hat eine lange Liste von Namen im Kopf, und in den nächsten Wochen wird es eine Welle von Anklagen und Festnahmen geben. Die schwarze Hexe, die er einmal hat gehen lassen, ist unter den Anzuklagenden ebenso wie der Bruder von Maestro Sandro. Weder Hexerei noch Sodomie duldet der Herr, und er wird sie mit Flammen ausmerzen aus dem Körper seiner Kirche.

Der Kardinal krampft seinen Körper zusammen und zieht scharf Luft durch die Zähne ein. Seine Schmerzen nehmen wieder zu. Noch braucht er die schwarze Hexe und ihre Medizin, denn diesmal wird sein Martyrium noch tiefer sein. Dann aber, wenn er nach Hause zurückgekehrt ist, wird er sich ungestört seiner Devotion widmen können. Die Fürsprache von Vitalis wird als besonders wirksam angesehen.

Der Gedanke, dass die Menschen von Neapel ihn begleiten in seinem Leid, ist ihm ein Trost. Der Herr schickt Strafe und Linderung, nach seinem unergründlichen Ratschluss. Die Menschen aber beten für seine Gesundheit, für sein Seelenheil, sie nennen ihn *il buon cardinale*. Sein Leid scheint das Leiden anderer zu lindern, Krankheiten zu heilen. Ein blinder Bettler kann wieder sehen, sagt man in der Stadt, ein gelähmtes Kind hat gehen gelernt. Auf den Porträts, die hier und da in der Stadt aufgetaucht sind, lächelt Don Pedro milde. Bei dem Gedanken daran verziehen sich seine Mundwinkel zu einem verbitterten Grinsen.

Erst gegen Abend trifft Sander in der Mühle ein. Maddalena kommt aus dem Haus gelaufen und umarmt ihn ungestüm. »Onkel Sandro«, flüstert sie, als ihr Kopf an seinem liegt, »ich habe solche Angst gehabt!«

»Du musst keine Angst mehr haben«, beschwichtigt er sie, »jetzt bist du sicher.«

Gemeinsam mit Hugo und dem alten Giovanni macht Sander sich daran, die Türen und Fenster zu überprüfen. Wenn Bonifazio seine Schergen und Komplizen schon gestern losgeschickt hat, müssen sie trotz allem noch mit einem nächtlichen Angriff rechnen, und sie werden sich ablösen und die Nacht über Wache halten. Nach Einbruch der Dunkelheit sitzen Sander und Hugo vor dem Feuer im oberen Raum und starren in die Flammen, verloren in ihren Gedanken. Ein Degen und eine Pistole liegen zwischen ihnen.

Am nächsten Morgen sitzt Sander noch immer auf dem Sessel vor der Feuerstelle. Er schläft fest, als Maddalena hereinkommt, noch im Nachthemd.

»Onkel Sandro!«, flüstert sie ihm ins Ohr. »Willst du nicht gehen?«

Sander fährt hoch, seine Hand greift nach der Pistole, und er wirft das Kind beinahe um. Es dauert einen Augenblick, bis er wieder weiß, wo er ist. Dann nimmt er Maddalena in den Arm. »Nein«, sagt er, »alles gut, ich bin ja wach.«

Er kneift sie in die Backe, und sie kichert.

»Komm, Onkel Sandro«, sagt sie, »wir haben Brot und Oliven und Käse und Wein, sogar frischen Honig haben wir!«

Sander blickt sie an, ihre leuchtenden Augen, die unordentlichen Haare, ihre Freude, ihn hier bei sich zu haben. Schon gestern in Neapel, als er sie auf dem Arm hatte, hat er gemerkt, wie schwer sie geworden ist. Auch ihr Gesicht scheint voller geworden zu sein, langsam erscheinen die Konturen einer jungen Frau in ihren kindlichen Zügen. Er tritt auf die Veranda und blickt in die Landschaft. Die Grillen zirpen laut, und die Sonne steht schon hoch über dem Horizont, es riecht nach Kräutern und den Blüten der Zitronenbäume, die an der Mauer entlanggepflanzt sind. Er geht hinunter zum Kräutergarten. Die Pflanzen sind gut durch den Winter gekommen. Er sollte ein Glashaus bauen für exotische Setzlinge, die er jetzt in seinem Studierzimmer aufbewahrt. Er geht an den geordneten Reihen entlang, in denen sich noch kaum ein Trieb zeigt. Hier herrschen Ordnung und Schönheit, Einfachheit. Hier sind sie weit weg von den Sorgen, die sie in Neapel verfolgen. Aber Sander weiß, dass er gemeinsam mit Hugo noch heute zurückkehren muss. Dieser Moment ist voller Gefahren, und er muss seine Augen und Ohren überall haben, sonst könnte er in den Abgrund gerissen werden.

Nichts passiert in der Stadt, ohne dass Chiara davon hört. Die Bettler berichten, was auf den Straßen geredet wird, Diebe wissen, was hinter den Fassaden passiert, Diener und Huren kennen die intimsten Geheimnisse der Leute, Markthändler kennen jeden und jede im Viertel, und sie alle kommen zu ihr mit Krankheiten und Anliegen unterschiedlichster Art.

Chiara weiß, dass Sander blass und mit einem schlecht in seiner Jacke verborgenen Dolch aufgebrochen ist, um Pater Bonifazio zu treffen, und sie weiß, dass Bonifazio drei Männer angeheuert hat, um einen Landausflug zu einer Mühle zu machen und dort Feuer zu legen. Sie hat dafür gesorgt, dass sie nicht losgefahren sind. Einen der Männer hat sie einmal nach einer nächtlichen Schlägerei behandelt, eine hässliche Bauchwunde und mehrere Knochenbrüche. Sie hat damals keine Bezahlung verlangt. Jetzt fordert sie ihre Schuld ein.

Chiara weiß, dass Sander wieder in der Stadt ist und sich fast Tag und Nacht in seiner Werkstatt einschließt, dass er an seinem großen Bild arbeitet, dass er nur wenig Zeit hat und dass ihn seine alten Dämonen mehr denn je verfolgen. Sie weiß, dass sie sich gedulden muss. Er ist völlig verloren in seiner Arbeit, als würde er in der Landschaft seines Jüngsten Gerichtes umherirren, ohne den Weg hinaus zu finden.

Die wenigen Male, die er sie besucht hat, sieht er nicht, was inzwischen offensichtlich sein sollte, denn ihr Bauch rundet sich zusehends, und ihr Gesicht und ihre Brüste haben an Fülle zugenommen. Er aber scheint nichts zu bemerken, übermüdet, wie er ist. Dabei ist er gut zu ihr, küsst sie zärtlich, scheint sie aber kaum wahrzunehmen. Er macht sich nicht mehr die Mühe, die Farbflecken von seinen Händen zu entfernen, und auch seine Kleider sind von Klecksen übersät, das Hemd, das er trägt, schon Tage alt. Er rasiert sich nicht, und sein Atem riecht nach Wein. Er trägt in sich einen erbitterten Kampf aus, und sie weiß, dass er erst wieder wirklich da sein wird, wenn er gesiegt hat. Wenn er verliert, ist er verloren. Er kämpft, und sie hat Angst um ihn, weil nicht jeder, der am Rand des Vulkans steht und in die Tiefe blickt, auch das Gleichgewicht behält, weil die giftigen Dämpfe aus der Tiefe auch den erfahrensten Kämpfern zu Kopfe steigen können. Sie legt eine Hand auf ihren Bauch.

Tatsächlich kommt Sander kaum aus seiner Werkstatt. Der Laufjunge von der Taverne nebenan bringt Hugo und ihm einmal täglich einen Korb mit Brot und Wein, etwas Gemüse, gegrilltem Fleisch und einigen Früchten. Meistens lassen sie ihn mit noch einem Krug Wein wiederkommen. Hugo nimmt alles an der Tür entgegen und schließt sie gleich wieder hinter sich. Unermüdlich kocht er Pigmente und Öl, zerkleinert Mineralien, mahlt sie zu feinem Pulver, mischt sie und glättet und reinigt, seine Hände und Sanders Hände in stillem Einverständnis, das eine mannshohe Leinwand in eine lebendige Vision verwandelt.

Der Fürst von Venosa glaubt, dass nur Gott die Gerechtigkeit gehört, aber tatsächlich gehört nur Gott die Vergebung, denkt Sander. Ich werde ihm seinen Altar nicht malen können. Hier auf Erden wird niemandem vergeben, hier leben die Sünden weiter und vererben sich bis ins siebte Glied. Kein Altar und kein verhärmter Priester, der angestellt ist, um hastig Seelenmessen zu lesen oder Fürbitten runterzuleiern, kann etwas ändern daran, dass alle herumlaufen mit einem schwarzen Felsen der Schuld über sich. Erlösung kann es nur durch Liebe geben, kann es nur in Chiaras Armen geben und zwischen ihren Schenkeln, nur in den kostbaren Momenten, wo alles andere aufhört, etwas zu bedeuten, wo nur noch das Jetzt besteht und das Hier, nur dann.

Venosa hat Sander noch einmal einen langen detaillierten Brief geschrieben, in dem er alle Heiligen aufführt, die auf dem Bild erscheinen sollen, und in dem er seiner ermordeten Frau und ihrem Liebhaber einen Platz im Fegefeuer zuweist. Der Erlöser und die Gottesmutter sollen hoch über allem thronen, von einer kleinen Figur, Gesualdo selbst, angebetet. Eine unerträglich süßliche Version der Welt; bei einem Mann wie ihm nur denkbar als Gegengift zu einem monumentalen Schmerz und für ein schreckliches Verbrechen.

Sander hat sich überlegt, diese lästige und willkürliche Kommission auf flämische Art zu lösen, indem er das sogenannte Thema des Bildes irgendwo in einem Detail versteckt und davon unabhängig ganze Landschaften und Panoramen schafft, Geschichten, die ihre Betrachter in ganz andere Richtungen führen, aber er weiß, dass der Fürst eine solche Freiheit nicht dulden wird.

Der Fürst zahlt gut, aber Sander wird sich mehr Zeit erbitten. Zuerst kommt Don Pedros Altarbild. Er hat seinen ganzen künstlerischen Ehrgeiz, sein ganzes Können in dieses Gemälde investiert. Ursprünglich hat er eine Landschaft entworfen, ein niedriges Land, geduckt unter einem Feuerball, der gegen eine Übermacht von aschenen Wolken strahlt. Um ihn herum liegen die Skizzenblätter, die er in der Mühle gezeichnet hat, all die Missgeburten und Dämonen, die Gehenkten und von Teufeln Gefolterten, die fischköpfigen und salamanderhaften Formen der verdammten Seelen, die unsicheren Gestalten der Seelen in der Vorhölle.

Jetzt aber interessieren ihn all diese Wahnsinnsgeburten nicht mehr. Der grellere Wahnsinn liegt in der Einfachheit, so wie in dem Jüngsten Gericht in der Zelle des Palazzo dei Tribunali in Palermo, das er drei Monate lang entlang eines dünnen, über die Mauer wandernden Sonnenstrahls studiert hatte, ein Fresko aus Blut und Scheiße, der aufgerissene, abgrundtiefe Schlund der Hölle.

Hugos Hände spachteln die schwarze Farbe in einen Tiegel und dann einen Teil direkt auf die Palette. Bleiweiß ist auch dabei, etwas Ocker und Karmesin. Um den unteren Rand der Landschaft herum entsteht der schwarze Schlund des Ungeheuers, das Menschen und Bäume, Häuser und Berge und Flüsse verschlingen will. Er ist auf den ersten Blick kaum erkennbar, sondern nur als Schatten anwesend, als felsiger Rand, als böse Vorahnung, aber er ist da, und wer das Bild lang genug betrachtet, wird in seine Dunkelheit hineingezogen, und der teuflische Abgrund wird langsam und bedrohlich sichtbar.

Farbschicht legt sich über Farbschicht, Schatten vertiefen sich, Details gewinnen an Definition, Gesichter drücken Erstaunen und Schrecken, Hoffnung und Verzweiflung aus, die Wolken leuchten im fahlen Widerschein des Feuerballs über dem Horizont, und überall, wo das Licht einfällt, entstehen gleißend helle Flecken, mit virtuoser Sicherheit gesetzt. In der ersten Frühlingswärme trocknen die Farben rasch, und endlich, endlich sind sie so weit, dass sie mit einem breiten Pinsel und luftigen, losen Strichen den Firnis auftragen und das Bild versiegeln können. Es ist Abend, und die Sonne steht auf der Wand, die dem Bild gegenüberliegt. Der Raum ist mit einem leuchtend sanften Licht erfüllt, und das Jüngste Gericht glüht in seinen ersten Tag hinein.

Es ist so weit. Sander schickt eine Nachricht zum Palazzo, dass der Altar enthüllt werden kann. Wenn auch der Firnis ganz getrocknet ist, wird er Seiner Eminenz den Preis seiner Freiheit übergeben. Hugo schickt er unterdessen zur Mühle, um sich auszuruhen.

»Ich komme so bald wie möglich nach, dann können wir unsere neue Freiheit feiern«, sagt er und dann, ganz unvermittelt und mit einem Grinsen: »Was meinst du, Bruder, vielleicht sollte ich eines Tages Maddalena bitten, meine Frau zu werden? Sie wird zu einer wirklichen Schönheit!«

Hugo sieht ihn an, erschrocken, als hätte jemand ihn unversehens in die Magengrube geschlagen. »Sie wird jemanden brauchen, der sich um sie kümmert, ihr Schutz gibt und Respekt. Es wird nicht einfach sein für ein Mädchen ohne Familie, ohne Mitgift. Aber nein!«, fügt Sander hinzu, lächelt und klopft Hugo auf die Schulter. »Das wird nicht sein, das kann nicht sein. Es war nur so ein Gedanke. Chiara ist meine Geliebte. Ich will keine andere, und sei sie noch so hübsch, und der Kleinen werden wir schon eine Mitgift finden und einen Mann. Ich selber werde ihn aussuchen für sie, einen, der sie so behandelt, wie sie es verdient. Jetzt, wo Bonifazio sie nicht mehr bedrohen kann, werde ich sie in die Stadt holen, sie hat Begabung fürs Zeichnen, und sie soll bei uns in die Lehre gehen. Sie wird bei uns leben. Aus ihr könnte eine zweite Diana werden, meinst du nicht?«

Hugo zeigt keine Reaktion. Es ist gut, dass er nicht hier sein wird, denkt Sander. Ich will nicht, dass er dem Kardinal unter die Augen kommt. Er wird in Sicherheit sein.

XXXIV

Das Jüngste Gericht

Die engen Straßen der Innenstadt machen es unmöglich, das Altarbild per Fuhrwerk zu transportieren, und so tragen sechs Männer das durch mehrere große und mit Seilen festgeknotete Tücher verhüllte Gemälde samt Staffelei, wie die Statue eines unbekannten Heiligen, den die Menschen auf der Straße neugierig anstarren. Im Palazzo angekommen, weist Sander sie an, die Staffelei in der Hauskapelle aufzustellen. Dann begibt er sich zu Don Pedros privaten Räumen. Als er die Tür zum Studierzimmer öffnen will, hört er eine Stimme hinter sich, die ihm mitteilt, Seine Eminenz sei ins Gebet vertieft, aber da hat er den Raum schon halb betreten.

Don Pedro kniet auf einem Betschemel. Mit einem zornigen Funkeln in den Augen dreht er sich zur Tür. Seine Miene ändert sich sofort.

»Ach, Ihr seid es, Maestro! Gute Neuigkeiten, wie ich höre! Ihr habt es endlich geschafft?«

»Es ist vollbracht, Eminenz.«

Einen Moment lang blitzt Skepsis in Don Pedros Gesicht auf. Dann sieht er Sander befriedigt an.

»Ausgezeichnet!«, sagt er. »Ich werde ein Fest veranstalten zu Ehren des Altars. Zuerst aber muss ich selbst es sehen. Wer hat es vor mir gesehen?«

»Niemand, Eminenz, nur mein Bruder, sonst keine sterbliche Seele.«

»Es ist schon Abend …«

»Das, Eminenz, macht keinen Unterschied. Der Altar ist für Kerzenlicht gemalt, er wirkt am besten in ihrem warmen Schein.«

Don Pedro steht mühsam von seinem Betschemel auf und geht zu seinem Arbeitstisch hinüber. Er klingelt nach einem Diener, der sofort erscheint.

»Macht Licht in der Kapelle«, sagt Don Pedro, »alle Kerzen, die ihr habt. Jetzt gleich!«

»Mit Eurer Erlaubnis werde ich das Bild vorbereiten, Eminenz, in einer Viertelstunde wird alles bereit sein.«

Sander geht den langen Korridor hinunter zur Hauskapelle und beginnt, die Knoten an den Seilen, die den Altar fixieren, sorgfältig zu lösen. Bald kommen drei Diener mit einem Korb voller Wachskerzen, tauschen die heruntergebrannten Stummel in den Wandleuchtern und am geschnitzten Chorgestühl, lassen den mittleren Kronleuchter herunter und bestücken ihn, zünden ihn an, ziehen ihn wieder in die Höhe. Die letzten Sonnenstrahlen fallen fast waagrecht ein und werden bald von den Kerzen überstrahlt werden.

Die Diener verlassen die Kapelle, Sander ist allein. Er stellt einen einzelnen Stuhl vor die Leinwand und wartet. Ein fast feierlicher Moment. Endlich hört er den schlurfenden Schritt des Kardinals auf den steinernen Platten des Ganges. Noch nie zuvor war ihm bewusst geworden, wie unendlich lang dieser Gang zu sein scheint. Dann tritt Don Pedro ein;

Sander weist mit einer Geste auf den zentralen Stuhl. Der Kardinal schließt sorgfältig die Flügeltüren hinter sich und setzt sich hin.

Sander tritt neben den Altar, ergreift das große, weiße Tuch, das noch immer darüberhängt, mit seiner rechten Hand.

»Seid Ihr bereit?«

»Ich bin bereit.«

»So sei es!«, sagt Sander und zieht mit einer großen Geste das Tuch vom Altar.

Erwartungsvoll blickt der Kardinal auf das enthüllte Bild. Dann verengen sich seine Augen, aus Neugier wird zuerst Ratlosigkeit, dann Zorn.

»Aber, Maestro, Ihr geht zu weit!«

»Wie meint Ihr?«

»Was ist das für ein Bild? Was für eine Art Jüngstes Gericht? Und wo ist die Herrlichkeit des Herrn und Seiner himmlischen Heerscharen? Wo ist Sein Thron? Wo sein Gericht? Wo ist die Gerechtigkeit? Wo ist Gott?«

»Die Gerechtigkeit ist da«, sagt Sander sehr ruhig.

»Aber ich sehe sie nicht! Dies ist ein Landschaftsbild!«

Der Kardinal sieht Sander entrüstet an und weist auf die Leinwand. Tatsächlich ist kein Gott inmitten dieser bleiernen, blitzdurchzuckten Wolken, der Lichtkegel im Hintergrund kommt von einem Vulkanausbruch, die Landschaft darunter scheint öde und verbrannt, mit Ruinen, die herausstehen wie der Schorf auf einer Wunde, mit zerstörten Dörfern und Kirchen, nur in der Mitte der Szenerie ist dieses Terrain von kleinen Figuren belebt.

Der untere Rand des Bildes scheint aus einem schwarzen Felsmassiv zu bestehen. Erst bei näherem Hinsehen wird deutlich, dass es der Schlund der Hölle ist, mit Zähnen, die wie Felsvorsprünge und Bergspitzen wirken.

»Wo ist der Herr, Alessandro? Wo ist die göttliche Gerechtigkeit?«

Don Pedro ist sichtlich aufgewühlt.

»Für dieses Bild bringe ich dich vor die Inquisition! Du wirst verbrennen für diese Häresie!«

»Eminenz versteht nicht, was Eminenz sieht«, sagt Sander, fast tonlos.

»Ich verstehe es sehr genau, du protestantische, ketzerische, gotteslästerliche Missgeburt!«

»Wenn Ihr Euren Kennerblick hierhin lenken möchtet«, sagt Sander und weist auf die Szene in der Mitte. »Da beginnt die Gerechtigkeit, weil da das Verbrechen geschieht. Kein Richtspruch ohne Verbrechen, keine Vergebung ohne Schuld, keine Erlösung ohne Sünde.«

»Was soll das, was ist das?«

»Seht nur genauer hin! Kommt näher!«

Der Kardinal steht auf und tritt nahe an das Bild heran und beugt sich zu der Landschaft. Schon seit Jahren kann er auf Entfernung kaum noch etwas erkennen. Jetzt sieht er die Details der Landschaft besser. Er sieht ein Dorf, ein brennendes Haus, das einen grellen Schein auf die kleinen Gestalten wirft, die da stehen, um einen großen Baum herum. Von diesem Baum hängen kleine, längliche Gestalten.

»Erinnerst du dich?«, fragt Sanders Stimme ganz dicht hinter seinem Ohr.

Der Kardinal erstarrt.

»Erinnerst du dich an dieses Dorf? Erinnerst du dich an diesen jungen Offizier zu Pferd, den Kommandanten, der dort auf dem Bild ist? Siehst du ihn? Ja? Das warst du. Und erinnerst du dich an den Mann, der da gerade rückwärts die Leiter raufgezogen wird, mit gefesselten Händen? Das war mein Vater. Und erinnerst du dich an den kleinen Jungen, dem du eine Münze gegeben hast, weil er dir durch einen unwillkürlichen Blick über die Schulter verriet, wo die Rebellen waren? Das war ich. Da, der Kleine vor dem Pferd, der ein zweites Kind an der Hand hat, so wie er ihn immer an der Hand hat, seinen kleinen Bruder. Erinnerst du dich?«

Der Kardinal richtet sich auf, sieht Sander ins Gesicht.

»Das alles ist lange her«, sagt er.

»Oh, aber die Vergangenheit bleibt bei uns. Die Münze, die du mir damals gegeben hast – hier ist sie!«

Sander zieht den Philippstaler, den er an einem Lederband um den Hals trägt, aus seinem Hemdkragen.

»Seit diesem Tag habe ich diese Münze bei mir getragen. Ich habe sie gehütet wie einen Talisman, ich habe sie nicht verwendet, auch wenn wir nichts zu essen hatten, ich habe mit ihr ganze Länder durchwandert, und ich wusste, ich wusste, dass ich sie eines Tages ihrem rechtmäßigen Eigentümer zurückgeben und mich von der Last befreien würde. Ich wusste nicht, wann oder wie, aber ich habe auf das Schicksal vertraut, das mich über Jahre umhergetrieben hat, und dann, plötzlich, als ich bei der Arbeit war an dem Fresko, was mir endlich einen Namen machen würde, als mein Leben endlich eine Wendung zum Besseren zu nehmen schien, standest du wie aus dem Boden gestampft wieder vor mir. Sofort habe ich dich erkannt! Manche Gesichter vergisst man nicht, und ich habe deins viele, viele Nächte hindurch gesehen, nach dieser Nacht.«

Sander hält Don Pedro die Silbermünze vors Gesicht. Sie ist mit dem Kopf von König Philipp II. geprägt, ein langes

Profil mit starker Unterlippe und spitz zulaufendem Bart. Die Münze baumelt am Ende der Lederschnur und spiegelt die Reflexe des Kerzenlichts wider. Mit einer irritierten Geste will er die Münze, die ihm vor Augen tanzt, wegwischen, aber da greift Sanders Hand hart an seine Kehle und hält seinen Kehlkopf mit Daumen und Fingern fest umschlossen.

»Ich habe so lange gewartet auf diesen Augenblick! So viele schlaflose Nächte habe ich ihn mir ausgemalt, und jetzt bin ich hier, und ich habe nichts als einen kleinen, bösen Krüppel vor mir!«

Sander reißt sich das Band mit der Münze von seinem Hals. Don Pedro ruft nicht nach Hilfe. Er ist ein alter Soldat, er wird keine Schwäche zeigen in einem solchen Moment.

»Es ist nicht so einfach, sich das Gesicht eines Kindes zu merken, eines von vielen«, sagt Sander und hält ihn weiter gepackt. »Ich weiß nicht, wie viele andere Kinder da noch waren, aber das Schicksal wollte, dass ich es war, der dich wieder treffen sollte. Ich habe sogar versucht, diesem Ruf zu widerstehen, aber du, du hast mich dazu gezwungen, für dich zu arbeiten!«

Don Pedro ist wie erstarrt. Seit Jahrzehnten, seit er in Flandern stationiert war und sich mit seinen Kameraden stritt, hat niemand mehr so mit ihm gesprochen, hat niemand ihn so angefasst. Jetzt aber steigt die Wut hoch in ihm.

»Ich hab von Anfang an gewusst, wer du bist, du armselige Kreatur«, stößt Don Pedro hervor und sieht Sander direkt in die Augen. »Ich habe gewusst, dass du mich gehasst hast, aber ich habe dich gekannt, ich kannte dein Geheimnis besser als du selbst, und du wägtest dich in Sicherheit. Ich habe gewusst, dass ich dir alles genommen hatte, aber ich habe dich gezähmt. Ich besitze dich, ich habe dich seit damals besessen, bis in deine Träume hinein gehörst du mir und tust es immer noch!«

»Und ich war der Freiheit so nah!«, sagt Sander, ohne den Mörder seiner Familie loszulassen. »Ich habe ein Leben gefunden hier! Und dann musstest du mich wegschicken und mich erinnern, dass alles, was mir teuer ist, von deiner Laune abhängt, dass ich nie frei sein werde, solange du noch lebst! Um Haaresbreite wäre ich entkommen! Du aber hast mir gezeigt, dass es keinen Ort gibt auf der Erde für mein Glück.«

Der Kardinal versucht, ihn wegzustoßen, aber Sander packt ihn mit eisernem Griff und rammt mit der anderen Hand die Münze tief in seinen Rachen. Mit seinem Zeigefinger drückt er tiefer und tiefer.

Don Pedros Körper bäumt sich auf, er röchelt mit einem hässlichen, kratzenden Geräusch, schlägt um sich, kämpft verzweifelt, aber er ist schwach, und ein langer Finger drückt das scharfe Stück Metall immer weiter in seine Gurgel. Er rudert mit den Armen, er ringt nach Luft, er richtet sich noch einmal auf, greift nach unsichtbaren Gestalten um sich herum, Panik erscheint in seinen hervortretenden Augen, und Sander hält ihn fest, noch länger, immer noch und noch etwas, bis er den Druck seines Fingers verringern kann, bis der Widerstand nachlässt und die Arme schlaff herunterfallen, bis das ganze, vertrocknete Gewicht des Kardinals von Sanders Hand um dessen Kehle getragen wird.

Der letzte Augenblick ist völlig anders, als Don Pedro erwartet hatte, obwohl er ein Leben lang an kaum etwas anderes gedacht und sich nichts so sehr wie diesen Moment in glühenden Farben ausgemalt hat.

Nach seiner Panik erscheint ihm die Welt ein letztes

Röcheln lang leicht und lichtdurchflutet, dann fällt Schwärze. Tausende Stunden hat er betend und meditierend verbracht, um dem Rätsel des Lebens nach dem Tode und der göttlichen Barmherzigkeit in einer erbarmungslosen Welt auf die Spur zu gelangen; er hat gefastet und sich gegeißelt und hat ein härenes Hemd getragen und hat als Soldat Dutzende, Hunderte Leute sterben sehen, hat Unglückliche foltern und verbrennen lassen, hat ihre Urteile gesprochen und bezeugt, wie sie ihren letzten Atem holten, während ihr Körper noch hilflos um sich geschlagen und mit Armen und Beinen in der Luft herumgerudert hat. Jetzt ist sein letzter bewusster Gedanke, dass dieses Rätsel unmittelbar vor seiner Lösung steht, und er fühlt sich ruhig und groß in dem Wissen, dass er endlich das Erhabene wahrnehmen wird, die Wahrheit, die Majestät – dann hört sein Herz auf zu schlagen, sein Geist verlischt.

Sander setzt den Leichnam auf den Stuhl vor dem Altar. Er drückt seinen Mund zu, lässt aber die Augen offen.

»Jetzt«, sagt Sander. »Jetzt kannst du in alle Ewigkeit starren auf den Moment, der uns verbindet. Jetzt ist Gerechtigkeit geschehen, die Schulden sind bezahlt.«

Niemand ist durch den fast lautlosen Kampf der beiden Männer alarmiert worden, der Gang vor der Kapelle ist leer. Sander schließt die Flügeltüren sorgfältig von außen und lässt den Kardinal in der Kapelle zurück, von Dutzenden von Kerzen hell beleuchtet vor dem Altarbild, das seine zusammengesunkene Figur weit überragt.

Ohne einen Moment zu zögern, verlässt Sander den Palazzo und verschwindet im Straßengewühl von Spaccanapoli und dann weiter, raus aus der Stadt, aufs Land, in Sicherheit. Chiara darf er jetzt nicht sehen, denn wenn man ihn in ihrem Haus festnimmt, wird auch sie verdächtigt werden. So flieht er. Er hat nur bis zu diesem Moment geplant und gedacht. Das, was danach kommen sollte, war zu weit weg, zu unwirklich gewesen. Dafür hat er keinen Plan. Es ist schon dunkel, während er weiter reitet.

Endlich, nach einer Stunde im Sattel, findet er eine Herberge, in der er einkehren kann. Morgen früh wird er weiterreiten und sich in der Mühle verschanzen und sehen, was passiert.

Als Sander am nächsten Tag zur Mühle kommt, ist er überrascht, vom alten Giovanni begrüßt zu werden. Der Alte hat seinen linken Arm in einer Schlinge, der Verband an der Hand sieht blutig aus. Es ist sehr still. Giovanni greift mit seiner rechten Hand dem Pferd in die Zügel und hält es, während Sander absteigt.

»Etwas Schreckliches ist passiert, mein Herr!«, sagt er immer wieder. »Etwas Fürchterliches ist passiert!«

»Was denn, was ist los?«, dringt Sander in ihn.

Giovanni beginnt zu schluchzen und kann kein Wort herausbringen. Er zeigt auf das Kaminzimmer. Mit wenigen Sprüngen rennt Sander die Treppe hinauf und reißt die Tür auf.

Auf dem Boden, direkt in der Mitte des Raumes, liegt Maddalena auf dem Rücken. Ganz still liegt sie da und bleich, ihr Haar sieht schwärzer aus als sonst. Bei ihrem Kopf kniet Hugo, ein Messer neben sich, die Hände ineinandergekrampft und mit jedem Atemzug stöhnend. Er wiegt seinen Oberkörper vor und zurück.

»Bruder!«, sagt Sander und versteht nicht, was er da sieht.

»Was ist passiert – ich meine – wie konnte –«

Er kniet sich neben Maddalena hin, legt seine Hand an ihren Hals, da rollt ihr Kopf zur Seite. Sie hat schwarze Flecken an der Kehle. Sie atmet nicht mehr. Ihre Haut ist grau.

»Seit gestern Abend sitzt er so da!«, sagt die Stimme von Giovanni, der nur langsam die Treppe heraufgestiegen ist. »Wenn ich ihm zu nahe komme, bedroht er auch mich mit seinem Dolch. Gestern Abend haben sie noch miteinander gegessen. Sie hat sich gefreut, ihn zu sehen, aber er war verstört, er hat nicht gelächelt wie sonst. Sie hat darüber erzählt, was sie in Neapel erlebt hatte, wie sehr sie Euch liebt und dankbar ist. Ich weiß nicht, was dann passiert ist. Ich habe Lärm gehört von oben, also bin ich hingegangen, um nach dem Rechten zu schauen, da habe ich ihn so angetroffen. Ich wollte zu ihr, aber da hat er mich angegriffen. Ich konnte nichts tun.«

Sander kniet da und versucht zu verstehen, versucht zu begreifen, was er da sieht, aber sein Geist weigert sich, all dies aufzunehmen und Schlüsse daraus zu ziehen, die Welt scheint plötzlich weit entfernt, eine plumpe Kulisse, er hört das Blut in seinen Ohren pochen und sausen und alle Klarheit mit sich reißen, und aus diesem Pochen entsteht eine Gewissheit, und er sieht Hugo an, der vor ihm kauert wie ein Kind und angefangen hat, leise zu wimmern.

Mit einem rohen Brüllen wirft sich Sander auf seinen Bruder, und ihm ist, als würde er als Zeuge dabeistehen und beobachten, was als Nächstes passiert. Er drückt Hugo zu Boden und kniet über ihm, er hat den Dolch in der Hand und drückt ihn gegen die Kehle seines mörderischen Bruders. Hugo wehrt sich nicht.

Sander zittert am ganzen Leib, jeder Muskel ist angespannt, während die Spitze des Dolchs auf Hugos Kehle gerichtet ist, und Hugo scheint sein Kinn zu heben, um seinen Hals darzubieten. Sander reißt den Dolch hoch über den Kopf, ein heiserer Schrei dringt aus ihm, und das Messer fährt mit einem metallenen Blitz in den Boden und bleibt im Holz der Dielenbalken stecken.

»Ich kann nicht«, murmelt Sander, »ich kann es nicht, ich sollte, ich muss, aber ich kann nicht, du bist mein Bruder, mein Arm gehorcht mir nicht, ich kann es nicht. Warum?«

Sander wendet sich Hugo zu, der immer noch unter ihm liegt.

»Warum? In Himmels Namen, warum hast du das getan?«

XXXV

VERRAT

Neapel, drei Monate später

Herein!«, sagt Don Alfonso, über seine Papiere gebeugt. »Ich danke Euch, dass Ihr mich empfangt, Exzellenz.«

Sander steht vor ihm.

»Ach, Maestro. Ich bin froh, dass Ihr gekommen seid. Wie darf ich Euch helfen?«

»Es geht um meinen Bruder«, sagt Sander.

»Ach ja, natürlich. Hässliche Geschichte. Es tut mir unendlich leid. Wer konnte es ahnen, dass die Dämonen so in ihn fahren?«

»Er ist noch immer im Kerker. In Eisen geschlagen.«

»So hat man mir gesagt. Ich bin nicht über alle Einzelheiten unterrichtet – Ihr wisst, Akten, Berge von Akten! Seit mein armer Vorgänger so plötzlich von uns gegangen ist, hat der Versucher mich mit Arbeit überhäuft.«

Don Alfonso lächelt Sander leutselig an. Der ehemalige Sekretär von Don Pedro hat nur zeitweise die Leitung des Tribunals übernommen und genießt offensichtlich seine neue Macht. Sander weiß, dass er die Akte bestens kennt, er hat sie selbst geschrieben.

»Mein Bruder wurde gefoltert!«

»Eine bedauerliche Notwendigkeit.«

»Er ist stumm!«

»Das hat sich während der Prozedur bestätigt. Leider gab es nur eine Methode, um sicherzugehen.«

»Ich bitte Euch darum, ihn freizulassen. Er kann nicht verantwortlich gemacht werden für das, was geschehen ist. Er ist ein Narr. Narren und Wahnsinnige können nicht verurteilt werden.«

»Aber wie sollen wir wissen, ob er wahnsinnig ist, wenn er nicht spricht?«

»Er ist ein Kind in seinem Kopf!«

»Und doch ist er, wie ich höre, in sehr erwachsener Gesellschaft unterwegs? Ein schöner junger Mann für schöne junge Männer?«

»Mein Bruder ist kein Mörder, er weiß nicht immer, was er tut.«

»Das mag ja sein, Maestro«, sagte Don Alfonso gedehnt, »aber das Problem ist, dass Gerechtigkeit geschehen muss, sichtbar geschehen muss.«

»Wie meint Ihr?«

»Dieser Palazzo, dieses Amt, bekommt einen schlechten Geruch, wenn es ungeklärte Todesfälle in seinem Umfeld gibt. Denkt an den armen Fürsten von Venosa, den Ihr noch kürzlich hier getroffen habt. Sein Haus und sein Name haben sich nie von dieser Geschichte erholt. Dieses Amt aber ist der Gerechtigkeit auf besondere Weise verpflichtet. Es geht um die Glaubwürdigkeit des Tribunals, die Glaubwürdigkeit der heiligen Kirche. Die bedauerlichen Vorfälle mit Pater

Bonifazio und unserem eigenen guten Kardinal … sie untergraben den Glauben.«

»Ich werde Euch in allem unterstützen!«

»Es freut mich ausgesprochen, das zu hören. Übrigens, ich habe etwas für Euch. Kennt Ihr das?«

Don Alfonso hält eine Silbermünze in die Luft, den Philippstaler.

»Eine seltsame Münze«, sinniert der Sekretär, »mit einem Loch und einem Ring darin, so, als hinge sie an einer Schnur oder einer Kette. Habe ich Euch nicht mit einer ähnlichen Kette gesehen?«

»Das kann ich Euch nicht sagen.«

»Und Ihr kennt diese Münze nicht?«

»Sie gehört nicht mir.«

»Ich verstehe. Was für ein Zufall, wo sie doch aus demselben Weltteil kommt wie Ihr. Wir haben sie bei Seiner Eminenz gefunden. Tief in seinem Rachen, um genau zu sein. Man kann ersticken an so etwas.«

»Dann sucht Ihr nach einem Mörder?«, fragt Sander, der noch immer nicht versteht, warum er nicht mit Hugo eine Zelle teilt, nie auch nur verhört wurde wegen Don Pedros Tod.

»Nein, nein! Es ist deutlich, dass Seine Eminenz überwältigt wurde von seiner spirituellen Ergriffenheit, als er Euer Altarbild bewunderte. Sein von Monaten des Fastens und der Exerzitien schon angegriffenes Herz hat dieser gewaltigen inneren Bewegung nicht standgehalten. In dem Moment, in dem er dem Herrn am nächsten war, hat der Herr ihn zu sich gerufen. Auf der Straße werden schon Balladen darüber gesungen und die Seelenmessen – Ihr solltet Euch das ansehen! Hunderte von Menschen kommen und beten in ehrlicher

Verzückung. Lahme gehen wieder, Krüppel tanzen, Lepröse werden plötzlich gesund. Er war ein heiliger Mann, und jetzt ist er, wie ich vermute, direkt auf dem Weg zur Kanonisierung. Euer schöner Altar, vor dem das Wunder geschehen ist, wird eine besondere Rolle spielen dabei. Man redet schon darüber, in der großen Basilika eine eigene Kapelle dafür anzubauen. Allerdings war eine kleine Änderung erforderlich.«

»Eine Änderung?«

»Strikt genommen, ist das Bild, vor dem Seine Eminenz sein Leben ausgehaucht hat, ein Landschaftsbild. Es zeigt eine Art Krieg und gemahnt sehr an Flandern, trotz des Vulkans im Hintergrund. Das ist sehr virtuos gemalt, Maestro, aber in Altären ist es üblich, zumal bei einem Jüngsten Gericht, den Herrn in seiner Herrlichkeit darzustellen, wie er Recht spricht und die Geretteten versammelt, während die Verdammten in die Hölle fahren. Ihr kennt das ja. Wir haben also einen verlässlichen Kollegen damit beauftragt, diese Elemente, besonders den Herrn und den strafenden Engel und die Waage der guten und der bösen Taten, diskret einzufügen. Das Ergebnis ist sehr glücklich und stört Eure originale Komposition kaum.«

»Ihr habt ein Bild ummalen lassen, anstatt einen Mörder zu verfolgen?«

»Ein Mord, etwas so Niedriges, passt nicht in diese schöne Geschichte. Ein Prozess würde die alten Skelette aus der Vergangenheit ans Tageslicht holen. Wäre das Gerechtigkeit?«

»Don Pedro ist keines natürlichen Todes gestorben.«

»Ach was, Ihr seid nicht nur Maler, sondern auch Medikus?«

»Ich weiß, wovon ich spreche.«

»Und niemand will es hören, geschätzter Maestro! Nehmt

meinen Rat. Hört auf zu wühlen, lehnt Euch zurück, tut Eure Arbeit, genießt die Freuden Eurer Familie. Wie ich höre, habt Ihr frohe Neuigkeiten?«

»Das wisst Ihr?«

»Augen und Ohren, mein lieber, Augen und Ohren. Ihr habt es erst später erfahren als wir, sagt man mir. Habt Ihr bereits Kinder?«

»Es wird das erste sein.«

»Darum, Maestro! Wie ich sage. Tretet einen Schritt zurück, bemüht Euch nicht unnötig damit, überall herumzulaufen und nachzufragen. Manche Dinge bleiben besser unerklärt. Die Menschen haben einen Heiligen, es wäre eine Tragödie, ihnen das zu nehmen.«

»Aber ich verstehe nicht«, wendet Sander ein.

»Was versteht Ihr nicht?«

»Warum man seinen Tod nicht untersucht und sühnt und den Mörder verfolgt.«

»Der Kardinal war ein heiliger Mann.«

»Das sagtet Ihr bereits.«

»Und Ihr habt Euren Anteil daran mit Euren Verbindungen im Spanischen Viertel, dort, wo die ersten Messen für ihn gefeiert wurden. Der gute Kardinal ist populär dort! Aber es ist wie so oft. Wer hinter die Kulissen blickt, sieht allzu oft nichts als die triste Mechanik der Macht. Der Kardinal war ein heiliger Mann, aber in seinem Eifer hat er auch Schaden angerichtet, Geschäfte unterbrochen, sehr lukrative Geschäfte.«

»Und jetzt?«

»Jetzt, da er seinen Platz im himmlischen Chor eingenommen hat, geht vieles wieder seinen ungestörten Gang. Verschiedene Menschen sind sehr froh darüber. Sie haben ihre geschäftlichen Interessen gewahrt, und die Stadt hat einen Heiligen fürs Volk. Wenn jetzt jemand anfängt, über dunkle Machenschaften und nächtliche Gewalt zu sprechen, zerstört er nur das, was daraus gewachsen ist.«

»Auch für Euch?«

»Ich habe Pater Bonifazio in vielerlei Hinsicht helfen dürfen. Jetzt sind seine Interessen auf mich übergegangen.«

»Der Handel mit Kindern?«

»Sagen wir: die Vermittlung von Chancen.«

»Ein widerlicher Handel!«

»Wer ohne Schuld ist, der werfe den ersten Stein.«

»Was wollt Ihr sagen?«

»Das ist die große Frage«, sagt Don Alfonso. »Ich kann verstehen, dass Ihr aufgebracht seid durch den schrecklichen Tod Eurer kleinen, wie soll ich sagen, Eurer Gespielin …«

»Sie war ein Kind!«

»Jedem das Seine.« Don Alfonso fletscht die Zähne in einem widerlich vertraulichen Grinsen.

»Auf jeden Fall hat diese Geschichte ihre Kreise gezogen auf den Märkten wie in den Gazetten. Sogar in Rom berichtet man davon. Die Leute lieben so etwas. Die Unschuld, die Lust, die Grausamkeit, die sinnlose Tragödie. Deswegen kann der Schuldige nicht einfach so verschwinden. Irgendjemand muss aufs Schafott oder zumindest auf die Galeere!«

»Hugo ist nicht Herr seiner selbst! Er war erschüttert, er war eifersüchtig auf die Kleine, er dachte, sie würde ihn in meiner Liebe verdrängen! Er hat sich nicht unter Kontrolle!«

»Das wird den Henker wenig stören. Es sei denn, Ihr habt eine bessere Idee?«

»Nehmt mich zum Angeklagten. Ich habe sie erwürgt!«

»Und warum?«

471

»Aus Eifersucht! Aus überreizter Lust! Aus dummer Grausamkeit!«

»Habt Ihr nicht Eure Familie zu bedenken?«

»Ich schulde zu vielen Menschen zu viele Dinge«, stellt Sander fest.

»Wir werden die Gerechtigkeit des Tribunals nicht der Lächerlichkeit preisgeben, indem wir Euch jetzt als neuen Verdächtigen produzieren, auch wenn Ihr es ernst meinen würdet damit. Aber ich mache Euch einen anderen Vorschlag.«

»Ich höre ...«

Don Alfonso nimmt sich viel Zeit mit seiner Antwort.

»Im Geiste der gegenseitigen Hilfe, der sich nach dem Hinscheiden Seiner Eminenz wieder so stark fühlen lässt, sehe ich eine Lösung, eine einzige: Ihr zieht euch zurück, in eine andere Stadt, bis die Dinge sich hier beruhigen. Vielleicht wird man Euch für einige Zeit verbannen, wir werden sehen. Inzwischen macht Ihr eine Schenkung an die Kirche, die dem Ausmaß Eurer Dankbarkeit und Eurer Sehnsucht nach Erlösung angemessen ist. Dann hätte die Kapelle schon ein Dach.«

»Aber ich habe kein Geld!«

»Dann leiht Euch welches. Ich kann Euch den richtigen Menschen vorstellen. Was habt Ihr an Sicherheiten?«

»Nur meine Arbeiten.«

»Nur diese Bilder? Was für ein bedauerlicher Umstand. Ich hätte gern geholfen. Man wird ihn wohl schuldig sprechen, Euren armen Bruder. Mir sind die Hände gebunden. Es sei denn ...«

»Ja?«

»Seht Ihr, da kommt mir gerade eine glückliche Idee.«

Don Alfonso blickt Sander direkt in die Augen.

»Seine Majestät der Vizekönig von Neapel hat sich bereit erklärt, zur nächsten militärischen Expedition Seiner Majestät des Königs von Spanien fünftausend Soldaten beizutragen. Wie sich aber herausstellt, ist dies ein ehrgeiziges Ziel. Die Männer selbst sind zwar einfach zu fangen und in die Armee zu pressen – Strafgefangene, Säufer und dumme Bauern. Aber Offiziere sind schwerer zu finden, besonders die, die in einer Schlacht ihren Mann stehen, die das Terrain kennen, die Sprache, die Bevölkerung.«

»Ich verstehe nicht …«

»Ach ja, ich vergaß zu erwähnen. Es handelt sich um eine Strafexpedition in die Niederlande. Leider sind dort die Kämpfe wieder erheblich aufgeflammt. Die protestantischen Ketzer verhöhnen unsere Mutter Kirche.«

»Und Ihr wollt, dass ich …«

»… als Offizier der kaiserlichen Armee zurückkehrt in Eure Heimat und Euch dort bewährt. Eine ehrenvolle Aufgabe für Euch, und was Euren Sold angeht, so werde ich mir erlauben, ihn als Eure großzügige Spende zu betrachten. Man sagt mir, dass die Offiziere ohnehin ausgezeichnet von Plünderungen und dem schwunghaften Handel auf dem Schwarzmarkt leben können, Ihr werdet also keinen Sold benötigen.«

»Was Ihr von mir verlangt, ist unmöglich«, sagt Sander. »Niemals könnte ich das tun!«

»Überlegt es Euch, verehrter Maestro! Euer Bruder könnte mit Euch ziehen, ein freier Mann und ein Soldat Seiner Majestät. Es ist so hässlich, seine eigenen Geschwister hängen zu sehen!«

Sander skizziert Mutter und Kind. Es ist fast wie Maria mit ihrem göttlichen Sohn, nur viel, viel schöner. Nur dass die Mutter in diesem Fall dunkle Haut hat und das Kind eine Tochter ist. Chiaras Tochter; Sanders Tochter. Er hat ein Kind, das seine Geliebte in ihren Armen hält und das erstaunt und mit weit offenen, fast schwarzen Augen in die Welt sieht. Chiara wiegt sie und hält dabei ihren Kopf mit ihren langen, delikaten Fingern. Sie denkt nach über das, was er ihr gerade erzählt hat.

»Ich kann dir nicht helfen, mein Liebster«, sagt sie endlich. Ihre Stimme ist tiefer als sonst, sie ist noch immer erschöpft von einer schweren Geburt.

»Du wirst wählen müssen. Um deinen Bruder zu retten, musst du alles aufgeben, was du hier hast. Einschließlich meiner und unserer Tochter, die noch nicht einmal einen Namen hat. Nur als Verräter kannst du ihm jetzt treu sein. Wenn du aber uns wählst, wird er hängen. Es gibt kein Dazwischen und kein Anstatt. Das ist alles. Wenn du ihn hängen lässt, bleibst du bei deiner Familie, und deine tragische Geschichte wird die Kunden reihenweise in deine Werkstatt treiben. Du hast es geschafft. Dein Landhaus kannst du kaufen und vergrößern lassen, und irgendwann können wir uns dorthin zurückziehen, weg von der Pestilenz der Stadt. Aber vielleicht wirst du niemals Frieden finden!«

»Ich habe lange genug mit Geistern gelebt, um das zu wissen.«

»Ich weiß, mein Liebster, ich sehe deinen Kreuzweg. Ich kann dir nichts raten.« Sie streicht ihrem Baby über das seidige Haar.

Das kaum hörbare Kratzen des Rötels auf dem Papier ist für mehrere lange Augenblicke das einzige Geräusch.

»Nur eines musst du wissen«, sagt sie nach einer Weile.
»Wenn du gehst, wenn du in den Krieg ziehst für Jahre und
vielleicht niemals wiederkommst – glaube nicht, dass ich
ewig auf dich warten kann, dass mein Herz noch frei ist
oder mein Bett, wenn du zurückkommst. Soldaten töten und
werden getötet. Sobald du vom Hof reitest, werde ich mich
an dich erinnern wie an einen geliebten Toten.«

Sander sieht an ihr und dem Kind vorbei durch das Fenster. Die Wäsche hängt im Hof zum Trocknen. Ihn erstaunt
und erschreckt ein Gedanke, der ihm plötzlich ganz klar im
Bewusstsein steht:

Dies könnte der Augenblick deiner Befreiung sein.

Seit Sander denken kann, ist er verantwortlich gewesen für
Hugo, für seinen Bruder, der etwas sonderlich war, wild und
eigenwillig und rau, der sich schon als Kind gegen alle verteidigen musste. Nur auf ihn hatte Hugo immer gehört. Und
dann, mit einem unwillkürlichen, verräterischen Blick über
die Schulter, hat Sander das Unglück über das Dorf gebracht,
und sie haben sich im Wald versteckt, gemeinsam, weil Verräter am nächsten Baum gehängt werden und sie sich nicht
trauten, in ihr Dorf zurückzugehen. Dort hat er das Sprechen verlernt.

An diesem Tag haben sie alles verloren, und sie hatten nur
noch einander, und Sander war verantwortlich für seinen
stummen Schatten, und er nahm ihn überall mit hin. Immer
wieder hat Sander ihn gerettet. Bei Meister Gillis, eine Flucht,
die wie sein eigenes Schuldgeständnis aussehen musste – immer wieder, seit sie Kinder gewesen waren. Und jetzt, dieses
Mal, kann er nicht mehr helfen, die Dinge sind nicht unter
seiner Kontrolle.

Er denkt an Maddalena, die ihn begrüßt, die Arme um

seinen Hals. Er denkt an ihre dünne Kehle, daran, was er ihr versprochen hatte, dass sie sicher sein würde, dass niemand ihr etwas tun würde dort, dass sie Vertrauen haben konnte. Hugo hatte kein Recht, Hand an sie zu legen. Ihm wird Gerechtigkeit geschehen, Vergeltung für einen grausamen, sinnlosen Mord, nicht seinen ersten. Er braucht nur nichts zu unternehmen. Dies ist der Augenblick, in dem er frei sein kann.

»Sag mir«, fragt Chiara, »was wirst du tun?«

»Ich werde jemanden verraten«, sagt Sander und vertieft sich wieder in seine Arbeit. »Was auch immer ich tue, ich werde jemanden verraten. Ich werde schuldig sein. Die Sünde ist von dieser Welt, aber die Erlösung ist es nicht.«

Sander steht zwischen schwitzenden Körpern in der Kirche der Heiligen Barmherzigkeit. Die Menschen um ihn herum beten, hoffen, flehen oder bewegen stumm die Lippen. An der rechten Wand der Kapelle ist ein grob gepinseltes Porträt von Don Pedro aufgehängt, mit einer Kerze davor und Votivgaben, die Bittsteller hiergelassen haben, als kleine Bestechung für himmlische Fürsprache. Arme und Beine, Herzen und Augen und andere Körperteile aus getriebenem Blech drängen sich um das Bild, als ob schon seine Nähe stellvertretend heilen würde.

Auf dem Altar selbst brennen Kerzen, und dahinter ist Sanders Meisterwerk, sein Jüngstes Gericht, der Höllenschlund und die Landschaft, die von ihm aufgefressen wird und das Dorf mit dem Galgenbaum und dem brennenden Gehöft; aber jetzt – jetzt schwebt der Herrgott über allem, zentral auf einer weißlichen Wolke balancierend, mit rauschendem Bart und langen Gewändern und Lichtstrahlen, die aus seinem

Kopf zu kommen scheinen, und einer Heerschar von plumpen Engeln. Er sitzt und richtet, während der Vulkan seinen Feuerschein über die niedere Welt gießt.

Sander murmelt wie die anderen Beter.

»Dies ist das letzte Mal, dass wir einander begegnen«, sagt er für sich. »Du hast am Anfang dieser Geschichte gestanden, jetzt stehst du auch an ihrem Ende. Ohne dich wäre ich nicht hier, ohne dich wäre dieser ganze Wahnsinn nicht passiert. Chiara hat mich gefragt, ob ich jemals Frieden finden würde, wenn ich Hugo hängen lasse – aber könnte ich Frieden finden, wenn ich ihn täglich ansehen muss? Soll ich einen Kindermörder, der an mir klebt wie ein böser Geruch, bis an mein Lebensende beschützen und dafür alles hinter mir lassen, was mir teuer ist? Ich habe das schon einmal getan. Soll ich jetzt wieder alles verlieren? Ich habe eine Tochter. Wer, wenn nicht ihr Vater, soll sich um sie kümmern, wenn der Mutter etwas zustößt? Ich habe eine Geliebte. Soll ich meine Liebe ausreißen wie Unkraut? Sag es mir!«

Aber es geschieht kein Wunder, kein Zeichen wird ihm gegeben. Menschen beten fieberhaft vor seinem ruinierten Altar, ein kleiner Junge mit spindeldürren Beinen und schreckerfülltem Gesicht liegt am Boden, seine Krücken neben ihm. Er wird ermutigt, aufgefordert, angebrüllt zu gehen, aufzustehen – *ein Wunder! ein Wunder!* –, aber er regt sich nicht und starrt nur verängstigt und blöde auf die Menschen, auf den feurigen Altar.

Sander flieht, lässt sich durch die Straßen treiben, vorbei an den mächtigen Fassaden der Adelspaläste, durch Märkte und enge Gassen, und während er geht, fühlt er, wie sich die Tür, durch die er eine andere Zukunft gesehen hat, langsam, aber unerbittlich schließt.

Ich kann ihn nicht auf das Schafott steigen lassen, denkt er, und er hasst sich für diesen Gedanken. Ich schaffe es nicht. Ich bin zu schwach, um glücklich sein zu können, um das Glück zu ergreifen, wenn ich es sehe. Ich kann es nicht. Das ist nicht Mitleid oder Bruderliebe, es ist keine Aufopferung, es ist Schwäche.

*

Schon seit einiger Zeit folgt die Krähe dem kleinen Trupp von Reitern, der sich langsam auf der Landstraße vorwärtsbewegt. Wo Menschen sind, fällt immer was ab. Ganz vorne in der Kolonne ist ein Mann mit Brustpanzer und Helm und einem großen Umhang, der über den Rücken seines Pferdes fällt. Neben ihm reitet eine kleinere Figur, ein Halbwüchsiger vielleicht. Sein blondes Haar leuchtet im Frühlingslicht. Die Landschaft ist nie sanfter gewesen.

Die Kolonne umfasst etwa zwanzig Mann, der Rumpf einer Truppe, die auf dem Weg gen Norden mehr Soldaten versammeln wird. Die Krähe aber sieht nur diese wenigen Gestalten, die stundenlang nebeneinander herreiten, ohne ein Wort zu wechseln, fast, als kennten sie einander nicht.

Die Krähe versteht die Menschen nicht, ihre Manie, einander mit Eisen zu bekämpfen, ihre schrecklichen Leidenschaften, aber wann immer die Menschen kämpfen, gibt es für sie und ihresgleichen gut zu fressen. Sie fliegt näher an die Gruppe heran. Der Anführer blickt zu ihr auf, und für einen Moment treffen ihre Blicke sich. Sie liest keine Wut und keinen Mord in seinen Augen, sondern fast eine Art von Bewunderung.

.Brueghel. inuet

H. Cock. excude. cum priuileg. 1558.

VENITE. BENEDICTI. PATRIS. MEI. IN. REGNVM. ÆTE
ITE. MALEDICTI. PATRIS. MEI. IN. IGNEM. SEMPITE